庐隐经典

庐隐 著

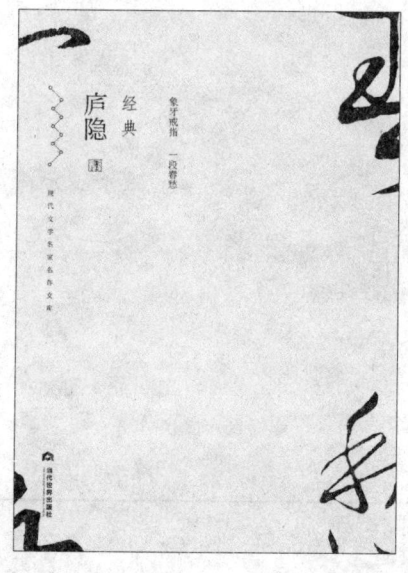

图书在版编目（CIP）数据

庐隐经典/庐隐著．—北京：当代世界出版社，2018.2
ISBN 978-7-5090-1319-9

Ⅰ.①庐… Ⅱ.①庐… Ⅲ.①庐隐（1899—1934）—文集 Ⅳ.①I216.2

中国版本图书馆 CIP 数据核字（2018）第 007369 号

出版发行：	当代世界出版社
地　　址：	北京市复兴路 4 号（100860）
网　　址：	http://www.worldpress.org.cn
编务电话：	（010）83907332
发行电话：	（010）83908409
	（010）83908455
	（010）83908377
	（010）83908423（邮购）
	（010）83908410（传真）
经　　销：	全国新华书店
印　　刷：	北京欣睿虹彩印刷有限公司
开　　本：	700 毫米×1000 毫米　1/16
印　　张：	17.5
字　　数：	262 千字
版　　次：	2018 年 7 月第 1 版
印　　次：	2018 年 7 月第 1 次
书　　号：	ISBN 978-7-5090-1319-9
定　　价：	36.80 元

如发现印装质量问题，请与承印厂联系调换。
版权所有，翻印必究；未经许可，不得转载！

目　录

象牙戒指 …………………………………………………（1）
女人的心 …………………………………………………（117）
沦落 ………………………………………………………（181）
前尘 ………………………………………………………（196）
幽弦 ………………………………………………………（208）
何处是归程 ………………………………………………（213）
一个情妇的日记 …………………………………………（218）
一段春愁 …………………………………………………（231）
海滨故人 …………………………………………………（237）

象牙戒指

一

盛夏里的天气，烈火般的阳光，扫尽清晨晶莹的露珠，统御着宇宙，一直到黄昏后，这是怎样沉重闷人的时光啊！人们在这种的压迫下，懒洋洋的像是失去了活跃的生命力，尤其午后那更是可怕的蒸闷；马路上躺着的小石块，发出孜孜的响声和炙人脚心的灼热。

在这个时候，那所小园子里垂了头的蝴蝶兰和带着醺醉的红色的小玫瑰；都为了那吓人的光和热，露出倦怠的姿态来，只有那些深藏叶蔓中的金银藤，却开得十分茂盛。当一阵夏天的闷风，从那里穿过时，便把那些浓厚的药香，吹进对着园子开着的门里来。

那是一间颇幽静的书斋，因为天热，暂时在南窗下摆了一张湘妃竹的凉榻，每天午饭后，我必在那里休息一个时辰。这一天我才从浴室里出来，将凉榻上的竹夫人①摆好，正预备要睡。忽见门房的老杨进来说，外面有一位女士要会我，我连忙脱下浴衣，换了一件白色的长衫，外面的人影已渐渐近了，只听那位来客叫道："露沙在家吗？"这是很熟悉的口腔，我猜是素文，仰头往窗外一张，果然是她。那非常矮小的身段，正从荼䕷架下穿过来，不错，我想起来了，我因为要详细知道新近死去的朋友沁珠的往事，而她一向都很清楚她，所以我邀她今天来把这段很富有浪漫情趣的故事告诉我。

我们是很不拘泥什么的朋友，她一来就看上了我的凉榻，一倒身便睡在上面，同时还叫道："这天气够多热呀，快些给我一杯冰镇汽水，——如果有冰激凌，那就更好了！"我叫张妈从冰箱里拿出两瓶汽水，冰激凌却不曾预备，不过我家离宾来香很近，吩咐老杨打了个电话，叫他送来一桶柠檬的，这种安排使得素文格外起劲，她躺在竹榻上微笑着说："这是一种很好的设备，为了那一段惊人的故事，而且也是很合宜的。"

我们把绿色的窗幔垂了下来，使得屋内的光线，变成非常黯淡，同时喝

---

① 竹夫人，竹青篾编成，圆柱形，中空，周围有洞，可以通风。有的用整段竹子做成，可以理解为竹枕。

着冰汽水。在一切都觉得适意了，素文从衣襟里的小袋子内取出一个小小的白色象牙戒指，她一面叹了一口气说："你别看这件不值什么的小玩具，然而它却曾监禁了一个人的灵魂。"

我看了这个戒指，忽然一个记忆冲上我的脑海，我惊疑地问道："素文，我记得沁珠临死的时候，手上还戴着一只戒指，和这个是一色一样的，当时给她穿衣服的人曾经说：她要把这只戒指带到棺材里去，……但是结果怎么样？我因为有事没等她下棺，就先走了，……难道现在的这只戒指，也就是她手上戴的那只吗？"

素文摇头道："不是那一只，不过它们的来处却是相同的。"我觉得这件事真有些浪漫味道，非常想知道前后的因果，便急急追问素文道："这是哪一位送给沁珠的，怎么你也有一只呢？"

"别焦急，"她说："我先简单地告诉你，那戒指本来是一对，是她的一个朋友从香港替她寄来的，当时她觉得这只是很有趣的一件玩物，因此便送了我一只，但是以后发生了突然的事变，她那只戒指便立刻改了本来的性质变成富有意义的一个纪念品了。"

"这真是富有趣味的一段事实，请你把详细的情节仔细告诉我吧！"

"当然，我不是要告诉你，我今天就不必来了；并且我还希望你能把这件事情写下来，不用什么雕饰，她的一生天然是一首悲艳的诗歌。这是一种完美的文艺，——本来我自己想写，不过你知道，最近我的生活太复杂，一天东跑西颠的，简直就没有拿笔的工夫。再者三四天以后，我还想回南边家里看看……"

"好吧，"我说了："你就把她的历史从头到尾仔细说给我，当然我要尽我的力量把她写下来。"

于是她开始说了，下面便是她的叙述，我没有加多少删改——的确，素文很善于辞令，而沁珠的这一段过去，真也称得起是一首悲艳的诗歌。

在那年暑假后，学校刚刚开学的一天下午，我从寝室里走了出来，看见新旧同学来了不少，觉得很新鲜有趣味，我便同两个同学，名叫杨秀贞和张淑芳的，三个人一同坐在屏风门后过道上的椅子上，来来往往的，都是些年轻活泼的同学；有的手里拿着墨水瓶，肋下夹着洋纸本子到课堂去的。有的抱着一大堆音乐谱子，向操场那面音乐教室去的。还有几个捧着足球，拿着球拍子，到运动场去的。正在这个时候，从屏门外来了一个面生的新学生，她穿着一件浅蓝色的麻纱短衫,腰间系了一条元色的绸裙,足上白鞋白袜,态度飘洒,丰神秀丽,但是她似乎有些竭力镇静的不自然的表情。她跟着看门的老头徐升急急地往里走,经过我们面前时,她似乎对我们看了一眼,但是我们是三对眼睛将她瞪视着,她立刻现出非常窘迫的神气,并且非常快地掉转身子,向前去了。

"嘿!你们猜刚走过去的那个新学生,是哪一科的?咱们跟着瞧瞧去吧!"秀贞说着就站了起来。

"好,好。"淑芳也很同意地叫着,当然我也没有反对的理由,于是我们便追着她到了学监办公处,我们如同把守门户的将军,向门两边一站;那位高身材略有几个麻点的学监,抬头看了我们一眼,但是她早已明白这些年轻人的好奇心理,所以她并不问我们什么,只向那个新学生一看,然后问道:

"你是来报到的吗?叫什么名字?"

"是的,我叫张沁珠。"

"进哪一科的?"

"体育科。"

"你今天就搬进来吗?……行李放在哪里?"

"是,我想今天就搬进来,行李先放在号房。"

"你到这边来,把这张单子填起来!"

那个张沁珠应了一声,便向办公桌走去,于是那位学监先生便回过身来,对我们含笑道:"你们来,别在那里白站着看热闹,……张淑芳,你是住在二十五号不是?我记得你们房里有一个空位子?"

"不错,是有一个,那是国文科程煌的位子,她送她母亲的灵柩回南去了。"

"那么就叫张沁珠补这个空位子,你们替我带她去,好好地照应她,有什么不清楚的事情,你们告诉她,——我就把这件事交给你们了。"学监说完,又转身对张沁珠道:

"你跟她们去吧!"张沁珠答应着退出来,跟着我们上了楼梯,没有走多远,就到了二十五号房的门口。张淑芳把门推开,让沁珠进去。沁珠看见这屋子是长方形的,两旁整整齐齐摆了四张木床,靠窗户右边那一架空着;其余那三架都铺着一色的白被单,上面放着洋式的大枕头。有的上面绣着英文字,有的是十字布挑成的玫瑰花。

"请坐吧,张姊姊!"淑芳向沁珠招呼,同时又向我说道:"素文,请你下去叫老王到门房把张姊姊的行李送到这里来。"

我便邀着秀贞同去，我们两人一同走，一面谈话，秀贞说："素文，你觉得张沁珠怎样？"

我说："长的也没有什么特别漂亮，只是她那一对似蹙非蹙的眉毛和一对好像老含着泪水的眼睛，怪招人喜欢的，是不是？"

"对了！我也是这样说，不过我更爱她的风度，真是有一股俏皮劲。"

我们谈着已来到号房，老王正在那里闭着眼睛打盹呢！我们大声一嚷，把他吓得跳了起来，揉着眼睛问道："你们找哪一位？"

秀贞和我都不禁笑道："你还在做梦吧，我们找谁！——就是找你！"

老王这时已经认出我们来，说道："原来是杨小姐和王小姐呵。"

"对了，你把新来的张沁珠小姐的行李，扛到楼上二十五号去，快点！"我们交代完，就先跑回来了。不久老王就扛着行李进来了，他累得发喘，沿着褐黑色的两颊流了两道汗水，他将行李放在地上，并将铺盖卷的绳子打开，站起来道："小姐们还有什么事吗？"

"没事了，你去吧！"秀贞性急地叫着。淑芳含笑点头道：

"你怎么还是这个脾气，"同时叫道："老王慢着，你把这蚊帐给挂上。"老王爬上床去挂帐子。只见秀贞把鼻子向上耸了耸，两个深黑而活泼的眼球向四围一扫，憨态十分，惹得我们都大笑起来。沁珠走过去握着她的手道："你真有意思！"淑芳接言道："张姐姐，你不知道她是我们一级里的有名的小皮猴。"

"别瞎说了！"秀贞叫道："张姐姐，你不用听淑芳姊的话，她是我们级里出名贤慧的薛宝钗。"

沁珠笑道："你们竟玩起这一套来，那么谁是林黛玉呢？"

淑芳和秀贞都指着我笑道："这不是吗？"我自然给她们一个滑稽的鬼脸看。大家笑着，已把沁珠的东西整理好。于是我们就一同下楼去参观全校的布置，我们先绕着走廊走了一周，那一排的屋子，全是学生自修室和寝室，没有什么看头，出了走廊的小门，便是一块广阔的空场，那里设置着浪木，秋千，篮球架子和种种的运动器具。在广场的对面就是一间雄伟庄严的大礼堂，四面都装着玻璃窗，由窗子外可以看见里面一排排的椅子和庄严的讲台。再看四面的墙上挂着许多名人哲士的肖像，正中那面悬着一块白底金字的大匾额，写的是"忠信笃敬"四个隶字；这是本校的校训。穿过礼堂的廊子，另外有一个月亮门，那是通学校园的路，里面砌着三角形的，梅花式的，半月形的种种花池，种着各式的花草，围着校园有一道很宽的走廊，漆着碧绿的颜色，非常清雅。我们在学校园玩了很久，才去看讲堂，——那位置是在操场的前面，一座新盖的大楼房，上下共分十二个讲堂。我们先到体育科去，后来又到国文科去。它们的形式大约相同。没有什么意思，我们没有多耽搁，就离开这里。越过一个空院子，看见一个八角形的门，沿着门攀了碧绿的爬墙虎，我们走进去，只见里面另有一种幽雅清静的趣味。不但花草长得格外茂盛，还有几十根珍奇的翠竹，原来这是学校特设的病人疗养院。在竹子后面有五间洁净的病房，还有一位神气很和蔼的女看护，沁珠最喜欢这个地方。离竹屏不远还有一座荼蘼架。这时，花已开残，只有绿森森的叶子，偶尔还缀着一两朵残花，在花架旁边，放着一张椅子，我们就在这里坐了很久。自然，那时我们比现在更天真。我们谈到鬼，谈到神仙，有时也谈到爱情小说。不过我们都太没有经验，无论谈到哪一种问题，都好像云彩走过天空，永远不留什么痕迹，等到我们听见吃饭的钟声响了，才离开这里到饭厅去，那是一间极大的厅堂，在寝室后面。里面摆了五十张八仙桌，每桌上八个人，我们四个人找了靠窗边的桌子坐下，等了一会，又来了四个不很熟识的同学。我们沉默着把饭吃完，便各自分散了。

晚上自修的时间，我去看沁珠，她正在低头默想，桌上放着两封信，一封是寄到她家里去的。还有一封写着："西安公寓五号伍念秋先生。"

我走进去时，她似乎没有想到，抬头见了我时，她"呵！"了一声，说道："是你呀！我还以为是学监先生呢！"

我便问她："为什么不高兴？"她听了这话，眼圈有点发红，简直要哭了，我便拉她出来说："今晚还没有正式上自修课。我们出去走走，没有什么关系。"

她点点头，把信放在抽屉里，便同我出来了；那夜月色很好，天气又不凉不热。我们便信步走到疗养院的小花园里去。景致更比白天好了；清皎的月光，把翠竹的影子照在墙上，那竹影随着夜风轻轻地摆动，使人疑画疑真；至于那些疏疏密密的花草，也依样的被月光映出活泼鲜明的影子，在那园子的地上。

我们坐在白天坐过的那张长椅子上，沁珠像是很不快活，她默默地望着多星点的苍空，叹了一口气。

我也不由得心里起了一阵莫名其妙的惆怅，后来忽听沁珠低吟道："东望故园路茫茫！"

"沁珠，你大约是害了思乡病吧？"我想不住这样问她。她点点头并不回答什么，但是晶莹的泪点从她眼角滚落到衣襟上了。我连忙握住她的手安慰道："沁珠，你不要想家，这只不过是暂时的别离，三四个月后就放年假，到那时候你便可以回家快活去了。"

沁珠叹息道："你不知道我的情形，——我并不是离不开家，不过你知道我的父亲太老了，……在我将要离开他的头一天，我们全聚在我母亲房里谈话，他用悲凉的眼睛望着我叹息道：'我年纪老了，脱下今天的鞋，不知明天还穿得上不?！'的确，我父亲是老了，他已经七十岁，头发全落净，胸前一部二尺长的胡须，完全白了，白得像银子般。我每逢看见他，心里就不免发紧，我知道这可怕的一天，不会很久就必定要来的。但是素文，你应该知道，他是我们家里惟一的光明，倘使有一天这个光明失掉了，我们的家庭便要被黑暗愁苦所包围……"她说到这里，稍微停了一停，我便接着问道："你家里还有些什么人？"

"我还有母亲，哥哥，嫂嫂，侄女儿。"

"哥哥多大年纪了？"

"今年三十二岁。"

"那不是已经可以代替你父亲来担负家庭的责任吗？"

"唉！事实不是那样简单。你猜我母亲今年多大年纪？……我想你一定料不到她今年才四十八岁吧！我父亲比她足足大了二十二岁，这不是相差得太多吗？不过我母亲是续弦，我的嫡母前二十年患肺病死了，她留下了我的哥哥。你知道，世界上难做的就是继母。虽然我母亲待他也和我一样，但是他们之间的一种必然的隔阂，是很难打破的。所以家庭间时常有不可说的暗愁笼罩着。至于嫂嫂呢，关系又更差着一层，所以平常对于我母亲的关切，也只是面子事。有时也有些小冲突，不免使我母亲伤心。不过有父亲周旋其间，同时又有我在身旁，给她些安慰，总算还过得很好。现在呢，我是离她这样远，父亲又是那样大的年纪，真像是将要焚尽的绿蜡……"

沁珠的声音有些哽咽了。她面色惨白，映着那清冷的月光，仿佛一朵经雨的惨白梨花，我由不得将手放在她的肩上，——虽然我个子年龄都还比她小，可是我竟像姊姊般抚慰着她。沉默了很久，她又接着说道：

"当时我听了我父亲所说的话，同时又想到家里的情形，我便决意打消到北京来求学的念头。我说：

'父亲！让我在家伴着你吧；北京我不愿意去了。'父亲听了我这话，虽然他的嘴唇不住地掣动；但他到底镇定了一时的悲感。他含着慈悲的笑容说道：'唉！珠儿你不要灰心！古人说过："先意承志，才是大孝。"我一生辛苦读了些书，虽然没得到什么大功名，然也就不容易。现在我老了很盼望后代子孙中有能继我的遗志的。你哥哥呢，他比你大，又是个男孩，当然我应当厚望他。不过他天生对于学问无缘。——而你虽然是个女孩，难得你自小喜欢读书，而且对于文学也很有兴趣，所以我便决心好好地栽培你。去年你中学毕业时，我就想着叫你到北京去升学。而你母亲觉得你太年轻不放心，也就没有提起。现在难得你自己有这个志愿，你想我多少高兴！……至于我虽然老了，但精神还很健旺，一时不会就有什么变故的，你可以放心前去。只要你努力用功，我就喜欢了。

"父亲说了这些话，我也没话可答，只有心下感激老人家对我的仁慈。不过我却掩不住我悲酸的眼泪。父亲似乎不忍心看我，他老人家站起来，走到窗前，看看天色，太阳离下山还有些时候，他便转身对我说：'我今天打算到后山看看，珠儿同我去吧！'

'怎么又要到后山去吗？'我母亲焦急地说：'你的身子这两天才健旺些，我瞧还是歇歇吧！不必去了，免得回头心里又不痛快！并且珠儿就要走，她的事情也多。'

'唉！'我父亲叹息了一声说：'我正是因为珠儿就要走，所以叫她看看放心，我们去了就来，我决不会不痛快，人生自古谁无死，况且我已经活到七十岁了，还有什么不足？'我父亲说话的时候，两眼射出奕奕的光芒，仿佛已窥到死的神奇了。

"我母亲见拦不住他，便默默地扶了我侄女蕙儿，回到自己屋里去了，不用说，她自然又是悄悄地去垂泪。我同父亲上了竹轿，这时太阳已从树梢头移开，西方的山上，横亘着五色的霞彩，美丽娇俏的山花，在残阳影里轻轻地点头。我们两顶竹轿在山腰里停下来，我扶着他向那栽有松柏树的坟园里去，晚凉的微风从花丛里带来了馥郁的野花香，拂着老人胸前那部银须。同时听见松涛激壮的响着，如同海上的悲歌。

"没有多少时候，我们已走近坟园的园墙外了。只见那石门的广额，新刻着几个半红色的隶字：'张氏佳城'，那正是他老人家的亲笔。我们站在那里，差不多两分钟的光景，我父亲在注视那几个字以后，转身向我说：'这几个字写得软了，可是我不愿意求别人写；我觉得一个人能在他活着的时候，安安详详为自己安排身后事，那种心情是值得珍贵的——生与死是一个绝大的关头,但能顺从自然,不因生喜,不为死惧,便可算得达人了。……并且珠儿你看这一带的山势,峰峦幽秀,远远望过去一股氤氲的瑞气,真可算全山最奇特的地方,这便是我百年后的归宿地;……听说石圹已经砌好了,我们过去看看.'

"他老人家说着站了起来,我们慢慢地走向石圹边去,只见那圹纵横一丈多,里面全用一色水磨砖砌成的,很整齐,圹前一个石龟,驼着一块一丈高的石碑,只是还不曾刻上碑文。石碑前面安放着石头的长方形的祭桌和几张圆形的石凳。我父亲坐在正中的那张圆椅上,望着对山沉默无言。我独自又绕着石圹看了一周,心里陡然觉得惊怕起来。仿佛那石圹里有一股幽暗的黑烟浮荡着,许多幽灵都在低低地叹息。——它们藏在生与死的界碑后面,在偷窥那位坐在石凳上,衰迈颤抖的老人的身体,恰像风中的白色蔓陀罗花,不久就要低垂着头,和世界的一切分别了。咳!'死,是怎样的残苛的名辞呵!'我不禁小声地咒诅着,父亲的眼光射到我这边来。

"这时日色渐渐迈过后山的顶峰,沉到地平线下面去了。剩下些光影的余辉,淡淡地漾在浅蓝色的天空里,成群的蝙蝠开始飞出屋隙的巢窠,向灰暗色的帷幕下盘旋。分投四野觅食的群鸟,也都回林休息了。山林里的坟园,在这灰暗的光色下,更是鬼影憧憧。我胆怯地扶着父亲,找到歇在山腰的轿夫,一同乘轿回来。

"第二天早晨,我便同我父亲的学生伍念秋结伴坐火车走了。可是深镂心头种种的伤痕,至今不能平复。今夜写完家信,我想家的心更切了,唉!素文!人生真太没意思呵!"

我听了沁珠的一段悲凉的述说,当然是同情她,不过,露沙!你知道我也是一个苦命的孩子,我的家乡远在贵州,虽然父母都没有了,可是还有一个比我小的弟弟,现在正不知道怎样。我想到这里,眼泪也不由流了下来。我同沁珠互相倚靠着哭了一场,那时夜色已深,月影已到中天了。同学们早已睡熟,我们两人有些胆怯,才穿过幽深的树影,回到寝室去。——这便是我同沁珠订交的起头。

二

在学校开学一个月以后,我同沁珠的交情也更深切了。她近来似乎已经习惯了学校的生活,想家的情感似乎也淡些。我同她虽不同科,但是我们的教室，是在一层楼上，所以我们很有亲近的机会。每逢下课后，我们便在教室外面的宽大的走廊上散步，或者唱歌。

素文说到这里，恰好宾来香的伙计送冰激凌来，于是我们便围在圆形的小藤桌旁，尽量的吃起来。素文一连吃了三碗，她才笑着叫道："好，这才舒服啦！咱们坐下慢慢地再谈。"我们在藤椅上坐下，于是她继续着说道：

露沙！的确，学校的生活，实在是富有生机的，当然我们在学校的时候，谁都不觉得，现在回想起来，真感到过去的甜蜜。我记得每天早晨，那个老听差的敲着有规律的起身钟时，每个寝室里便发出种种不同的声音来。有的伸懒腰打哈欠，有的叫道："某人昨晚我梦见我妈妈了，她给我做了一件极漂亮的大衣！"有的说："我昨夜听见某人在梦里说情话。"于是同寝室的人都问她说什么？那个人便高声唱道："哥哥我爱你！"这一来哄然的笑声，冲破了一切。便连窗前柳树上麻雀的叫嚣声也都压下去了。这里的确是女儿的黄金世界。等到下了楼，到栉沐室去，那就更有趣味了。在那么一间非常长，甬道形的房屋里，充满着一层似雾似烟的水蒸汽，把玻璃窗都蒙得模模糊糊看不清楚。走进去只闻到一股喷人鼻子的香粉花露的气息。一个个的女孩，对着一面菱花镜装扮着。那一种少女的娇艳的温柔的姿态，真是别有风味。沁珠她的梳妆台，正和我的连着，我们两人每天都为了这醉人的空气相视而笑。有时沁珠头也不梳，只是站在那里出神。有时她悄悄站在同学的身后，看人家对着镜子梳头，她在后面向人点头微笑。

有一天我们从栉沐室出来，已经过了早饭的时间，我们只得先到讲堂去，预备上完课再吃点心。正走到过道的时候，碰见秀贞从另一面来了，她满面含笑地说：

"沁珠姊！多乐呵，伦理学先生请假了。"

"是真的吗？"沁珠怀疑地问道："上礼拜他不就没来上课吗，怎么又请假？"

"嗳呀！什么伦理学，那些道德论我真听腻了，他今天不来那算造化，沁珠姊怎么倒像有点失望呢？"

沁珠摇头道："我并不是失望；但是他也太爱请假了。拿着我们的光阴任意糟蹋！"

"那不算稀罕，那个教手工的小脚王呢？她虽不告假，可是一样地糟蹋我们的时光。你看她那副尊容和那喃喃不清的语声，我只要上了她的课，就要头疼。"

沁珠听了秀贞形容王先生，不禁也笑了。她又问我道："你们有她的课吗？"

我说："有一点钟，……我也不想上她的课呢！"

"你们什么时候有她的课？"秀贞说。

"今天下午。"我说。

"不用上吧，我们下午一同到公园去看菊花不好吗？"沁珠很同意，一定邀我同去，我说："好吧，现在我还有功课，下午再见吧！"我们分手以后，沁珠和秀贞也到讲堂看书去了。

午饭后，我们同到学监室去请假，借词参观图画展览会，这是个很正大的题目，所以学监一点不留难地准了我们的假。我们高高兴兴地出了校门，奔公园去，这时正是初秋的天气，太阳发出金黄色的光辉，天庭如同明净的玉盘，树梢头微微有秋风穿过，沙沙地响着。我们正走着，忽听秀贞失惊地"呀"了一声，好像遇到什么意外了。我们都不觉一怔，再看她时，脸上红红的，低着头一直往前走，淑芳禁不住追上去问道：

"小鬼头你又要什么花枪呢？趁早告诉我们，不然咱们没完！"

我同沁珠也紧走了两步，说道："你们两人办什么交涉呢？"

淑芳道："你们问秀贞，她看见了什么宝贝？"

"呸！别瞎说你的吧！哪里来的什么宝贝？"秀贞含羞说。

"那么你为什么忽然失惊打怪地叫起来？"淑芳不服气地追问她，秀贞只是低着头不响，沁珠对淑芳笑道，"饶了她吧，淑芳姊！你瞧那小样儿够多么可怜！"

淑芳说："要不是沁珠姊的面子，我才不饶你呢！你们不知道，别看她平常傻子似的，那都是装着玩。她的心眼可不少呢！上一次也是我们一齐上公园去，走到后面松树林子里，看见一个十八九岁的青年，背着脸坐着，她就批评人家说：'这个人独自坐在这里发痴，不知在想什么心事呢？'我们也不知道她认识这个人，我们正在你一言我一语地谈论人家呢，忽见那个人站了起来，向我们这边含笑地走来。我们正不明白他什么意思，只听秀贞咯咯地笑说：'快点我们走吧！'正在这个时候，那个青年人已走到我们面前了，他恭恭敬敬地向秀贞鞠了一个很有礼貌的躬，说道：

'秀贞表妹，好久不见了！这几位是贵同学吧？请到这边坐坐好不好？'秀贞让人家一招呼，她低着头红了脸，一声也不哼，叫人家多么窘呵！还是我可怜他，连忙答道：'我们前面还有朋友等着，不坐了。'……今天大概又是碰见那位表兄了吧！"

秀贞被淑芳说得不好意思，便头里跑了。当我们走到公园门口时，她已经把票买好，我们进了公园，便一直奔社稷坛去，那时来看菊花的人很不少，在马路上，往来不绝地走着，我们来到大殿的石阶时，只见里面已挤满了人，在大殿的中央，堆着一座菊花山。各种各色的菊花，都标着红色纸条，上面写着花名。有的含苞未放；有的半舒眼钩；有的低垂粉颈；有的迎风作态，真是无美不备。同时在大殿的两壁上，悬着许多菊花的名画，有几幅画得十分生动，仿佛真的一样。我们正看得出神，只见人丛里挤过一个二十多岁的青年来，他梳着时髦的分头，方正的前额，下面分列着一双翠森森的浓眉；一对深沉多思的俊目，射出锐利的光彩来。——他走到沁珠的面前招呼道：

"密司张许久不见了，近来好吗？"

沁珠陡然听见有人叫她，不觉惊诧，但是看见是她父亲的学生伍念秋时，便渐渐恢复了原状答道：

"一切托福，密司特伍，都好吧，几时来的？"

"多谢，……我今天一清早就来了，先在松林旁菊花畦那里徘徊了一阵，又看了看黄仲则的诗集，不知不觉天已正午，就在前面吃了些点心，又到这里来看菊花山；不想这么巧，竟遇见密司张了。……这几位是贵同学吗？"

沁珠点点头，同时又替我们介绍了。后来我们要离开大殿时，忽听伍念秋问沁珠道："密司张，我昨天寄到贵校的一封信，你收到了吗？"

"没有收到，你是什么时候寄的？"沁珠问他，他沉吟了一下说道："昨天下午寄的，大约今天晚上总可以收到吧！"

伍念秋送我们到了社稷坛的前面，他便告辞仍回到大殿去。我们在公园里吃了点心，太阳已下沉了，沁珠提议回去，秀贞微微一笑道："我知道沁珠姊干嘛这么急着回去。"淑芳接口道："只有你聪明，难道我还不知道吗？"我看她们打趣沁珠，我不知道沁珠对于伍念秋究竟有没有感情，所以我只偷眼望着沁珠，只见她颊上浮着两朵红云，眼睛里放出一种柔媚含情的光彩，鲜红的嘴唇上浮着甜蜜的笑容，这正是少女钟情时的表现。

到学校时，沁珠邀我陪她去拿信，我们走到信箱那里，果见有沁珠的两封信，一封由她家里来的。一封正是伍念秋寄给她的。沁珠拿着信说道："我们到礼堂去吧，那里有电灯。"我们一同来到礼堂，在头一排的凳子上坐下，沁珠先将家信拆开看过，从她安慰的面容上，可以猜到她家里的平安。她将家信放进衣袋，然后把伍念秋给她的信，小心地拆看，只见里面装着两张淡绿色的花笺，展开花笺，那上面印着几个深绿色的宋体字是："惟有梅花如此恨，相逢月底恰无言。"旁边另印着一行小字是："念秋用笺。"仅仅这张信笺已深深地刺激了少女幽怀的情感。沁珠这时眼睛里射出一种稀有的光彩，两朵红云偷上双颊。她似乎怕我觉察出她的秘密。故意装作冷静的神气，一面自言自语地道："不知有什么事情。"这明明是很勉强的措辞，我只装作不曾听见，独自跑到后面去看苏格拉底和亚里斯多德的肖像。然而我老实说，我的眼波一直在注意着她。没有多少时候，她将信看完了。默默踌躇了一番，不知什么缘故，她竟决心叫我来看她的信。她含笑说："你看他写的信！……"我连忙走过去，从她手里把信接过来只见上面写道：

沁珠女士：

记得我们分别的那一天，正是夏蝉拖着喑哑的残声，在柳梢头作最后的呻吟。经过御河桥时，河里的水芙蓉也是残妆暗淡。……现在呢？庭前的老桂树，满缀子金黄的星点，东篱的菊花，各着冷艳的秋装，挺立风前露下。宇宙间的一切，都随时序而变更了。人类的心弦，当然也弹出不同的音调。

我独自住在旅馆里，对于这种冷清环境，尤觉异样的寂寞，很想到贵校邀女士一谈，又恐贵校功课繁忙，或不得暇。因此不敢造次！

说到作旧诗，我也是初学，不敢教你，不过我极希望同你共同研究，几时光临，我当煮香茗，扫花径恭迓，怎样？我在这里深深地盼望着呢！

念 秋

"这倒是一封很俏皮的情书呢！"我打趣地对沁珠说，她没有响。只用劲捏着我的手腕一笑。但是我准知道，她的心在急速地跳跃，有一朵从来没有开过的花，现在从她天真的童心中含着娇羞开放了。她现在的表情怎样与从前不同呀！似乎永远关闭的空园里，忽然长满了美丽的花朵。皎洁的月光，同时也笼罩她们。一切都赋有新生命，我将信交还她时，我忽然想起一个朋友写的一首诗，正合乎现在沁珠的心情，我说：

"沁珠！让我念一首诗你听：

> 我不说爱是怎样神秘，
> 你只看我的双睛，
> 燃有热情火花的美丽；
> 你只看我的香唇，
> 浮漾着玫瑰般的甜蜜；
> 这便是一切的惊奇！"

她听了含羞地笑道："这是你作的吗？描写得真对。"我说："你现在正在'爱'，当然能了解这首诗的妙处，而照我看来，只是一首诗罢了。"我们沿着礼堂外面的回廊散着步，她的脚步是那样轻盈，她的心情正像一朵飘荡的云，我知道她正幻想着炫丽的前途。但是我不知道她"爱"到什么程度？很愿知道他和她相识的经过，我便问她。她并不曾拒绝，说道：

"也许我现在是在'爱'，不过这故事却是很平凡。伍——他是我父亲的学生，在家乡时我并没有会过他，不过这一次我到北京来，父亲不放心，就托他照应我。——因为他也正要走这条路。——我们同坐在一辆车子里，当那些同车的旅客们，漠然地让这火车将他们载了前去，什么都不管地打着盹，我是怎样无聊呵！正在这时候，忽听火车汽笛发出困倦的哀嘶，车便停住了。我望窗外一看，见站台上的地名正是娘子关。这是一个大站头，有半点钟的耽搁，所以那些蜷伏在车位里的旅客，都趁机会下车活动去了。那时伍他走来邀我下去散散步。我当然很愿意，因为在车上坐得太久，身体都有些发麻了。我们一同下了车，就在那一带垂柳的下面走着。车站的四围都是稻田、麦子地，这些麦子有的已经结了穗，露出嫩黄的颜色，衬着碧绿的麦叶，非常美丽，较远的地方，便是高低参差的山群和陡险的关隘，我们一面看着这些景致，一面谈着话。这些话自然都是很平淡的，不过从这次谈话以后，我们比较熟多了。后来到了北京，我住在一个旅馆里，他天天都来照应我，所以我们的交情便一天一天增加了，不过到现在止，还只是一个很普通的朋友……"

"事实虽然还是个起头，不过我替你算命，不久你们都要沉入爱河的。"我这样猜度她，她也觉得这话有几分合理，在晚饭的钟声响时，我们便离开这里了。

三

在一个秋天的下午,西安公寓的五号房间的玻璃窗上,正闪动着一道霞光。那霞光正照着书案上一只淡绿色的玉瓶里的三朵红色的玫瑰花。案前的椅子上,坐了一个二十五六岁的青年,在批阅一本唐诗。隔壁房间的钟声,正敲了四下。那个青年有些焦躁地站了起来,自言自语地道:"四点钟了,怎么还不来?"他走到房门口,掀着布门帘,向外张望。但是院子里静悄悄的一个人影都没有。同院住的三个大学生都各自锁了房门出去了。——今天是星期六,又是一个很美丽的秋天,自然他们都要出去追寻快乐。他显得很无聊地放下帘子。仍旧坐在案前的藤椅上。翻了两页书,还是没意思。只得点上一根三炮台烟吸着,隔壁滴答滴答的钟摆声,特别听得分明,这更使他焦灼,五点钟打过了,他所渴望的人儿还不曾来。当他打算打电话去问时,忽听见院子里皮鞋响,一个女人的声音叫道:

"伍先生在家吗?"

"哦,在家,密司张请进来坐吧!"

这是沁珠第一次去拜访伍念秋,当然他们的谈话是比较的平淡。不过沁珠回来对我讲,他们今天谈得很对劲,她说当她看见伍念秋在看唐诗,于是她便和他谈论到"诗"的问题,她对伍念秋说:"密司特伍近来作诗吗?……我很喜欢旧诗,虽然现在提倡新文学的人,都说旧诗太重形式,没有灵魂,是一种死的文学。但我却不尽以为然,古人的作品里,也尽多出自'自然'的。像李太白、苏东坡他们的作品,不但有情趣有思想,而遣词造句也都非常美丽活跃,何尝尽是死文学?并且我绝对不承认文学有新旧的畛域,只要含有文学组成要素的便算是文学、没有的便不宜称为文学。至于各式各种用以表现的形式的问题,自然可随时代而变迁的。"

"伍,他很赞同我的意见,自然他回答我的话,有些不免过于褒扬。他说:'女士的议论真是透辟极了,可以说已窥到文学的三昧。'"

"我们这样谈着,混过了两个钟头,那时房里的光线渐渐暗下来,我觉得应当走了,而茶房刚好走进来问道:'伍先生不开饭吗?'我连忙说,我要告辞了,现在已经快七点了。伍他似乎很失望的,他说:'今天是星期六,稍晚些回去,也没有什么关系的;就在这里吃了晚饭去,我知道现在已过了贵校开饭的时间……'他这样说着竟不等我的同意,便对茶房道:'你开两份客饭，再添几样可口的菜来。'茶房应声走了。我见他这样诚意，便不好再说什么，只好重新坐下。一阵穿过纱窗的晚风，夹了玫瑰的清香，我不觉注意到他案头所摆的那些花。我走近桌旁将玉瓶举近胸口，嗅了嗅，我说：'这花真美，——尤其是插在这个瓶子里。'伍听了连忙笑道：'敬以奉赠，如何？'"

"'哦，你自己摆着吧！夺人之爱未免太自私了！'我这样回答，他说：'不，我虽然很爱这几朵花，但是这含义太简单，还是送给你的好——回头走的时候，你连瓶子一齐带去吧！'"

"我不愿意再说什么，只淡淡地答道：'回头再说吧！'可是伍他不时偷眼向我看，我知道他正在揣摸我的心思。不久晚饭开进来了，我在一张铺着报纸的方桌前坐下，伍从斑竹的书架上取出一瓶法国带来的红酒和两个刻花的白色的玻璃怀，他斟了一杯放在我的面前，然后自己也斟上，他看着我笑道：

"这是一杯充满艺术风味的酒，爱好艺术的人当满饮一杯！"

"这酒的确太好看了，鲜红浓醇；装在那样小巧的玻璃杯里，真是红白分明，我不禁喜得跳了起来道：

'呵，这才是美酒！在一点一滴中，都似乎泛溢着梦幻的美丽，多谢！密司特伍。'我端在唇边尝了一口'呵！又是这般醉人和甜蜜！'我不禁赞叹着。但是我的酒量有限，平常虽是喜闹酒，实在是喝不了多少。今天因为这酒又甜又好看，我不免多喝了两口。只觉一股热潮由心头冲到脸上来，两颊好像火般烧了起来，四肢觉得软弱无力，我便斜靠在藤椅上，伍他也喝了不少，不过他没有醉。他替我剥了一个橘子，站在我的身旁，一瓣瓣地往我口里送，唉！他的眼里充满着异样的光波，他低声地叫我'沁珠'，他说：'你觉得怎样？'我说：'有些醉了，但是不要紧！'他后来叫茶房打了一盆滚热的洗脸水，替我绞了毛巾把，我洗过脸之后，又喝了一杯浓茶，觉得神志清楚些了。我便站起来道：'现在可不能再耽搁了，我须得立刻回学校去。'

'好吧，但是我们几时再见呢？'他问。

'几时呵？'我踌躇着道：'你说吧！'

"他想了想说：'最好就是明天吧！……你看这样美丽的天气，不是我们年轻人最好的日子吗？……我们明天一早，趁宿露未全干时，我们到郊外的颐和园去，在那种环境里，是富有诗意的，我们可以流连一天，随便看看昆明湖的绿漪清波，或谈谈文艺都好……'

"我被他这些话打动了游兴，便答应他：'可以去。'我们并约定八点以前，他来学校和我同去。我便回去了。

"到学校的时候,已经八点半了,我走到自修室里,只有一个姓衷的同学,她在那里写家信,其余的同学多半都去睡了。自然明日是假期,谁也不肯多用功,平常到了这种日子,我心里总觉得怅怅地不好过,因为同学多半都回家省亲去,而我独自一个冷清清留在这里,是多么无聊!倘使你和秀贞都在学校还好,而秀贞她这里有家,她每星期必回去。你呢,又有什么同乡接出去玩,剩我一个人落了单,我只有独自坐在院子里望着天上的行云。想象我久别的家庭和年迈的父母。唉!我常常都是流着眼泪度过这对于我毫无好处的假期。——有时候我看见你们那么欢喜的,由栉沐室出来,手里拖着包袱往外走,我真是忌妒得心里冒出火来,仿佛你们故意打趣我!"

"但是,现在你可不用忌妒我们了?"我打断了她的话,她微微地笑道:"有时我想家,还要忌妒你们。不过我现在也有朋友了。倘使在你们得意扬扬地走过我面前时,我也会作出骄傲的面孔来抵制你们的。"

"你们第二天到颐和园去,一定很有意思,是不是?"我向沁珠这样追问,她说:"我从伍那里回来的那夜,我心里是有无限的热望,人生还是有趣味的。并且那夜的月色非常晶莹,我走到楼上去睡时,月儿的光波正照在我床上,我将脸贴着枕头,非常舒适地睡了,第二天我六点钟就起来了。我先到栉沐室洗过头发,院子里的阳光正晒在秋千架的柱子上,我披散着未干的头发坐在秋千板上,轻轻地荡着。微风吹着我的散发,如游丝般在阳光里闪亮。有几只云雀飞过秋千架的顶巅落在垂枝的柳树上,嘹亮地唱着。早晨的空气带了些青草的清香,我的精神是怎样的快活呵!不久头发已晒干了。我就回到栉沐室,松松地盘了一个S髻。装扮齐整,我迈着轻快的脚步走出了栉沐室,迎面正碰见同班的李文澜,她才从温暖的被里出来,头发纷乱地披在头上,两只眼睛似睁非睁的,一副娇懒的表情,使人明白她是才从惆怅的梦里醒来,她最近和我很谈得来。——你知道她有时是真与众不同,在她青春的脸上,表现着少女的幽默。她见了我便站住说道:'沁珠,你今天显得特别美丽,……我想绝不是秋天的冷风打动了你的心。告诉我,近来你藏着什么惊奇的秘密!'

"'哦,一切还是一样的,平凡单调没有一点变动。——不过秋天的天气太诱惑人了,它使我们动了游兴,今天邀了几个朋友出城去玩,你呢,不打算出去吗?'

"'我吗?一直就没有想到这一层。今天天气倒是不坏,太阳似乎特别灿烂,风也不大,这样的时光,正是青年人追寻快乐的日子,不是吗?……不过我是一个例外,似乎这样大好的天气,只有长日睡着做梦的好。'文澜说着笑了一笑又说道:'祝你今天快乐,再会吧!'她匆匆地到栉沐室去了。我一直瞧着她的背影不禁暗暗点头叹道:'这个家伙真有点特别!'文澜的举动言谈,似乎都含着一种锐利的刺激性,常常为了她的一半言语,引起我许多的幻想,今天她这句话,显然又使我受了暗示,我不到自修室去,信步走到操场,心头似乎压着一块重铅,怅惘的情调将我整个地包围住。

"'张沁珠小姐有人找。'似乎徐升的声音。我来到前院的回廊里,果见徐升站在那里张望,我问道:'是叫我吗?'他点头道:'是,伍先生来看你。'我到房里拿了小皮包去会他。在八点钟的时候,我们已来在西直门的马路上了,早晨的郊外,空气特别清冷,麦田里的宿露未干,昨夜似乎还下了霜,一层薄薄的白色结晶铺在有些黄了的绿草上。对面吹来的风,已含了些锋利的味道。至于马路两旁的绿柳,也都大半凋零了。在闪动的光线下,露出寒伧的战抖。那远些地方的坟园里,白杨树发出嗦嗦喳喳的声响。仿佛无数的幽灵在合唱。在这种又冷艳,又辽阔的旅途中,我们的心是各自荡漾着不可名说的热情。

"不久便到了颐和园。我们进门,看见小小的土坡上,闪着黄色小朵的野菊,狗尾巴草如同一个简鄙的樵夫,追随着有点野性的牧羊女儿,夹杂在黄花丛里,不住向它们点头致敬。我们上了小土山,爬过一个不很高的山峰,便看见那碧波潋滟的昆明湖了。据说这湖是由天下第一泉的水汇集而成的。比一切的水都莹洁,我们下了山,沿着湖边走去。的确,那水是特别清澄,好像从透明的玻璃中窥物。——那些铺在湖底平滑的青苔,柔软光滑,同电灯光下的丝绒毯一样的美丽可爱。还有各种的水草,在微风扇动湖水时,它们也轻轻地舞了起来。不少的游鱼在水草缝里钻出钻进,这真是非常富有自然美的环境。我们一时不忍离去。便在湖边拣了一块干净的石头坐下,我们的影子碧清地倒映水面。当我瞥见时,脑子里浮起了许多的幻想,我不禁叹息说:'唉!这里是怎样醉人的境地呵!倘使能够长久如此便好了,……但是怎么能够呢?'

"'事在人为,'伍他这样说:'上帝制造了世界,不但给人们苦恼,同时也给人们快乐的。'

'那么快乐以后就要继之以苦恼了,或者说有了苦恼,然后才有快乐。果然如此,人间将永无美满,对吗?'我这样回答他。伍似乎也有些被我的话所打击,当他低头凝想,在水中的影子里,我看见他眼里怅惘的光波,但是后

来他是那样地答复我,他说:

"'快乐和苦恼有时似乎是循环的。即所谓乐极生悲的道理,不过也有例外,只要我们一直的追求快乐,自然就不会苦恼了。'

"'但是人间的事情是概不由人的呵!也许你不信命运。不过我觉得人类的一生,的确被运命所支配呢!比如在无量众生之中,我们竟认识了。这也不能说不是命运,至于我们认识之后怎么样呢?这也由不了我们自己,只有看命运之神的高兴了。你觉得我这话不对吗?'

"伍他真被我的议论所吓了。他不能再说一句话来反驳我。只是仰面对着如洗的苍空,嘘了一口长气。——我们彼此沉默着,暗暗地卜我们未来的命运。

"这时离我们约三丈外的疏林后面,有几个人影在移动,他们穿过藤花架,渐渐走近了。原来是一个男人两个女人,那个男人大约二十四五岁吧,穿了一套淡咖啡色的洋服,手里提着一只照相匣,从他的举止态度上说,他还是一个时髦的,但缺乏经验的青年。那两个女人年纪还轻,都不过二十上下吧,也一律是女学生式的装束,在淡素之中,藏着俏皮。并且她们走路谈话的神气,更是表现着学生们独具的大方和活泼。两人手里都拿着箫笛一类的中国乐器。在她们充满血色的皮肤上,泛着微微的笑容,她们低声谈着话,从我们面前走过,但是我们看见她们在注意我们,这使我们莫名其妙地着了忙,只好低了头避开她们探究的目光。那三个人在湖边站了几分钟,就折向右面的回廊去,我们依然坐在这里继续地谈着。

"'沁珠!'伍他用柔和的声音喊我的名字。

"'什么?'我说。

"'我常想象一种富有诗意的生活,——有这么一天,我能同一个了解我的异性朋友,在一所幽雅的房子里同住着,每天读读诗歌和其他的文艺作品。有时高兴谁也可以尽量写出来,互相品评研究。——就这样过了一生,你说我的想象终究只是想象吗?'伍说。

"'也许有实现的可能吧!因为这不见得是太困难的企图,是不是?'我说。

伍微微地笑了笑。

一阵笛声从山坡后面吹过来,水波似乎都被这声浪所震动了。它们轻轻地拍着湖岸的石头,发出潺潺的声响。这个声音,打断了我们的谈话。大约经过一刻钟笛声才停住了,远远看见适才走过的那三个年轻人的影子,转过后山向石船那边走去。时间已过午了,我们都有些饿,找了一个小馆子吃了一顿简单的饭。我们又沿着昆明湖绕了大半个圈子,雇了一只小划子在湖里荡了很久,太阳已经落在山巅上了。湖里的水被夕阳照成绛红的浅紫的橙黄的各种耀眼的颜色。我们将划子开到小码头上,下了船仍沿着湖堤走出园去,我们乘的车子回到城里时,已经六点半了,伍还要邀我到西长安街去吃晚饭,我觉得倦了,便辞了他回学校来……

"这可以说是沁珠浪漫史的开始。"素文述说到这里加了这么一句话,同时她拿起一个鲜红的苹果,大口地嚼着。

"有了开始当然还有下文了。"我说。

"自然,你等等,我歇歇再说。"素文将苹果核丢在痰盂里,才又继续说下去。

四

四点钟以后,各科的功课都完了,那些用功的同学,都到图书馆的自修室去用功。但有一部分的同学,她们懒洋洋地坐在绿栏杆上,每人身上披了一条绒绒的围巾,晒着太阳,款款地谈着。最后,她们得了一个新题目就是研究"恋爱"。在她们之中有一位叫常秀卿的同学,新近和一个某大学的教授来往得非常亲密。每日下课以后,总有电话来邀她出去。常常很晚才回学校,本来学校的规矩,九点钟就关上大门,但在大门的左边,却开了一个小门。另派看门的守着,非到十二点钟不许关门,因此她们进进出出非常方便。

这一天绿栏杆上,照例又有三四个人在那里晒太阳闲谈。远远看见常秀卿从栉沐室里出来,头发烫成水波纹的样式,盖着一个圆圆的脑袋,脸上擦着香粉胭脂,好像才开的桃花,身上披了一件秋天穿的驼绒绛色的呢大氅,嘴里哼着曲子,从她们面前走过。

"喂!老常!几时请我们吃糖呵?"文科的小李笑着问,——原来这是一个典故。因为有一次有一个同学,她和人定婚时,曾带回几盒子巧克力糖,分给大家吃,从此以后,"吃糖"便成了订婚的代名词了。

常秀卿听见小李这样问她,向她耸耸肩说道:"快啦,快啦,你们等着吧。"她说完便到外面去了。小李似乎有些牢骚,她叹了一口气道:"哪天我也找个爱人玩玩,你看她那股劲!"

"那是人家有了爱人,心是充实的,你呢?"小张接着说。

"唉，算了吧，要想找爱人，那还不容易？只要小姐高兴，立刻就围上一大堆，不过我还没那么大工夫应酬他们。"

"得了，别不害羞吧，你们满嘴里胡论些什么？真是年头变了，一个千金小姐，专要说野话！"那位胖子杜大姐接言了。

"大姐，你别恼？你说我们不害羞吗？我瞧并不是那么回事，还是大姐没着落，所以拿我们出气吧！"小李说。

"小李，那算你没猜透，人家大姐怎么没着落，昨天我才看见一个留着小须子的军官来找她，……大姐那是谁呵？"小张含笑向着杜大姐说。

杜大姐啐了一口道："那是我的侄儿，你们真没得说了，胡扯胡拉的。"

"哦，原来那是大姐的侄儿呵！那么我给你介绍一个侄儿媳妇吧！"小张说。

"那倒好，我这个侄儿今年二十四年，还没有订婚呢。……你打算介绍哪一个呢？"

"哪一个你猜吧！咱们这一堆里就有人崇拜英雄，非是军官老爷看不上。"小张说着不住用眼看着小李笑。——小李年纪虽只有二十岁，可是个子长得很高，她有一次说，你瞧我这个身量除了军官，跟别人走在一块真不像样。所以小张今天才和她开玩笑。小李红着脸过来，揪住小张骂道："烂舌头的丫头，你再乱说！"一面骂着，一面用手搔她的胁下，小张一面挣扎，一面求饶道："好姐姐，饶了我吧！再也不说你啦。"杜大姐见小张哀求得可怜，便道："瞧我吧！"一面把小李拉了过来，替她理着乱蓬蓬的短发道："来，让姐姐给你梳梳头。"小张只是看着小李笑，小李又要跑过来搔她，正好沁珠走过来说道："你们闹什么呢？"

"你来得不巧，她们的花样多着呢，可惜你没看见！"杜大姐说。

"什么事呢？大姐告诉我吧！"沁珠央求着说。

小张连忙跑过来插嘴道："大姐先别告诉她，你先问问她那件事，看她怎么说，她要好好地告诉咱们，自然咱们也告诉她，不然咱们也不说。"

沁珠听了这话，有些含羞，微笑着道："你瞧小张不是疯了吗？我又有什么短处，让你们拿着把柄了吗？"

"那是，有点，你别装正经人吧！你告诉我们那天和你在颐和园的那人是谁？——倒是一个怪漂亮的人物，称得起小白脸，你说吧，那是谁？"小张歪着脑袋看着沁珠问。

"怎么，你也上颐和园去了吗？我为什么没有看见你呢？"沁珠怀疑着问。

"那就不用管啦，我没去，我就不许有耳报神了吗？你不用'王顾左右而言它'。你，直捷了当地说吧！那位小白脸到底是谁？"小张紧接着追问，沁珠被她逼得没法道：

"谁？不过朋友罢了！这年头谁没有几个朋友呢。"

"朋友吗，还待考，我瞧世界上就没有那么特别的朋友！"小张故意挑衅地说。小李接着道："沁珠姊，你别那么不开通，这个年头有了爱人是体面，你没瞧见常秀卿吗？她每次和她的爱人出去玩，回来总要向我们描述一大篇。而你却偏藏头露尾！"沁珠"咳"了一声道："你们真是有点神经病吧，怎么越说越不像话，真的，我不骗你们，那个人只是我新交的一个朋友罢了！"

"好吧，就算是朋友，那也没什么关系，因为朋友正是爱人的预备军，沁珠你说是不是？"沁珠听了小李的话，不觉心里一动，她想小李的话，也许是真的。近来她脑子里，满是伍念秋的印象。不论伍念秋的一举一动一言一笑，似乎都能使她的心弦起异样的变化。当时她只笑了笑，说道："我还有事呢，不同你们瞎说了！"

"你要走吗？那不成，告诉我们他姓什么？"小张拦住沁珠说，沁珠还不曾答言，杜大姐过来，把小张拉开了，她对沁珠道："沁珠走吧，不用理这两个小无赖！"沁珠笑着去找我，那时我正在操场打着网球，只听有人喊我，回头一看正是沁珠，她说："素文！一下午你到什么地方去了？我到你课堂、自修室都找遍了，也没找到你，难道你一直在操场里吗？"

"不，"我说："下课后我洗了一个澡，后来碰见小袁，她要打球，我就同她到操场来了！你呢？干些什么事，伍来过没有？"

"没来，他今天出城去看朋友，没有工夫来。……我因为找你不见，正好碰见小张小李和杜大姐，在绿栏杆上坐着谈天，我也和她们鬼混了一阵。"

"她们说些什么呢？"我问。

"那还有什么新鲜题目，总不过'恋爱'问题罢了。"

"听见常秀卿要订婚的消息吗？"

"她们倒没提到这一层，但有一件事我真觉得奇怪。我同伍到颐和园去，小李她们怎么会知道呢？"

"哦，你那天在颐和园碰见什么人没有？"

"那天园里游人很少，我只碰见两个年轻的女学生同着一个男学生。"

"那就是了，你知道那个男学生就是小张的哥哥，他也认得你，一定是他对小张说的。"

"奇怪啦，小张的哥哥怎么认得我呢？"

"怎么不认识你。上次我们在南海公园，不是遇见他们一次吗？"沁珠听了这话，低头思量半天，果然想起来是有这么回事，说道："我说呢，……原来是她说的，那就是了……你们的game① 完了吗？"

"快啦！你稍微等一等，两分钟准完。"

"我们上哪儿去呢？"我向沁珠说，当我打完球的时候。

"我今天有许多话要和你谈，我们出去吃饭好不好？"我说："也好吧，但是上哪儿去呢？"我们商量了半天，最后决定到西吉庆去。那里没有什么人，说话方便。我将球拍子放在自修室里，同沁珠到学监室写了请假条，便奔西吉庆去。那时候已经快六点了，我们叫了两份大菜，一面吃一面谈话。

沁珠正吃着一块炸桂鱼，忽然间她将刀叉放下，叹了一口气道："素文你瞧我该怎么办？"

"什么事情呢？"我问。

"就是关于伍的问题呵，……他曾经向我表示，但我是没有经验的，你看我多难呵？"

"表示了！到底怎样表示的呢？"

"前天我不是一早就出去了吗？……我们又出城了，但不是到颐和园……"

"那么是到西山去了？"我接着问。

"对了，你怎么一猜就着。"沁珠这样问我。

"自然，西山是很好讲恋爱的环境，地方既美，游人又少，你们坐什么车子去的。"

"早晨是坐公共汽车去的，晚上坐洋车回来的。"

"伍对你说些什么？"

"起初我们谈些不关紧要的问题，后来我们两人上了碧云寺的石阶，那里有一所小园子，非常幽静，我们就在一块石头上坐下，伍陡然握住我的手，他的脸色像彩霞一般红，两眼里似乎含着泪，他颤抖的声音，使我惊诧，我低了头不敢向他看，只听见他低声叫道'珠妹！……'这是他对我第一次这样亲昵的称呼，你想我将怎样的惊吓？我并不答应他，但是他又说了，'唉！亲爱的珠妹！在这个世界上，你是惟一使我受苦的人！'"

---

① game，运动，这里指打网球。

我连忙问道:"'这话怎么讲?我并没有做什么事情呵!'伍将我的手握得更紧了。并且他还不住地发抖。唉!素文,当时我简直要哭出来了。我说:'你到底有什么话?直捷了当地说吧!'伍又叹了一口气道:'珠妹——聪明的珠妹,我告诉你,我是世界上第一个恨人,我的命运太坏,我今年整整活了二十五岁,但是我没有得到一天的幸福,你想我多么可怜?'伍这些话我真不明白,是什么意思。我说:'你为什么不自己去追求幸福呢?'伍连忙问我道:'倘使我追求幸福,你能允许我吗?'我说:'这话不对,怎么我会有权力不许你追求幸福呢?'"

"唉!珠妹!不是这个话,你知道世界之上,只有你能赐给我幸福呵!"

"素文,你想他这话不是明明一步紧上一步吗?其实呢,我对于他也不能说没有感情。不过我年纪还太轻,我不敢就同人讲爱情。并且我的父亲年纪老了,将来母亲的责任是要我负的。我不愿意这么早提到婚姻问题,我便对伍说道:"你的意思我现在明白了,不过我觉得只要我们彼此了解,互相勉励,互相安慰,也就可以很幸福的不是吗?……"

"是呵,我希望的就是我们终身相勉励相安慰的生活……"

我一听这话,知道他是故意不放松人,我就又解释说:"'我们永远做个道义的朋友吧!'伍自然有些失望。不过他也没再说什么。后来又有人走上来了,我们就离开碧云寺,逛了罗汉堂就雇洋车进城了。……昨天我又接到他的一封信,他发了满纸的牢骚。我还没回他的信,你说我该怎么办?"我听完沁珠这一段故事,觉得这真是个不大容易对付的题目。沁珠现在虽是不大愿意对伍表示什么。但是我准知道,她已经陷到情网里去了。在这种情形下,我再不容易出什么主意,我踌躇了很久才答道:

"据我想你们两人一只脚已经陷入了情海了,至于那一只脚,应当抽回呢,还是应当也随着下去,我看就任其自然吧,如果要勉强怎么做,那只都是招徕苦恼的。"

"那么回信怎么写呢?"沁珠说。

"你就含含糊糊地对付他,看他以后的态度怎样再说。总之他倘是真心爱你,当然还有表示……"

沁珠赞成我的提议,于是这个问题暂时就算告了一个段落,我们也就离开西吉庆回学校去了。

五

　　从这一次谈话以后，正碰到学校里大考，我和沁珠彼此都忙着预备功课，竟有一个星期没在一处谈话，有时在讲堂的甬道上遇见，也只点点头匆匆地各自走开。一个星期的大考过去了，我把讲义书本稍微理了一理，心里似乎宽松了，便想去找沁珠出去玩玩。我先到她的讲堂去找她，没有遇到。只见文澜坐在那里发呆，我跑过去招呼她，她含笑说："你是来看沁珠不是？她老早就出去了。唉！'感情'两个字真够害人的！沁珠这两天差不多天天出去，昨天回来以后，不知为什么，伏在桌子上大哭起来，晚上也不曾吃饭。我问她，她也不肯说。本来想去找你，碰巧你也不在学校里，后来打了熄灯铃，她才上楼去睡……"我听文澜的一段报告，心里也是猜疑，但是我想大约总是她和伍之间的纠葛。等她回来时再问她吧！我辞了文澜独自回到自修室，接到我家乡的来信，说我兄弟很想出来念书，但是家里的古董买卖，近来也不赚钱，经费没有着落。而我呢，也在求学时代，更是没有办法。心里只有烦闷的份，书也看不下去，一个人跑到院子里，站在干枯的海棠树下发怔。忽见沁珠满面愁容地从外面进来，我一见了她不禁冲口喊道："沁珠，你这几天究竟到什么地方去了？找你也找不着！"沁珠点头叫我道："你来，素文！……"我便走到她面前说："什么事？"她说："我们到后面操场上去谈吧！"我们彼此沉默着，经过一道回廊和讲堂的穿堂门，便到了操场。那时候因为学校正在假期中，所以同学们多半都回家，只有少数的人住在学校里，况且又是冬天，操场上一个人都没有。我同沁珠就在淡弱的太阳光波下面，慢慢散着步，同时沁珠向我叙述她这几天以内的经过。她说：

　　那天我和你谈完话以后，我回去便给伍写了一封回信，大意是说："他的痛苦我很愿意帮他解除，我愿意和他作一个很亲近的朋友。"这封信寄出去之后过了两天，他自己又到学校来看我。并且说有要紧的话和我谈，叫我即刻到他公寓里去。那天我正考伦理，下午倒没有功课。我叫他先回去，等我考完就去找他，唉！素文，那时我心里是多少不安呵！我猜想了许多可怕的现象。使我自己几乎不能挣扎，胡乱把伦理考完，就跑到公寓去，我进了伍的屋子，只见他面色惨白，两只眼怔怔地看着我，似乎有什么严重的消息，就要从他颤抖着的唇边发出来。而他自己也像吃不住似的。我受了这种暗示，心里更加紧张了，连问的勇气也没有了。沉默了许久之后，伍忽然走近我的身旁，扶着我的膝盖跪下去，将灼热的头放在我的手上，一股泪水打湿了我的手背。我发抖地问道："啊，怎样？……"我说不下去了。泪液哽住我的咽喉。后来伍抬起他那挂着泪珠而苍白的脸说道："沁珠！倘使有一天你知道了我的秘密以后，你还爱我吗？……或者你将对我含着鄙视的冷笑走开呢？……不过沁珠，我敢对天发誓，在不曾遇见你之前，我不曾爱过任何人，如同现在爱你一样。……我从前是没有灵魂的行尸走肉，而你是给我灵魂的恩人，我离了你，便立刻要恢复僵尸般的生活。沁珠呵！请你告诉我，——你现在爱我，将来还要爱我，以至于永久你都在爱我吧！……"唉！素文，我不能描出我当时所受的刺激怎样深！我的心又恐惧又辛酸，我用我的牙齿啮着那被震吓失去知觉的唇，以至于出了血。我是什么话都说不出来，我的心更紧张紊乱了，简单的语言表达不出我的意思，我们互相哭泣着。——为了莫名其妙的悲哀，我们尽量流出我们心泉中的眼泪。这是怎样一个难解的围困呵！直到同院的大学生从外面回来，他们那橐橐的皮鞋声，才把我们救出了重围。并且门外还有听差的声音说："伍先生在家吗？有一个姓张的来看你？"我就趁这个机会向伍告别回学校来，伍送我到大门口，并约定明天下午两点钟到中央公园会面。

第二天我照约定的时间到了中央公园。在松树后面的河畔找到伍。今天他的态度比较镇静多了，我们沿着河畔走了几步；河里的坚冰冒出一股刺入肌肤的冷气来，使我们不敢久留。我们连忙走进来今雨轩的大厅里，那地方有火炉，我们就在大厅旁一个小单间里坐下。要了两杯可可茶和一碟南瓜子。茶房出去以后，我们就把门关上。伍坐近我的身旁，低声问道：

"昨天回去好吗？"

我没有回答他，只苦笑着叹了一口气。伍看了我这种样子，像是非常受感动。握紧了我的手道："珠，好妹妹！我苦了你，对不住你呵！"他眼圈发了红。我那时几乎又要落下泪来。极力地忍住，装作喝茶。把那只被伍握着的手挣了出来。一面站起来，隔着玻璃窗看外面的冬景，过了几分钟以后，我被激动的情潮平息了，才又回身坐在那张长沙发椅上。思量了很久，我才决心向伍问道，"念秋，你究竟有什么秘密呢？希望你坦白地告诉我！"

"当然，我不能永久瞒着你，……不过你要答应我，你永久爱我！"

"这话我虽不敢说，不过念秋，我老实对你说吧，我洁白的处女的心上，这还是头一次镂上你的印象，我觉得这一个开始，对于我的一生都有着密切的关系，……这样已经很够了，何必更要什么作为对于你的爱情的保障呢？

……"我兴奋地说。

"我万万分相信,这是真话,所以我便觉得对不起你!"他说。

"究竟什么事呢?"

"我已经结过婚了,并且还有两个小孩子!"

"啊,已经结过婚了,……还有两个小孩子!"我不自觉地将他的话重复了一遍,唉!素文,当时我是被人从半天空摔到山涧里去呀!我的痛苦,我的失望,使我仿佛做了一场恶梦。不过我的傲性救了我,最后我的态度是那样淡漠,——这连我自己也觉得吃惊,我若无其事地说道:"这又算什么秘密呢?你结了婚,你有了小孩子,也是很平常的遭遇!……"

"哦,很平常的遭遇吗?我可不以为很平常!"伍痛苦地说着。他为了猜不透我的心而痛苦,他以为这是我不爱他的表示。所以对于他和我之间的阻碍,才看得那样平淡,这可真出他意料之外。我知道自己得到了胜利,更加矜持了。这一次的谈话,我自始至终,都维持着我冷漠的态度。后来他告诉我,他的妻和孩子一两天以内就到北京来。因此他要搬出公寓,另外找房子住。并且要求我去看他的妻,我也很客气地答应了,最后我们就是这样分手了。"

沁珠说到这里,叹了一口气,脸上充满了失望的愁惨,我便问道:"你究竟打算怎么样呢?"

"怎么样?你说我怎么样吧!"

"真也难……"我也只说了这么一句话;下文接不下去了。只好说了些旁的故事来安慰她,当我们分手的时候,她是蹙着眉峰,悲哀的魔鬼把她掠去了。

从此以后,我见了沁珠不敢提到伍,惟恐她伤心。不过据我的观察,沁珠还是不能忘情于伍。她虽然不肯对我说什么,而在她那种忽而冷淡,忽而热烈的表情里,我看出感情和理智势力,正在互相消长。

平淡的学校生活,又过了几个月。也没听到沁珠方面的什么消息。只知道她近来学作新诗,在一个副刊上发表。可惜我手边没有这种刊物,而且沁珠似乎不愿叫我知道,她发表新诗的时候,都用的是笔名。不久学校放暑假了,沁珠回家去省亲,我也到西山去歇夏。

在三个月的分离中,沁珠曾给我写了几封信,虽没有什么具体的事实,但是在那满纸牢骚中,我也可以窥到她烦闷的心情。将近开学的时候,她忽然给我来了一封快信,她说:

素文吾友：

　　这一个暑假中，我伴着年老的父亲，慈爱的母亲，过的是很安适的生活，不过我的心是受了不可救药的创伤，虽然满脸浮着浅笑，但心头是绞着苦痛。最后我病了，一个月我没有起床，现在离开学近了，我恐怕不能如期到校，请你代我向学校请两个星期的病假吧！

后来开学了，同学们都陆续到来。而沁珠独无消息，我便到学监处和注册科替她请了两个星期的病假。同时我写快信去安慰她，并问她的病状。我的信寄去两个星期，还没得到回信，我不免猜疑她的病状更沉重了。心里非常愁烦。在一个星期六的下午，我去看一个同乡。他的夫人是我中学时代的同学。她一定要留我住下，我答应了，晚饭以后，我们正在闲谈，忽然仆人进来说道：有电话找我——是由学校打来的，我连忙走到外客厅把耳机拿起来问道："喂，谁呀？"

"素文吗？我回来了！"这明明是沁珠的声音。我不禁急忙问道："你是沁珠吗？什么时候到的？"

"对了，我是沁珠，才从火车站来，你现在不回学校吗？"

我答道："本来不打算回去，不过你若要我回来，我就来！"

"那很好，不过对不住你呢！"

"没关系，……回头见吧！"我挂上耳机后，便忙忙跑到院里告诉我的同乡说："沁珠回来了，我就要回学校去。"他们知道我们的感情好，所以也没有拦阻我。只说道："叫他们雇个车子去，明天是礼拜，再同张小姐来玩。"我说："好吧，我们有工夫一定来的。"

车子到了门口，我匆匆地跑到里边，只见沁珠站在绿屏风门的旁边等我呢。她一见我进来，连忙迎上来握住我的手道："怎么样，你好吗？"

我点头道："好，沁珠，你真瘦了，你究竟生的什么病？怎么我写快信去，你也不回我，冷不防的就来了呢？"沁珠听我问她，叹了一口气道："我是瘦了吗？本来病了一个多月才好，我就赶来了，自然不能就复元。……我的病最初不过是感冒，后来又患了肝病，这样绵绵缠缠闹了一个多月。你的快信来的时候，我已好些了，天天预备着要来，所以就不曾回你的信。北京最近有什么新闻没有？"

"没有新闻，……北京这种灰城，很难打破沉闷呢！……你吃过饭了吗？"

"我在火车上吃的，现在不饿，不过有点累，今天咱们一床睡吧，晚上好谈话。"

我说："好，不过你既然累了，还是早休息的是，并且你的病体才好，我看有什么话明天慢慢地讲吧。""也行，那么我们去睡，时候已不早了。"我们一同上了楼，我把她送进二十五号寝室。秀贞和淑芳也在那里，她们都忙着问沁珠的病情，我就回自己房里睡了。

第二天下课的时候，沁珠到课堂来找我，她手里还拿着一本日记，她在我旁边的空位子上坐下，那时我正在抄笔记，她说："你忙吗？这是什么笔记？"

"文学史笔记，再有两行就完了。你等等，回头我同你出去。"沁珠点头答应。我忙把笔记抄完和她一同出来下了楼，我们一直奔学校疗养院去。这是我们常来的地方，不过在暑假的三个月里，我们是暂离过，现在又走到这里，不禁有一种新鲜的感觉和追记。我们并肩坐在酴醾花架旁的长椅上，我开始问她："这是谁写的日记？"

"我写的。"她说。

"什么时候写的。"我问。

"从今年一月到现在。"她答。

"我可以看看吗？"我问。

"全体太琐碎，……不过有几页是关于我和伍的交涉，你可以看看，也许你能帮助我解决其中的困难。"她说。

"好，让我看看吧。"我向她请求地说。

"不用忙，咱们先谈谈别的，回头我把那几段有关系的做个记号，你拿到自修室去看吧！"

"也好，我们谈些什么呢，现在。"

"别忙，我还有事情和你商量，……近来我觉得学体育没什么意思，一天到晚打球、跳舞、练体操，我真有些烦腻，要想转科吧，又没有相当的机会，并且明年就毕业了，转科也太不上算。所以我想随它去，我只对付着能毕业就行了。我要分出一部分时间学文艺。《北京日报》的编辑，是我的朋友田放，他曾答应给我一个周刊的地位，我想约几个同学办一个诗刊，你说好不好？"

我很赞成她的提议，我说："很好，你再去约几个人吧，我来给你做一个扛旗的小卒，帮你们呐喊——因为新诗我简直没作过呢。"我们商量好了，她就去写信约人，我就回到自修室把她的日记有记号的地方翻出来看。

一月二十日，今天早晨天空飞着雪花，把屋瓦同马路都盖上了，但不很冷，因为没有风。我下课后，坐着车子去看伍……他已搬到大方院九号。这虽然是我同他约定的，不过在路上，我一直踌躇着，我几次想退回去，但车夫一直拉着往前走，他竟不容我选择。最后我终于到了他的家门口，走下车来，给了车夫钱。那两扇红漆大门，只是半掩着。可是我的脚，不敢往里迈，直等到里面走出一个男仆来，问我找谁，我才将名片递给他说："看伍念秋先生。"他恭敬地请我客厅里坐坐，便拿着名片到里面去。没有两分钟伍就出来了。他没有坐下，就请我到屋里去坐。我点头跟他进去，刚迈进门槛，从屏风门那里走出一个少妇，身后跟着一个五六岁的男孩，两只水亮的眼睛，把我望着。那个少妇向我鞠躬说道："这位是张小姐吗？请里边坐吧。"同时伍给我介绍她，我叫了一声"伍太太"。我们一同进了屋子，伍摸着那个男孩的头道："小毛你叫张姑姑。"男孩果然笑着叫了一声："张姑姑！"我将他拉到身旁问他多大了。他说："五岁！"这孩子真聪明，我很喜欢他，我应许下次买糖来给他吃，他更和我亲近了。……她呢，进去替我们预备点心去了。她是一个很驯良服从的女人，样子虽长得平常，但态度还大大方方的，她自然还不知道我和伍的关系。所以她对我很亲热。而我呢，并不恨她，也不讨厌她，不过我心里却有一种说不出来的难过。伍的两眼不时向我偷看，我只装作不知。不久她叫女仆端出两盘糖果和菜，她也跟着出来。她似乎不很会应酬我们，彼此都没什么话说，只好和那个五岁的男孩胡闹，那孩子他还有一个兄弟，今年才两岁多，奶妈抱出去玩，所以我不曾见着他。

　　一点钟过后，我离了他们回学校，当我独自坐在书案旁，回想到今天这一个会晤，我不觉自己叹了一口气道："可怜的沁珠，这又算什么呢？……"

　　二月十五日，伍近来对我的态度更热烈了，昨天他告诉我：他要和她离婚。——原因是她不知从哪里听到了我们俩的关系，自然她不免吃了醋，立刻和他闹起来，这使他更好决心倾向我这边了。不过，我怎么能够赞同他这种的谋图呢！我说："你要和你的夫人离婚，那是你的家务事，我不便过问。不过，我们的友谊永久只维持到现在的程度。"他被我所拒绝，非常痛苦地走了。我到了自修室里，把前后的事情想了一想，真觉得无聊，我决定以后不和伍提到这个问题，我要永久保持我女孩儿自尊的心……

五月十日，现在伍对我不敢说什么。他写了许多诗寄给我，我便和他谈诗。我装作不懂他的含义，——大约他总有一天要恼我的，也好！我自己没有慧剑，——借他的锋刃来割断这不可整理的情丝倒也痛快！……唉！不幸的沁珠，现在跪在命运的神座下，听宰割，"谁的错呢？"今夜我在圣母前祈祷时，我曾这样地问她呢！

六月二十五日，伍要邀我到北海去，我拒绝了。这几天我心里太烦，许多同学谈论我们的问题，她们觉得伍太不对，自己既然有妻有子，为什么还苦苦缠绕着我。不过我倒能原谅他，——情感是个魔鬼，谁要是落到他的手里，谁便立刻成了他的俘虏，……今后但愿我自己有勇气，跳出这个是非窝，免得他们夫妻不和……

沁珠的日记我看过之后，觉得她最后的决心很对，当我送还她时，曾提到这话。她虽然有些难过，但还镇静。后来我走的时候，她开始写诗，文艺是苦闷的产儿，希望她今后在这方面努力吧！

六

光阴走得飞快，沁珠和我都还有两个月，就要考毕业了。这半年里，她表面上过得很平静，她写了一本诗，题名叫做《夜半哀歌》。描写得很活泼，全诗的意境都很幽秀，以一个无瑕的少女的心，被不可抵抗的爱神的箭所射穿，使她开始尝味到人间最深切的苦闷。每在夜半，她被鸥梟的悲声唤醒后，她便在那时候抒写她内心的悲苦。——当然这个少女就是影射她自己了。这本诗稿，她不愿在她所办的诗刊上发表。给我看过以后，便把它锁在箱子里了。我觉得她既能沉心于文艺，大约对伍的情感必能淡忘，所以不再向她提起，她呢，也似乎很心平气和地生活下去。不久毕业考了，自然更觉忙碌，把试考完，她又照例回家去省亲，我仍住在学校，那一个暑假，她过得很平静，不到开学的时候，她已经又回到北京来。因为某中学校请她教体育兼级任，在学校招考的时候，她须要来帮忙的。

那一天，她回到北京的时候，我恰巧也刚从西山回学校，见她满面笑容地走了进来，使我疯狂般地惊喜。我们两个月不见了，当彼此紧握着两手时，眼泪几乎掉了下来。好容易把激动的热情平静下去，才开始谈到别后的事情。据沁珠说，她现在已经找到新生活的路途了。对于伍的交往，虽然不能立刻断绝，但已能处置得非常平淡。我听了她的报告，自然极替她高兴。我们绕着回廊散步，一阵阵槐花香，扑进鼻子，使我们的精神更加振作。我们对这两三年来住惯了的学校，有一种新的依恋，似乎到处都很合适。现在一旦要离开，真觉得有些怅惘！我们在长久沉默之后，才谈到以后的计划。沁珠已接到某中学正式的聘函。我呢，因年纪太小，不愿意就去社会服务。打算继续进本校的研究院。不过研究院下学期是否开始办理，还没有确实的消息。打算暂时搬到同乡家里去住着等消息。沁珠，她北京也没有亲戚，只得搬到某中学替女教员预备的宿舍里去。

在黄昏的时候，我们已将存在学校储藏室里的行李搬到廊子上。大身量的老王，替我雇好车子，我便同沁珠先到她的寄宿舍里去。车子走约半点钟，便停在一个地方，我和沁珠很注意地看过地址和门牌一点没有错。但那又是怎样一个令人心怯的所在呵？两扇黑漆大门倾斜地歪在半边，门楼子上长满了狗尾巴草，向来人不住躬身点头，似乎表示欢迎。走进大门，我们喊了一声："有人吗？"就见从耳房里走出一个穿着白布裤褂的男人，见了我们，打量了半天，才慢腾腾地问道："你们做什么呀？"沁珠说："我是张先生，某中学新聘的女教员，""哦，张先生呀，……这是您的东西吗？"沁珠道："是。"那听差连忙帮车夫搬了下来。同时领着我们往里走，穿过那破烂的空场，又进了一个小月亮门，朝北有五间瓦房，听差便把东西放在东头的那间房里。一面含笑说道："张先生就住这一间吧，西边两间是徐先生住的。当中一大间可以作饭厅……"沁珠听了这话，只点了点头，当听差退出去之后，沁珠才指着那简陋的房间和陈设说道："素文！你看这地方像个什么所在？……适才我走进来的时候，似乎看见院子里还有一座八角的古亭，里面像是摆着许多有红毛缨的枪刀戟一类的东西，我们出去看看。"我便跟了她走到院子里，只见有两株合抱的大榆树，在那下面，果然有一座破旧的亭子，亭子里摆着几个白木的刀枪架，已经破旧了。架上插着红毛缨的刀枪，仿佛戏台上用的武器。我们都莫名其妙那是怎么个来历。正在彼此猜疑的时候，从外面走进一个女仆来，见了我们道："先生们才搬来吗？有什么事情没有？我姓王，是某中学雇我来伺候先生们的。"沁珠说："你到屋里把我的行李卷打开，铺在木板床上。然后替我们提壶开水来吧！"王妈答应着往屋里铺床去了。我们便绕着院子走了一圈，又跑到外面那院子去看个仔细。只见这个院子，比后头的院子还大，两排有五六间瓦房，似乎里面都住了人。我们不知道是谁，所以不敢多看，便到里面去。正遇见王妈从屋里出来。我们问她才知道这地方本来是一座古庙。前面的大殿全拆毁了，只剩五六间配殿，现在是某中学的男教员住着。后院本来有一座戏台，新近才拆去。那亭子里的刀枪架都是戏台上拿下来的。我们听了这话，沁珠笑道："果然是个古庙，我说呢，要不然怎么会这样破烂而院子又这么大！……好吧！素文我从今以后要作入定的老僧了。这个破庙倒很合适，不是吗？"我笑道："你还是安分些充个尼姑吧，老僧这辈子你是没份了！"沁珠听了这话也不禁笑了。我们回到屋里，便设计怎样布置这间简陋的屋子，使它带点艺术味才好。我便提议在门上树一块淡雅的横额，沁珠也赞成。但是写什么呢？沁珠说她最喜欢梅花，并且伍曾经说过她的风姿正像雪里寒梅，并送了她一个别号"亦梅"。所以她决意横额上用"梅窝"两个字，我也觉得这两个字不错，我们把横额商量定妥，便又谈到屋里的装饰。我主张把那不平而多污点的粉墙，用一色淡绿色的花纸裱糊过。靠床的那一面墙上，挂一张一尺二寸长的圣母像，另一面就挂那幅瘦石山人画的白雪红梅的横条。窗帘也用淡绿色的麻纱，桌上罩一块绛红呢的台布，再买几张藤椅和圆形的茶几放在屋子的当中，上面放一个大磁瓶，插上许多鲜花，床前摆一张小小的水墨画的围屏。这样一收拾，那间简陋的破庙，立刻变成富有美术意味的房间了。

当夜我就住在她那里。第二天绝早，我们就出去购置那些用具，不久就把屋子收拾得正如我们的意思。沁珠站在屋子当中，叹了一口气道："这一来，可有了我安身立命的地方了！但是你呢？"我说："只要有了你这个所在，我什么时候觉得别处住腻了，就来搅你吧！"我见她那里一切都已妥帖，便回到学校布置我自己的住处去了。

不久学校里已经公布办研究院的消息，我又搬到学校去住。北京的各中学也都开了学，所以我又有两三个星期没去看沁珠。在一天的下午，我正在院子里晒手巾，忽见沁珠用的那个王妈，急急忙忙走了进来叫道："素文小姐，您快去看看张先生吧，今天不知为什么哭了一天，连饭也没吃，学校也没去，我问她，她不说什么。所以才来找您！"我听了这个吓人的消息，连忙同王妈去看她，到了沁珠那里，推开房门，果见她脸朝床里睡着，眼泡红肿，面色憔悴，亮晶晶的泪滴沿着两颊流在枕头上。我连忙推她问道："沁珠怎么了？是不是有病，还是有什么意外的事情呢？"沁珠被我一问，她更哭得痛切了，过了许久，她才从枕头底下拿出一封信给我看，那是一封字体潦草的信，我忙打开看道：

沁珠女士妆次：

请你不要见怪我写这封信给你。女士是有学问，有才干的人，自然也更明白事理。定能原谅我的苦衷，替我开一条生路！不但我此生感激你，就是我的两个孩子也受赐不浅！

女士你知道我的丈夫念秋，自从认识你之后，他对我就变了心。最初他在我面前赞扬你，我不明白他的意思，除了同他一般地佩服你之外，没有想到别的。但是后来他对我冷淡发脾气，似乎对于孩子，也讨厌起来了。他这种陡然改变常态，我不能不疑心他，因为我常暗里留心他的行踪和信件。——最后我就发现了你们中间的恋爱关系，当时我几乎伤心得昏了过去。我常看报，知道现在的风气，男人常要丢掉他本来的妻，再去找一个新式女子讲自由恋爱，我想到这里，怎么不为我自己的前途和孩子的幸福担心呢？那时我便质问他，究竟我到他家里六七年来，做错了什么事，对不起他？使他要抛弃我！但是他简直昏了，他不承认他自己的不该，反倒百般辱骂我，说我不了解他，又没有相当的学问。自然我也知道我的程度很浅，也许真配不上他。但是我们结婚已经六七年了，平日并不见得有什么不合适，怎么现在忽然变了。他说：他从前没有遇见好的，所以不觉得，现在既然遇见了，自然要对我不满意。唉！沁珠女士！我们都是女人，你一定能知道一个被人抛弃的妻子的苦楚！倘使我没有那两个孩子，我也就不和他争论，自己去当尼姑修行去了。可是现在我又明明有这两个不解事的孩子，他们是需要亲娘的抚慰教养，如果他真弃了我，孩子自然也要跟着受苦，所以我恳求女士，看在我母子的面上，和念秋断绝关系，使我夫妻能和好如初，女士的恩德，来世当衔草以报。并且以女士的学问才干，当然不难找到比念秋更好的人，又何必使念秋因女士之故，弃妻再娶，做个不情不义的人？我本想自己来看女士，陈述下情，又恐女士公事忙，所以写了这封信，文理不通，尚祈女士多多原谅，端此敬请

文安！

伍李秀瑛敬上

这封信当然要使沁珠伤心，我只得设法安慰他，叫她从此以后，不和念

秋往来。她哽咽着道:"你想我一个清白女儿,无缘无故让她说了那些话。——其实念秋哪一次对我示意,我不是拒绝他?至于我还和他通信,那不过是平常的友谊罢了……"我接着说道:"想必他还对你不曾死心,或者竟已经和他妻子提出离婚的条件,所以才逼出这封信来,你现在打算回她的信吗?"沁珠摇头道:"我不想回她,我只打算写一封信给伍,叫他把从前我所给他的信都还我,同时我也将他的信还他,从此断绝关系。唉!素文!我真太不幸了!"她说着又流下泪来。我劝她起来同到外面散散步,同时详细谈谈这个问题。她非常柔和地顺从了,起来洗过脸,换了一件淡雅的衣服我们便坐车到城南公园去。走进那碧草萋萋的空地上时,太阳正要下山,游人已经很少,我们就在那座石桥上站着。桥下有一道不很宽的河流,河畔满种着芦苇,一丛清碧的叶影,倒映水面,另有一种初秋爽凉的意味。我们目注潺溪的流水,沉默了许久,忽听沁珠叹了一声道:"自觉生来情太热,心头点点着冰华。"她心底的烦闷和怆淡的面靥,深深激动了我,直觉得人生没有什么趣味。我也由不得一声长叹,落下两点同情泪来。

  我们含着凄楚的悲哀下了石桥,坐在一株梧桐树下,听阵阵秋风,穿过林丛树叶间,发出栗栗的繁响,我们的心也更加凄紧了。但是始终我们谁都没有提到那一个问题,一直等到深灰色的夜幕垂下来了,我们依然沉默着回到沁珠的住所。吃晚饭时,她仅喝了一碗稀粥。这一夜我不曾回学校,我陪她坐到十点多钟,她叫我先睡了。

  夜里她究竟什么时候睡的,我不曾知道,只是第二天早晨我醒来时,看见她尚睡得沉沉的。不敢惊动她,悄悄地起床,在她的书桌上看见一封尚未封口的信,正是寄给伍念秋的。我知道她昨晚回肠九转,这封信正是决定她命运的大关键,顾不得征求她的同意,我就将它抽出看了,只见她写道:

念秋先生:

  我们相识以来,整整三年了,我相信我们的友谊只到相当的范围而止,但是第三者或不免有所误会,甚至目我为其幸福的阻碍,提出可笑的要求。在这种情形之下,我们不得不从此分手,请你将我给你的信寄还,当然我也将你的那些信和诗遣人送给你,随你自己处置吧。唉!我们的过去正像风飘落花在碧水之上作一度的聚散罢了!

沁 珠

我看过那封寥寥百余字的信后,我发现那信笺上有泪滴的湿痕,当时我仍然把信给她装好,写了几个字放在桌上:"我有事先回学校,下午再来看你!……"我便悄悄回学校去了。

七

沁珠自从和伍绝交后,她的态度陡然变了,整日活泼生动的举止现在成了悲凉沉默,每日除上课外,便是独自潜伏在那古庙的小屋中。我虽时常去看她,但也医不了她失望的伤心。所以弄得我都不敢去了,有时约了秀贞和淑芳去看她,我们故意哄她说笑,她总是眼圈红着和我们痴笑,那种说不出的伤感,往往使得我们也只好陪她落泪。在这个时期中,她常常半夜起来写信给我,……我今天只带了一封比较最哀艳的来给你看看,其余的那些我预备将来替她编辑成一个小册子,就算我纪念她的意思。

素文一面述说,一面从一个深红色的皮夹子里掏出一封绯红色的信封来;抽出里面的信来递给我,我忙展开看道:

  昨天夜半,我独自一个人坐在房里,一阵轻风吹开了我的房门,光华灿烂的皎月,正悬在天空,好像一个玉盘,星点密布,如同围棋上的黑白子!四境死一般的静寂,只隐约听见远处的犬吠声,有时卖玉面饽饽的小贩的叫卖声,随着风的回荡打进我的耳膜里来。这时我的心有些震悸,我走近门旁,正想伸手掩上门时,忽然听见悲雁怆厉地叫了两声,从那无云的天空,飞向南方去了。唉!我为了这个声音,怔在门旁,我想到孤雁夜半奔着它茫漠的程途,是怎样单寒可怜!然而还有我这样一个乖运的少女为它叹息!至于我呢,——寄寓在这种荒凉的古庙里,谁来慰我冷寂?夜夜只有墙荫蟋蟀,凄切的悲鸣,也许它们是吊我的潦倒,唉!素文!今夜我直到更夫打过四更才去睡的。但是明天呢,只要太阳照临人间时,我又须荷上负担,向人间努力挣扎去了。唉!我真不懂,草草人事,究竟何物足以维系那无量众生呢!

沁 珠书于夜半

我将信看完,依旧交还素文。不禁问道:"难道沁珠和伍的一段无结果的恋爱,便要了沁珠的命吗?"

素文道:"原因虽不是这么简单,但我相信,伍的确伤害了沁珠少女的心。……把一个生机泼辣的她,变成灰色绝望的可怜虫了。"

素文说到这里,依旧接续那未完的故事;说下去道:

沁珠差不多每天都有一封这一类的信寄给我。有时我也写信去劝解她,安慰她。但是她总是快快不乐。有一天学校放假,我便邀了秀贞去找她,勉强拉她出去看电影。那天演的是有名的托尔斯泰的《复活》。在休息的时间里,我们前排有一个身材魁梧的青年,走过来招呼沁珠。据沁珠说,他姓曹,是她的同乡,前几个月在开同乡会时曾见过一面。不久电影散了,我们就想回去。而那位曹君坚意要邀我们一同到东安市场吃饭。我们见推辞不掉便同他去了,到了森隆饭馆拣了一间雅座坐下,他很客气地招待我们。在吃饭的时候,我们很快乐地谈论到今天的影片,他发了许多惊人的议论,在他锋利的辞锋下,我发现沁珠对他有了很好的印象。她不像平日那样缺乏精神,只是非常畅快地和曹君谈论。到了吃完饭时,他曾问过沁珠的住址,以后我们才分手。我陪沁珠回她的寓所,在路上沁珠曾问我对于曹的印象如何?我说:"好像还是一个很有才干和抱负的青年!"她听了这话,非常惊喜地握住我的手道:"你真是我的好朋友,素文!因为你的心正和我一样。我觉得他英爽之中,含着温柔,既不像那些粗暴的武夫,也不像浮华的纨绔儿,是不是?"我笑了笑没有回答什么。当夜我回学校去,曾有一种的预感,系绕过我的意识界。我觉得一个月以来,困于失望中的沁珠,就要被解放了。此后她的生命,不但不灰色,恐怕更要像火焰般的耀眼呢。

两个星期后,我在一个朋友的宴会上,就听见关于沁珠和曹往来的舆论。事实的经过是这样,他们之中有一个姓袁的,他也认得沁珠,便问我道:

"沁珠女士近来的生活怎样?……听说她和北大的学生曹君往来很密切呢?"

我知道一定还有下文,便不肯多说什么,只含糊地答道:"对了,他是她的同乡。但是密司特袁怎么知道这件事?"

"哦,我有一天和朋友在北海划船,碰见他们在五龙亭吃茶。我就对那个朋友说道:'你认识那个女郎么?'他说:'我不知道她是谁,不过我敢断定这两个人的交情不浅,因为我常常碰见他们在一处……'所以我才知道他们交往密切。"

我们没有再谈下去，因为已经到吃饭的时候。吃完晚饭，我就决心去找沁珠，打算和她谈谈。哪晓得到了那里，她的房门锁着，她不在家，我就找王妈打听她到什么地方去了，王妈说："张先生这些日子喜欢多了，天天下课回来以后，总有一个姓曹的年轻先生来邀她出去玩。今天两点钟，他们又一同出去了，到现在还没回来，可是我不清楚他们是往哪儿去的。"

我扫兴地出了寄宿舍，又坐着原来的车子回去，我正打算写封信给她，忽见我的案头放着一封来信，正是沁珠的笔迹，打开看道：

素文：

你大约要为我陡然的变更而惊讶了吧！我告诉你，亲爱的朋友，现在我已经战胜苦闷之魔了。从前的一切，譬如一场噩梦。虽然在我的生命史上曾刻上一道很深的印痕。但我要把它深深藏起来，不再使那个回忆浮上我的心头。——尤其在表面上我要辛辣的生活，我喜欢像茶花女，——玛格丽特那样处置她的生命，我也更心服"少奶奶的扇子"上那个满经风霜的金女士，依然能扎挣着过那种表面轻浮而内里深沉的生活。亲爱的朋友！说实话吧，伍他曾给我以人生的大教训，我懂得怎样处置我自己了。所以现在我很快乐。并且认识了几个新朋友，曹是你见过的。他最近几乎天天来看我，有时也同出去玩耍。也许有很多的人误会我们已发生爱情，关于这一点，我不想否认或承认，总之，纵使有爱情，也仅仅是爱情而已。唉，多么滑稽呵！大约你必要责备我胡闹，但是好朋友！你想我不如此，怎能医治我这已受伤的灵魂呢？有工夫到我这里来，还有许多有趣的故事告诉你。

你的沁　珠

唉！这是怎样一封刺激我的信呵。我把这封信翻来覆去地看了两三遍。心里紊乱到极点，连我自己也不懂作人应当持什么样的态度。我没有回她的信，打算第二天去看她，见了面再说吧！当夜我真为这个问题困扰了。竟至于失眠。第二天早晨我听见起身钟打过了，便想起来。但是我抬起身来，就觉得头脑闷胀，眼前直冒金星，用手摸摸额角，火般的灼热，我知道病了。"哎哟"地呻吟了一声，依然躺下，同房的齐大姐，——她平常是一个很热心的人，看见我病了，连忙去找学监。——那位大个子学监来看过之后，就派人请了校医来，诊断的结果是受了感冒，嘱我好好静养两天就好了。那么我自然不能去看沁珠。下午秀贞来看我，曾请她打电话给沁珠，告诉我病了。当晚沁珠跑来看我，她坐在我的床旁的一张椅子上，我便问她近来怎么样，她微微地笑道：

"过得很有意思，每天下了课，不是去北海划船，就是看电影，糊里糊涂，连自己也不知道要些什么把戏，不过很热闹，也不坏！"

我也笑道："不坏就好，不过不要无故害人！你固然是玩玩，别人就不一定也这么想吧！"

沁珠听了这话，并不回答我，只怔怔向窗外的蓝天呆望着，我又说道："你说有许多有趣的故事要告诉我究竟是什么呢？"沁珠转过脸来。看了我一下道："最近我收到好几封美丽的情书，和种种的画片，我把它们都贴在一个本子上，每一种下面我题了对于那个人的感想和认识的经过。预备将来我老了的时候，那些人自然也都有了结果，再拿出来看看，不是很有趣的吗？"

我说："这些人真是闲得没事干，只要看见一个女人，不管人家有意无意，他们便老着脸皮写起情书来。真也好笑，究竟都是些什么人呢？哪一个写得最好。"

"等你明天好了，到我那里自己去看吧！我也分不出什么高下来，不过照思想来说，曹要比他们彻底点。"

我们一直谈到八点钟沁珠才回去。此后我又睡了一天，病才全好。——这两天气候非常合适，不冷不热，当我在院子里散步时，偶尔嗅到一阵菊花香，我信步出了院子，走进学校园去，果见那里新栽了几十株秋菊，已开了不少。我在花畦前徘徊了约有十分钟的时候，我发现南墙下有三株纯白色的大菊花，花瓣异常肥硕，我想倘使采下一朵，用鸡蛋面粉白糖调匀炸成菊花饼，味道一定很美。想到这里，就坐车去找沁珠。她今天没有出去，我进门时，看见她屋子里摆满了菊花的盆栽，其中有一盆白色的，已经盛开了。我便提议采下那一朵将要开残的做菊花饼吃，沁珠交代了王妈，我便开始看她那些情书和画片，忽然门外有男子穿着皮鞋走路的声音，沁珠连忙把那一本贴着情书的簿子收了起来，就听见外面有人问道：

"密司张在家吗？"

"哪一位，请进来吧！"

房门开了，一个穿着淡灰色西服和扎腿马裤的青年含笑地走了进来。我一看正是那位曹君。他见了我说道："素文女士好久不见了，近来好吧？"

"多谢！密司特曹，我很好，您怎样呢？"我说。

"也对付吧！"

我们这样傻煞一回事地周旋着，沁珠已忍不住笑出声来，她很随便地让曹坐下说道：

"你们哪里学来的这一套，我最怕这种装着玩的问候，你们以后免了吧！"我们被她说得也笑了起来。这一次的聚会，沁珠非常快乐，她那种多风姿的举动和爽利的谈锋，真使我觉得震惊，她简直不是从前那一个天真单纯的沁珠了。据我的预料，曹将来一定要吃些苦头。因为我看出他对沁珠的热烈，而沁珠只是用一种辛辣的态度任意发挥。六点多钟曹告辞走了，我便和沁珠谈到这个问题，我说：

"我总怀疑，一个人如你那种态度处世是对的。你想吧，人无论如何，总有人的常情，在这许多的青年里，难道就没有一个使你动心的吗？你这样要把戏般地耍弄着他们，我恐怕有一天你将要落在你亲手为别人安排的陷阱里哩！"

"唉！素文！你是我最知己的朋友，你当能原谅我不得已的苦衷，我实话告诉你，我今年二十二岁了！这个生命的时间虽然不长，但也不一定很短，而我只爱过一个人，我所有纯洁的少女的真情都已经交付给那个人了，无奈那个人，他有妻有子，他不能承受我的爱。我本应当把这些情感照旧收回，但是天知道，那是无益的。我自从受过那次的打击以后，我简直无法恢复我的心情。所以前些时候，我竟灰心得几乎死去。不过我的心情是复杂的，虽然这样，但同时我是欢喜热烈的生活……"沁珠说着这话的时候，眼睛里是充满了眼泪。我也觉得这个时期的青年男女很难找到平坦的道路，多半走的是新与旧互相冲突的叉道，自然免不了种种的苦闷和愁惨。沁珠的话我竟无法反驳她，我只紧紧握住她的手！表示我对她十三分的同情。——当夜我们在黯然中分手，我回到学校里，正碰见文澜独自倚窗看月，我觉得心里非常郁闷，便邀她到后面操场去散步，今夜月色被一层薄云所遮，忽明忽暗，更加着冷风吹过梧桐叶丛，发出一阵杀杀的悲声，我禁不住流下泪来。文澜莫名其妙地望着我，但是最后她也只叹息一声，仍悄悄地陪着我在黯淡的光影下徘徊着。直到校役打过熄灯铃，我们才回到寄宿舍里去。

我从沁珠那里回来后，一直对于沁珠的前途担着心，但我也不知道怎样改正她的思想才好。最大的原因我也无形中赞成她那样处置生命的态度，一个女孩儿，谁没有尊严和自傲的心呢？我深知道沁珠在未与伍认识以前，她只是一个多情而驯良的少女。但经伍给她绝大的损伤后，她由愤恨中发现了她那少女尊严和自傲。陡然变了她处世的态度。这能说不是很自然的趋势吗？……

我为了沁珠的问题，想得头脑闷胀，这最近几天简直恹恹地打不起精神，遂也不去找沁珠多谈，这样地过了一个星期。在一天的早晨，正是中秋节，学校里照例放一天假，我想睡到十二点再起来，——虽然我从八点钟打过以后，总是睁着眼想心事，然而仍舍不得离开那温软的被絮。我正当魂梦惝恍的时候，只觉得有一只温柔的手放在我的额上，我连忙睁开眼一看，原来正是沁珠。唉！她今天真是使我惊异的美丽，——额前垂着微卷的烫发，身上穿着水绿色的秋罗旗袍，脚上穿着白鞋白袜。低眉含笑地看着我说道："怎么，素文，九点五十分了，你还睡着呵！快些起来。曹在外面等着你到郊外赛驴去呢。"她一面说，一面替我把挂在帐钩上的衣服拿了下来，不由我多说，把我由被里拖了起来。——今天果然是好天气，太阳金晃晃地照着红楼的一角，发出耀眼的彩辉，柳条静静地低垂着，只有几只云雀在那树顶跳跃，在这种晴朗的天气中，到郊外赛驴的确很合宜。不知不觉也鼓起我的游兴来。连忙穿上衣服，同沁珠一齐来到栉沐室，梳洗后换上一件白绸的长袍，喝了一口豆腐浆，就忙忙到前面客厅里去。那时客厅里坐满了成双捉对的青年男女，有的喁喁密语，有的相视默默，呵，这简直是情人聚合的场所，充满了欢愉和惆怅的空气！而曹独自一个呆坐在角落里，似乎正在观察这些爱人们的态度和心理。当我们走进去时，细碎的脚步声才把他从迷离中惊醒。他连忙含笑站了起来，和我招呼。沁珠向他瞟了一眼道："我们就走吧！"曹点头应诺，同时把他身边的一个小提篮拿在手里，我们便一同出了学校，门口已停着三头小驴。我们三人各自带过一头来走了几步，在学校的转弯地方，有一块骑马石，我们就在那里上了驴。才过一条小胡同，便是城根，我们沿着城根慢慢地往前去。越走越清净，精神也越愉快。沁珠不住回头看着曹微笑，曹的两眼更是不离她的身左右。我跟在后头，不觉心里暗暗盘算，这两个人眼见一天比一天趋近恋爱的区域了。虽是沁珠倔强地说她不会再落第二次的情网，但她能反抗自然的趋势吗？爱神的牙箭穿过他俩的心，她能从那箭镞下逃亡吗？……这些思想使我忘记了现实。恰巧那小驴往前一倾，几乎把我跌了下来；在这不意的惊吓中，我不觉"哎呀"地喊了出来。他俩连忙围拢来："怎么样？素文！"沁珠这样地问我。曹连忙走下驴来道："是不是这头驴子不稳，素文女士还是骑我这头吧！"他俩这种不得要领地猜问着，我只有摇头,但又禁不住好笑,忍了好久,才告诉他俩:"我适才因为想事情不曾当心,险些掉下驴来。其实没有什么了不得的事情。"他俩听了才一笑,又重新上了驴。我们在西直门外的大马路上放开驴蹄得得地跑上前去,仿佛古骑士驰骋疆场的气概。沁珠并指着那小驴道:"这是我的红鬃骠马咧!"我们都不觉笑了起来。不久就望见西山了。我们在山脚的碧云寺前下了驴,已经是十一点半了。我们把驴子交给驴夫。走到香云旅社去吃午饭。这地方很清幽,院子里正满开着菊花和桂花,清香扑鼻,我们就在那廊子底下的大餐桌前坐下了。沁珠今天似乎非常高兴,她提议喝红玫瑰。曹也赞同,我当然不反对。不过有些担心,不知道沁珠究竟是存着什么思想,不要再同往日般,借酒浇愁,喝得酩酊大醉,……幸喜那红玫瑰酒只是三寸多高的一个小瓶,这才使我放了心。我们一面吃着茶,一面咽着玫瑰酒,一面说笑。吃到后来,沁珠的两颊微微抹上一层晚霞的媚色,我呢,心也似乎有些乱跳,曹的酒量比我们都好,只有他没有醉意。午饭后我们本打算就骑驴回去,但沁珠有些娇慵,我们便从旅馆里出来,坐洋车到玉泉山,那里游人很少,我们坐在一个凉亭里休息。沁珠的酒意还未退净,她闭着眼倚在那凉亭的柱子上,微微地喘息着,曹两眼不住对她望着,但不时也偷眼看着我,这自然是给我一种暗示。我便装着去看花圃里的秋海棠,让他俩一个亲近的机会,不过我太好奇,虽然离开他俩两丈远,而我还很留心地静听他俩的谈话:

"珠!现在觉得怎样?……唉!都是我不小心,让你喝得太多了!"

"不,我不觉得什么,只是有些倦!……"

"那么你的脸色怎么似乎有些愁惨!"

"唉!愁惨就是我的运命!"她含着泪站了起来,说道:"素文跑到什么地方去了?"

"那边花圃旁边站着的不是吗?"

"素文!"沁珠高声地叫道:"是时候了,我们该回去了。"

我听了沁珠的话,才从花圃那边跑过来。我们一同离开玉泉山,坐车回城,到西城根时我便和他俩分路,独自到学校去。

八

我从西山回来以后,两天内恰巧都碰到学校里开自治会,所以没有去看沁珠,哪里晓得她就在那一天夜晚生病了。身上头上的热度非常高,全身骨节酸痛，翻腾了一夜，直到天亮才迷迷昏昏地睡着了。寄宿舍的王妈知道她今天第一节便有功课，等到七点半还不见沁珠起来。曾两次走到窗根下看动静，但是悄悄地没有一点声息。只得轻轻地喊了两声。沁珠被她从梦里惊醒，忍不住"哎哟"地呻着。王妈知道她不舒服，连忙把头上的簪子拔了下来，拨开门上的闩子走进来看视。只见沁珠满脸烧得如晚霞般的红。两眼矇眬。王妈轻轻地用手在她额角上一摸，不觉惊叫道："吓，怎么烧得这样厉害！"沁珠这时勉强睁开眼向王妈看了一下，微微地叹了一口气道："王妈你去打个电话，告诉教务处，我今天请假。"王妈应着匆匆地去了。沁珠掉转身体，又昏昏地睡去，直到中午，热度更高了，同时觉得喉咙有些痛。她知道自己的病势来得不轻，睁开眼不见王妈在跟前，四境静寂得如同死城，心里想到只身客寄的苦况，禁不住流下泪来。正在神魂凄迷的时候，忽听窗外有人低声说话。似乎是曹的声音说道：

"怎么，昨天还玩得好好的，今天就病得这样厉害了呢？"

"是呵，……我也是想不到的，曹先生且亲自去看看吧！"

"自然……"

一阵皮鞋声已来到房门口了。曹匆匆地跑了进来，沁珠懒懒把眼睁了一睁，向曹点点头，又昏沉沉地闭上眼了。曹看了这些样子，知道这病势果然来得凶险；因回身向王妈问道：

"请医生看过吗？"

王妈摇头道："还没有呢，早上我原想着去找素文小姐，央她去请个大夫看看，但是我一直不敢离开这里……"曹点头道："那么。我这就去请医生，你好生用心照顾她吧！"说完拿了帽子忙忙地走了。

这时沁珠恰好醒来，觉得口唇烧得将要破裂，并且满嘴发苦，因叫王妈倒了一杯白开水，她一面喝着一面问道："恰才好像曹先生来过的，怎么就去了呢？"

"是的，"王妈说："曹先生是来过的，此刻去请医生去了，回头还来。您觉得好些吗？"沁珠见问，只摇摇头，眼圈有些发红，连忙掉转身去。王妈看了这种情形，由不得也叹了一口气，悄悄走出房来到电话室里打电话给我，当她在电话里告诉我沁珠病重，把我惊得没有听完下文，就放下耳机，坐上车子到寄宿舍去。

我走到门口的时候，正遇见曹带着医生进来，我也悄悄地跟着他们。那位医生是德国人，在中国行医很有些年数，所以他说得一口好北京话。当他替沁珠诊断之后,向我们说,沁珠害的是猩红热,是一种很危险的传染病,最好把她送到医院去。但是沁珠不愿意住病院,后来商量的结果,那位德国医生是牺牲了他的建议,只要我们找一个妥当负责的看护者,曹问我怎么样!我当然回答他:"可以的。"医生见我们已经商量好,开过方子,又嘱咐我们好生留意她病势的变化,随时打电话给他。医生走后,我同曹又把看护的事情商量了一下,结果是我们俩轮流看护,曹管白天,我管黑夜。

下午曹去配药,我独自陪着昏沉的病人,不时听见沁珠从惊怕的梦中叫喊醒来。唉,我真焦急!几次探头窗外,盼望曹快些回来,——其实曹离开这里仅仅只有三十分钟,事实上绝不能就回来。但我是胆小得忘了一切,只埋怨曹。大约过了一点多钟,曹拿着药,急步地走进来时,我才吐了一口紧压我心脉的气,忙帮着曹把药喂到沁珠的嘴里。

沁珠服过药后,曹叫我回学校去休息;以便晚上来换他。我辞别了他们回到学校,吃了一些东西,就睡了。八点钟时我才醒来,吃了一碗面,又带了几本小说到沁珠的地方来。走进门时,只见曹独自坐在淡淡的灯光下,望着病重的沁珠出神。及至我掀开门帘走进来时,才把他的知觉恢复。我低声问道:"此刻怎么样?""不见得减轻吧!自你走后她一直在翻腾,你看她的脸色,不是更加焦红了吗?"

我听了曹的话,立刻向沁珠脸上望了望,我仿佛看到许多猩红的小点;连忙走近床前,将她的小衣解开,只见胸口也出了一样的斑点。我告诉曹,我们都认为这时期是个非常要紧的时候,所以曹今夜决定不回去,帮助我看护她,这当然使我大大地放了心。不过曹已经累了一天,我怕他精力来不及,因叫王妈找来一张帆布床放在当中那间吃饭厅里,让曹休息。所以前半夜只有我拿着一本小说坐在沙发上陪着她。这时她似乎睡得很安静,直到下半夜的一点多钟她才醒来。我将药水给她喂下去,一些声音惊醒了曹,他连忙走进来替我;可是我白天已睡够了,所以依旧倚在沙发上看小说。曹将热度表替沁珠测验热度,比早晨减低了一度。这使我们非常高兴。……这一夜居然很平安地过去了。

第二天早晨我回学校去,上了一堂的文学史,不过十一点我便吃了午饭,饭后就睡了,一直到七点钟我才到沁珠那里,曹今天可够疲倦了,所以见我来后,他稍微把药料理后也就走了。我这一夜仍然是看小说度过。

这样经过一个星期,沁珠身上的猩红点,渐渐焦萎了。大夫告诉我们已经出了危险期,现在只要好好地调养,不久就可以复原的。我们听了这个好消息。一颗紧张的心放下来了。但同时也感到了连日的辛苦；我又遇到学校里的月考期近，要忙着预备功课，所以当天我将一切的事情嘱托了曹，便匆匆回学校去。

沁珠现在的病已经好了大半，只是身体还非常疲弱，曹照例每天早晨就来伴着她，当沁珠精神稍好的时候，曹便读诗歌或有趣的故事给她听，这种温存，体贴，使沁珠不知不觉动摇了她一向处世的态度。

有一天清晨，天气非常晴朗，耀人眼目的阳光，射在窗前的翠绿的碧纱幔上。沁珠醒时，看着这种明净的天容，和听见活跃鸟儿的歌唱。她很想坐起来。正在这个时候，只见曹手里拿着一束插枝的丹桂，含笑走进房来。沁珠连忙叫道："呀，好香的花儿！"曹将花插在小几上的白玉瓶里，柔和地问道："怎么样，今天觉得好些吗？"

沁珠点头道："好些了，但是子卿你这些时候太累了！"——这是曹头一次听见沁珠这样亲热地称呼他，使他禁不住心跳了。他走近沁珠床前，用手抚摸那垂在沁珠两肩的柔发说："这一病又瘦了许多呢！"

"唉！子卿，瘦又算得什么，人生的路程步步是艰难的呵；只是累了你和素文，常常使我不安！"曹似乎受了很深的感触，含着满眶的清泪说道："珠，你不应当这样说，你知道我看护你，绝不是单为了你，我只是为我自己的兴趣而努力罢了。珠！你知道在这个世界上，只有你灵台的方寸地，才是我所希望的归宿地呵；自然这也许只是我的私心。不过……"子卿说到这里顿住了，只低着头注视他自己的手指纹。

沁珠黯然地翻过身去，一颗颗的热泪如泻般地滴在枕头布上了。子卿看见她两肩微微地耸动，知道沁珠正在哭泣，他更禁不住心头凄楚，也悄悄地流着泪。王妈的脚步声走近窗下时，子卿才忙拭干眼泪，装作替沁珠收拾书桌，低头忙乱着。

王妈手里托着一个白镍的锅子走进来，一面笑向子卿道："曹先生吃过早饭了吗？"她将小锅放在桌上，走到沁珠的面前轻轻喊道："张先生喝点莲子粥吗？"沁珠应了一声转过脸来，同时向子卿道："你吃点吧，这是我昨晚特意告诉王妈买的新鲜莲子煮的；味道大概不坏。"子卿听了这话，就把小锅的盖子掀开，果然有一股清香冲出来。这时王妈已经把粥盛好，他们吃过后，沁珠要起来坐坐，子卿将许多棉被垫在床上扶沁珠斜靠在被上。一股桂花的清香，从微风中吹过来，沁珠不禁用手把弄那玉瓶，一面微微叹息道："一年容易又秋风，……这一场病几乎把三秋好景都辜负了！"

"但是，现在已经好了，还不快乐吗？眼看又到结冰的时候了，刀光雪影下，正该显显你的好身子呢！……"

"唉！说起这些玩艺来，又由不得我要伤心！子卿你知道，一个人弄到非热闹不能生活，她的内心是怎样的可惨！这几个月以来，我差不多无时无刻不是用这种的辛辣的刺激来麻木我的灵魂。……可是一般人还以为我是个毫无心肠的浪漫女子；哪里知道，在我的笑容的背后，是藏着不可告人的损伤呢？……世界固然是广博无边，然而人心却是非常窄狭的呵！"

沁珠的心，此刻沉入极兴奋的状态中，在她微微泛红的两颊上，漾着点点的泪光，曹虽极想安慰她，但是他竟不知怎样措辞恰当，只怔怔地望着她，在许久的沉默中，只有阵阵悲瑟的秋风，是占据了这刹那的心境。

"唉！沁珠！"曹最后这样说："你的心伤，虽然是不容易医治的，不过倘使天地间还有一个人，他愿用他的全心来填补这个缺陷，难道你还忍心拒绝他吗？"

"呵，恐怕天地间就不会有这样的人，子卿实在不骗你，我现在不敢怀任何种的奢望，对于这个世界的人类，我已经有很清楚的概念，除了自私浅鄙外，再找不到更多的东西了！"

"自然，你这些话也有你的根据点，不过你总不应当怀疑人间还有纯洁的同情吧？——那是比什么东西都可靠，都伟大呢！唉……沁珠！"

"同情，纯洁伟大的同情！……这些话都是真的吗？那么子卿我真对不住你了。我不反对同情，更不反对同情的纯洁和伟大，只是我没有幸福享有这种的施予罢了！……其实呢，你也不必太认真，人生的寿命真有限，我们还是藏起自我，得快乐狂笑就是了！"

曹听了沁珠的话，使他的感情激动到不能自制，他握住沁珠的手，两眼含着泪，嘴唇颤抖着说道："沁珠，我用最诚恳的一片心——虽然这在你是看得不值什么的一颗心，求你不要这样延续下去，你知道我为了你的摧残自己，曾经流过最伤心的眼泪？我曾想万一我不能使你了解我时，我情愿离开这个世界，我不能看着你忍心的扮演。"

"那么，你要我怎么样？"沁珠苦笑着说。

"我要你好好地做人，努力你的事业，安定你的生活，你的才资是上好的，为什么要自甘沦亡？"

"唉！子卿呵，我为什么不愿意好好做人？又为什么不愿意安定我的生活？但是我有的是一颗破了的心，滴着血的损伤的心呵！你叫我怎样能好好做人？怎样能安定我的生活？唉，我不恨别的，只恨为什么天不使你早些认识我，倘使两年前你便认识了我那自然不是这种样子。现在呵，现在迟了！"

"这话果是从你真心里吐出来的吗？绝对没有挽救的余地吗？但是你的心滴了血，我的血就不能使你填补起来吗？唉，残忍的命运呵！"曹将头伏在两臂中，他显然是太悲伤了。

"子卿，你安静些，听我说，并不是你绝对没有救助我的希望，我只怕我……"沁珠声音哽住了，曹也禁不住落着泪。

当我走到他俩面前时，虽是使他俩吃了一惊，但我却替他俩解了围，我问沁珠觉得怎样？她拭着泪道："已经好得多了，不久就可以起来，……但是你的月考怎样了？"

"那还不是对付过去了，……你睡的日子真不少，明天差不多整整三个星期了。据医生说，一个月之后就可以起来，那么你再好好休养十天，我们又可以一同去玩了。……你学校里的功课，孙诚替你代理，她这个人做事也很认真，你大可以放心的，其他的事情呢，也少思量，病体才好，真要好好的保重才是！……"

我这些话不提防使他俩都觉得难堪起来。曹更是满面过不去。我才觉悟我的话说得太着急了，只好用旁的话来岔开，我念了一封极有趣的情书给他俩听：

我最尊敬，最爱慕的女士：——将来的博士夫人，哈哈，你真该向我贺喜，我现在已得到大英国家尔顿大学的博士学位了！这一来合了女士结婚的条件，快些预备喜筵，不要辜负了大好韶光，正是洞房花烛夜，金榜题名时呢！

你的爱人某某上

"噫，这真是有趣的情书，现在这些年轻人，恋爱要算是比什么都重要的工作了！"沁珠叹息着说。

"那你就把他们看得太高了！"我接着说："他们若果把恋爱看得比什么都重，我倒不敢再咒诅人生了！……老实说吧，这个世纪的年轻人，就很少有能懂得爱情的，男的要的是美貌，肉感，女的呢，求的是虚荣，享乐，男女间的交易只是如此罢了！……你们不信，只看我适才念的这封情书就是老大的证据了。"

"真的，素文你那封情书究竟从哪里寻来的?"沁珠问。

"哦，你认得尹若溪吗?"我说。

"是不是那个身材高大，脸上带着滑稽相的青年呢?"

"可不就是那个缺德货吗?"我说："他最近看上一个法大的女生李秋纹，变尽方法去认识她，但是这位李女士是个崇拜博士头衔的人，老尹当然是不够格，虽然费尽心计，到头还是抹了一鼻子灰，这一来老尹便羞恼变成怒，就给李女士写了这么一封奚落的信。把个李女士气得发疯，将这封信交给我，要我设法报复他，我觉得太无聊，因劝李女士息事宁人给他个不理就算了。"

这一段故事说完，差不多已将近黄昏了，曹因为晚上有事他先走了，我独自伴着沁珠，不免又提到适才她和曹的谈话，沁珠叹气道："素文，我真怕又是一个不祥的开端呢!"我听了沁珠的预料，心里也是一动，但怕沁珠太伤心于病体有碍，因劝她暂且把这件事放下，好好养病要紧，恰好王妈端进牛乳来，她吃过之后，稍微躺了些时，似有困意，我便悄悄地回学校了。

九

沁珠病好的时候，已经是残秋了。丹桂只余下些残瓣落英，当她第一天到学校去上课时，那正是一个天高气爽的早晨。虽然没有娇媚的花柳，却见雁影横空，残月一钩斜挂碧清的天际，别有一种自然的美妙。沁珠坐在包车上，真觉得眼前畅亮，心底澄净。及至走进学校门口，那一群活泼天真的女孩，像是极乐园中的安琪儿，翩翩地飞跑前来，将沁珠包围在核心，睁圆了她们水波似的眼睛向沁珠问讯：

"呵!张先生怎么病了这些时候，真的把我们都想坏了!"一个身量小巧的孩子诚恳地说着。

"是呵!我们每天都到教务处打听，……今天可给我盼到了!"那个两颊绯红得像是从露晨摘下来的苹果脸的女孩，一面说着一面去拉沁珠的手。别的女孩也都拢近了，不住向沁珠身上摸弄。这是怎样一个充满了和爱的世界呵!使沁珠如同到了梦里，只是含笑对着她们，直到打了上课铃，这群孩子才围随了沁珠到讲堂去，当她站在高高的讲台上看见每一个天真无疵的脸的热诚的表情，她真骄傲得如同一个女王。

"嗄，孩子们这些日子的功课都用心学习了吗?"她问她们。

"是的，先生!我们没有忘记先生告诉我们的话。你瞧我们教室不是都挂上许多好看的画片？——那是先生替我们选的呵！"一个年龄稍大的孩子——是这一级的自治会长，很有礼貌地站起来回答。

"很好！这个世界上，只有你们是我认为最完善美好的生物！愿你们不仅现在，——一直到无穷的将来，都保持你们的天真！"

"先生，我们愿意！"大家齐声地喊着。

"你们愿意那很好！不过你们要时时小心，不要叫坏的环境改造了你们！……呵，你们还太小，不知道人类世界的种种陷阱和诱惑呢！"

"先生，我们愿意永远跟着先生！"

"我呵，也已经是环境底下的俘虏了！……我常常想望我能再回到童年……但这仅仅是个想望，所以希望你们好好爱惜你们的童年，不要等到童年去了而追悔！……"

这些话沁珠常常要灌输进这些弱小的心灵里去。她的确和一般留声机式的教员有点两样。所以这些孩子们对她也有一种特别的亲情。这时她们都静默着一声不响，这是很显然的她们已经被她的话所感动了。于是沁珠不再说下去，含笑道："好，今天我们该读一课国语了，拿出你们的书来吧。"那些孩子便又恢复了她们的活泼的心情，笑嘻嘻地把国文读本拿了出来……

"今天讲《一个爱国童子》吧。"沁珠说。

"好极了，先生让我念，我都认得。"那坐在前排的一个小孩说。

"好，你念！……你们大家都留心听，看她念得错不错？"

那个小女孩非常高兴地站了起来，把书举得高高的，朗声念了一遍。

别的孩子都含笑地望着她。沁珠问道："她念得好不好？"

"好！"大家齐声地应着。

这时下课铃响了。这些孩子急着把书放在桌屉里，值日生喊了一二三，一阵欢笑跳叫的声音，充满了这一间教室。"呵，真是可爱的小鸟儿！"沁珠悄悄地赞叹着走出教室。她们要沁珠到操场看她们抢球，在那一片空旷的球场上，刹那间洋溢着快乐真情的空气。直到第二课的上课铃响了，她们才恋恋不舍地离开沁珠去上课。

沁珠等她们都进了教室，兀自怔怔地站在操场里，她的心是充满了又惆怅又喜悦的情调，世界是怎样的多色彩呵！这一幕美妙的喜剧，现在又已闭了幕。第二幕是什么呢？当她离开学校大门时，仿佛自己被摈于乐园门外，对着那些来往的行人，在他们愁苦奔忙的脸上，她的心又沉入了悲凄，她无精打采地回到寄宿舍里，曹已先在她的房里等她呢。

"你今天头一次给她们上课,不觉得吃力吗?"曹温柔地问着。

"不,不但不吃力,我的精神反觉得愉快,孩子们的天真热情,真可以鼓舞颓废的人生!……真的,我只要离开她们,就要感到生命上的创伤!……"

"自然她们是那样的坦白,那样的亲切,无论什么人,处到她们的中间,都要感到不同的情趣的。况且你又是一个主情教育的人,更容易从她们那里得到安慰。不过也不见得除此之外,便再没有真情了,总之我希望你容纳我对你的关切……"

"嗄,子卿,我知道你待我的一片真心,我也常常试着变更我的人生观,不过一个人的主观,有时候是太固执的不易变化,这要慢慢来才行,不是吗?"

"既然这样,我敢向着这蓝碧的神天发誓,只要我生存一日,我便要向这方面努力一日,看吧,总有一天你要相信我只是为你而生存的!"

"唉!好朋友!我们不谈这些使人兴奋的话吧!这样的好天气,今天又是星期六,我们正该想个方法消遣,为什么学傻子,把好日子从自己手指缝中跑了呢!"

"很好,今天不但天气好,而且还是月望呢。我早就想约你和素文,还有一两个知己的朋友,到西山看月去,你今天既然高兴,我们就去吧!"

"也好吧,你去通知你的朋友,我去打电话给素文,我们三点钟在这里会齐好了。"

曹听了沁珠的话,果然去分头召集他的朋友。沁珠便打电话给我,那时我正在院子里晒头发,听了要到西山看月,当然很高兴,忙忙把头发梳光了,略略修饰了一番便到沁珠那里。一进门,已听见几个青年男人谈话的声音,我不敢就走进去,喊了一声沁珠,只见她潇洒的身段,从门帘里闪了出来,向我招手道:

"快来,人都齐了,只等你呢!"她挽着我的手来到房里,在那地方坐着三个青年,除了曹还有两个为我所不认识的。沁珠替我介绍之后,才知道一个叫叶钟凡一个叫袁先志,都是曹的同学。

这两个青年长得都还清秀,叶钟凡似乎更年轻些,他的风度潇洒里面带着刚强,沁珠很喜欢他,曾对我道:"你看我这个小兄弟好不好?"叶钟凡听说,便也含笑对我道:"对了我还不曾告诉素文女士,我已认沁珠作我的大姊姊呢!"

我也打趣道:"那么我也可以沾光,叫你一声老弟了!"

曹和他们都笑道:"那是当然!"我们谈笑了一阵已经三点了。便一同乘汽车奔西直门外去，四点多钟已到了西山。今晚我们因为要登高看月，所以就住在甘露旅馆，晚上我们预备喝酒，几个青年人聚在一块，简直把世界的色彩都变了。在我们之间没有顾忌，也没有虚伪，大家都互示以纯真的赤裸的一颗心。

今夜天公真知趣，不到八点钟，澄明的天空已漾出一股清碧的光华，那光华正托着圆满皎莹的月儿，饭后我们都微带酒意的来到甘露旅馆前面的石台上，我们坐在那里，互相沉醉于夜的幽静。

"呵，天苍苍，地茫茫，风吹草低见牛羊！"曹忽在极静的氛围中高吟起来。于是笑声杂作。但是沁珠她依然独倚在一株老松柯的旁边，默默沉思。她今天穿的是一件玄色黑绸袍，黑丝袜和黑色的漆皮鞋。衬着在月光下映照着淡白色的面靥，使人不禁起一种神秘之感。我忽想起来从前学校的时候，有一天夜里，也正有着好的月色。我们曾同文澜、沁珠、子渝几个人，在中央公园的社稷坛上跳黑魔舞，沁珠那夜的装束和今夜正同，只是那时她还不曾剪发，她把盘着的S髻松开来，柔滑的黑发散披在两肩上，在淡白的月光下轻轻地舞着，这一幕幽秘的舞影时时浮现在我的观念里。所以今夜我又提议请沁珠跳黑魔舞，在坐的人自然都赞成。叶钟凡更是热烈地欢迎，他跑到沁珠站着的地方，恭恭敬敬行了一个军礼说道："劳驾大姊，赏我们一个黑魔舞吧！"沁珠微微笑道："跳舞不难，你先替我吹一套《水调歌头》再说。"

"那更不难！可是我吹完了你一定要跳！"

"那是自然！"

"好吧，小袁把箫给我！"袁先志果然把身边带着的箫递了过去。他略略调匀了声韵，就抑抑扬扬地吹了起来。这种夜静的空山里，忽被充满商声的箫韵所迷漫，更显得清远神奇，令人低徊不能自已了。曹并低吟着苏东坡的《水调歌头》的辞道：

> 明月几时有，把酒问青天，不知天上宫阙，今夕是何年。我欲乘风归去，又恐琼楼玉宇，高处不胜寒。起舞弄清影，何似在人间。
>
> 转朱阁，低绮户，照无眠。不应有恨，何事长向别时圆。人有悲欢离合，月有阴晴圆缺，此事古难全。但愿人长久，千里共婵娟。

辞尽箫歇，只有凄凉悲壮的余韵，还缭绕在这刹那的空间。这时沁珠已离开松柯，低眉默默地来到台的正中。只见她两臂缓缓地向上举起，仰起头凝注天空。仿佛在那里捧着圣母飘在云中的衣襟，同时她的两腿也慢慢地屈下，最后她是跪在石板上了，恰像那匍匐神座前祈祷的童贞女，她这样一来，四境更沉于幽秘，甚至连一些微弱的呼吸声都屏绝了。这样支持了三分钟的光景，沁珠才慢慢站了起来，旋转着灵活的躯干，迈着轻盈的跳步，舞了一阵。当她停住时，曹连忙跑过去握住她的手道："沁珠呵，的确的，今夜我的灵魂是受了一次神圣的洗礼呢！也许你是神圣的化身呢？"沁珠听了这话，摇头道："不，我不是什么神圣的化身，我也正和你一样，今夜只求神圣洗尽我灵魂上的创痍罢了！"

在沁珠和曹谈话的时候，我同叶钟凡、袁先志三个人转过石台去看山间的流泉，——那流泉就在甘露旅馆的旁边，水是从山涧里蜿蜒而下，潺潺溅溅的声响，也很能悦耳，我们在那里坐到更深，冷露轻霜，催我们回去。在我们走到甘露旅馆的石阶时，沁珠同曹也从左面走来，到房间里，我们喝了一杯热茶，就分头去睡了。

我们一共租了两间房子，沁珠和我住一间，他们三个人住一间。当我们睡下时，沁珠忽然长叹道："怎么好？这些人总不肯让我清净！"

"又是什么问题烦扰了你呢？"我问她。

"说起来，也很简单，曹他总不肯放松我……但是你知道我的脾气的，就是没有伍那一番经过，我都不愿轻易让爱情的斧儿砍毁我神圣的少女生活。你瞧，常秀卿现在快乐吗？整日作家庭的牛马，一点得不到自由飘逸的生活。这就是爱情买来的结果呵！仅仅就这一点，我也永远不做任何人的妻。……况且曹也已经结过婚，据说他们早就分居了——虽然正式的离婚手续还没办过。那么像我们这种女子，谁甘心仅仅为了结婚而牺牲其他的一切呢？与其嫁给曹那就不如嫁给伍，——伍是我真心爱过的人。曹呢，不能说没有感情，那只因他待我太好了，由感激而生的爱情罢了……"

"既然如此，你就该早些使他觉悟才好！"我说。

"这自然是正理，可是我现在的生活是需要热闹呵！他的为人也不坏，我虽不需要他作我的终身伴侣，但我却需要他点缀我的生命呢！……这种的思想，一般人的批评，自不免要说我太自私了。其实呢，他精神方面也已得了相当的报酬。况且他还有妻子，就算多了我这么个异性朋友，于他的生活只有好处，没有什么不道德，……因此我也就随他的便，让他自由向我贡献他的真诚，我只要自己脚步站稳，还有什么危险吗？"

"你真是一个奇怪的人物，沁珠。"我说："你真是很显著的生活在许多矛盾中，你爱火又怕火。唉！我总担心你将来的命运！"

沁珠听了我的话，她显然受了极深的激动，但她仍然苦笑着说道："担心将来的命运吗？……那真可不必，最后谁都免不了一个死呢！……"

"唉，我真是越闹越糊涂，你究竟存了什么心呢？"

"什么心？你问得真好笑，难道你还不知道，我只有一个伤损的心吗？有了这种心的人，她们的生活自然是一种不可以常理喻的变态的，你为什么要拿一个通常的典型来衡量她呵！"

"唉！变态的心！那是只能容纳悲哀的了。可是你还年轻，为什么不努力医治你伤损的心，让它一直坏下去呢？"

"可怜虫，我的素文！在这个世界上，哪里去找这样的医生呢？只要是自己明白是伤损了，就是伤损了，纵使年光倒流，也不能抹掉这个伤损的迹痕呵！"

"总而言之，你是个奇怪的而且危险的人物好了。朋友！我真是替你伤心呢！"

"那也在你！"

谈到这里，我们都静着不作声，不知什么时候居然被睡魔接引了去。次日一早醒来，吃过早点，又逛了几座山。枫叶有的已经很红了，我们每人都采了不少带回城里。

十

我们从看月回来后，天气渐渐冷起来了。在立冬的那一天，落了很大的雪。我站在窗子前面看那如鹅毛般的雪花，洋洋洒洒地往下飘。没有多少时候，院子里的秃杨上，已满缀上银花；地上也铺了一层白银色的球毡。我看到这种可爱的雪，便联想到滑冰；因从床底下的藤篮里，拿出一双久已尘封的冰鞋来。把土掸干净，又涂了一层黑油，一切都收拾好了，恰好文澜也提着冰鞋走进来道："吓，真是天下英雄所见略同，你也在收拾冰鞋吗？很好，今天是我们学校的滑冰场开幕的头一天，我们去看看！"

"好，等我换上戎装才好。"我把新制的西式绒衣穿上，又系上一条花道哔叽呢的裙子。同文澜一同到学校园后面的冰棚里去，远远已听见悠扬的批霞娜①的声音。我们的脚步不知不觉合着乐拍跳起来，及至走到冰棚时，那里已有不少的年轻的同学，在灿烂的电灯光下，如飞燕穿梭般在冰上滑着；我同文澜也一同下了场，文澜是今年才学，所以不敢放胆滑去，只扶着木栏杆慢慢地走。我呢，却像疯子般一直奔向核心去。同学们中要算那个姓韩的滑得好。她的身体好像风中柳枝般，又活泼又袅娜。——今天她打扮得特别漂亮，上身穿一件水手式的白绒线衣，下身系一条绛紫的哔叽裙，头上戴一顶白绒的水手式的帽子，胸前斜挂着一朵又香又鲜的红玫瑰。这样鲜明的色彩，更容易使每个人的眼光都射在她身上了。她滑了许久，脸上微微泛出娇红来，大约有些疲倦了。在音乐停时她一蹿就蹿出冰棚去。其余的同学也都暂时休息，我同文澜也换了冰鞋走到自修室里去。在路上我们谈到韩的技巧，但是文澜觉得沁珠比她滑得更好。因此我们便约好明天下午去邀沁珠来同韩比赛。

第二天午饭后，文澜和我把冰鞋收拾好，坐上车子到沁珠的寄宿舍去。走到里面院子时，已看见她的房门上了锁，这真使我们扫兴，我去问王妈，她说："张先生到德国医院去了。"

"怎么，她病了吗？"文澜问。

"不，她去看曹先生去了！"王妈说。

"曹先生生病了，是什么病？……怎么我一点都不知道！"我说。

"我也不大明白是什么病，只听见张先生的车夫说好像是吐血吧！"王妈说。

"呵，真糟！"文澜听了我的话，她竟莫名其妙地望着我，隔了些时，她才问道："这到底是怎么一回事呢？"

我说："现在就是我也不清楚，不过照我的直觉，我总替沁珠担心罢了。"

"莫非这病有些关系爱情吗？"聪明的文澜怀疑地问。

"多少跑不了爱情关系吧，——唉，可怕的爱情，人类最大的纠纷啊！"

王妈站在旁边，似懂非懂地向我们呆看着，直到我们沉默无言时，她才请我们到沁珠的房里坐，她说：

"每天张先生顶多去两个钟头就回来的。现在差不多是回来的时候了。"我听了她这样说，也想到她房里去等她，文澜也同意，于是我们叫王妈把房门打开，一同在她房里坐着等候。我无意中看见放在桌上有一册她最近的日记簿，这是怎样惊奇的发现，我顾不得什么道德了，伸手拿起来只管看下去：

---

① 批霞娜，为 Piano 的译音，指钢琴。

十月二十日　这又是怎么回事呢？爱情呵，它真是我的对头，它要战胜我的意志，它要俘虏我的思想！……今天曹简直当面鼓对面锣地向我求起婚来；他的热情，他的多风姿的语调，几乎把我战胜了！他穿得很漂亮，而且态度又是那样的雍容大雅，当他颤抖地说道："珠！操纵我生命的天使呵！请看在上帝的面上，用你柔温的手，来援救这一个失路孤零的迷羊吧！你知道他现在惟一的生机和趣味，都只在你的一句话而判定呢？"吓，他简直是泪下如雨呢！我不是铁石铸成的心肝五脏，这对于我是多可怕的刺激！当时我只觉得天旋地转，早忘记我自己是在人世，还是在上帝的足下受最后的审判。我只有用力咬住我的嘴唇我不叫任何言语从我的口唇边悄悄地溜出来。天知道，这是个自从有人类以来最严重的一刹那呢！曹他见我不说话，鲜红的血从口角泛了出来。他为这血所惊吓，陡然地站了起来，向我注视。而我就在这个时候失了知觉，也不知道他什么时候走的。我醒来时，只有王妈站在我的面前。我问她，"曹先生呢？"她说去请医生去了，不久果然听见皮鞋声，曹领来一个西装的中国医生，他替我诊过脉后，打了一针强心针，他对曹说："这位女士神经很衰弱，所以受不起大刺激的，只要使她不遭任何打击就好了！"医生走后，曹很悲惨地走进来，我让他回去休息，他也并不反对，黯然地去了，唉，多可怕的一幕呵！……

十月二十二日　曹昨天整日没有消息，"也许他恼我了？"我正在这样想着，忽见王妈拿进一封信来，正是曹派人送来的，他说："我拿一颗血淋淋的心，虔诚贡献在你的神座下，然而你却用一瓢冷水，将那热血的心浇冷。唉！我还要这失了生机的血球般的心做什么？我愿意死，只有死是我惟一的解脱方法！多谢天，它是多么仁爱呀！昨夜我竟又患了咯血的旧病。——说到这个病真够悲惨。记得那年我只有十七岁，祖父年纪很高了，他急于要看我成家，恰好那年我中学毕业，要到外面升学，而我的祖父就以成家为我出外的惟一条件，最后我便同一个素不相识的某女士结了婚。入洞房的那一夜，我便咯起血来。——足足病了一个多月才好，——这虽是个大厄运，然而它可救了我。就在我病好后的四天，我即刻离开故乡，到外面过飘流的生活，现在已经七八年了。想不到昨夜又咯起血来，这一次的来势可凶,据说我失的血大约总有一个大饭碗的容量吧,叶和袁把我弄到医院里来,其实他们也太多事呢!……"

唉!当然我是他咯血的主因了。由不得我要负疚!今天跑到医院去看他,多惨白的面色呵!当我坐近他床边的椅子上时,我禁不住流下泪来。我不知道说什么好,不过眼看着一个要死般的人躺在那里,难道还不能暂且牺牲自己的固执救救他吗?所以当时我对他说:"子卿只要你好好地养病,至于我们的问题尽好商量。"唉!爱情呵,你真是个不可说的神秘的东西!仅仅这一句话,已救了曹的半条命呢。他满面笑容地流着泪道:"真的吗?珠你倘使不骗我的话,我的病好是极容易的呵!"

"当然不骗你!"我说。

"那么,好!让我们拉拉手算数!"我只得将手伸过去,他用力握住我的手,慢慢移近唇边,轻轻地吻了一下道:"请你按铃,告诉看护,我肚子饿了,让我吃些东西吧!"我便替他把看护叫来,拿了一杯牛乳,他吃过之后,精神好了许多。那时已近黄昏了,他要我回来休息,当我走出医院的门时,我是噙着一颗伤心的眼泪呢!

我把沁珠这一段日记看过之后,我的心跟着紧张起来。我预料沁珠从此又要拿眼泪洗脸了!想到这里由不得滴下同情泪来。文澜正问我为什么哭时。院子里已听见沁珠的声音在喊王妈,文澜连忙迎了出去:

"唷,文澜吗?你怎么有工夫到这里来?……素文没来吗?"沁珠说。

"怎么没来?听说曹病了,我也没去看他,今天好些吗?"我这样接着说。

"好些了,再调养一个礼拜就可以出院了。你们近来做些什么事情呢?昨天的一场大雪真好,可惜我没有兴趣去玩!"

"今年你开始滑冰了吗?我们学校的冰场昨天行开幕礼,真热闹,可惜你没去;让小韩出足了风头!今天本想来邀你去和她比赛,偏巧你又有事!……"

"这样吧,今晚你就在我这里吃晚饭,饭后我们同到协和冰场去玩一阵;听说那里新聘了一位俄国音乐家,弹得一手好琴呢。"

我们听了沁珠的建议,都非常高兴,晚饭后,便同沁珠匆匆地奔东城去,到了冰场时,只见男男女女来滑冰和助兴的人着实不少,我们去的正是时候,音乐刚刚开场,不但琴弹得好,还和着梵亚琳①呢。我们先到更衣室里,换好冰鞋,扎束停当,便一同下场去。沁珠的技艺果然是出众的。她先绕着围场滑了几转。然后侧着身子,只用一只脚在冰上滑过去,忽左忽右忽前忽后,真像一个蝴蝶穿过群芳,蜻蜓点水般又轻盈又袅娜的姿势;把在场的人都看得呆了。有几个异性的青年,简直停在栅栏旁边不滑了,只两眼呆呆地、跟着沁珠灵活的身影转动。文澜喜得站在当中的圆柱下叫好,其余的人也跟着喝起彩来。我们这一天晚上玩得真痛快,直到十一点多,冰场的人看看散尽,乐声也停止了,我们才尽兴而回。那时因为已经夜深,我们没有回学校,一同住在沁珠那里。

走进沁珠的房里,沁珠一面换着衣服,一面叹息道:"滑冰这种玩艺有时真能麻醉灵魂,所以每一年冬天,我都像发狂似的迷在冰场上。在那晶莹的刀光雪影下,我什么都遗忘了,但是等到兴尽归来,又是满心不可说的怅惘,就是今夜吧,又何尝不一样呢!"

沁珠这些话,当然是含有刺激性的,就是文澜和我也都觉得心里怅怅的,当夜没有再谈下去,胡乱地睡了。

第二天一早晨,文澜因为要赶回去上课,到学校去了。我同沁珠吃过午饭,到德国医院去看曹,当我们走进他的房间时,只见他倚在枕上看报纸呢!我向他问了好,他含笑地让我坐下,道:"多谢素文女士,我的病已经好了大半;已有三四天不咯血了,只是健康还没有十分复原。"

我说:"那不要紧,只要再休养几天一定就好了。"

当我们谈着的时候,沁珠把小茶几上的花瓶里的腊梅,换了水。又看了看曹的热度记录表,然后她坐在曹床旁的沙发椅上,把带来不曾织完的绒线衣拿了出来,——这件衣服是她特为曹制的,要赶在曹出院的时候穿。在她低眉含笑织着那千针万缕的丝绒时,也许她内心是含着甜酸苦辣复杂的味道。不过曹眼光随着沁珠手上的针一上一下动转时,他心里是充满着得意和欢悦呢!我在旁边看着他俩无言中的表情,怎能禁止我喊出:"呵,爱情,——爱情是这个世界上惟一的奇迹哟!"我这样低声地喊着,恰好沁珠抬起头来看我:"有什么发现吗? 素文!"她说。

"哦,没有什么!"曹看见我那掩饰的神情,不禁微微地笑了。这时忽听见回廊上皮鞋声,医生和看护进来诊察。沁珠低声道:"时候到了,我们

---

① 梵亚琳,为 violin 的译音,指小提琴。

走吧!"

曹向我们点头道谢,又向沁珠道:"明天什么时候见呢?"

"大约还是这个时候吧!"沁珠说。

我们走出医院,已是吃晚饭的时候。我约沁珠到东安市场去吃羊肉锅,我们又喝了几杯酒,我趁机向沁珠道歉说,我不曾得到她的应允,擅自看了她的日记。

她说那不要紧,就是我没有看,她也要把这事情的经过告诉我的……并且她又问我:

"你觉得我们将来的结果怎样?"

我听了这话,先不说我的意见,只反问她道:"请先说说你自己的预料。"

"这个吗?我觉得很糟!"她黯然地说。

"但是……"我接不下去了,她见我的话只说了半截便停住了很难受,她说:"我们是太知己的朋友,用不着顾忌什么呵!但是怎样呢?"

我被她逼问得没办法,只得照直地说道:"但是你为什么又给他一些不能兑现的希望呢!"

"唉!那正是没有办法的事呢,也正如同上帝不怪罪医生的说谎一样。你想在他病得那种狼狈的时候,而我又明明知道这个病由是从我而起的,怎好坐视不救?至于到底兑现不兑现,那是以后的事,也许他的心情转变了,也难说。"

"不过我总替你的将来担心罢了!"我说:"倘使他要是一个有真情的男人,他是非达到目的不可,那时你又将怎么办?到头来,不是你牺牲成见,便是他牺牲了性命!"

"那也再看吧,好在人类世界的事,有许多是推测不来的,我们也只好走一步算一步!"

那夜我们的谈话到这里为止,吃过晚饭后就分头回去。

十一

在那次协和冰场滑冰以后,我因为忙着结束一篇论文,又是两个星期不见沁珠了,她也没有信来,在我想总过得还好吧?

最近几天气候都很坏,许久不曾看见耀眼的阳光,空气非常沉重,加着阴晦的四境,使人感到心怀的忧郁。在礼拜四的黄昏时,又刮起可怕的北风,那股风的来势真够凶,直刮得屋瓦乱飞;电线杆和多年的老枯树也都东倒西歪了。那时候我和文澜坐在自修室里,彼此愁呆地看着那怒气充塞的天空。陡然间我又想到沁珠不知她这时是独自在宿舍里呢,还是和曹出去了?我对文澜说:"这种使人惊惧的狂风,倘使一个人独处,更是难受,但愿沁珠这时正和曹在一起就好了。"

"是呀!真的,我们又许久不看见她了,她近来的生活怎么?你什么时候去看她?……"文澜说。

"我想明天一早去看她。"我这样回答。

第二天早晨我起床的时候,风早已停了,掀开窗幔,只见世界变成了琼楼玉宇,满地上都铺着洁白的银屑;树枝上都悬了灿烂的银花。久别的淡阳,闪在云隙中,不时向人间窥视。这算是雪后很好的天气。我的精神顿感到爽快。连忙收拾了就去访沁珠,她才从床上起来,脸色不很好;眼睛的周围,显然绕着一道青灰色的痕迹,似乎夜来不曾睡好。她见了我微笑道:"你怎么这样早就来了!"

"早吗?也差不多九点半了。"我说:"吓,昨夜的风够怕人的,我不知你怎么消遣的,所以今天来看看你!"

"昨天的确是一个最可怕的坏天气,——尤其在我,要是一个惊心动魄的日子呢!"沁珠说。

"怎么样,你难道又遇见什么可怕的事情了吗?"我问。

"当然是使人灵魂紧凑的把戏,不过也是在我的意料中,只是在昨夜那样狂风密雪的深夜而发生这件事,——仿佛以悲凉的布置,衬出悲凉的剧文,更显得出色罢了。"沁珠说。

"究竟是怎样的一幕剧呢?"我问。

"等我洗了脸来对你细说吧。"她说着就到外面屋子洗脸去了。约过了五分钟,她已一切收拾好,王妈拿进一壶茶来,我们喝了茶以后,她便开始述说:

"昨天我从学校回来后,天气就变了。所以我不曾再出去。曹呢,他也不曾来。我吃了晚饭,就听见院子里那两棵大槐树的枯枝发出沙沙的响声;我知道是起风了。便把门窗关得紧紧的。但是那风势越来越厉害,不时从窗隙间刮进灰沙来。我便找了一块厚绒的被单,把门窗遮得十分严密,屋子里才有了温和清洁的空气。于是我把今天学生们所作的文卷,放在案上一本一本依次地批改。将近十点钟的时候,风似乎小了些,但却听见除了风的狂吼外,还有瑟瑟的声音，好像有人将玉屑碎珠一类的东西洒在屋瓦上，想来是下雪了。我便掀开窗幔向外张望，果然屋顶上有些稀薄的白色东西。一阵阵的寒风吹到我的脸上，屋里的火炉也快灭了，我就想着睡了吧，正在这个时候，忽听见门外有人说话的声音，似乎是王妈，她说：'张先生睡了吗？曹先生来了。'我被这意外的来客吓了一跳，'这样的时候怎么他会到我这里来呢?！'我心里虽然是惊疑不定，但是我还装作很镇静地答道："我还没有睡呢，请曹先生进来吧！"我一面把门闩打开，曹掀开门帘一步蹿了进来，然后站得笔直地给我行了个军礼。——今夜他是满身戎装，并且还戴着假发，——很时髦的两撇八字须——倘使不是王妈先来报告，我蓦一看，简直真认不出是他呢。我看了这种样子，觉得又惊奇又好笑，我说：'呀，你怎么打扮成这个样子？'曹含着笑拿下那假须，一面又脱了那件威武的披风，坐下说道：'我今夜是特来和小姐告别的。'"

"告别？"我不禁惊讶地问道："这真像是演一出侦探剧——神出鬼没的，够使人迷惑了！究竟要到什么地方去呢？"

曹见了我那种惊诧的样子，他只是笑，后来他走近我的身旁，握住我的手道："珠！请你先定一定心，然后我把这剧文的全部告诉你吧！……但是我要请你原谅，在我述说一切之先，你得回答我一个问题，那就是在德国医院里你所答应我的那件事情可是当真？"

"呀，你的话越说越玄，我真不明白你指的是哪一件事情？"我这样回答他。

"哦，亲爱的小姐！你不要和我开玩笑了！这种事情，便是把我烧成灰也不会忘记的，你难道倒不明白了吗？唉！珠，老实说吧，为了爱情的伟大，我们应当更坦白些，我们的大问题究竟什么时候才能解决，才能使幻梦成为事实呢？……"

其实呢，我何尝不明白他所指的那件事，不过我在医院所允许他的，正是你所说的是不兑现的希望。——那是一时权宜之计，想不到他现在竟逼我兑起现来；这可真难了，当时我看了他那种热烈而惨切的神情，心头忽冲出一股说不出的酸楚，眼泪不由自主地滴了下来。但我不愿使他觉察到，所以连忙转过头去，装作看壁上的画片，努力把泪咽了下去。勉强笑道："唉，曹，你的意思我明白了，不过这究竟不是仓卒间所能解决的问题……"

"珠，我也知道这事是急不得的。只要是你应允了我，迟早又有什么关系？……只要在我离开你之先，能从你这里得到一粒定心丸我就心满意足了。"

"那么现在你已经得到定心丸了，你可以去努力你的事业了。"我说。

"不错，是得到了，我现在心灵里是充满了甜美的希望，无论前途的事业是如何繁巨，都难使我皱眉的，唉，伟大的爱，珠，这完全是你的赐予呵！"

曹那时真是高兴得眉飞色舞，他将我用力地搂在怀中，火热的唇吻着我的黑发。经过了几分钟。他像是从梦里惊醒，轻轻地放开我，站了起来，露出严重的面颜对我说道："现在该谈到我自己的事情了，珠，你当然了解我是一个热血青年。在我们第一次谈话时，我已经略略对你表示过，并且我觉得你对于我那种表示很是满意。但那时我们究竟是初交，所以关于我一切具体的事实，不便向你宣布。……现在好了，我们已达到彼此毫无隔阂的地步，当然我不能再有一件事是瞒着你的，因为有要事发生。我明天早车就走，所以今夜赶来和你告别。"

我听完了曹的叙述，不禁向他看了一眼，当然你可猜想到我在这时心情的变化是怎样剧烈了。——曹有时真有些英雄的气概，……但我同时又觉得我嫁给他，总有些不舒服。我当时呆呆地想着，忽听曹又向我说道："我这一次去早则两个月回来，迟则三四个月不定。在这个分离的时间，我们当然免不了通信，不过为了避免家庭的注意，我们不妨用个假名字。"他说到这里，就在我案上的记事小簿子上写了——长空——两个字。并抬头向我说道："我还预备送你一个别名呢。"

"'好吧！你写出来我看看。'他果然又在小簿子上写了'微波'两个字。我们约定以后通信都用别名。谈到这里，他便向我告别，我送他出去的时候，只见天空依旧彤云密布，鹅毛般的雪片不断地飘着；我们冒着风雪走过那所荒寂的院落，就到了大门。我将他送出大门，呆呆地看着他那硕高的身影，在飞絮中渐渐地远了，远到看不见时，我才转身关门进来，那时差不多一点钟了。王妈早已睡熟。我悄悄地回到房里，本就想去睡。哪里晓得种种的思想像辘轳般不住在脑子里盘旋。远处的更声，从寒风密雪里送了过来，那种有韵律而清脆的音波，把我引到更凄冷的幻梦里，最后我重新起来，把木炭加了些在那将残的火炉里。把桌上那盏罩着深绿色罩子的电灯燃着。从正中的抽屉中拿出我的日记本，写了一阵，心里才稍觉爽快了……"

我听沁珠说到这里，便很想看看她的日记，当我向她请求时，她毫不勉强地答应了。并且替我翻了出来，我见那上面写着：

十一月五日，这是怎样一个意想不到的遭遇呢?!——在今夜风刮得那样凶猛，好像饿极了的老虎，张着巨大的口，要把从它面前经过的生物都吞到肚子里去。同时雪片像扯絮般地落着。这真是一个可怕的夜。人们早都钻在温软的被褥中寻他们甜美的梦去了。而谁相信，在一所古庙似的荒斋中，还有一个飘泊而伤心的女儿，正在演一出表面欢喜，骨子里悲愁的戏剧呢！

曹今夜的化装，起初真使我震惊。回想他平日的举动，就有点使人不可测，原来他却是一个英雄！他那两撇富有尊严意味的假须，衬着他那两道浓重的剑眉和那一身威武慑人的军装，使我不知不觉联想到拿破仑。——当然谁提到这位历史上的人物，不但觉得他是一个出没枪林弹雨中的英雄，同时还觉得他是一个多情的风流角色呢！曹实际上自然比不上拿破仑，但是今夜我却觉得他全身包涵的是儿女英雄杂糅着的气概。可是我自己又是谁呢？约瑟芳吗，不，我不但没有她那种倾国倾城的容貌；同时我也不能像她那样死心塌地地在她情人的温情中生活着。当他请求我允许他作将来的伴侣时，在那俄顷间，我真不明白是遇见了什么事情！我一颗伤损的心流着血；可是我更须在那旧创痕上加上新的刀伤。这对于我自己是太残酷了，然而我又没有明白叫他绝望的勇气。当然我对于他绝不能说一点爱情都没有，有时我还真实心实意地爱恋着他，不过不知为什么，这种的爱情，老像是有多种的色彩，好似是从报恩等等换了出来的，因此有的时候要失掉它伟大的魔力，很清楚地看见爱神的后面，藏着种种的不和谐。——这些不和谐，有一部分当然是因为我太野心，我不愿和一个已经同别的女人发生过关系的人结合。还有一部分是我处女洁白的心，也已印上了一层浓厚的色彩，这种色彩不是时间所能使它淡退或消灭的；因此无论以后再加上何种的色彩；都遮不住第一次的痕迹。换句话说，我是时时回顾着以往，又怎能对眼前深入呢？唉，天呵！我这一生究竟应走哪一条路？这个问题可真太复杂了！我似乎是需要热闹的生活；但我又似乎觉得对于这个需要热闹的可怜更觉伤心。那么安分守己地做一个平凡的女人吧，贤妻良母也是很不错的，无奈我的心，又深感着这种生活是不能片刻忍受的。

唉，想起素文屡次警戒我"不要害人！"的一句话，我也着实觉得可怕。不过上帝是明白这种的情形；正是我想避免的。而终于不能避免，是谁的罪呵?! 在我却只能怪上帝赋与我的个性太顽强了! 我不能做一个只为别人而生活的赘疣；我是尊重"自我"的，哪一天要是失掉"自我"，便无异失掉我的生命。——曹，他也太怪了。他为什么一定要缠住我呢？我知道在这个世界上，我不能给任何人幸福，因为我本身就是个不幸的生物，不幸的人所能影响于别人的，恐怕也只有不幸罢了! 想到这里，我只有放下笔向天默祝；我虔诚地希望他，等他事完回来的时候，已经变了一个人就好了!

我看完沁珠昨夜的日记，我的心也在涌起复杂的情调，我不知道怎样对她开口。当她把日记接过去，却对我凄然苦笑道："这不像一出悲剧的描写吗……也就是所谓的人生呢!"

"是的!"我只勉强说了这两个字，而我的热情悲绪几乎捣碎了我方寸的灵台，我禁不住握住她的手黯然地说道："朋友! 好好地挣扎吧；来到世界的舞台上，命定了要演悲剧的角色，那也是无可如何的! 但如能操纵这悲剧的戏文如自己的意思，也就聊可自慰了!"

沁珠对于我这几句话，似乎非常感动，她诚恳地说道："就是这话了! 只要我不仅是这悲剧中表演的傀儡，而是这悲剧的灵魂，我的生便有了意义!……"

我们谈到这里，王妈进来说。沁珠上课的时间快到了，我们便不再说下去。沁珠拿了书包，我们一同出了古庙分途而别。

十二

自从过了旧历的新年后，天气渐渐变了。这两天更见和暖，当早晨的太阳，晒在房檐的积雪上时，在闪闪的银光下露出黑色的瓦来，雪水如雨漏般，沿着屋檐流了下来，同时发出潺溅的声响，马路上也都是泥泞，似乎下过雨一般，在这种大地春回的时光里，沁珠感到特别的怅惘，最使她失意的是和冰场的告别——的确在去年的一个冬天里，她不但是整天整晚把身体放在冰场；并且她的一颗心，——平日多感抑闷的心，也都放在冰场上。那耀眼的刀光迷醉了她的感官，因此释放了她的灵魂。但是现在呢，时间把一切都变了面目。冰棚也已经拆毁了，地上的冰都化成了点点的冰滴，渗入地里去。

再看不见成群结队的青年男女；拿着冰鞋兴高采烈地往冰场上来。也听不见悠扬悦耳的音乐，一切只是黯淡沉寂。所以沁珠最近除了每天到学校上课外，多半是躲在寄宿舍里睡觉，很少和我见面。在一个星期六的下午，学校里开校友会，许多毕业的同学都来了，她们三三两两地谈论着，真仿佛出嫁的姑娘回了家，和那青年的姊妹谈到过去的欢乐和别后的新经历，另有一种情趣。我那时在旁边沉默地观察着，好像戏台底下惟一的顾客。正在这个时候，觉得有一种轻悄的脚步声，停在我的背后。我正想回头看时，一双柔滑的手蒙住我的眼睛了。但是一种非常熟悉的肥皂香味，帮助了我的猜想，——我毫不犹豫地叫道："沁珠！"——在一阵格格的笑声中，那两只手松了下来，果然正是她。我叫她坐在我的旁边，并且对她说道："你到底也来了！"

"我本不想来的，后来想起你……我们又十几天不见面了。借此机会找你谈谈也不错！"

"你现在的生活怎么样，曹有信来吗？"

"信吗？太多了！差不多每天都有一封，有时还是快信，我也不知道他怎么有那些工夫？据他说事情也很忙！"

"唉！这就是爱情呀，……它能伸缩时间也能左右空间！"

"不过我还不曾感到像你所说的那种境地！"

"那是因为你爱他还不够数！"

"唉！这点倒是真的！我每次接到他的信！就不知不觉增加一分恐惧！"

"其实你也太固执了，天下难得的是真情，你手里握住了这稀罕的宝贝，为什么又要把它扔了！"

"真情吗？我恐怕那只是法国造的赝品金钢钻，新的时候很好看，到头来便只是一块玻璃了！"

"但是你究竟相信天地间有真的金钢钻没有呢？"

"真的自然有，不过太少了，我不见得就有那种好运气吧！"

"运气，唉！什么都有个运气，谁能碰到最好的运气，那也真难预料，不过我总祝福你能就好了！"

"实在这种忧虑也是多余，即使碰到这样好运气，想透了，还不是苦恼吗？……爱情从来就没有单纯性，就如同美丽的罂粟花同时是含有毒质的。"

我们正谈得深切，忽听摇铃开会了，跟着一个身体肥硕的在校同学，迈着八字步上了讲台——这种的模型是特别容易惹人注意。于是全会场的视线都攒集在她身上，并且是鸦雀无声地静听她的发言，她轻轻地咯了一声道：

"今天是我们在校同学和毕业同学聚会的日子,也就是本校校友会开幕的一天,这真使我们非常高兴……"那位肥硕的主席报告到这里,忽然停住了,于是会场里起了嘈杂的私语声,我们预料今天这个会绝不会有什么精彩,坐在这里太无聊了,便和沁珠悄悄地溜出会场。

"那位胖子是哪一级的同学?"沁珠问道。

"是史地系一年级的叫杜芬。"

"你们为什么叫她作主席?……我可以给她八个字的评语:'貌不惊人,语不压众!'"

"谁知道她们学生会里玩的什么把戏,不过现在的事情也真复杂,那些能干的小姐们,都不愿意在这种场合里混。自然现在可以出风头的地方太多,一个区区学生会怎容得下她们,所以最后只有那些三四等的脚色来干了!"

我们一面谈着已来到学校的大门口,她约我到她的寄宿舍去,在路上我们买了不少零食和一瓶红色葡萄酒,我问沁珠道:"你近来常喝酒吗?"她笑了笑道:"怎么,你对于喝酒有什么意见吗?"

"说不上什么意见,不过随意问问你罢了,你为什么不直接答复我,反而'王顾左右而言他'呢!"

她听了我的话不禁也笑了,并且说:

"我近来只要遇到心里烦闷的时候就想喝酒。当那酒精在我冷漠的心头作祟时,我便倒在床上昏昏睡去。的确别有一种意境!"

"那么你今天大约又有什么烦闷的事情吗?"

"谁说不是呢!等一会儿你到我寄宿舍去,我给你看点东西,你就明白我心里烦不烦了!"

不久我们便来到那所古庙的寄宿舍里,王妈替我们开了房门,沁珠把那包零食叫她装在碟子里;摆在那张圆形的藤桌上。并替我们斟了两玻璃杯的酒。沁珠端起满溢红汁的杯子叫道:"来,好朋友,祝你快活!"我也将酒杯高举道:"好,祝你康健和幸运!"我们彼此一笑把一杯酒都喝干了!王妈站在旁边不住地阻拦道:"喂,两位先生,慢些喝吧,急酒容易醉人的!"沁珠说:"不要紧,这个酒不容易醉,再替我们斟上两杯吧!"王妈把酒瓶举起来看看道:"没有多少了,留着回头喝吧!"我这时已有些醉意,因道:"好吧,你就替我们收起来!"沁珠笑对王妈道:"唉,我哪里就醉死了,你吓得我那样,好吧,不便辜负你一片好心,你把这些东西都收了去吧!"

王妈笑着把残肴收拾开去,她走后我就问沁珠道:"你要给我看点东西,究竟是些什么？"

她说："别忙！就给你看！"一面从抽屉里拿出一只小盒子和一个绢包，她指着那个小盒子道："这是曹由香港寄给我的一对'象牙戒指'，这另一包是他最近给我的信，"她说着将绢包解开，特别找出一个绯红色的洋信套，抽出里面浅绿色的信笺，在那折缝中拿出几张鲜红色而题了铅粉字的红叶，此外又从信套里倒出五颗生长南国的红豆来。这一堆刺人神经的东西，使我不知不觉沉入迷离的幻想里去。自然那些过去的故事：如古代的宫女由御河里飘出传情的红叶呀；又是什么红豆寄相思的艳迹呀；我在这些幻想里呆住了。直到沁珠把那盒子打开拿出那对纯白而雕饰细致的"象牙戒指"来，才使我恢复了知觉。她自己套了一只在右手的中指上。同时又拉过我的手来，也替我戴了一只，微微地笑道："从来没看见人戴这种的戒指，这可算是很特别的是不是？"

我说："物以罕为贵，……况且千里寄鹅毛，物轻人意重，不过我不应当无故分惠，还是你收起来吧！"

"呸，我要两只做什么？这东西只不过是个玩意罢了，有什么希奇！"她说着脸上似乎有些不高兴。我不敢再去撩拨她。因说："好了，我不同你开玩笑了，把那红叶拿来我看看吧。"她将红叶递给我，共是三张，每张上面都题了诗句，第一张上写的是："红的叶，红的心，燃烧着我的爱情！"旁边另有一行是："寄赠千里外的微波——长空"第二张上面是题的一句旧词："愁肠已断无由醉，酒未到口先成泪。"第三张上题的是唐人王昌龄的《从军行》"琵琶起舞换新声，总是关山旧别情，撩乱边愁听不尽，高高秋月照长城。"

我看过这三张红叶不禁叹道："曹外表看来很豪爽，想不到他竟多情如此，我想你们还是想个积极的办法吧！"

"什么积极的办法呀？唉，落花有意流水无情，根本上就用不着办法！"

"总而言之，人各有心，我也猜不透你，不过据我的推测，你们绝不能就这样不冷不热维持下去的。"沁珠听了我这话，也点点头道："我有时也这样想，不过我总希望有一天不解决而解决就好了。"

"他近来写给你的信还是那种热烈的追求吗？"

"自然是的，不过素文，你相信吗？人类的欲望，是越压制也越猖狂。一个男人追求一个女人，也是越得不到手越热烈。所以要是拿这种的热烈作为爱的保障，也许有的时候是要上当的。……并且这还不算什么，最根本的理由——我之所以始终不能如曹所愿,是在我俩中间,还不曾扫尽一切的云翳,明白点说,就是曹,他还不是我理想中的人物。"

"关于这一点你曾经对他表示过吗?"

"当然表示过,但他是特别固执,他说:'珠请相信我,我虽然有许多缺点,然而只要是在可能的范围中,我一定把它改好。'……你想碰到这样罕有人物又有什么办法?"

"真的,像这样死不放手的怪人也少有!"

"看吧,最终不过是一出略带灰色的滑稽剧罢了,……在今日的世界,男人或女人在求爱的时候,往往拿'死'作后盾,说起来不是很严重吗?不过真为情而死,我还未曾见过一个呢?……"

"你真是一个绝对怀疑派!"

沁珠听了我这句话,她不禁黯然地长叹了一声,无精打采地躺到床上去。

这时微弱的太阳光,正射在水绿色的窗纱上,反光映在那一叠美丽的信封上,我不由得便伸手把那些信抽出来读了。

第一封信上写着一月十五日,长空从广州寄。信笺是淡绿色,光滑的墨笔字迹,非常耀眼:

敬爱的微波!

　　当然你能记得那次的分别——我的乔装的奇异和那风寒雪冷的夜色,这些在平凡的生命史上,都有了不同的光彩,是含有又凄艳又悲壮的情调,这种的记忆自我们分手以来,不时地浮现在我的心上,并且使我觉得儿女柔情,英雄侠骨是一而二二而一的。所以纵然蒙你规劝叫我努力于英雄事业,但我同时不能忘却儿女情怀呢!

　　初到此地,什么事情都有些紊乱找不着头绪。每天从早晨跑到夜深,有时虽似乎可以偷暇休息,但想到远别的你,恨不得将夜也变成昼赶快把事情办妥,便可以回到你的身旁了。

　　你近来的生活怎样?叶钟凡和袁先生还在北京吗?倘使你感到寂寞可以去找他们谈谈。这封信是我在百忙中抽暇写的,没有次序,请你原谅!并盼你的回音!

　　祝你精神爽健!

　　　　　　　　　　　　　　　　　　　　　长　空　一月十五日

第二封信,是曹由香港寄来的:

　　唉!我盼望多天的来信,竟在我移到香港时才由朋友转来,我希望得到它,如同旱苗的望霖雨。但当我使这封信的每一字一句映进我的眼帘时,我不明白我处的是人间还是地狱?唉!眼前只见一片黄沙和万顷的怒海,寂寞和恐慌同时绞着我可怜的心。微波呵!我知道你是仁慈的,你断不忍看着一匹柔驯的小羊,在你面前婉转哀嘶,而你终不理它;让它流出鲜红的泪滴,而不肯用你仁慈的眼光向它临视吧?然而你的来信何以那样冷硬,你说:"从前的一切现在想来都是无聊!"唉!这是真话吗?当然我也知道像我这样不值什么的人,在你的眼里,比一个小蚁虫还不如,那么我的心我的泪所表现的更是什么都不如了!不过微波你当然不致否认,在我将走入死的门限时,你曾把我拉出来过吧?那时候你不是绝不顾我的,而我也因此感到有生存在世界上的意义——难道这一切都只是虚幻的梦吗?唉!纵使是梦我也希望是比较深酣的梦,你怎么就忍心叫我此刻就醒!微波呵!……只有这一滴血是我最后在你面前所能贡献的哟!

　　　　　　　　　　　　　　　　　　长　空

这封信写到这里,忽然字迹变了血红色,最后的署名长空更是血迹斑斓,我看着也不由得心理上起一种陡然的变化,不想再看下去了,这时沁珠恰好转过脸来,见我那不平常的面色便问道:

"你看的是那封有血迹的信吗?"

"是的。"我只简单地回答她。

"不用再看了吧,那些信只是使人不高兴罢了!"沁珠懒懒地说:"并且那已经成了过去的事实,你把那封用妃红色纸写的一封看看好了——那是最近的。"我听了她的话便把那信抽出来看:

四月八日由香港寄
亲爱的波妹!

　　几颗红豆原算不了什么珍贵的东西。但蒙你一品题便立刻有了意义和价值。我将怎样地感谢你呢。不过辞旨之间似乎弥漫了辛酸的哀音，使我欣慰中不免又感到震恐，莫非这便是我们的命吗？不过波请你相信，我将用我绝大的勇气和宿命奋斗，必使黯淡变为光明，愁惨化成欢乐，否则我便把这可憎厌的生命交还上帝了。

昨夜在一家洋货店里买东西，看到一对雕刻精巧的象牙戒指，当然那东西在俗人看来，是绝比不上黄金绿玉的珍贵，不过我很爱它的纯白，爱它的坚固，正仿佛一个质朴的隐士，想来你一定也很喜欢它，所以现在敬送给你，愿它能日夜和你的手指相亲呢！

我大约还有十天便可以回到北京，那时节呵，——我们可以见面，可以畅谈别后的一切，唉！这是多么值得渴望的一天哟！

我看完这封信，不由得又看看我手指上的象牙戒指，——我觉得我没有理由可以戴这东西，因取下来说道：

"喂！这戒指绝不是一个玩意儿的东西，我还是不戴吧！"

"为什么戴不得？你这个人真怪！难道说这便算得是我们订婚的戒指吗？真笑话了！你如果再这样说，连我也不戴了。"她说着便真要从手上取下那只戒指来，我连忙赔笑道：

"算了，算了，这又值得生什么气，我不过和你开开玩笑罢了。"

"好吧，你既知罪，我便饶你初犯，我们出去玩玩，——这几天的天气一直阴沉沉的，真够人气闷，今天好容易有了太阳！"

"好，但是到什么地方去呢！"我问她。

"天气已经不早了，我们到公园兜个圈子，回头到东安市场吃烧羊肉，夜里到真光看二孤女……"她说着显出活泼的微笑。

"咱们倒真会想法子寻快乐！"我不禁叹息着说。

"不乐，怎么样？……眼泪又值得什么？"沁珠说到这种话时，总露着那种刺激人的苦笑。

当她把那些信和红叶等收拾好后，我们便锁上房门，在黯弱的黄昏光影中去追求那刹时的狂欢。

十三

北方的秋天是特别的天高气爽，当我早晨站在回廊前面，看园子里那些将要凋黄的树叶时，只见叶缝中透出那纤尘不沾的晴空，我由不得发出惊喜的叹息，——这时心灵解除了阴翳，身体也是轻松，深觉得在这样的好天气里，找一个知心的朋友到效外散散步，真是非常理想的剧景呢。终于在午饭后我乘着车子到沁珠那里，将要走到她的住房时陡然听见有抽搐的幽泣声，这使我吓住了，只悄悄地怔在窗外，隔了有两分钟，才听见沁珠的声音说道：

"你何必那样认真呢！"

"不，并不是我认真，你不晓得我的心……"话到这里便止住了，那是个男子的声音，似乎像是曹，但我总不便在这时候冲进去，因此我决定暂且先到别处去，等曹去后我再来，我满心怅惘地离开了沁珠的房子，无目的地向街上走去，不知不觉已来到琉璃厂，那里是书铺的集中点，我迈进扫叶山房的门时，看见一部《文心雕龙》，印得很整齐，我便买了，拿着书正往前走，迎头看见沁珠用的王妈，提着一个纸包走来：

"素文小姐您到哪里去？……怎么不去看张先生？"她含笑说。

"张先生此刻在家吗？"我问她。

"在家。"

"一个人吗？"

"是的，曹先生才走。"

我同王妈一面走一面谈着到了寄宿舍。这时已是下午三点多钟，寄宿舍院子里那两棵大榆树，罩在金晃晃的阳光底下，几只云雀儿从房顶飞过，微凉的风拂动着绿色的窗纱，我走到里院里，看见沁珠倚着亭柱呆站着，脸色有些惨白，眼圈微微发红。她见了我连忙迎上来说道：

"你来得正好，……不然我就要到学校去找你了。"

"怎么你今天似乎有些不高兴？"

"唉，世界上的花样太多了。……你不知道我们昨天又演了一出剧景……我不相信那是真的，不去演时也有点凄酸的味儿呢？"

"那么也仅够玩味的了，人生的一切都有些仿佛剧景呢？"

"当然，我也明白这个道理，不过在演着时，就非常清楚地意识那只是戏，而又演得像煞有介事终不免使人有些滑稽的感想吧！"

我们谈论着这些空泛的哲理，倒把我所想知道的事实忽略了，直到王妈拿进一封信来说是曹派人送来的时，这才提醒我。当沁珠看完来信，我就要求她告诉我那一件她所谓剧景的事实。王妈替我们搬来了两张藤椅，放在榆树荫下。沁珠开始述说：

"昨天下午我同曹到陶然亭去，最初他只说是邀我去看芦花，我们到了陶然亭的时候已将近黄昏了,看秋天的阳光,仿佛是看一个精神爽快而态度洒落的少女面靥,使人感到一种超越的美,起初我们只在高高低低的土坡上徘徊着,土坡的下面便是一望无边际的芦田,芦花开得正茂盛,远处望去,那一片纯白的花穗,正仿佛青松上积了一层白雪,这种景色在灰尘弥漫了的古城,真是不容易看到的。我们陡然遇到,当然要鼓起一种稀有的闲情逸致了,那时我正替曹织一件御寒的绒线小衫,我低头织着,伴着曹慢慢地前进,不知不觉来到一座建筑美丽的石圹前,那地方放着几张圆形的石凳,我同曹对面坐下,他替我拿着绒线,我依然不住手地织着,一阵寒风吹乱额前的短发,发丝遮住我的眼,我便用手拢上去,抬眼只见曹正出神地望着我。

'你又在想什么?……这里的风景太像画了,你看西山正笼着紫色的烟霞,天蔚蓝得那样干净——你不是说李连吉舒的一对眼像无云的蓝天吗,我却以为这天像她的眼……'

他听了这话,似乎不大感兴趣,只淡然一笑,依然出神地沉默着,我知道不久又有难题发生,想到这里,不免有些心惊。

'唉,珠!的确,这里是一个好地方,是一幅凄艳的画景,不但到处有充塞着文人词客的气息,而且还埋葬了多少英魂和多少艳魄。我想,倘有那么一天!……'曹黯然地插述着。

'你又在构造你的作品吗?不然怎么又想入非非呢!'我说。

'不呵,珠妹!你是冰雪聪明,难道说连我这一点心事都看不透吗?老实告诉你,这世界我早看穿了,你瞧着吧,总有一天你要眼看我独葬荒丘……'

'死时候呵死时候,我只合独葬荒丘。'这是茵梦湖上的名句。我常常喜欢念的。但这时听见曹引用到这句话,也不由得生出一种莫名的悲感,我望着他叹了一口气。

'唉,珠妹我请求你记住我的话,等到那不幸的一天到来时,我愿意就埋在这里……那边不是还有一块空地么,大约离这里只有两丈远。'他一面说一面用手指着前面那块地方。我这时看见他两眼充满了泪液。

'怎么,我们都还太年轻呢,哪里就谈得到身后的事!'我说。

'哪里说得定,……天有不测风云,人有旦夕祸福,并且死与年轻不年轻又有多大关系,有时候收拾生命的正是年轻的自己呢!'曹依然满面凄容地说。

'何苦来!'我只说得这句话,喉管不禁有些发哽了,曹更悲伤的地头埋藏在两手中，他在哭呢，这使我想到纵使我们演的仅仅是一幕剧景也够人难过的了，并且我知道使他要演这幕悲凉的剧景的实在是由于不幸的我，无论如何，就是为了责任心这一点我也该想法子，改变这剧景才是。然而安慰了他又苦了我自己，这时我真不知要怎么办了。我只有陪着他落泪。"

"我们无言对泣着，好久好久，我才勉强地安慰他道：
'生趣是在你自己的努力，世界上多少事情是出乎人们所预料的，……你只要往好里想就行了，何苦自己给自己苦酒喝。'
'唉！自己给自己苦酒喝，本来是太无聊，但是命运是非喝苦酒不可，也就没办法了！'曹说着抬起头来，眼仍不住向那块空地上看。

这时天色已有些阴黯了，一只孤雁，哀唳着从我们头顶撩过，更使这凄冷的郊野，增加了萧瑟的哀调。

'回去吧！'我一面说一面收拾我的绒线，曹也就站起来，我们沿着芦塘又走了一大段路，才坐车回来，曹送我到寄宿舍，没有多坐他就走了。"

"这时屋子里已经很黑了，我没有开灯，也不曾招呼王妈，独自个悄悄地倒在床上，这一幕悲凉的剧景像生了根，盘踞在我的脑子里。真怪，这些事简直好像抄写一本小说，想不到我便成这小说中的主人翁，谁相信这是真事。……窗棂上沙沙地响起来，我知道天上又起了风，院子里的老榆树早晨已经脱了不少的叶子，这么一来明天更要'落叶满阶无人扫'了，这么愁人的天气，你想我的心情怎么好得了，真的，我深觉得解决曹的问题不是容易的，从前我原只打算用消极的方法对付他，简直就不去搭理他，以为这样一来他必恨我，从此慢慢地淡下去，然后各人走各人的路不就了事吗？谁知道事情竟如此多周折，我越想越觉得痛苦。想找你来谈谈，时候又已经不早，这一腔愁绪竟至无法发泄，最后只好在日记簿，发上一大篇牢骚，唉，世路多艰险，素文你看我怎么好?！"

沁珠说到这里，又指着那张长方形的桌子中间的屉子道：
"不信，你就看看我那篇日记，唉！哪里是人所能忍受的煎熬！"

我听了这话，便从屉子里拿出她的日记簿来。一页一页掀过去，很久才掀到了，唉，上面是一片殷红，像血也像红颜色，使我不能不怀疑，我竟冲口叫出来……"沁珠！这是什么东西……"

"素文！你真神经过敏，哪里有什么值得惊奇的事情！那只是一些深红色的墨水罢了，你知道现在的局面，还值不得我流血呢！"

"那就很好，我愿你永久不要到流血的局面吧！"沁珠不曾回答我话，只凄苦地一笑，依然脸朝床里睡了。我开始看她的日记：

　　九月十七日　这是旧历中秋的前一日，照例是有月亮的，但是今天却厚云如絮，入夜大有雨意，从陶然亭回来后，我一直躺着不动。王妈还以为我不曾回来，所以一直没有进来招呼我，我也懒得去叫她——她是一个好心肠的女人，见了我这样不高兴的嘴脸，不免又要问长问短，我也有些烦，——尤其是在我有着悲伤烦恼的心景时，但斥责她吧，我又明知她是好意，也发作不起来，最后倒弄得我自己吃苦，将眼泪强咽下假笑和她敷衍，……所以今天她不来。正合了我的心。

　　但是，这院子里除了我就是她，——最近同住的徐先生不知为了什么也搬走了。——她不来招呼我，就再没有第二个人来理会我。四境是这样寂静，这样破烂，真是"三间东倒西歪屋"——有时静得连鬼在暗陬里呼吸的声音似乎都听见了。我——一个满心都是创伤的少女，无日无夜地在这种又静寂又破烂的环境里煎熬着。

　　最近我学会了吸烟，没有办法时，我就拿这东西来消遣，当然比酒好，绝不会愁上加愁，只是我吸烟的程度太差，仅仅一根烟我已经受不了，头发昏，喉头也有些辣，没办法把烟丢了，心更陷入悲境，尤其想到昨天和曹在陶然亭玩的那套把戏，使人觉得不是什么吉兆。

　　曹，我相信他现在是真心爱我，追求我。——这许是人类占有欲的冲动吧？——我总不相信他就能为了爱而死，真的，我是不相信有这样的可能——但是天知道，我的心是锁在矛盾的圈子里，——有时也觉得怕，不用说一个人因为我而死，就是看了他那样的悲泣也够使我感到战栗了，一个成人——尤其是男人，他应当是比较理智的，而有时竟哭得眼睛红肿了，脸色惨白了，这情形怎能说不严重？我每逢碰到这种情形时，我几乎忘了自我，简直是被他软化了；催眠了！在这种的催眠状态中，我是换了一个人，我对他格外地温柔，无论什么样的请求，我都不忍拒绝他。呵，这又多么惨！催眠术只能维持到暂时的沉迷。等到催眠术解除时，我便毅然决然否认一切。当然，这比当初就不承认他的请求，所给的刺激还有几倍地使他难堪。但是，我是无法呵！可怜！我这种委屈的心情，不只没有人同情我，给我一些安慰。他们——那些专喜谤责人的君子们，说我是个妖女，专门玩手段，把男子们拖到井边，而她自己却逃走了。唉！这是多么无情的批评，我何尝居心这样狠毒！——并且老实说就是戏弄他们，我又得到些什么？

"平日很喜欢小说中的人物，所以把自己努力弄成那种模型。"这是素文批评我的话。当然不能绝对说她的话无因，不过也是我的运命将我推挤到这一步：一个青春正盛的少女，谁不想过些旖旎风光的生活，像小萍——她是我小时的同学。不但人长得聪明漂亮，她的运命也实在好，——她嫁了一个理想的丈夫，度着甜蜜的生活。前天她给我信，那种幸福的气味，充满了字里行间。——唉！我岂是天生的不愿享福的人。而我偏偏把自己锁在哀愁烦苦的王国里，这不是命运吗？记到这里我由不得想到伍念秋，他真是官僚式的恋爱者。可惜这情形我了解得太迟！假使我早些明白，我的心就不至为他所伤损。——像他那样的人才真是拿女子耍耍玩的。可恨天独给他那种容易得女子欢心的容貌和言辞。我——幼小的我，就被他囚禁永生了。所以我的变成小说中模型的人物，实在是他的……唉！我不知说什么好，也许不是太过分，我可以说这是他的罪孽吧！但同时我也得感谢他。因为不受这一次的教训，我依然是个不懂世故的少女。看了曹那样热烈追求，很难说我终能把持得住。由伍那里我学得人类的自私，因此我不轻易把这颗已经受过巨创的心，给了任何一人。尤其是有了妻子的男子。这种男子对于爱更难靠得住。他们是骑着马找马的。如果找到比原来的那一个好，他就不妨拼命地追逐。如果实在追逐不到时，他们竟可以厚着脸皮仍旧回到他妻子的面前去。最可恨，他们是拿女子当一件货物。将女子比做一盏灯，竟公然宣言说有了电灯就不要洋油灯了。——究竟女子也应当有她的人格。她们究竟不是一盏灯一匹马之类呵！

现在曹对我这样忠诚，安知不也是骑着马找马的勾当？我不理睬他，最后他还是可以回到他妻子那里去的。所以在昨夜给曹的信里，我也曾提到这一层，希望就这样放手吧！

今夜心情异常兴奋，不知不觉竟写了这么一大篇。我自己把它看了一遍，真像一篇小说。唉！人事变化，预想将来白发满了双鬓时，再拿起这些东西来看，不知又将作何感想？——总而言之，沁珠是太不幸了！

这篇日记真不短，写得也很深切，我看过之后，心里发生出一种莫名其妙的怅惘。

王妈进来喊我们吃饭，沁珠还睡着不曾起来，我走到床前，撼动了半天她才回过头来，但是两只眼已经哭红了。

"吃饭吧，你既然对于他们那些人想得很透澈，为什么自己又伤心？……其实这种事情譬如是看一出戏，用不着太认真！"

"我并不是认真，不过为了这些不相干的纠缠，不免心烦罢了！"

"烦他做什么？给他个不理好了！"

沁珠没有再说什么，懒懒地下了床，同我到外面屋子里吃饭，吃饭时我故意说些笑话，逗她开心，但她也只用茶泡了半碗饭草草吃了完事。——那夜我十点钟才回学校去。

十四

下午我在学校的回廊上，看新买来的绿头鹦鹉，——这是一只很怪的鸟，它居然能模仿人言，当我同几个同学敲着它的笼子边缘时，它忽然宛转地说道："你是谁？"歇了歇它又说道："客来了，倒茶呀！"惹得许多同学都围拢来看它，大家惊奇地笑着，正在这时候，我忽听见身背后有人呼唤的声音，忙转身过去，只见沁珠含笑站在绿屏门旁，我从人丛中挤出去，走到沁珠面前，看她手里拿着一个报纸包，上身着一件白色翻领新式的操衣，下面系一条藏青色的短裙。

"从哪里来？"

"从学校里来……我今天下课后就想来看你，当我正走到门口的时候，看门的老胡递给我一封快信，我又折回教员预备室去，看完信才来，所以晚了……你猜猜是谁的信？"

"谁的信？……曹还在北京不是吗？"

"你的消息太不灵了，曹走了快一个星期，你怎么还不知道？"

"哦，这几天我正忙着作论文，没有出学校一步，同时也不曾见到你，我自然不知道呀。……但是曹到什么地方去了？"

"他回山城去了。"

"回山城吗？他七八年不曾回去，现在怎么忽然想着回去呢？"

"他吗，他回去同他太太离婚去了。"

"啊，到底是要走这一条路吗？！"

"可不是吗？但是，离婚又怎么样？……我……"

"你打算怎么办呢？"

沁珠这时脸上露着冷淡的微笑，眼光是那样锐利得如同一把利刃，我看了这种表情，由不得心怦怦地跳起来，至于为什么使我这样恐慌，那真是见鬼，连我自己也说不出所以然来。过了些时，沁珠才说道："我觉得他的离婚，只是使我更决心去保持我们那种冰雪友谊了。"

"冰雪友谊，多漂亮的字句呵，你莫非因为这几个字眼的冷艳，宁愿牺牲了幸福吗？"

"不，我觉得为了我而破坏人家的姻缘，我太是罪人了。所以我还是抱定了爱而独身的主义。"

"当然你也有你的见解……曹回来了吗？他们离婚的经过怎么样？"

"他还不曾回来，不过他有一封长信寄给我，那里面描述他和妻离婚的经过，很像一篇小说，或是一出悲剧。你可以拿去看看。"她说着，便从纸包中取出一封分量不轻的信件给我。

那封信上写的是：

沁珠我敬爱的朋友：

"神龛不曾打扫干净，如何能希冀神的降临？"不错，这全是我的糊涂，先时怎么就没有想到呢？多谢你给了我这个启示。现在神龛已经打扫干净了，我用我一颗赤诚的心，来迎接我所最崇敬的神明。来，请快些降临！我已经为追求这位神明；跋涉过人间最艰苦的程途。现在胜利已得了，爱神正歌舞着庆祝，赞叹这人间最大的努力所得来最大的光荣。……唉！这一顶金玉灿烂的王冕，我想不到终会戴到我的头上。但是回想到这一段努力的经过，也有些凄酸，现在让我如实地描述给你听：

你知道我是七八年不曾回家了。当我下了车子走近我家那两扇黑漆的大门前时，门上一对金晃晃的铜环对着太阳发出万道金光，我不敢就用手去叩那个门环，我在门外来往地徘徊着。两棵大槐树较我离家的时候长大了一倍，密密层层的枝叶遮住初夏的骄阳，阴影下正飘过阵阵的微风，槐花香是那样的醉人。然而我的心呢，却充满着深深的悲感，想不到飘泊天涯的游子，今天居然能回到这山环水绕的家乡，看见这儿时的游憩之所，这是怎样的奇迹呵！……但是久别的双亲，现在不知鬓边又添了几许白发？脸上又刻划了几道劳苦的深痕？……至于妻呢，我离她去时，正是所谓"绿鬓堆鸦，红颜如花"。现在不知道流年给她些什么礼物！并且我还知道我走后的八个月，她生了一个女儿，算来也有七八岁了；而她还不曾见过她的父亲。……唉！这一切的事情扰乱了我的心曲。使我倚着槐树怔怔地沉思，我总是怯生生不敢把门上的环儿敲响，不知经过几次的努力，我才挪动我的脚步，走到大门前用力地把门环敲了几下，在当当的响声中，夹着黄犬狂吠的声音和人们的脚步声，不久大门就打开了。在那里站着一个六十多岁的老头儿，他见了我把我仔细地看了又看，我也一样地出神地望着他。似乎有些面熟，但终想不起是哪一个。后来还是那老头儿说道：

"你是大少爷吧！"

"是的，"我说："但你是哪一个呢？"

"我是曹升呵，大少爷出去这几年竟不认得了吗？"

"哦，曹升呀，你老得多了！……老爷太太都健旺吗？"

"都很好，少爷快进去吧，可怜两位老人家常常念着少爷呢！"

我听了这话心里禁不住一酸，默然跟着曹升到上房见过久别的父亲和母亲。唉！这两位老人都已是两鬓如霜了，只是精神还好，不然使我这不孝的游子，更不知置身何地了。父母对这远道归来的儿子，露着非常惊喜的面容，但同时也有些怅惘！

同父母谈了些家常，母亲便说："你乏了。回屋去歇歇。再说，你的妻子，她也够可怜了，你们结婚七八年，恐怕她还没记清你的相貌吧，你多少也安慰安慰她！"我听了这话，心里陡然觉得有些难过，我们虽是七八年的夫妻，实际上相聚的时候最多不过四个月，而且这四个月中，我整整病了三个多月呢？总而言之，这是旧式婚姻造下的罪孽呀！

从母亲房里出来，看见院子里站着一个七八岁的小女孩，圆圆的面孔，一双黑漆的眼睛，含着惊奇的神气向我望着，只听母亲喊道："娟儿，爸爸回来了，还不过来看看！""爸……爸……"女孩儿含羞地喊了一声，我被她这无瑕的声音打动了心弦，仿佛才从梦里醒来，不禁又喜又悲，走近去握住她的小手，我的眼泪几乎滴了下来。

我拉着娟儿的手一同走到我自己住的院子里，只见由上房走出一个容颜憔悴的少妇，她手里正抱着一包裁剪的衣服；她抬头看见我，最初像受了一惊，但立即她似乎已认出是我。同时娟儿又叫道："妈妈，爸爸回来了！"她听了这话反低了头，一种幽怨的情怀，都在默默不语中表示出来。我竟不知对她说什么好！

晚上家里备了团圆宴，在席间，父母和我谈到我出外七八年家里种种的变故，这其间最使我伤心的是小弟弟的死，母亲几乎放声哭了出来。大家都是酸楚着把饭吃完。妻呢，她始终都只是静默着。当然我有些对她不起，不过我也是这些不幸压迫下的牺牲者呢！

深夜我回到自己房里，见一切陈设仍是她嫁时的东西，只不过颜色陈旧了些。她见我进来，从椅子上站了起来，淡然地说道："要洗脸吗？"

"不，我已经在外面洗过了。"

她不再说什么，仍旧默然坐在椅子上。

"怎么样？……你这几年过得好吗？"我这样问她，她还是不说什么，只含着一包眼泪，懒懒地向我望了一下。

"我们的婚姻原不是幸福的，因为我的生活，不安定，飘泊，而你又不是能同我相共的人，最后，只是耽误了你的青春。所以我想为彼此幸福计，还是离婚的好，……你以为怎么样？"我这个问题提出后，我本想着有一场重大变化，但事实呢，真出我之所料。最初她默默地听着，不愤怒不惊奇，停了些时，她才叹了一口气道："唉！离婚，我早已料到有这么一天！"她说到这一句上，眼泪还是禁不住滴了下来。

"你既是早已料到，那就更好了。那么你同意不呢？"

"我自己命苦，碰到这样的事情，叫我有什么话说，你要怎么办便怎么办好了，何必问我呢？"

"唉，你又何必这样说。现在的世界，婚姻重自由，倘使两方都认为不幸福，尽可以提出离婚，各人再去找各的路，这是很正当的事情，又有什么命苦不命苦？"

"自然，我是不懂得那些大道理的，只是一个女人既已嫁了丈夫，就打算跟他一生，现在我们离婚，被乡里亲戚知道了，不知他们要怎样议论讥笑了！"

"唉！他们都是旧礼教的俘虏，头脑太旧了，这种人的意见也值得尊重吗？他们也配议论和讥笑我们吗？……"

"唉！"她不再说什么，只黯然长叹着。

后来我提出离婚具体的办法，我自动地把我项下应得的田产给她五十亩，作为她养赡之资，她似乎还满意，后来提到娟儿，她想带走，但父母都不肯，我也不愿意，因为她是一个头脑简单的女人，对于孩子的教育是不够资格的，——这一件事使她很伤心，她整整哭了一天一夜，最后她虽勉强同意了，但她回娘家时，很痛切地怨恨着我，连最后的一眼都不肯看我，这一刹那间，我没有理由地滴下泪来，不知是怜悯还是自愧！

我怔怔地看她上车，娟儿早被母亲带出去看亲戚去了。当她车子的影子被垂杨遮住时，我才惘惘地走了回来，但是我陡然想到从此后你我间阻碍隔膜完全肃清，我被愧恨笼罩的心，立刻恢复到光明活泼的境地……是的，我在人间是为"自我"而努力的，我所企求的只是我敬爱的人的一颗心，现在我得到了，还有什么不满，还有什么遗憾呵！珠妹，我不是屡次对你宣誓过吗？我不是说"你的所愿，我将赴汤蹈火以求之；你的所不愿，我将赴汤蹈火以阻之"吗。现在我再郑重向你这样宣誓……

这件事情既已有了解决，我还在家做什么，我恨不得飞到你的面前，投向你温暖的怀抱中求最后的归宿。亲爱的人，愿上帝时时加福于你！……"

我把这封信看后仍交还沁珠，同时我对她说："沁珠，难得曹这样诚心诚意地爱你，你就不要固执了吧！"

"我并不是固执，根本我就没有想到嫁给他。"

"那你为什么叫他把神龛打扫干净？现在他照你的意思做了，你却给他这样一个打击。小心点，不要玩掉他的性命！"

"放心吧，世界上哪有这样的愚人，……而且他还有伟大的事业牵系着呢！"

"唉！老实说，我就不能放心，我劝你不要看得太乐观……"

"但有你太替别人想得周到，就忘了自己，你想一个女孩子，她所以值得人们追求崇拜的，正因是一个女孩子。假使嫁了人，就不啻一颗陨了的星，无光无热，谁还要理她呢？所以我真不想嫁呢！"

"那么你就不该拈花惹柳地去害人。"

"那是你太想不透，其实对于他们这些男人，高兴时，不妨和他们玩玩笑笑，不高兴时就吹，谁情愿把自己打入爱的囚牢……"

"唉！你真有点尤三姐的态度！……"

"你总算聪明。《红楼梦》上那些女孩，我最爱尤三姐！"

"就是尤三姐，她也还想嫁个柳湘莲，但你呢？……"

"我呀，倘使有柳湘莲那么个人，我也许就嫁了。现在呢，柳湘莲已经不知去向了。而且也已经有了主，所以我今生再不想嫁了。"

"你也太自找苦吃。我知道你所说的柳湘莲就是伍念秋。哼，不怕你生气，那小子简直是个现世活宝贝，你也值得为他那样牺牲。"

她听了，神色有些改变，我知道她久已沉眠于心底的旧情，又被吹醒了。她黯然地叹道："曾经沧海难为水，除却巫山不是云。"

我看了这种情形，莫名其妙地痛恨伍念秋的残酷，好好一个少女的心，被她损坏了。同时又为曹抱不平，我问道：

"那么你决心让曹碰一个大钉子了？"

"大约免不了吧！"

"唉，你有时真是铁石心肠呢！"

我们谈到这里，沁珠脸上露着惨笑。我真猜不透她竟能这样忍心！我为曹设身处地地想，真感到满心的怨愤，我预料这幕剧开演之后，一定免不了如暴风雨般的变化。我这里正愁思着不得解决，而沁珠却如若无其事般，跑到回廊下逗着鹦鹉说笑，后来我真忍不住了，把她拖到后花园去，我含怒地问她道："沁珠，我们算得是好朋友吧？"

"当然，我们简直是惟一的好朋友！"

"那么你相信我待你的心是极诚挚的吗？"

"为什么不信。"

"既然是相信得过的好朋友，你就应当接受我的忠告，你对于曹真不该玩这种辣手段！他平日待你也就至诚得很，现在为了你特地跑回去离婚，而最后他所得于你的，只是失望，甚至是绝望！这怎么对得住人！"

"这个我也明白，……好吧！等我们见了面再从长计议好了。他大约明天可以到，我们明天一同去看他……"

"也好，我总希望你不要太矫情。"

"是了，小姐放心吧！"

不久她就回寄宿舍去，我望着她玲珑的背影，曾默默地为她祝福，愿上帝给他俩一个圆满的结果。

十五

"曹今天回来了，他方才打电话邀我们到他住的公寓去，你现在就陪我走一趟吧！"当我从课堂出来，遇见沁珠正在外面回廊等我，她对我这样说了。

"我可以陪你去，只是还有一小时《十三经》我想听讲……"

"算了，曹急得很呢，你就牺牲这一课怎么样？"

我看见她那样心急，不好不答应她，到注册课请了假，同她雇车去看曹。

曹住在东城，车子走了半点多钟才到，方走到门口，正遇见曹送一个三十多岁的人出来，他见了我们，非常高兴地笑着请我们里面坐。我故意走到前面去，让沁珠同他跟在后面，但是沁珠似乎已看出我的用心来，她连忙追了上来。推开门，我们一同到了屋里。

"密司特曹今天什么时候到的？"我问。

"上午十点钟。"他说。

"怎么样，路上还安静吗？"

"是的，很安静！"

我们寒暄后，我就从他书架上抽出一本最近出版的《东方杂志》来看，好让他俩畅快地谈话，但是沁珠依然是沉默着。

"你似乎瘦了些，……这一向都好吗？"曹问沁珠。

"很好，你呢？"

"你看我怎么样？"

"我觉得你的精神比从前好些。"

"这是实在的，我自己也觉得是好些。……我给你的一封长信收到了吗？"

"前天就收到了。……不过我心里很抱愧，我竟成了你们家庭的罪人了！"

"唉！你为什么说出这样的话来？……"

"你自己逼我如此呵！……我觉得我们应当永久保持冰雪友谊，我不愿意因为一个不幸的沁珠而破坏了你们的家庭……唉!我是万不能承受你这颗不应给我而偏给我的心!"

沁珠这时的态度真是出人意外的冷淡,曹本来一腔的高兴,陡然被她浇了这一瓢冷水,面色立时罩上一层失望痛苦的阴影,他无言地怔在窗旁,两眼默注着地上的砖块,这使我不能不放下手里的杂志,但是我又有什么办法?沁珠的脾气我是知道,在她认为解脱的时候,无论谁都挽回不来,并且你若劝她,她便更固执到底,这使得我不敢多话,只有看着失望的曹低声叹气。

这时屋子里真像死般的沉寂,后来曹在极度静默以后忽然像是觉悟到什么,他若无其事般地振作起来,他同我们谈天气,谈广州的水果,这一来屋子的空气全变了,沁珠似惊似悔地看着他这种出人意外的变态,而他呢只装做不理会。七点钟的时候,他邀我们到东安市场去吃饭。

在雨花台的一间小屋子里,我们三个人痛快地喝着花雕,但曹还像不过瘾,他喊铺伙拿了一壶白干来,沁珠把壶抢了过来:

"唉!你忘了你的病吗?医生不是说酒喝不得吗?"

"医生他不懂得,我喝了这酒心里就快活了。"曹惨笑着说。

沁珠面色变成灰白,两眼含泪的看着曹,后来狂呼道:

"唉!要喝大家痛快地喝吧,……生命又算得什么!"她把白干满满地斟了一杯,一仰头全灌下去了,曹起初只怔怔向她望着,直到她把一杯白干吞下去,他才站了起来,走到沁珠面前说道:

"珠!原谅我,我知道我又使你伤心了,……请你不要难过,我一定听你的话不喝酒好了。"

沁珠两泪涟涟地流着,双手冰冷,我看了这种情形,知道她的感触太深,如果再延长下去,不知还要发生什么可怕的变化,因此我一面安慰曹,一面哄沁珠回寄宿舍去。曹极力压下他的悲痛,他假做高兴把沁珠送回去,夜深时我们才一同离开寄宿舍,当我们在门口将要分手的一刹那,我看见曹两眼洋溢着泪光。

第二天的下午我去看沁珠。她似乎有些病,没到学校去上课,我知道她病的原因,不忍再去刺激她。所以把昨天的事一字不提,只哄她到外面散散心。总算我的设计成功,我们在北海里玩得很起劲。她努力地划船,在身体不停地受着刺激时,她居然忘了精神上的苦痛。

三天了,我没去看沁珠。因为我正忙着开同乡会的事务,下午我正在栉沐室洗脸,预备出门时,接到沁珠的电话。她说:"我到底又惹下了灾殃,曹病了。——吐血，据说很厉害。今天他已搬到德国医院去了。上午我去看过他，神色太憔悴了，唉！怎么办？……"我听了这话，只怔在电话机旁，真的，我不知道怎么办好！……后来我想还是到她那里再想办法吧！

挂上电话机，我就急急忙忙雇了车到寄宿舍去，才进门，沁珠已迎在门口，她的神色很张皇。我明白她的心正绞着复杂的情绪。

我到她那里已经五点钟了，她说："我简直一刻都安定不了。你陪我再到德国医院看看曹去吧！"我当然不能拒绝她，虽明知去了只增加彼此的苦恼，但不去也依然是苦恼，也许在他们见面后转变了局面也说不定。

我们走过医院的回廊，推开那扇白漆的房门，曹憔悴无神的面靥已射进我的眼里来，他见了我们微微地点了点头，用着颤抖而微细的声音向沁珠说："多谢你们来看我！"

"你现在觉得怎样？"我问他。

"很好！"他忽然喘起来，一阵紧咳之后又喷出几口血来，我同沁珠都吓得向后退。沁珠紧紧地握着我的臂膊，她在发抖，她在抽搐地幽泣。后来她竟制不住自己的感情，伏在曹的胸前流泪。而曹深陷的眼中也涌出泪来，他紧啮着下唇，握住沁珠的手抖颤，久久他才说："珠！什么时候你的泪才流完呢？"沁珠听了这话更加哭得抬不起头来，曹掉过头去似乎不忍看她，只把头部藏在白色的软枕下，后来我怕曹病体受不住这样的刺激，便向沁珠说：

"时候已经很晚了，我们回去，明天再来吧！"

"对了，你们请回去吧！我很好，"曹也这样催我们走。

沁珠拭着眼泪同我出了德国医院的铁栏门，她惘惘地站在夜影中只是啜泣，我拉着她在东交民巷的马路上来回的散步。

"唉！我将怎么办？"沁珠哽咽着说。

"我早警告过你，这情形是要趋于严重的，而你却那样看得若无其事般……现在是不是应了我的话，……据我想，你还是牺牲了成见吧！"

"唉！……"沁珠低叹着道："那么我明天就应当去讲和了！……"

"你的意思是不是已肯允许他的请求。"

"是的……只有这个办法呀！"

"你今晚回去好好地休息一夜，明早你就去把这个消息报给曹，……他的病大约可以好了一半，至少他的心病是完全好了！"

"唉，世界上竟有这样神秘的事情？"

"不错，爱情只是个神秘的把戏！"

我们在平坦的马路上徘徊了很久，娟媚的月光，临照在树上、身上，使我们觉得夜凉难耐，只好回去。

第三天下午我到医院去看曹，走进门时，我看见他靠在床上看书，精神比前两天大不同。我知道他一定已经从沁珠那里得到了最后的胜利，我说：

"密司特曹，我向你贺喜！"

"是的，你真应贺我将要恢复的健康……还有……"

"我知道还有……我虔诚为你们祝福，愿你们伟大的爱完成在你们未来的新生活里！"

曹听了这一篇颂辞，他欠起身，两手当胸的向我鞠躬道谢。正在这时候，房门开了，只见是沁珠手里拿着一束白玫瑰，笑容满面地走了进来：

"怎么样……医生看过说什么没有？"同时她又回过头来向我说道："你从学校里来吗？"

"医生说我很有进步，再养息一两个星期就可以复原了。"曹含笑说。

"那么好，我为你们预备一份贺礼，等你出院那一天我再请你们一同去看电影……"

"多谢你！"曹十分兴高采烈，当说这话时，他的眼光不住向沁珠投射，沁珠低了头，含羞地弄着手表上的拨针。这一天我们三人都十分兴高采烈地玩了一下午，……我为他们悬挂的一颗心现在才重新放在腔子里了。

从那一次医院里别了曹和沁珠后，我又去看过曹两次，他确是好了。已有出院的日期，这个更使我放心，我知道他们现在已经很接近了，所以不愿意再去搅乱他们，这些时候我只常同文澜到中央公园去打地球；一天下午，我打完地球回学校，心神很爽快，打算到图书馆找一两本好小说看看。到了图书馆恰巧管理员已经走了，我只得把挂在壁上的日报拿下一份来看，无意中在文艺栏里，看到一篇叫做《弃书》的作品，那是男女两方唱和的情书，这自然是富有引诱性的，我便从头读下去，呵！奇怪这笔调很像沁珠和伍念秋的，我再细读里面的事实，更是他们的无疑。真怪，为什么在这个时候沁珠去发表这种东西，我怀疑得很，连忙去打电话给沁珠喊她立刻到学校来。

半点钟后，沁珠来了。她的面色很润泽，光彩，我知道她这时心里绝无云翳，我把报上的情书递给她看，我暗地里留意她的面容，只见她淡红的双颊渐渐失去颜色，白色的牙齿紧咬着口唇，眼眶里充满了眼泪，她的目光由报上慢慢移到窗外的天上，久久她只是沉默着。

"谁把你们的信拿来发表!"我禁不住问沁珠。

"谁?……唉!除了伍念秋,还有谁!"

"这个人真太岂有此理,他自己既不能接受你的爱,现在为什么要这样做,……显而易见他是在吃你们的醋,这小子我非质问他不可。"我说完等不得征求沁珠的同意,我便打电话去,找伍念秋,邀他到中央公园水榭谈话。沁珠似乎还有些踌躇,经我再三催促后,她才同我到公园去。

伍念秋已在水榭等我们,见面时他的态度很镇静,仿佛心里没有一些愧怍,"这家伙真够辣的"我低声对自己说。他请我们坐下,殷勤地招待我们喝茶吃糖果,并且说道:

"想不到我们今天又在这里聚会!"

"密司特伍近来很努力写文章吧?……"我说。

"哪里的话……我差不多有一年不写稿子了。"

"那又何必客气呢,密司特伍……今天我才在报上读到大作呀!"

"哦,你说的是《弃书》吗?……"

"是呀,……但我不明白伍先生怎么高兴把这种东西拿来发表。"我说时真有些愤慨。沁珠默默不言地望着我们,我知道她心里正有不同的两念交战着。伍当然比我更看得明白些,所以他被我质问后,不但毫无慌张的样子,而且故意做出多情的、悲凉的面孔,叹息道:

"其实呢,我无时无刻不祝祷沁珠前途的幸福,我听见她和密司特曹将要订婚的消息,真是非常高兴的,不过……唉,只有天知道,我这颗曲折的心,我爱沁珠已经根深蒂固,虽然因为事实的阻碍,到如今我们还只是一个朋友,而沁珠的印象是深深的占据了我整个的心,所以她一天不结婚,她就在我心里一天,她若结了婚呢,我的心便立刻空虚了!因此我得到他们的好消息时,我本应当欢喜,而我呵!唉,回念前情,感怀万端,只得把从前的书信拿来看了又看,最后使我决定在报上发表,做我们友情埋葬的纪念,这真是情不由己,并没有别的含义……"

"这是怎样一个自私自利的动物,他自己有妻有子,很可以撒开手,却偏偏惺惺做态,想要再攫取一个无瑕少女的心呵,多残忍呀!……"我这样想着,真很不得怒骂他。然而沁珠伏在桌上呜咽地痛哭,可怜的沁珠,她真捣碎了我的心。伍呢,他在屋子里来往地打磨旋。看情形我们的质问是完全失败了,我恐怕沁珠受了这个打击,对于曹的事又要发生变化,因连忙催她回去了。

唉，这是将要使人怎样慌乱的消息呵，可怜搬出医院不到十天的曹昨夜又得了重病，血管破裂喷吐满满一脸盆的血，唉，这是培养着人们一颗心的血，现在绞出这许多，……我想着真不禁全身打战，当我站在他的病床前时，我真好像被浸在冰水里。

沁珠脸色灰白，瞪注着那一盆鲜红的血，她抖战着，浑身流着冷汗，她似乎已受到良心的讥责，她不顾一切地跪在他病榻前说道：

"朋友！你假如仅仅是承受我这颗心时，现在我当着神明虔诚地贡献给你，我愿你永久用鲜血滋养它，灌溉它；朋友！你真的爱我时，我知道你定能完成我的主义，从此后我为了爱独身，你也为了爱独身。"

他抬起疲软的头用力地说："珠！我原谅你，至死我也能了解你，但是珠，一颗心的颁赐，不是病和死可以换来的，我也不肯用病和死换你那颗本不愿给我的心，我现在并不希望得到你的怜悯和同情，我只让你知道，世界上我是最敬爱你的。我自己呢，也曾爱过一个值得我敬爱的你。这就够了！……"

沁珠听了这话更哭得哽咽难言，我站在旁边，也只有陪这一对被命运宰割的人儿流泪。后来曹伸出那枯白瘦弱的手指着屉子道："珠！真的我忘记告诉你了，那些信件，你把它们带回去吧，省得你再来检收。"

沁珠仍然只有哭。唉，这屋子里的空气太悲惨了。我真想离开那里，但又不忍心抛下这一对可怜人。

幸好，沁珠学校里来请她去开紧急会议。沁珠走后，我又极力地安慰了曹，但他的神色总有些不对，我没有办法，只有默默为他祷祝。

第二天曹就搬到协和医院去，经过医生的诊查，只说是因他受的刺激太深，只要好好地休息，不至有性命之忧，我们都放了心。

这两天正遇着沁珠学校里有些风潮，沁珠忙着应付，竟有两天不曾去看曹，我也因为感冒没有单独去看他，心想他的病既然没有大危险，休养休养自然会慢慢好起来的，也就不把这事放在心里。

又过了一天，我正在上课，校役进来向我低声说："有人在找你。"

我莫名其妙地离开了讲堂，他又说道：

"有一位袁先生来找你，我告诉他你在上课，他说有要紧的事情，非立刻见你不可。"

我的心不期然地有些怦怦地跳起来，急忙走到会客室里，只见袁先生站在那里，气色败坏地说道："这真想不到曹已经完了！"

"什么?"我的耳朵似乎被一声霹雳轰击着,几乎失去了知觉,但在我神志略定时,我意识到袁所带来的消息。"你是说曹……已经死了吗?"

"是的,昨天晚上死的!"

"怎么死的?"我似乎不相信他的病可以使他这样快地死去。果然不出我所料,袁说:

"连医生也不明白他究竟吃了什么东西死的,唉!太悲惨了!"

"沁珠知道了没有?"我问。

"还不曾去通知她,……唉,这样的消息怎好使她骤然听到,所以我来找你想个办法。"

"我也深明白这件事情有点棘手。这样吧,我到学校去找沁珠,让她到你家里,慢慢再告诉她,你姐姐们在跟前,比较有个帮手。"

"好,那我先回去,你立刻就去找她吧!"

我们一同出学校分路进行,我坐着车子跑到沁珠的学校里,这一颗镇不住的心更跳得厉害。当我推开教员预备室的门时,看见沁珠正在替学生改试卷,她抬头看见我进来,很惊奇地望着我说:"你怎么有工夫到这里来。"同时她面上露着惊慌和猜疑的表情。

"你同我到小袁那里去,他姐姐找你。"

"什么事情。"她急切地问我。

"你去好了,去了自然知道。"这时学校已经是吃饭的时候,厨子开进饭来,她还让我吃饭。我恨极了,催促她快走,真奇怪,我不明白她那时怎么反倒那样镇静起来。她被我催得急,似乎有些预料到那将要知道的恶消息——正是一个大痛苦的实现。我们的车子走到西长安街时,她回过头来问我:"你对我说实话,是不是曹死了?"我知道她紧张的心逼她问出这一句最不敢问而不得不问的话来,她是多么希望我给她一个否定的回答,但是我怎忍说"不是",让她再织些无益的希望的网以增重她后来陡然得到的打击呢,但我也不忍就说"是的"。我只好把头埋藏在围巾里,装作不曾听见。这时北风正迎面吹来,夹着一阵阵的黄沙,我看她直挺挺地斜在车子上,我真不知道怎么办好,幸喜再走几步就到小袁的家里了,我急忙下车把她扶下车,正要去敲门时,小袁同他的姐姐已迎了出来,袁姐见了沁珠连忙把哭红的眼揩了又揩,她牵住她的手叫了一声"珠妹",沁珠听了这个声音,更料到曹是死了,她凄切地喊了一声"姐姐",便晕倒了。这一来把我们全吓得慌了手脚,连忙把她放到床上,围着喊叫了半天,她才慢慢醒来,睁开眼向屋里的人怔望了牌。意识渐渐恢复了,"唉,长空!"她叫了一声便放声痛哭,我们都肠断心碎地陪着她哀泣,后来又来了几个曹的朋友,他们说是下午就要去医院看曹入殓,五六点钟时须要把棺材送到庙里去,现在就应当动身前去,我们听了这话,劝沁珠洗过脸,一同到协和医院去。走进医院的接待室时,沁珠像是失了神。她不哭,只瞪视着预王府的雕梁花栋发呆,后来把曹的衣服全穿好了,我们才来招呼她进去,她只点点头,无声地跟着我们走,忽然她站住对我说:

"你先带我到他住的房子里看一看。"

我知道这事阻挡不来,只好同她去,她走进屋子,向那张空病榻望了望,便到放东西的小桌面前去,她打开抽屉,看见里面放着两束信——是她平日写给曹的,上面用一根大红的领带束着,另外还有一封曹写给她而还不曾付邮的信,她忙抽出来看,只见上面写着:

> 珠,我已决定再不麻烦你了。你的生命原是灿烂的,我祝福你
> 从此好好努力你的前途,珍重你的玉体,我现在无怨无恨,我的心
> 是永远不再兴波浪的海,别了,珠妹。
>
> 长 空

在这封信外还有一张四寸照片,照片的后面题着两句道:"我的生命如火花的光明,如彗星之迅速。"沁珠看见这两件遗物,她一言不发地奔到曹死时睡过的床上放声痛哭,她全身抽搐着,我真不忍看下去,极力地劝解她,叫她镇静点,还要去看曹的尸体。她勉强压下悲哀用力地握住我的手,跟我出去,临出门时,她又回头去望着那屋子流泪,当然这块地方是她碎心埋情的所在,她要仔细地看过。

这时曹已经殓好,但还不曾下棺。我们走到停放尸首的冰室里,推开门一股冷气扑到脸上来,我们都不禁打了一个寒战。一块白色的木板上,放着曹已僵冷的尸体。沁珠一见便要扑上去,我急忙把她拉住,低声求她镇静,她点点头,站住在尸体的面前。曹的面孔如枯蜡一样的惨白,右眼闭了,左眼还微睁,似乎在看他临死而不曾见面的情人。沁珠抚着尸体,默默地祈祷着,她注视他的全身衣着,最后她看见曹手上带着一只白如枯骨般的象牙戒指,正同从前送给她自己的那一只,一色一样,她不禁抚弄着这已僵冷的手和那戒指,其他的朋友都静静地站在后面。宇宙这时是显露着死的神秘。

将要盖棺时，我们把沁珠劝了出来，但她听见钉那棺盖上的钉子的响声，她像发了狂似的要奔进去，袁姐和我把她抱住，她又晕厥过去。经过医生打针才慢慢醒来。棺材要送到庙里去时，我们本不想叫沁珠去，但她一定坚持要去，我们只好依她。这时已是黄昏时候，我们才到了庙里，我伴着沁珠在一间幽暗的僧房里休息，她不住地啜泣，听见外面杠夫安置棺材的动作和声音时，她全身战栗着，两手如冰般的冷。过了一些时候，小袁和袁姐进来叫我们到灵前致祭。这时夕阳正照着淡黄的神幔，四境都包围在冷凄悲凉的空气中。

　　走到一间小屋子的门口，曹的棺材停放在里面，灵前放着一张方桌，挂着一幅白布蓝花的桌裙，燃了两枝白烛，一个铜香炉中点了三根香，烟雾缭绕，她走近灵前，抚着棺盖号啕痛哭，这一座古庙里布满了愁惨的云雾。

　　黑暗的幕渐渐地垂下来，我们唤沁珠道："天晚了，该回去了！"

　　"是的，我知道，天晚了，该回去了，"沁珠失神落魄地重复了一遍，又放声痛哭起来。我们把她扶上汽车，她又闭了气，面色苍白着，手足僵硬，除了心头还有些暖气外简直是一个尸体呢。

　　汽车开到袁姐家里把她抬到床上，已经夜里了，我们忙着去请医生，但第一个医生看过，用急救法救治，不见效；又另请医生，前后换了六个医生都是束手无策。后来还是同住的杨老太婆用了一种土方法——用粗纸燃着，浇上浓醋，放在鼻端熏了许久，她才渐渐醒来，那时已深夜三点多钟了。

十六

　　沁珠病在袁先志家里，她软弱，憔悴，悲伤，当她微觉清醒时，口里便不住喃喃地低呼道："唉，长空！长空！"眼泪便沿着双颊流了下来。她拒绝饮食，两天以来只勉强喝了一些开水。我同袁姐百般地哄骗她，劝解她；但是毫无结果。这种太糟的局面，怎能使她延长下去。我们真急得发昏，晚上我捧了一碗燕窝请求她吃些，她依然是拒绝，我逼得无法，便很严重问她说："沁珠你忘了家乡的慈母同高年的老父吗？……倘若他们知道你这样……"我的话还不曾说完，沁珠哀叫一声"妈"，她又昏厥过去了。袁姐向我看着，似乎怪我太鲁莽了，然而我深知沁珠现在神智昏迷，不拿大义来激动她是无挽救的。不过现在昏厥了又怎么办？袁姐不住地撼动她呼唤她，过了半点钟才渐渐醒来。我又把温热的燕窝端去劝她吃，她悲楚地看着我——那焦急而含悲的面容,我真不忍,幸喜她到底把燕窝吃下去了。袁姐同我一颗悬悬的心总算放下。

几天后,她的悲哀似乎稍微好些。身体也渐渐地强健起来。——这几天来我同袁姐真是够疲倦了,现在才得休息。一个星期过去,沁珠已能起床,她揽着镜,照了自己惨淡消瘦的容颜,"唉,死究竟不容易!"她含泪地说。我们都没有回答她,只默默地看着她。下午她说要回寄宿舍去,我同袁姐雇了一部车子送她去。到了寄宿舍,我真怕她睹物伤情,又有一番周折,我们真是捏着一把汗。走进寄宿舍的大门时,她怔怔地停了一歇,叹息了一声。"唉,为了母亲我还得振起精神来做人。"她说。

"是了。"我同袁姐异口同声地说。

这一个难关,总算过去了。两天以后沁珠开始回到中学授课去。我同袁姐也都忙着个人的事情。

一个月以后,曹的石坟已筑好,我们约定在星期天的上午到庙里起灵,十二点下葬。星期六晚上,我便到沁珠那里住,预备第二天伴她同去。夜里我们戚然地环坐在寂静的房里,沁珠握住我的手道:"唉,我的恐怖,悲哀,现在到底实现了!他由活体变成僵尸,……但他的心愿也到底实现了!我真的把他送到陶然亭畔埋葬在他自己指给我的那块地方。我们一切都像是预言,自己布下凄凉的景,自己投入扮演,如今长空算收束了他这一生,只剩下我这飘泊悲哀的生命尚在挣扎。自然,我将来的结果是连他都不如的!"

沁珠呜咽地说着。这时冷月寒光,正从窗隙射进,照在她那憔悴的青白色脸上,使我禁不住寒战。我低下头看着火炉里烧残的炭屑;隐隐还有些微的火光在闪烁,这使我联想到沁珠此后的生命,也正如炉火的微弱和衰残,"唉,我永远不明白神秘的天意……"我低声叹着。沁珠只向我微微点头,在她的幽默中,我相信她是悟到了什么,——也许她已把生命的核心捉住了。

当夜我们很晚才去睡觉。第二日天才破晓,我已听到沁珠在床上转侧的声音。我悄悄地爬起来,只见沁珠枕畔放着曹的遗照,她正在凝注着咽泪呢。"唉,死是多么可怕,它是不给人以挽回的余地呵!"我心里也难过着。

到了庙里,已有许多曹的亲友比我们先到了。这时灵前的方桌上,已点了香烛,摆了一桌祭席,还有很多的鲜花、花圈等围着曹的灵柩,烬中的香烟细缕在空中纠结不散,似乎曹的灵魂正凭借它来看我们这些哀念他的人们;尤其是为他痛苦得将要发狂的沁珠,——他恐怕是放心不下吧!

"啊!长空,长空。"沁珠又在低声地呼唤着。但是四境只是可怕的阴沉阒寂，哪里有他的回音？除了一只躲在树棐里的寒鸦，绕着白杨树"苦呀，苦呀，"地叫着。——一切都没有回音，哪里去招这不知何往的英魂呢？

沁珠站在灵前，默默地祷祝着，杠夫与出殡时所用的东西都已经齐备了，一阵哀切的声音由乐队里发出来，这真太使人禁不住哀伤，死亡、破灭都从那声音里清楚地传达到我们的心弦上；使我们起了同样的颤动。沁珠的心更被捣碎了。她扶着灵柩嘶声地哀号，那些杠夫要来抬灵柩，她怒目地盯视着他们；像是说他们是一群极残忍的动物，人间不知多少有为的青年，妙龄的少女，曾被他们抬到那黝黑的土穴里，深深地埋葬了。

后来我同袁姐极力把沁珠劝开。她两手僵冷着颤栗着。我怕她又要昏厥；连忙让她坐在马车里去。那天送葬的人很多，大约总有十五部马车。我们的车子在最前面，紧随着灵柩。沁珠在车上把头深深地埋在两臂之中，哀哀地呜咽着车子过了三门阁，便有一幅最冷静、最悲凉的图画展露在面前。一阵阵的西北风，从坚冰寒雪中吹来，使我们的心更冷更僵，几乎连战抖都不能了。一声声的哀乐，这时又扰动了我们的心弦。沁珠紧紧地挨着我，我很深切地觉得，有一种孤寂和哀悔的情感是占据在她弱小的心灵里。

车子走了许多路，最后停在一块广漠的郊野里，我们也就从车上下来。灵柩安放在一个深而神秘的土穴前；香炉里又焚起香来，蜡烛的火焰在摇荡的风中，发出微绿的光芒。沁珠拿了一束红梅和一杯清茶，静穆地供在灵前，低声祷祝道：

"长空，你生前爱的一枝寒梅，现在虔诚地献于你的灵前。请你恕我，我不能使你生时满意，然而在你死后呵，你却得了我整个的心，这个心，是充满了忏悔和哀伤！唉，一个弱小而被命运拨弄的珠妹，而今而后，她只为了纪念你而生存着了。"

这一番祷词，我在旁边听得最清楚，忍不住一阵阵酸上心头。我连抬眼看她一看都不敢，我只把头注视着脚前的一片地，让那些如奔泉般的泪液浸湿了地上黄色的土，袁姐走过来劝我们到那座矗立在高坡上的古庙里暂歇；因为距下葬的时候至少还有一个钟头。我们到了庙里后，选了一间清静的僧房坐下休息。沁珠这时忽然问我道："我托你们把照片放在灵柩里，大概是放了吧？"——这是曹入殓的那一天，她将一张最近送给曹的照片交给我们，叫我们放在曹的棺材里。——这事大家都觉得不大好，劝她不必这样做，而沁珠绝对不肯，只好依她的话办了。当时因为她正在病中，谁也不敢提起，使她伤心，现在她忽想起问我们。

"照你的话办了！"我说。

"那就好，你们知道我的灵魂已随他去了，所余下的是一副免不了腐臭的躯壳，而那一张照片是我这一生送他惟一的礼物。"她说着又不禁流下泪来。

"快到下葬的时候了，请你们出去吧！"袁先志走进来招呼我们。沁珠听见这话，她的神经上像是又受了一种打击，异常兴奋地站了起来，道："唉，走，快走，让我再细细认一认装着他的灵柩，——你们知道那里面睡着的是他——一个为了生时不能得到我的心因此哀伤而死的朋友，呵！为了良心的诘责，我今后只有向他的灵魂忏悔了！唉，这是多么悲惨的结局呵！"

沁珠这种的态度，真使我看着难过，她是压制了孩子般的哭声，她反而向我们笑——同眼泪一同来的笑。我掉过头去，心中梗塞着，几乎窒了呼吸！

来到墓地了，那边许多含悲的面孔，向深深的土穴注视着，杠夫们把灵柩用麻绳周围束好，歇在白杨树下的军乐队，又发出哀乐来；杠夫头喊了一声口号"起"，那灵柩便慢慢悬了空，抬到土穴的正中又往下沉，沉，沉，一直沉到穴底，那穴底是用方砖砌成的，上面铺了些石灰。

"头一把土应当谁放下去？"几个朋友在低语地商量着。

"当然还是请沁珠的好——恐怕也是死者的意思吧！假如他是有灵的话。"朋友中的某人说。

"也好。"其余的人都同意。

沁珠来到土穴畔，望着那白色的棺材，注视了好久，她流着泪，俯下身去在黄土堆上捧了一掬黄土，抖战地放了下去。她的脸色白得和纸一样，口唇变成了青紫色，我同袁姐连忙赶过去把她扶住，"唉，可怜！她简直想跳下去呢！"袁姐低声向我说，我只用点头回答她。我们搀沁珠到一张石凳上坐下，——朋友们不歇气的往坟里填黄土。不久那深深的土穴已经填平了。"呵！这就是所谓埋葬。"环着坟墓的人，都不禁发出这样的叹息！

黄昏时这一座新坟大致已经建筑完成了。坟上用白石砌成长方形的墓，正中竖了一座尖锥形的四角石碑，正面刻着"吾兄长空之墓"。两旁刻着小字是民国年月日弟某谨立。下面余剩的地方，题着两行是："愿我的生命如火光的闪烁，如彗星之迅速。"旁边另有几行小字是："长空，我誓将我的眼泪时时流湿你墓头的碧草，直到我不能来哭你的时候"下面署名沁珠。墓碑的反面，刻着曹生平的事略，石碑左右安放着四张小石凳，正面放着一张长方石桌。

我们行过最后的敬礼，便同沁珠离开那里，走过苇塘，前面显出一片松林。晚霞照得鲜红，松林后面，隐约现露出几个突起的坟堆。沁珠便停住脚步呆呆地望着它低声道："唉，上帝呵，谁也想不到我能以这一幅凄凉悲壮的境地，作了我此后生命的背景！"同时她指着那新坟对我说道："你看！"

我没有说什么，只说天晚了，我们该回去了。她点头随着我走过一段土坡，找到我们的车子，在暮色苍凉中，我们带着哀愁回到城里去。

不觉一个多星期了，在曹的葬礼以后，那天我站在回廊下看见校役拿进一叠邮件来，他见了我，便站住给了我一封信，那正是沁珠写来的。她说：

下雪了，我陡然想起长空。唉，这时荒郊冷漠，孤魂无伴，正不知将怎样凄楚，所以冒雪来到他坟旁。

走下车来，但见一片白茫茫的雪毯铺在地下，没有丝毫被践踏的痕迹。我知道在最近这两天，绝对没有人比我先到这里来。我站在下车的地方，就不敢往前走。经过了半晌的沉思，才敢鼓起勇气冲向前去。脚踏在雪上发出沙沙的声响，同时并明显地印着我的足迹，过了一道小小的木桥，桥旁满是芦苇，这时都缀着洁白的银花。苇塘后面疏条稀枝间露出一角红墙；我看了这红白交映的景物，好像置身图画中，竟使我忘了我来的目的。但不幸，当我的视线再往东方垂注时，不能掩遮的人间缺陷，又极明显有力地展布在我的眼前。——唉，那岂仅是一块刻着绿色字的白石碑。呵！这时我深深地忏悔，我曾经做过比一切残酷的人类更忍心的事情，虽然我常常希望这只是一个幻梦。

吾友！我真不能描画此刻所环绕着我的世界，——冷静，幽美，是一幅不能画在纸上的画；是一首不能写在纸上的诗。大地上的一切这时都笼罩在一张又洁白又光滑的白天鹅绒的毯子下面。就是那一堆堆突起的坟墓，也在它的笼罩之下。唉！那里面埋着的是红颜皎美的少女；是英姿豪迈的英雄。这荒凉的郊野中，正充满了人们悼亡时遗留在这的悲哀。

唉，我被凄寒而洁白的雪环绕着。白坟，白碑，白树，白地。低头看我白色围巾上，却露出黑的影来寂寞得真不像人间。我如梦游病者，毫无知觉地走到长空的墓前。我用那双僵硬的手抱住石碑。低声地唤他的名字，热的泪融化了我身边的雪；一滴滴的雪和泪的水，落在那无痕的雪地上。我不禁叹道："长空！你怎能预料到，你现在真已埋葬在这里，而我也真能在这寒风凛冽，雪片飞舞中，来到你的坟头上唏嘘凭吊。长空，你知道，在这广漠的荒郊凄凉的雪朝；我是独倚你的新坟呵！长空，我但愿你无知，不然你当如何地难受，你能不后悔吗？唉，太忍心了！也太残酷了呵！长空，你最后赐给我这样悲惨的境界，这样悲惨的景象，使它深深印在我柔弱的心上！我们数年来的冰雪友谊，到现在只博得隐恨千古，唉，长空，你为什么不流血沙场而死，而偏要含笑陈尸在玫瑰丛中，使站在你尸前哀悼的，不是全国的民众，却是一个别有怀抱负你深爱的人？长空！为了一个幻梦的追求，你竟轻轻地将生命迅速地结束，同时使我对你终生负疚！"

我睁眼四望，要想找出从前我俩到这里看坟地的痕迹，但一切都已无踪，我真不能自解，现在是梦，还是过去是梦？长空，自从你的生命，如彗星一闪般地陨落之后，这里便成了你埋愁的殡宫，此后呵！你我间隔了一道生死桥，不能再见你一面，也不能再听到你的言语！

我独倚新坟，经过一个长久的时间，这时雪下得更紧了。大片大片的雪花飞到我头上，身上。唉，我真愿雪把我深深地埋葬，——我仰头向苍天如是地祷祝。我此刻的心是空洞的，一无所恋，我的心神宁静得正如死去一般。忽然几只寒鸦飞过天空，停在一株白杨树上，拍拍地振翼声，惊回了我迷惘的魂灵。我顿感到身体的冷僵，不能再留在这里，我再向新坟凝视了片刻，便毅然离开了这里。

两天后我到寄宿舍去看沁珠，寂寞的荒庭里，有一个哀愁的人影，在那两株大槐树下徘徊着。日光正从参差的枝柯间射下来。我向那人奔去，她站住了说道：

"我寄给你的一封长信收到了吗？"

"哦，收到了！沁珠，你到底在那样的雪天跑到陶然亭去，为什么不来邀我做伴？"我说。

"这种凄凉的环境，我想还是我独自去的好。"

"你最近心情比较好些吗？"

"现在我已是一池死水，无波动无变化，一切都平静！"

"能平静就好！……我正在发愁，不久我就要离开这里，现在看到你的生活已上了轨道，我可以放心走了。"

"但你为什么就要走？"

"我的研究课已完了，在这里又找不到出路，所以只有走了！"

"唉，谈到出路，真成问题，……灰城永远是这样沉闷着，像是一座坟墓，不知什么时候才能有点生气！"

"局面是僵住了，一时绝不会有生气的，我想还是到南方去碰碰运气，而且那里熟人也多。"

"你是否打算仍做教员？"

"大概有这个意思吧！"

"也很好，祝你前途光明。"沁珠说到这里，忽然沉默了。她两眼呆望着遥远的红色楼角，过了些时她才又问我道：

"那么几时动身呢？"

"没有定规，大约在一个星期后吧！"

"我想替你饯行。唉，自从长空死后，朋友们也都风流云散，现在连你也要去，趁着这时小叶同小袁他们还在这里，大家痛快聚会一次吧！也许你再来时，我已化成灰了！"

"你何必这样悲观，我们都是青年，来日方长，何至于……"

"那也难说，看着吧！……"沁珠的神情惨淡极了，我也似乎有什么东西梗住我的喉管；我们彼此无言，恰巧一阵西北风又把槐树上的枯叶吹落了几片，那叶子在风中打着旋，天上的彤云如厚絮般凝冻住。唉！这时四境沉入可怕的沉闷中。

十七

正是黄昏的淡阳，射在浅绿色的玻璃窗上，我同沁珠走进宜南春饭店的一间雅座里。所邀的客人还都不曾来，茶房送上两杯清茶，且露着殷勤的笑容道："先生们这些日子都不照顾我们啦！"

"是呀，因为事情忙……你们的生意好吗？"

"还对付吧，总得先生们多照应才好！"茶房含笑退了出去。我们坐在沙发上吸着长城香烟，等候来客。不久茶房高声喊道："七号客到。"跟着门帘掀开了。一个西装少年同一个时装的女郎走了进来，我一看原来正是袁氏姐弟，沁珠一面让他们吃烟一面问道："小叶怎么不一同来？"

"他去洗澡，大约也就要来了。"小袁说。

"沁珠今日做什么请客？"袁姐这样问。

"因为素文就要离开灰城，所以我替她饯行。"沁珠说。

"这是什么意思？我们一个个都跑了，唉！分别是多么乏味的勾当，素文。"小袁叹息着说。我们也同时受了他的暗示，人人心灵中都不期然充满了惜别的情绪。正在沉寂中，小叶悄悄地推门进来。

"少爷，只有你迟，该当怎么罚？"我对小叶说。

小叶迟疑了一下，连忙从身上摸出一只表来看过之后，立刻含着胜利的微笑，把表举向我们道："你们看现在几点钟，不是整整六点吗？"

"果然才六点！"袁姐说："可是怎么天已暗下了来呢？"

"那是另一个问题，但不能因此而要我受罚！"小叶重新申明了一次。

"好吧！就不罚你，不过今晚是离筵，你总应当多喝几杯酒。"沁珠说。

"喝酒本来没有什么，不过我怕你又要发酒疯。"小叶说。

"唉，发酒疯！也是一种人生。我告诉你，今后我只想在酒的怀抱里睡着，因为它对于我有着非常的诱惑力，正像一个绛衣少女使骑士心荡的情感一样……"沁珠非常兴奋地说。

"小姐几时又发明了这样的哲学！"小袁打趣般地看着沁珠说，这话惹得我们都不禁笑了。这时茶房已摆上筷子、羹匙、酒杯、小碟子。沁珠让我们围着坐下，当茶房放下四盘冷荤和两壶酒后，沁珠提起酒壶来，替我们都斟满了，她举起自己的杯子向我道："素文，这几年来你是眼看着我，尝试人生酸甜苦辣种种的滋味，所以只有你最了解我，也最同情我，最近一年你简直成了我身体和灵魂的保姆。想不到今天我替你饯行，在这临别的时候，我只有这一杯不知是泪是血或者就仅仅是酒的东西赠献给你，祝你前途的光明！"沁珠说时眼泪不住在眼窝里转，脸色像纸般的惨白，我接过她拿着的酒杯，一滴泪正滴在杯中，我把那和泪的酒一口气吞咽了下去。我们互相握着手呜咽悲泣，把袁姐他们也都吓呆了。这样经过了五分钟的时候，沁珠才勉强咽住泪惨笑道："我们痛快地玩吧！"

"是呵！我也想应当痛快地玩，不过……"小袁说。

"唉！你就不要多话了吧，来，我俩干一杯。"小叶打断小袁的话说。袁姐明白小叶的用意，想改变这屋子里悲惨的空气，因对我们说道："素文，沁珠，我们也干一杯。"于是大家都把杯里的酒喝干了。茶房端上一碗两条鱼来，我们无言地吃着，屋里又是冷寂寂的，沁珠叹道："在这盛筵席上，我不免想到和长空的许多聚会畅饮，当时的欢笑，而今都成追忆！"同时她又满斟了一杯酒，凄梦地喝了下去："唉，我愿永久的陶醉，不要有醒的时候，把我一切的烦恼都装在这小小杯里，让它随着那甘甜的酒汁流到我那创伤的心底，从此我便被埋葬了！"

小袁又替沁珠斟了两杯酒，我要想阻拦他，又怕沁珠不高兴。只好偷偷使眼色，小袁也似乎明白了，连忙停住。然而已经晚了，沁珠已经不胜酒力，颓然醉倒在沙发上了。这一次她并不曾痛哭只昏昏地睡去，我们轻声地谈讲着，我很希望不久能平复她的伤痕，好好努力她的事业，并且我觉得在曹生前，她既不爱曹，曹死后，她尽可找一个她爱的人，把那飘泊的心身交付给他，何必自己把自己打入死囚牢里？我设想到这里，我的目光不知不觉又投向她那垂在沙发边缘上的手上了。那一只枯骨般惨白色的象牙戒指，正套在她左手的无名指上。唉，这仅仅是一颗小小的戒指呵，然而它所能套住的，绝不只一个手指头，它呵，谁知道它将有这样大的势力，对于睡在这沙发上的可怜人儿呀？它要圈住她的一生吗？……也许……唉，我简直不敢想下去，曹的那一只干枯的无血的手指上……在她僵冷成尸的手指上也正戴着这一只不祥的东西呀！当初他为什么不买一对宝石或者金光灿烂的金戒指，而必定看上这么一种像是死人骨头制成的象牙戒指呢，难道真是天意吗？——天只是蔚蔚苍苍的呀？……我真越想越不解。

忽然一声低低的叹息，从那张沙发椅上睡着的沁珠的喉管里发出来。这使我沉入冥想的魂灵复了原。我急忙站起来，奔到她的面前，只见她这时脸色失去了酒后的红，变成惨白。她垂着眼，呼吸微弱得像是……呵，简直是一副石膏像呢。我低声问她："喝点茶吗，沁珠？"她微微点了点头，我把一杯温和的茶送到她的唇边。她侧着头轻轻的吸了两口，渐渐地睁开了眼，她把眼光投射在屋子的暗陬里，"我适才看见长空的。"她说。这简直是鬼话呀，把我们在座的人都吓了一跳。大家都知道沁珠这时候悼亡的心情太切，对于这一个问题最好谁都不再说起，我剥了一个蜜橘，一瓣瓣地喂她吃。她吃过两瓣之后，又叹了一声道："从前长空病在德国医院时，我也曾喂过他果子露和橘瓣。唉，他现在到什么地方去了呢！素文，你好心点，告诉我死之国里是不是长空所去的地方，我想去找他。假使我看见他，我一定要向他忏悔。……忏悔我不应当给他一个不兑现的希望，以至使他哀伤到自杀！……唉！长空！长空……"她放声痛哭了，门外隐隐约约有人在窥探，茶房也忙赶了进来，他怔怔地望望沁珠又看看我们。

"哦，这位小姐喝醉了，隔一会就好，不相干的，你替我打一把热手巾来吧！"小袁对茶房这样说。我同袁姐将沁珠左右扶住，劝她镇静点，这里是饭馆，不好不检点些。同时我们又让她喝了一大杯浓茶，她渐渐清醒了。我替她拭着涟涟的泪水，后来小叶叫来了一部汽车，我同袁姐小袁三人伴她到寄宿舍。到那里以后，小袁同袁姐又坐着原车回去；我就在寄宿舍陪着她。那一夜她又是低泣着度过，幸好第二天正是星期，可以不到学校去，我劝她多睡睡。

天已大亮了，我悄悄地起来。看见沁珠已朦胧睡去，我小心地不使她惊醒。轻轻地走到院子里，王妈已提着开水走来，我梳洗后，吃了一些饼干，我告诉王妈："我暂且回去，下午两三点再来，等沁珠醒了说一声。"王妈答应了。她送我到了大门口。

我回到学校，把东西收拾了，吃过午饭后，我略睡了些时，又到沁珠那里。她像是已起来很久了，这时她正含愁地写些什么东西，见我进来她放下笔道："你吃过饭吗？"

"吃过了。你呢，精神觉得怎样，……又在写文章吗？"

"不，我在写日记。昨天我又管不住自己了，想来很无聊！真的，素文，我希望你走后，我能变一个人，现在这种生活，说起来太悲惨，我觉得一个别有怀抱的人，应当过些非常的生活。我很讨厌一些人们对我投射一种哀怜的眼光；前几天我到学校去，那些同事老远地看见我来了，他们都怔怔地望着我，对于我做一种可怜的微笑。在他们也许是好意，而在我总觉得这好意不是纯粹的；也许还含着一些侮辱的意味呢。所以从今以后，我要使我的生活变得非常紧张，非常热闹，不许任何人看见我流一滴眼泪，我愿我是一只富有个性的孤独的老鹰，而不是一个向人哀鸣的绵羊。"

"你的思想的确有了新的开展，然而是好是坏我还不敢说。不过人是有生命的，当然不能过那种死水般毫无波动的生活。我祝你前途的光明！"

"谢谢你，好朋友！我真也渴望着一个光明的前途呢。但是我终是恐惧着，那光明的前途离我太远了！好像我要从千里的大海洋的此岸渡到彼岸；不用说这期间的风波太险恶，而且我也没有好的航船，谁知道我将来要怎样？！"

"这当然也是事实，但倘使你有确定的方针，风波虽险，而最后你定能胜过险阻而达到彼岸的。沁珠，愿你好好地挣扎吧！"

"是的，我要坚持地挣扎下去。……你离开灰城后，当然另开辟一个新生活的局面了，我希望将来我们能够合作！"

"关于这一层，老实说，我也是这样盼望着。我相信一个人除了为自己本身找出路，同时还应当为那些人们找出路，我们都二十以上的年纪了。人生的历程也走过一段，可是除了在个人的生命河中打回漩以外，真不曾见过天日呢！我知道你是极富于情感的人，而现在你失掉了感情的寄托处，何妨就把伟大的事业来作寄托呢！"

"你的话当然不错，不过你晓得我是一个性情比较静的人，我怕我不习惯于那种生活。所以你还是要先去……也许以后我的思想转变了，我再找你去吧！……"

谈话的结果，我忽然得了一种可怕的暗示，我觉得沁珠的思想还没有把捉到一个核心。一时她要像一池死水平静着；一时她又要热闹紧张。呵天！这是什么意思呵，然而我也顾不得许多了。三天后我便离了灰城。以后两年，我们虽然常常通信，而她的来信也是非常不一致。忽然解脱，忽然又为哀愁所困。后来为了我自己的生活不安定，没有确定的地址，所以通信的时候也很少了。直到她病重时，得到小衷一封快信，我便赶到这里来。而到时她却已经死了，殓了，我只看见那一副黑色的棺材，放在荒凉的长寿寺里。唉！她就这样了结了她的一生！……究竟她这两年来怎样过活的？她何至于就死了？这一切的情形我想你比我知道得清楚，你能否说给我听？

这时夜幕已经垂在大地上了，虽然夏天日落得较迟，而现在已经八点多钟了，我们的晚饭还不曾吃。

"好，现在我们先去吃晚饭，饭后就在这院子里继续地谈下去，我可以把沁珠两年来的生活说给你。"我对素文说。

晚饭已经开在桌上了，我邀素文出去——饭厅在客堂的后面，这时电灯燃得通明。敞开的窗门外可以看见开得很繁盛的玫瑰，在艳冶的星光下，吐出醉人的芬芳。我们吃着饭又不禁想到沁珠。素文对我说：

"隐！假使沁珠在这，我们三人今夜不知又玩出什么花样了？她真是一个很可爱的朋友！……"

"是的。"我说："我也常常想到她，你不晓得我这两年里，差不多天天和她在一处工作游玩。忽然间说是她死了，永远再不同我说话，我也永远再看不见她那微颦的眉峰和细白的整齐牙齿。呵，我有时想起来，真不相信真有这回事！也许她暂且回到山城去了吧？……不久她依然要回来的，她活泼而轻灵的步伐，依然还会降临到我住的地方来，……可是我盼望了很久，最后她给了我一个失望！……"

这一餐晚饭我们是在思念沁珠的心情中吃完的。在我们离开饭桌走到回廊上时，夜气带来了非常浓厚的芬芳。星点如同棋子般，密密层层地布在蔚蓝的天空上。稀薄的云朵，从远处西山的峦岫间，冉冉上升，下弦的残月还没有消息。我们在隐约的电灯光中，找了两张藤椅，坐下。

"你可以开始你的描述了，隐。"素文催促我说。

阿妈端过两杯冰浸的果子露来，我递给素文一杯，并向她说道："我们吃了这杯果子露，就可以开始了，但是从哪里说起呢？"我说到这里，忽然想起，沁珠还有一本日记在我的屉子里，这是她死后，我替她检东西，从书堆中搜出来的。那本东西可算她死后留给朋友们的一件好赠品，从曹死后，一直到她病前，她的生活和她的精神变化都摘要地写着。

"素文，我去拿一件东西给你，也许可以省了我多少唇舌。而且我所能告诉你的，只是沁珠表面的生活，至于她内心怎样变动，还是看她的日记来得真实些。"我忙忙地到书房把这本日记拿了来。素文将日记放在小茶几上说道："日记让我带回去慢慢看，你先把她生活的大略告诉我。时间不多了，十二点钟以前，我无论如何要赶回家去的。"

"好，我就开始我的描述吧！"我说：

当然你知道，我是民国十五年春天回到灰城的。那时候我曾有一封信给沁珠，报告我来的事情。在一天的下午，我到前门大街买了东西回到我姨母的家里。刚走到我住的屋子门前，陡然看见一个黑色的影子，在门帘边一晃，我很惊诧，正想退回时，那黑影已站在我的面前。呵！她正是别来五年的沁珠。这是多么惨淡的一个印象呵，——她当时留给我的！她穿着一件黑呢的长袍，黑袜黑鞋，而她的脸色是青白瘦弱。唉，我们分别仅仅五年，她简直老了，老得使我想象不到。使我算她的年龄至多不过二十六岁，而她竟像是三十五六岁的人。并且又是那样瘦，缺少血色。我握住她的手，我真不知说什么好，很长久地沉默着，最后还是我说道："沁珠，你瘦了也老了！"

"是的，我瘦了也老了，我情愿这样！……"她的话使我不大了解。我只迟疑地望着她，她说："你当然知道长空死了，在他死后我是度着凄凉冷落的生涯。……我罚自己，因为我是长空的罪人呀！"她说到这里又有些眼圈发红。

"好吧！我们不谈那些令人寡欢的事情，你说说你最近的生活吧！"

"我还在教书，……这是无聊的工作，不过那些天真烂漫的小女孩，时常使我忘了悲哀，所以我竟能继续到如今。"

"除了教书你还作些文艺品吗？"

"有的时候也写几段随感，但是太单调，有人说我的文章只是哭颜回①。我不愿这个批评，所以我竟好久不写了。就是写也不想发表。一个人的东西恐怕要到死后才能得到一些人的同情吧！"

"不管人们怎么说，我们写只是为了要写。不一定写了就一定要给人看；更不定看了就要求得人们的同情！……唉！老实说同情又值什么？自己的痛苦还只有自己了解，是不是！"

"真对，隐，这些时候了，我们的分别。我时时想你来，有许多苦闷的事情我想对你谈谈，谢天，现在你居然来了，今晚我们将怎样度过这一个久盼始得到的夜晚呢？……"

"你很久没有看见中央公园的景致了，我们一同到那里兜个圈子，然后再同到西长安街吃晚饭，让我想想还有什么人可以邀几个来，大家凑凑热闹？"沁珠对我这样说。

"我看今夜的晚饭还是不用邀别人，让我们好好的谈谈不好吗。"我说。

"也好，不过近来我很认识了几个新朋友，平日间他们也曾谈到过你，如果知道你来了，他们一定不放松我的，至少要为你请他们吃一顿饭。"

"那又是些什么人？"

"他们吗，也可以说都是些青春的骄子，不过他们都很能忠于文艺，这和我们脾味差不多。"

"好吧，将来闲了找他们玩玩也不错！"

我们离开了姨母家的大门，便雇了两部人力车到中央公园去。这时虽然已是春初，但北方的气候，暖得迟，所以路旁的杨柳还不曾吐新芽，桃花也只有小小的花蕊，至少还要半个月以后才有开放的消息吧。并且西北风还是一阵阵的刺人皮肤。到中央公园时，门前车马疏疏落落，游人很少。那一个守门的警察见了我们，微微地打了一个哈欠，似乎说他候了大半天，才候到了这么两个游人。

我们从公园的卍字回廊绕到了水榭。在河畔看河里的冰，虽然已有了破

---

① 颜回，孔子的大弟子，早年夭折。

绽，然而还未化冻，两只长嘴鹭鸶躲在树穴里，一切都还显着僵冻的样子。从水榭出来，经过一座土山，便到了同生照相馆和长美轩一带地方。从玻璃窗往里看，似乎上林春里有两三个人在吃茶。不久我们已走到御河畔的松林里了。这地方虽然青葱满目，而冷气侵人。使我们不敢多徘徊，忙忙地穿过社稷坛中间的大马路，仍旧出了公园。

到西长安街时，电灯已经全亮了，我们在西安饭店找了一间清静的小屋，泡了一壶茶吃着，并且点了几样吃酒的菜，不久酒菜全齐了，沁珠斟了一杯酒放在我的面前道：

"隐姊，请满饮这一杯，我替你洗尘，同时也是庆贺你我今日依然能在灰城聚会！"

我们彼此干了几杯之后，大家都略有一些酒意，这使我们更大胆地说我们所要说的话。

那一夜我们的谈话很多，我曾问到她以后的打算，她说：

"我没有打算，一切的事情都看我的兴致为转移，我高兴怎样就怎样，现在我不愿再为社会的罪恶所割宰了。"

"你的思想真进步了。"我说："从前你对于一切的事情常常是瞻前顾后，现在你是打破了这一关，我祝你……"

唉！祝什么呢？我说到这里，自己也有些怀疑起来。沁珠见我这种吞吐的神情，她叹息了一声道："隐姊，我知道你在祝我前途能重新得到人世的幸福，是不是？当然，我感谢你的好心！不过我的幸福究竟在哪里呢？直到现在我还不曾发现幸福的道路。"

"难道你还是一池死水吗？唉！沁珠，在前五个月你给我的信中，所说的那些话，仿佛你要永久缄情向荒丘。现在还没有变更吗？"

"那连我自己也不知道。不过我的确比以前快活多了。我近来很想再恢复学生时代的生活，你知道今年冬天我同一群孩子们滑冰跳舞，玩得兴致很高呢。可是他们都是一群孩子呵，和孩子在一起，有时是可以忘却一切的怅惘，恢复自己的天真，不过有时也更容易觉得自己是已经落伍的人了，——至少在纯洁的生命历程上是无可骄傲的了。"

九点半钟敲过，我便别了沁珠回家。

十八

别了沁珠第三天的下午，我正预备走出公事房时，迎面遇见沁珠来了，她含笑道:"吓!真巧,你们已经完了事吧!好,同我到一个地方,有几个朋友正等着见你呢!"

"什么人,见我做什么?"我问。

"到了那里自然明白了。"她一面说,一面招手叫了两辆车子,我们坐上,她吩咐一声:"到大陆春去。"车夫应着,提起车柄,便如神驹般,踏着沙尘,向前飞驰而去。转了两个弯,已是到了。我们走进一间宽畅的雅座,茶房送上茶和香烟来,沁珠递了一根烟给我,同时她自己也拿了一根,一面擦着火柴,一面微笑说道:

"烟、酒现在竟成了我惟一的好朋友!"

"那也不坏,这也是一种人生!"我说。

"不错!这也是一种人生,我真赞成你的话,但也是一种使人不忍深想的人生呢!"

沁珠黯然的态度,使我也觉得忧伤正咬着我的心,我竟无话可安慰她,只有沉默地望着她,正在这时候,茶房掀开门帘叫道:"客到!"三个青年人走了进来,沁珠替我们介绍了,一个名叫梁自云比较更年轻,其余一个叫林文,沁珠称他为政治家,一个张炯是新闻记者,这三个青年人,果然都是青春的骄子,他们活泼有生气,春神仿佛是他们的仆从。自从这三个青年走进这所房间,寂寞立刻逃亡。他们无拘无束地谈着笑,谐谑着,不但使沁珠换了她沉郁的态度,就是我也觉得这个时候的生命,另有了新意义。

在吃饭的时候,他们每人敬了我一杯酒,沁珠不时偷眼看我,可是这有什么关系呢?那夜我并不脆弱,也不敏感,酒一杯杯地吃着,而我的心浪,依然平静麻木。

我们散的时候,沁珠送我到门口,握住我的手说:"好朋友,今夜你胜利了!"

我只淡淡一笑道:"你也不坏,从今后我们决不要在人前滴一颗眼泪才好!"沁珠点点头,看着我坐上车,她才进去。

自从这一天以后,这几个青年,时常来邀我和沁珠到处去玩,我同沁珠也都很能克制自己很快乐而平静地过了半年。

不久秋天来了,一个星期天的早晨,我去看沁珠,只见她穿了一身黑色的衣服,手里捧着一束菊花,满面泪痕地站在窗前,我进去时,她不等我坐下,道:"好!你陪我到陶然亭去吧!"我听了这话,心里禁不住打抖,我知道这半年来,我们强装的笑脸,今天无论如何,不能不失败了。

我俩默默地往陶然亭去，城市渐渐地向我们车后退去，一片苍绿的芦苇，在秋风里点头迎迓我们，长空墓上的白玉碑，已明显的射入我们的眼帘。沁珠跳下车来，我伴着她来到坟前，她将花轻轻地放在墓畔，低头沉默地站着，她在祝祷吧！我虽然没听见她说什么，而由那晶莹的泪点中，我看出她的悲伤。渐渐地她挪近石碑，用手扶住碑，她两膝屈下来，跪在碑旁："唉！多惨酷呀，长空！这就是你给我的命运！"沁珠喃喃地说着，禁不住呜咽痛哭起来。我蹲在鹦鹉冢下，望着她哀伤的流泪，我不知道我这个身子，是在什么地方，但觉愁绪如恶涛骇浪般地四面裹上来，我支不住了，顾不住泥污苔冷，整个身子倒在鹦鹉冢畔。

一阵秋风，吹得白杨发抖，苇塘里也似有呜咽的声音，我抬头看见日影已斜，前面古庙上的铃铎，叮当作响，更觉这境地凄凉，仿佛鬼影在四周纠缠，我连忙跳起，跑到沁珠那里，拉了她的手，说道："沁珠，够了，我们去吧！"

"唉！隐！你好心点吧！让我多留一刻是一刻。回到城里，我的眼泪又只好向肚里流！"

"那里没办法的呀！你的眼泪没有干的时候，除非是……"我不忍说下去了。

沁珠听了这话，不禁又将目光投射到那石碑上，并轻轻地念道："长空！我誓将我的眼泪，时时流湿你墓头的碧草，直到我不能来哭你的时候！"

"何苦呢！走吧！"我不容她再停留，连忙高声叫车夫，沁珠看见车夫拉过车子来，无可奈何地上了车。进城时，她忽然转过脸来说道：

"好了，隐！我又换了一个人，今晚陪我去跳舞吧！"

"回头再商量！"我说。

她听了这话又回头向我惨笑，我不愿意她这样自苦，故意把头掉开，她见我不理她，竟哈哈大笑起来。

"镇静点吧，这是大街上呢！"我这样提醒她，她才安静不响了。到了家里，吃过晚饭，她便脱掉那一身黑衣，换上一件极鲜艳的印度绸长袍，脸上薄施脂粉，一面对着镜子涂着口红，一面道：

"你看我这样子，谁也猜不透我的心吧！"

"你真有点神龙般的变化！"我说。

"隐！这就是我的成功，在这个世界上，只有这样的把戏，才能使我仍然活着呢！"

这一夜她是又快乐，又高傲的，在跳舞场里扮演着。跳舞场里的青年人，好像失了魂似的围绕着她。而不幸我是看见她的心正在滴着血。我一晚上只在惨痛的情感中挣扎。跳舞不曾散场，我就拉着她出去。在车子经过天安门的马路时，一钩冷月，正皎洁的悬在碧蓝的云天上。沁珠很庄严地对我说道："隐！明天起，好好地做人了！"

"嗯。"我没有多说什么。过了天安门，我们就分路了。

过了一个星期，在一个下午，我因公事房里放假，到学校去看沁珠。只见她坐在女教员预备室，正专心致志替学生改卷子呢。我轻轻地走近她身旁，叫了一声，她才觉得，连忙放下笔，请我坐下道："你今天怎么有工夫来？"

我告诉她公事房放假，她高兴地笑道："那么我们出去玩玩吧！这样好的日子，又遇到你放假！"

"好，但是到哪里去？"我说。

"我们到北海去划船，等我打个电话，把自云叫来。"沁珠说完，便连忙去打电话去，我独自坐在她的位子上，无意中，看见一封信，信皮上有沁珠写的几个字是："他的确像一个小兄弟般地爱他的姊姊，只能如此……咳，天长地久有时尽，此恨绵绵无穷期……"

这又是什么意思呢，我暗暗地猜想着，正在这时候，沁珠回来了，她看见我对着那信封发怔，她连忙拿起那信封说道："我们走吧，自云也从家里去了。"

我们到了北海，沿着石阶前去，没有多远，已看见自云在船坞那里等我们呢！

北方的天气，到了秋天是特别的清爽而高阔，我们绕着沿海的马路，慢慢地前进，蔚蓝的天色，从松柏树的杈枒中闪出，使人想像到澄清如碧水的情人妙目。有时一阵轻风穿过御河时，水上漾着细的波漪，一切都是松爽的，没有压迫，也没有纠缠，是我们这一刹那间的心情。我回头看见站在一株垂杨旁的沁珠，她两眼呆望着云天的雁阵，两颊泛出一些甜美的微笑，而那个青年的自云呢，他独自蹲在河边，对着水里的影子凝思；我似乎感觉到一些什么东西——呵，那就是初恋的诱惑，那孩子有些不能自持了吧！

"喂，隐！我们划船去吧！"陡然沁珠在我身后这样高声喊着，而自云也从河旁走了过来；"珠姊要坐船吗？等我去交涉。"他说完便奔向船坞去，我同沁珠慢慢并肩前进，在路上，我忽对沁珠说："自云确是一个活泼而纯洁的孩子呢！"

"不错，我也这样感觉着……不过他还不是一个单纯的孩子，他也试着尝人间的悲愁！"沁珠感叹着说。

"怎么，他对你已有所表白吗？"我怀疑地问。

"多少总有一点吧，隐你当然晓得，一个人的真情，是不容易掩饰的，纵使他极端守秘密，而在他的言行上，仍然随时要流露出来的呢！"沁珠说。

"当然，这是真话！不过你预备怎样应付呢？"我问。

"这个吗？我还不曾好好地想过，我希望在我们中间，永远是姐弟的情谊。"她淡淡地说。

"唉！沁珠，不要忘记你扮演过的悲剧！"我镇静地说。

"是的，我为了这个要非常地小心，不过好朋友，有时我真需要纯洁的热情，所以当他张开他的心门，来容纳我时，那真是危险，隐，你想不是可怕吗？假使我是稍不小心……"她说完微微地叹了一口气。

沉默暂时包围了我们，因为自云已自船坞办妥交涉回来了。他含笑地告诉我们，船已泊在码头旁边，我们上了船，舟子放了缆渐渐地驰向河心去，经过一带茂密的荷田时，船舷擦着碧叶，发出轻脆爽耳的声音，我提议，爽性把船开到里面去，不久我们的小船已被埋于绿叶丛中。举目但见青碧盈前，更嗅着一股清极的荷叶香，使我飘然有神仙般的感觉。忽然自云发现叶丛中有几枝已几成熟的莲实，他便不客气地摘了下来，将里面一颗颗如翡翠椭圆形的果实，分给我们。

正在这时，前面又来了一只淡绿色的划子，打破我们的清静，便吩咐舟子开出去。

黄昏时，我们的船停在石桥边，在五龙亭吃了一些点心，并买了许多菱藕，又上了小划子，我们把划子荡到河心，但觉秋风拂面生凉，高矗入云的白塔影子，在皓月光中波动，沁珠不知又感触些什么了，黯然长叹了一声，两颗眼里，满蓄了泪水，自云见了这样，连忙挨近她的身旁，低声道："珠姊，做什么难过！"

"哪里难过，你不要胡猜吧！"沁珠说着又勉强一笑。自云也不禁低头叹息！

我深知此刻在他们的心海里，正掀起诡谲变化的波浪，如果再延长下去，我真不知如何应付了。因叫舟子把船泊到漪澜堂旁边，催他们下了船，算清船钱，便离开北海。自云自回家去，我邀着沁珠到我家里，那夜她不知写了一些什么东西，直到更深，才去睡了。

我同沁珠分别后的一个星期,在一个朋友家里吃晚饭,座中有一个姓王的青年,他向我说:"沁珠和你很熟吧!她近来生活怎样?……听说她同梁自云很亲密。"

"不错,他们是常在一处玩,——但还说不上亲密吧,因为我晓得沁珠是拿小兄弟般看待他的。"

"哦,原来如此,不过梁自云恐怕未必这样想呢?"那人说完淡漠地一笑,而我的思想,却被他引入深沉中去,我怕沁珠又要惹祸,但我不能责备她。真的她并没一点错,一个青年女子,并不为了别的,只是为兴趣起见,她和些年轻的男人交际,难道不应当吗?至于一切的男人对她怎样想,她当然不能负责。

我正在沉思时,另外一个女客走来对我说道:"沁珠女士近来常去跳舞吧?……我有几个朋友,都在跳舞场看见她的。"

"对了。她近来对于新式跳舞,颇有兴趣,一方面因为她正教授着一班跳舞的学生,在职业上她也不能不追求进步?"我的话使那位女客脸上渐渐退去疑猜的颜色。

停了一停,那位女客又吞吞吐吐地说:"沁珠女士人的确活泼可亲,有很多人欢喜她。"

我对那位女客的话,没有反响,只是点头一笑。席散后,我回到家里,独自倚在沙发上,不免又想到沁珠,我不能预料她的结局,——不但如此,就是她现在生活的态度,有时我也是莫名其妙,恰像浪涛般的多变化,忽高掀忽低伏,忽热烈忽冷静,唉!我觉得她的生活,正是一只失了舵的船,飘荡随风,不过又不是完全不受羁勒的天马,她是自己造个囚牢,把自己锁在中间,又不能安于那个囚牢,于是又想摔碎它。"唉!多矛盾的人生呢!"我时时想到沁珠,便不知不觉发出这样的感慨。

几阵西北风吹来,天渐渐冷了。有一天我从公事房回来,但觉窗棂里,灌进了刺骨的寒风,抬头看天,朵朵彤云,如凝脂,如积絮,大有雪意,于是我走到院子里,拾了几枝枯树枝,放在火炉里烧着取暖。同时放下窗幔,默然独坐,隔了一阵,忽听房瓦上有沙沙的响声,走到门外一望,原来天空霰雪齐飞。大地上已薄薄地洒上一层白色的雪珠了。

我在门口站了一会,仍旧进来,心里觉得又闷又冷凄,因想在这种时候,还是去看沁珠吧。披了一件大衣,匆匆地雇车到沁珠家里,哪晓得真不凑巧,偏偏她又不在家。据她的女仆说:"她同自云到北海划冰去了。"

我只得快快地回来。

这一个冬天，沁珠过得很好，她差不多整天在冰场里，因此我同她便很少见面，有时碰见了，我看见她那种浓厚的生活兴趣，我便不忍再提起她以往的伤心，只默祝她从此永远快乐吧！因此我们不能深谈，大家过着平凡敷衍的生活。

渐渐地又春到人间，便是这死气沉沉的灰城，也弥漫着春意，短墙边探头的红杏和竹篱畔的玉梨，都向人们含笑弄姿。大家的精神都感到新的刺激和兴奋。只有沁珠是那样地悲伤和沉默。

正是一个星期日的早晨，我独自倚在紫藤架下，看那垂垂如香囊的藤花；只见蜂忙蝶乱，都绕着那花，嗡嗡嘤嘤，缠纠不休，忽然想起《红楼梦》上的两句话是："酿得百花成蜜后，为谁辛苦为谁甜。"被一阵凄楚的情绪包围着。正在这时候，忽听见前面院子里有忽促的皮鞋声，抬头只见沁珠身上穿了一件淡灰色的哔叽长袍，神情淡远地向我走来。

"怎么样？隐！"她握住我的手说："唉！我的好时候又过去了，那晶莹的冰影刀光，它整整地迷醉了我一个冬天。但是太暂时了，现在世界又是一番面目，显然地我又该受煎熬了。"

"挣扎吧！沁珠，"我黯然说："我们掩饰起魂灵的伤痕，……好好的享受春的旖旎……"

"但是隐，春越旖旎，我们的寒伧越明显呢！"

"你永远是这样敏感！"

"我何尝情愿呢……哦，隐，长空墓上的几株松树，有的已经枯了，我今早已吩咐车夫，另买了十株新的，叫他送到那里种上，你陪我去看看如何？"

"好，沁珠今天是清明不是吗？"我忽然想起来，这样地问她。

她不说什么，只点点头，泪光在眼角漾溢着。

我陪沁珠到了陶然亭，郊外春草萋萋，二月兰含娇弄媚于碧草丛中，长空墓头的青草，似乎更比别处茂盛，我不禁想起那草时时被沁珠的眼泪灌溉，再回头一看那含泪默立坟畔的沁珠。我的心，禁不住发抖，唉！这是怎样的一幕剧景呵！

不久车夫果然带了一个花匠，挑着一担小松树来，我同沁珠带着他们种在长空的坟旁。沁珠蹲在坟前，又不禁垂泪许久，才悄然站起来望着那白玉碑凝视了一阵，慢慢转身回去。

我们分别了大约又是两星期吧，死沉沉的灰城中，沥漫了恐慌的空气，

××军势如破竹般打下来了。我们都预算着有一番的骚扰，同时沁珠接到小叶从广东来的信，邀她到南方去，并且允许给她很好的位置。她正在踌躇不决的时候，自云忽然打电话约她到公园谈话。

自从这一次谈话后，沁珠的心绪更乱了。去不好，不去也不好，她终日挣扎于这两重包围中，同时她的房东回南去，她又须忙于搬家，而天气渐渐热起来，她终日奔跑于烈日下，那时我就担心她的健康，每每劝她安静休养，而她总是凄然一笑道："你太看重我这无足轻重的生命了！"

在暑假里，她居然找到一所很合适的房子搬进去了。二房东只有母女两人，地方也很清静。我便同自云去看她，只见她神情不对，忽然哈哈大笑，忽然又默默垂泪，我真猜不透她的心情，不过我相信她的神经已失了常态，便同自云极力地劝她回山城的家里去休息。

最后她是采纳了我们的劝告，并且握住我的手说道："不错，我是应该回去看看他们的，让我好好在家里陪他们几天，然后我的心愿也就了了，从此天涯海角任我飘零吧！这是命定的，不是吗？"

我听了她这一套话，感到莫名其妙的凄酸，我连忙转过脸去，装作看书，不去理她。

两天后，沁珠回山城去了。

她在山城仅仅住了一个月，便又匆匆北来。我接到她来的电话便去看她，在谈话中，她似乎有要南去的意思，她说："时代猛烈地进展着，我们势有狂追的必要。"

"那么你就决定去好了。"我说。

她听了我的话，脸上陡然飞上两朵红云，眼眶中满了眼泪，这是什么意思呢？我揣测着，但结果我们都只默然，不久自云来了，我便辞别回去。

一个星期后，我正预备到学校去上课，只见自云慌张地跑来，对我说道："沁珠病了，你去看看她吧！"

我便打电话向学校请了假，同自云到沁珠那里，只见她两颧火红地睡在床上，我用手摸摸她的额角，也非常灼烫，知道她的病势不轻，连忙打电话给林文请他邀一个医生来，不久林文同了一个中国医生来，诊视的结果，断定是秋瘟，开了药方，自云便按方去买药，林文送医生去了。我独自陪着她，只见沁珠呻吟着叫头痛得厉害。我替她擦了一些万金油，她似乎安静些了。下午吃了一剂药，病不但不减，热度更高，这使得我们慌了手脚，连忙送她到医院去，沁珠听见我们的建议，强睁着眼睛说道："什么医院都好，但只不要到协和去!"当然她的不忍重践长空绝命的地方的心情,我们是明白的。因此,就送她到附近的一个日本医院去。医生诊查了一番,断不定是什么病,一定要取血去验,一耽搁又是三天。沁珠竟失了知觉,我们因希望她病好,顾不得她的心伤,好在她现在已经失了知觉,所以大家商议的结果,仍旧送她到协和去,因为那是比较最靠得住的一个医院。在那里经过详细的检查,才知道她患的是腹膜炎,这是一种不容易救治的病,据医生说:"万一不死,好了也要残废的。"我们听了这个惊人的消息,大家在医院的会客室里商议了很久;才拟了一个电报稿去通知她的家属。每天我同林文、梁自云轮流地去看她,一个星期后,她的舅父从山城来,我们陪他到医院里去,但沁珠已经不认识人了。医生尽力地打针、灌药,情形是一天一天地坏下去,她舅父拭着眼泪对我们说:"可怜小小的年轻,怎么就一病不起,她七十多岁的父亲和她母亲怎么受得住这样的打击呢!"我们无言足以安慰他,除了陪着掉泪以外。

又是三天了,那时正是旧历中秋后的一日,我下午曾去看过沁珠,似乎病势略有转机,她睁开眼向我凝视了半晌,又微微地点点头,我连忙走近去叫道:"沁珠!沁珠!你好些吗?"但没有回答,她像是不耐烦似的,把头侧了过去,我怕她疲劳,便连忙走了。

夜里一点多钟了,忽听见电话铃拼命地响,我从梦里惊醒跳下床来,拿过电话机一问,正是协和医院,她说沁珠的病症陡变,叫我立刻到医院来,我连忙披了件夹大衣,叫了一部汽车奔医院去,车子经过长安街时,但见云天皎洁,月光森寒,我禁不住发抖,好容易车子到了医院,我三步两窜地上了楼,只见沁珠病房门口,围了两三个看护,大家都在忙乱着。

走到沁珠的床前时,她的舅父和林文也来了,我们彼此沉默着,而沁珠喉头的痰声急促,脸色已经灰败,眼神渐散,唉!她正在做最后的挣扎呢,又是五分钟挨过了,看护又用听筒向沁珠心房处听了听,只见她的眉头紧皱,摇了摇头。正在这一刹那间,沁珠的头向枕后一仰,声息陡寂,看护连忙将那盖在身上的白被单,向上一拉,罩住了那惨白的面靥。沁珠从此永久隔离了人间。那时惨白的月色,正照在她的尸体上。

当夜我同她舅父商量了一些善后的问题,天明时,我的心口作痛,便不曾看她下棺就回去了。

这便是沁珠最近这两年来的生活和她临终时的情形。

当我叙述完这一段悲惨的经过时,夜已深了,月影徘徊于中天,寂静的世界，展露于我们的面前。女仆们也多睡了。而我们的心沉浸于哀伤中，素文握着我的手，怅望悠远的天际。低低地叹道："沁珠，珠姊！为什么你的一生是这样的短促哀伤……"素文的热泪滴在我的手上。我们无言对泣着，过了许久，陡然壁上的时钟敲了两下。我留素文住下，素文点头道："我想看看她的日记。"

"好，但我们先吃些点心和咖啡吧。"我便去叫醒女仆，叫她替我们煮咖啡，同时我们由回廊上回到房里去。

十九

我们吃过点心，便开始看沁珠的日记，那是一本薄薄的洋纸簿子，里面是些据要的记载，并不是逐日的日记，在第一页上她用红色墨水写了这样两句话："矛盾而生，矛盾而死。"

仅仅这两句话，已使我的心弦抖颤了，我们互相紧握着手，往下看：

四月五日　今天是旧历的清明，也是长空死后的第三个清明节。昨夜，我不曾睡在惨淡的灯光下，独对着他的遗影，流着我忏悔的眼泪，唉！"珠是娇弱的女孩儿，但她却做了人间最残酷的杀人犯，她用自私的利刃，杀了人间最纯挚的一颗心……唉，长空，这是我终身对你不能避免的忏悔呵！"

天光熹微时，我梳洗了，换了一件淡蓝色的夹袍，那是长空生时所最喜欢看的一件衣裳。在院子里，采来一束洁白的玉梨踏着晨露，我走到陶然亭，郊外已充满了绿色，杨柳发出嫩黄色的芽条，白杨也满缀着翡翠似的稚叶，长空坟前新栽的小松树，也长得苍茂，我将花敬献于他的坟前，并低声告诉他"珠来了！"但是空郊凄寂，听不见他的回音。

渐渐的上坟的人越来越多了，我只得离开他回来。到家时我感觉疲倦在压迫我，换下那件——除了去看长空永不再穿的淡蓝夹袍，便睡下了。

黄昏时，泉姊来找我去学跳舞，这当然又是忍着眼泪的滑稽戏，泉姊太聪明，她早已看出我的意思，不过她仍有她的想法——用外界的刺激，来减轻我内心的煎熬，有时这是极有效的呢！

我们到了一个棕色脸的外国人家里，一间宽大而布置美丽的大厅，钢琴正悠扬地响着。我们轻轻地叩着门板，琴声陡然停了，走出一个绅士般的南洋人，那便是我们的跳舞师了。他不会说中国话，而我们的英文程度也有限，有时要用手势来帮助我们语言的了解。

我们约定了每星期来三次，每次一个钟头，每月学费十五元。

今天因为是头一次，所以他不曾给我们上课，但却请我们吃茶点，他并且跳了一个滑稽舞助兴，这个棕色人倒很有兴趣呢……

四月七日　梁自云今天邀我去北海划船。那孩子像是有些心事，在春水碧波的湖心中，他失却往日的欢笑。只是望着云天长吁短叹，我几次问他，他仅仅举目向我们呆望。唉，这孩子葫芦里卖的什么药呀，我不由得心惊！难道又是我自造的命运吗？其实他太不了解我，他想用他的热情，来温暖我这冷森的心房，简直等于妄想。他是一尘未染的单纯的生命，而我呢，是一个疮痍百结，新伤痕间旧伤痕的狼狈生命，呀，他的努力，只是我的痛苦！唉！我应当怎么办呢？躲避开这一群孩子吧，长空呀！你帮助我，完成我从悲苦中所体验到充实的生命的努力吧！

四月九日　我才下课，便去找泉姊，她已经收拾好等着我呢，我们一同到了跳舞师家里，今天我们开始学习最新的步伐，对于跳舞我学起来很容易，经他指示一遍以后，我已经能跳得不错了。那棕色人非常高兴地称赞我，学完步伐时，又来了两个青年男女，跳舞师介绍给我们，同时提议开个小小的跳舞会，跳舞师请我同他跳交际舞，泉姐也被那个青年男人邀去做舞伙，那位青年女人替我们弹琴。

我们今天玩得很高兴，我们临走时，棕色人送我们到门口，并轻轻对我说："你允许我做你的朋友吗？"

做朋友，这是很平常的事，我没有踌躇便答应他道"可以。"

回来时，泉姊约我去附近的馆子吃饭，在席间我们谈得非常起劲，尤其对于那棕色人的研究更有趣，泉姊和我推测那棕色人，大约是南洋的艺术家吧，他的许多举动，都带着艺术家那种特有的风格，浪漫而热烈。但是泉姊最后竟向我开起玩笑来。她说："沁珠，我觉那棕色人，在打你的主意呢！"

我不服她的推测。我说："真笑话，像我这样幼稚的英文程度，连语言都不能畅通，难道还谈得到别的吗？"

而泉姊仍固执地说："你不信，慢慢看好了！"

对于这个问题，我们一笑而罢，回家时，我心里充满着欣慰，觉得生活有时候也还有趣！我在书案前坐下来，记下今天的遭遇，我写完搁笔时，抬头陡然视线正触在长空的照片上，我的心又一阵阵冷上来。

四月十五日 今天小叶有一封长信来，他劝我忘记以前的伤痕，重新做人，他愿意帮助我开一条新生命的途径，他要我立刻离开灰城，到广东去，从事教育事业，并且他已经替我找好了位置。

小叶对我的表白，这已是第五次了。他是非常激进的青年，他最反对我这样残酷处置自己。当然他也有他的道理，他用物质的眼光，来分析一切，解决一切，他的人生价值，就在积极地去做事，他反对殉情忏悔，这一切的情绪——也许他的思想，比我彻底勇猛。唉，我真不知道应当怎样办了。在我心底有凄美静穆的幻梦？这是由先天而带来的根性。但同时我又听见人群的呼喊，催促我走上大时代的道路，绝大的眩惑，我将怎样解决呢？可惜素文不在这里，此外可谈的人太少，露沙另有她的主张，自云他多半是不愿我去的。

这个问题困扰了我一整天，最后我决定去看露沙，我向她叙述我的困难问题，而她一双如鹰隼的锐眼直盯视我手上的象牙戒指。严厉地说："珠！你应当早些决心打开你那枯骨似的牢圈。"

唉，天呀！仅仅这一句话，我的心被她重新敲得粉碎。她的话太强有力了，我承认她是对的。她是勇猛了，但是我呢，我是柔韧的丝织就的身和心，她的话越勇猛，而我越踌躇难决了。

回到家里，我只对着长空的遗影垂泪，这是我自己造成的命运。我应当受此困厄。

四月十八日 早晨泉姊来看我，近来我的心情，渐渐有所转变，从前我是决意把自己变成一股静波，一直向死的渊里流去。而现在我觉得这是太愚笨的勾当，这一池死水，我要把它变活，兴风作浪，泉姊很高兴我这种态度，她鼓励了我许多话，结果我们决定开始找朋友来筹备。

午饭时，车夫拿了一个长方形的纸盒子和一封信进来说："适才一个骑自行车的人送来的。"我非常诧异，连忙打开盒子一看，里面放着一束整齐而鲜丽的玫瑰，花束上面横拴着一个白绸蝴蝶结，旁有一张片子，正是那个棕色人儿送来的，再拆开那封信一看，更使我惊得发抖，唉，这真是怪事，棕色人儿竟对我表示爱情，我本想把这花和信退回，但来人已去得远了，无可奈何，把花拿了进来，插在瓶子里，供在长空的照片前，我低低地祝祷说："长空！请你助我，解脱于这烦恼绞索的矛盾中。"

五月一日　小叶今天连来了两封快信，他对我求爱的意思更逼真更热烈了。多可怕的烦纠！……唉，近来一切更加死寂了，学校虽然还在上课，我拟到南边去换换空气，并不见得坏，就是长空如果有灵，他必也赞成我去。

陡然我想起小叶的信上说："沁姊！你来吧，让我俩甜美快乐的度这南国的春——迷醉的春吧！"我的脸不由得热起来，我的心失了平衡，无力地倒在床上，不知是悲伤还是眩惑的眼泪，滴湿了枕衣。

我抬手拿小叶的信时，手上枯骨般的象牙戒指，露着惨白的牙齿，向我冷笑呢，"唉，长空！我永远是你的俘虏！"我痛哭了。

不知什么时候，泉姊走了进来，她温和地抚着我的肩，问道："沁珠，你又自找苦吃！"

唉，泉姊的话真对，我是自找苦吃，我一生都只是这样磨折自己，我自己扮演自己，成为这样一个可怕的形像，这是神秘的主宰，所给我造成的生命的典型！

五月六日　泉姊还不晓得棕色人对我求爱的趣事，今天她照例地约我去学跳舞。我说我不打算去了。她很惊奇地看着我道："为什么？我们的钱都交了，为什么不去学？"

我说："太麻烦了，所以还是不去为妙！"

泉姊仍不大明白我的话，她再三地诘问我，等到我把始末告诉了她，她才哈哈大笑道："有趣！有趣！果不出我所料。"同时又对我说道:"你真真的是命带桃花远,时时被人追逐!……他送花既在两星期前,你怎么今天才决定不去呢?"

"当然有缘故,"我说:"送花本是平常的礼节往来,而且他第一封信写得很有分寸,我自然不好太露痕迹地躲避他,谁知越来情形越不对,因此决定躲避他。"

泉姊也曾谈起自云,——那孩子虽然也有些莫名其妙的在追求我,可是我对他的态度,始终是很坦白的,同时他也太年轻,不见得有什么深切的迷恋,只是一种自然的冲动,将来我替他物色个好人物,这孩子就有了交代。

现在只有小叶使我受苦,他有长空一样的深刻与魄力,这两点他差不多使我失掉自制之力。许多朋友都劝我忘记以往,毁灭过去。就是长空也以为只要他死了,我的痛苦即刻可以消逝,其实这是一个错误的观念,事实上我是生于矛盾,死于矛盾,我的痛苦永不能免除。

五月十五日 晚上我写了一封家信后,我独自在院子里梦想一切的未来,我第一高兴的是灰城的沉闷将被打破,——也许我内心的沉闷也跟着打破,将来我或者能追踪素文,过一些慷慨激昂的生活,这也正是长空所希望我的吧!

一缕深刻的悲伤,又涌上心头,如果长空还活着,他不知该如何地高兴,他所希望的大时代,居然降临人间,但现在呢,唱着凯歌归来的英雄队里,再也找不到他顽长的身影。唉,长空还是我毁了你呵!

深夜时,我是流着忏悔的眼泪,模糊地看月华西沉。

六月十二日 下午同泉姊去中央公园的茅亭里,谈得很深切,她希望我到广东去,自然我要感激她的好心,但恨我是一个永远徘徊于过去的古怪人,我不能洗涤生命上的染色,如果到广东去,我也未必快乐,而且我惧怕生活又跌进平凡,也许这是件傻事,因为憧憬着诗境般的生之幻梦,而摒弃了俗人的幸福。可是我情愿如此,幽冥中有一种潜力,策我如此,所以我是先天生成的畸零人!

从公园别了泉姊,在家里吃过晚饭,独自在柳树下枯坐,直等明月升到中天，我才去睡觉。

六月十五日　自云和露沙都劝我回山城，好吧，这里是这样乏味，回到爸爸妈妈的怀里去，也许能使我高兴些。

车票已买定，明天早晨我就要和这灰城，和灰城里的一切告别了。我祈祷我再来灰城时，流光已解决了所有的纠纷。

沁珠的日记就此中断，我们只顾把一页一页的白纸往后翻，翻到最后一页，我们又发现了沁珠的笔迹：

九月十日　我病了，头痛心里发闷，自云和露沙陪了我一整天，在他们焦急的表情上，我懂得死神正向我袭击吧！唉，也好，我这纠纷的生活，就这样收束了——至少我是为扮演一出哀艳悲凉的剧景，而成功一个不凡的片段，我是这样忠实地体验了我这短短的人生！……

二十

我们放下日记本，彼此泪眼相视，睡魔早已逃避得不知去向。远处的鸡声唱晓了，我掀开窗幔，已见东方露出灰白色的云层，天是在渐次地发亮，女仆也已起来。我们重新洗过脸，吃了一些点心，那一缕艳阳早射透云衣，高照于大地之上，素文提议到沁珠停灵的长寿寺去。

我们走出大门，街上行人还很少，在那迷漫了沙土的街道上，素文瘦小的身影颓伤地前进着，转过一个弯，一家花厂正在开门，我们进去买了一束白色的荼蘼花和一些红玫瑰，那花朵上，露滴晶莹的发着光，象征着活跃新鲜的生命；不由得使我们感到沁珠生命花的萎谢与僵死，不久的将来，就是在这里感伤的我和素文，也不免要萎谢与僵死！唉，当我们敲那长寿寺的山门时，我们的泪滴，更浸润了那束鲜花，在晨风中，娇媚地颤动着。

一个五十多岁的老人，如鬼影般地闪出山门来，素文高声地对他说："喂，你领我们到十七号房间去。"

"哦。"老人应着，伛偻着身子，领我们绕过大殿。便见一排停柩的矮屋，黯淡的立着，走到十七号房间的门口时，他替我们开了锁，只见一张白木的供桌上，摆着烛钎香炉和四碟时鲜水果，黑漆的灵柩前，放着一个将要凋谢的花圈，花圈中间罩着沁珠的遗像——一个眉峰微蹙，态度沉默的少女遗像，仅仅这一张遗留人间的幻影，已使我们勾起层层的往事，不能自持地涌出惨伤的眼泪来，"唉，沁珠呀！你为了一个幻梦的追逐而伤损一颗诚挚的心，最后你又因忏悔和矛盾的困搅，而摒弃了那另一世界的事业，将生命迅速地结束了，这是千古的遗憾，这是无穷的缺陷哟！"

但是我们的悲叹，毫无回响，却惹起白杨惨酷的冷笑，它沙沙瑟瑟地说："世界还在漫漫的长夜中呢，谁能打出矛盾的生之网呢？"

我们抱着渴望天亮的热情，离开了长寿寺，奔我们茫漠的前途去了。

女人的心

第一章 初　　识

　　正是一个初夏的早晨，素璞为了她的朋友黎云结婚，她要去帮忙，所以绝早便起来了。当她走到栉沐室的时候，太阳刚刚晒到柳树巅，一群云雀纷纷向各处找吃食去。

　　素璞站在一面大菱花镜前，打开了头发，右手拿着一把淡黄色玳瑁的梳子，只放在头顶上，怔怔地出神；她想今天是黎云结婚的日子，而且是一个晴朗爽丽的好天气，真可算是良辰美景了。据黎云说他俩已恋爱三年，只为了那位新郎海文已经结过婚，因此他俩在苦恋中挣扎了三年；直到最近海文才和他的妻子正式离了婚，现在他俩是有情人终成眷属。……一对苦恋的人达到结婚的目的，黎云不知怎样快乐呢！唉，人人都有一个甜美的黄金时代，我自己呢？

　　素璞默默地沉思着，那拿梳子的手软瘫瘫地落了下来，她连忙把梳妆台下的春凳拖了出来，爽性对着镜子发起呆来，她一颗苦闷的心正回味的四年前她的婚礼上去。

　　那时也是一个晴明的好天气，而且又当百花开得最灿烂的仲春时节，百灵雀和黄鹂早晚唱着婉妙的歌声；那时候她仅仅十七岁——一个对人生毫无认识的少女，在中学三年级里读书，在学校年假大考结束后，她带着快乐闲散的心情，回到家里；看见她母亲整日整夜地忙着，订做家具呀，买衣料呀，她莫名其妙地问母亲道："妈妈买这些东西做什么？"而妈妈总是含笑不言，有时或者说："自然有用处。"不久年假了，她预备搬到学校去，妈妈连忙把她叫到跟前，摸着她的头发一面慈和地说："阿素这半年不必上学了。"

　　"为什么不上学，妈妈？"

　　妈妈沉吟了一下说道："贺士已经毕业了，一两日就从上海回来，六七月间要到外国去，这一去至少三四个年头，而你们的年龄也有这么大了；我想还是让你们结了婚他再走，我也放心，不然一个青年男人在外国住上几年，难保不发生变卦，所以前些时候我已去信和贺亲家商议着，就在春天把你们的大事办了,你能和他同去更好,不然的话他也有个挂牵,就不致发生什么毛病了。"她听了母亲的一番话,心里说不出是欢喜还是忧惧,只觉得满心腔中充塞着一种异样的感觉,见了人不由得羞答答地不敢抬头,那些亲眷们又常常跑来和她开心,什么"小姐大喜呀!",那位老姑妈更使她难为情,每次来了,总是把她通身上下端详个仔细,然后笑眯眯点头道:"这孩子倒有些福气,听说姑爷人品长得不错,而且学问也好,今年刚刚二十多岁已经大学毕了业……"老姑妈唠唠叨叨说个不休,就给她一种很好的印象,于是她感觉得这位未来的夫婿,已占据了她整个的处女之心了。

她在家人忙乱的热闹空气中,匆匆地已过了两个多月,眼看吉期一天近似一天,她这时每日只躲在房里,绣一对鸳鸯嬉水的枕头;在那一针一线中织着她美丽、热情的幻梦。

最后她所理想的结婚生活,变成事实了。贺士果然是一个神隽的青年,在新婚的生活里,他俩都昏昏沉沉地过着,也许那就是所谓甜蜜吧!不过他俩兴趣上似乎总有些不相投,时时显露出互相间勉强应付的痕迹。

窃贼般的时光,悄悄地溜走,她结婚已经两个多月了。一天早晨她从床上起来,贺士还沉沉地睡着呢,她披了一件睡衣,推开玻璃窗,倚着窗栏,看见院子里的海棠花一朵都没有了,倒是树荫深处已缀着豆粒般大的海棠果了。同时天气也一天一天闷热起来,贺士出国的日期将近,她对于离别的滋味,有点模糊的凄酸,不免掉过头去望着正在甜睡的贺士。这时贺士正打了一个转身,微微地睁了一下眼睛,便又睡去了。她觉得一个人怔在窗前没有意思,便悄悄地走出房门,墙阴的两株红玫瑰已经开得很茂盛了,她便摘了几朵,仍回房来;贺士这时已经醒来,他看见她云鬟蓬松还不曾梳洗的样子,便问道:"你这么早跑到园子里做什么?"

"我去摘几朵玫瑰花泡茶吃!"

"哦,玫瑰都已经开了吗?"

"是呀,光阴过得多么快!"她说了这话,心里有些发梗,并且叹息了一声道:"再有十天你也就要走了。"

"不错,仅仅只有十天了;素璞,我走了以后,你一个人在家里也闷,不如和妈妈商议,还是继续去读书吧!"

"也好,不过我近来似乎有些毛病,常常头疼,而且心头作呕,月经已经两个月不来了。"

"那你怎么不早说,好找个医生看看。"贺士说着连忙爬了起来,要水洗，就匆匆去找杨大夫来。

不久大夫到了，仔细地检查后，便含笑道："恭喜嫂夫人是喜病，没有什么关系，过了一定的时期，自然会好的。"

她自从听到自己要做母亲的消息，似乎害羞又似乎骄傲。同时她有点怀惧，因此她要求贺士再迟半年出国，贺士也答应了。从此她便安静地等待着。到了年底她很平安地生产了一个活泼可爱的小女儿。贺士在第二年的春天，就离开她到欧洲去了，现在已经是去了三年，……素璞回味到这里，不禁叹了一口气；这时心里充满了无限春愁，她早要知道别离是这样的滋味，真不该让贺士单独出国了。她不禁滴下悲怨的泪滴。正在这时候，张妈拿了洗脸水进来说道："少奶奶洗脸吧！"

"放下好了！"她懒懒地回答着，站了起来；一面洗脸一面泪滴儿仍如泻珠般滚了下来，她这时不但想到异国的贺士，而且也想到家乡幼小的爱女，因为当她生产以后，贺士即出国，她便到北平进了大学，现在也整整离家三年了。

这一早晨素璞在哀愁与回忆的情绪中混过，而不待人的时间，早又中午了。海文和黎云的婚礼是三点钟，吃过饭就应当去，因此她忙忙地收拾了，换了一件衣服，坐车子到了中央公园，这时满园花草都开得灿烂夺目，又加着两排苍松翠柏更引人留恋，果然是好天气美景色，谁说老天无知呢，安派了这样的画境，为这一对幸福的人儿……

她一面走一面想，不知不觉已早到来今雨轩了，她刚想向茶房问黎云来了没有，只见黎云已笑嘻嘻站在门口向她招手，她连忙迎了上去道："怎么样？一切都准备好了吗？"

"也没有什么可预备的，只等时候到了行礼。"

"海文没来吗？"

"他去拿订的花球去了。"

"你家里的人呢？"

"他们都在后面的屋子里，我来替你介绍介绍，回头请你帮着她们招待来宾。"

黎云领着素璞绕过那草坪，便进来今雨轩的大厅，只见礼堂里满是花篮和松柏枝搭就的台子，十分富丽。在大厅的后面，有一间小屋子是预备新娘化妆的地方，黎云推开门，只见里面坐着两个男人，一个女人，黎云指着那位三十多岁矮胖的男子说道："这是家兄。"又指着那位圆脸的女人道："这是家嫂。"这时另外一个年轻的男人也站了起来，黎云说："这是舍侄纯士，他在西郊大学读书。"回头又指着素璞说："这是我的同学素璞女士。"大家见过了，黎云的哥嫂，便向素璞含笑道："今天要劳女士的神，替我们招待招待客人！"

"那是当然帮忙的。"

她们应酬了几句话后，黎云便对纯士说道："你们外头坐着吧，恐怕客人也快来了，我让嫂嫂替她烫头发。"纯士应着便陪素璞到大厅上，参观了一阵礼堂。她便招呼素璞到廊子上的茶座上坐下，茶房泡了一壶香片茶，又摆了一桌子的糖果，他俩吃着茶等待客人，但是时候还早，除了一些游园的人们，从这里经过外，还不曾有人来；在这闲暇时间中，素璞忽然抬起头来，向坐在对面的纯士望了一望，她觉得纯士面孔上，有一种使人难忘的印象，她莫名其妙地把纯士的五官暗暗地品评着，最后她发现他的眼睛特别光亮。同时她感觉贺士虽然是一个美男子，可是赶不上纯士聪隽有精神。她正在呆呆地思量着，忽听纯士说道：

"素璞女士是研究教育吗？"

"不，我是研究史地的。"

"快毕业了吧？"

"还有一年半。"

"贵校的史地用的是什么课本？"

"我们不用课本，完全是讲义，不过先生另外还写了几本英文的参考书。"

"女士也喜欢看西洋文学书吗？"

"偶尔也看一些，如迭更司①的小说呀，大仲马父子的作品等，不过我的外国文程度太浅！"

"那是女士太客气了，我常听见黎云姑姑谈起女士对于中国文学很有根底，而且我也曾拜读过女士所填的《浪淘沙》，真是调高韵逸；几时女士也教教我填填词！"

"笑话，我哪里会填什么词，不过一时高兴，胡乱写上一些罢了。"

他俩正谈得高兴时，忽见有几个客人已向这里走来。纯士招呼客人到大厅里坐着，素璞去看黎云，只见她已将一头的乌云，烫成水波纹式，脸上擦了脂粉，果然比较年轻美丽的。黎云对着镜子向素璞含笑道："你替我把纱披

---

① 迭更司，现通译为"狄更斯"。

上试试看。"素璞便把那长方盒里的薄如蝉翼的白纱，轻轻地拿了出来替她齐额披好。衬着身上妃红色的礼服，果然光艳耀眼。素璞扶她坐在椅上，这时女客也来了不少，有几个亲眷走进来看新人，黎云默默含情地低着头，让她们品头评足，素璞本想陪着她，忽见她嫂嫂进来说道："素璞女士，外面来了几个黎云的同学，请你去招呼她们坐吧。"素璞听了这话，只得撇下黎云到外面去招呼了。

五点钟行过礼后，来宾们都纷纷坐上席了，正好素璞同纯士坐在一张桌子上，当喜宴将散的时候，纯士向素璞低声说道："黎云姑姑叫我请女士慢一步走。"

不久来宾都散尽了，黎云已把头纱取下来，换了一件玫瑰色的软缎绣花旗袍，满脸喜气地挽着海文走出公园，坐汽车回家，纯士另外雇了一辆车子送素璞回去。

在寂静的长安街上，路灯闪闪地发着青绿色的光，天上繁星如棋子般满布着，一钩新月才从云层里吐露出来，春天的和风夹着花香拂吹着，这美丽的夜，当然是最适合新婚儿女的环境；便是这一对初识的青年男女，他们依样地在被这轻软的春光所陶醉了。在这个时候无论哪一个人，心弦上都颤动着活跃的音波，而憧憬着梦幻的美丽，虽然明知自己所想象的，是超越实际的热情，但是春便是整个浪漫的象征，因此这汽车中的纯士和素璞也竟不能逃避春的诱惑，在他俩的心田深处，已暗暗地洒上相思的种子了。

不久已到了素璞的家里，纯士看着素璞下车进去了，他才又折回城东去，在车上他似乎惊喜着自己发现了些什么，但同时又像是失掉些东西似的。

第二章 接　近

天色才有些朦胧，素璞从梦中醒来，一只手撩起白色的蚊帐，只见嫩绿的柳条，在残月疏星的光影中，轻轻地荡动；东方的天容，尚自寂寂不见霞彩；从枕头底掏出手表一看，原来才四点钟，她转过身子去，打算再睡一觉。但是眼睛尽管闭着，睡魔总不肯光临，脑子里倒像开了电影，一幕一幕清楚地演映着往事。最奇怪的是纯士的面影不住在她的意识界里浮泛，同时不免联想到出国三年的贺士了，不知他在异国过些什么生活，也曾想到她空闺独处的凄凉没有？哎，光阴是过得这样快，青春是不常久的，而贺士总不想着回来，使这美妙的光阴，在离愁别恨的心情中消尽，素璞想到这里，由不得要羡慕新婚的黎云夫妇,同时也对自己的孤寂而伤感,这时心头一阵酸楚,由不得两行清泪沿颊而下。素璞哀思沉沉地躺着,窗外的云雀早被阳光惊醒,吱吱地叫着。邻家的黄狗,也断续地吠着,远远已听见街车隆隆粼粼的声音,她一翻身从床上起来,拭干了眼角的余泪,开了冷水管草草洗过了脸,从屉子里拿出贺士的一张四寸大小的照片,看了看,但是这影里情郎是这样木呆呆地望着她,再不谅解她心头的焦愁,而安慰她,她叹了一口气依旧放下照片,只坐着出神;忽然听见走廊上有人走路的声音,跟着杨妈托着一杯热气蒸腾的牛奶来,说道:"少奶奶今天起得这样早!"她"嗯"了一声,伸手接过牛奶来,有心无意地喝了下去。杨妈接了空杯子出去了。素璞站起来,对着镜台草草地梳了一下头发,从衣架上取下那件绸子的夹大衣,披在身上,走到庭院里,无目的地兜圈子;只见杨妈手里拿着一封信,从外面走了来。

"少奶奶!这是黎云小姐那里送来的,说是要回信的。"

素璞接过信来,一面拆信,一面向杨妈道:"你叫他等一等吧!"

杨妈答应着去了,素璞只见一张浅红色的花笺上写道:

素璞姊姊:

  昨天多劳了,非常感谢!今天妹拟请几个朋友来家便饭,务望姊拨冗光临,毋任盼祷之至,匆匆顺祝

  康乐!

妹黎云谨具

素璞看完信,心里仍然闷闷的,本想辞掉了不去,又觉得在家里也没什么趣味,倒不如去混混吧。于是她拿了一张卡片写道:

黎云妹妹:

  蒙宠召甚感!届时定来,再谈!

素璞再拜

素璞将片子写好,交来人带去,把笔往桌上一丢,站起身来,从书架上抽出一本小说来,看了几页,时钟早已敲了十二下,连忙打开粉盒,向脸上扑了一扑,换了一件莲灰色的夹旗袍,拿着手皮包,走出门来。恰好有一辆人力车停在那里,她坐上去道:"到东城无量大人胡同!"车夫一见这位不讲

价的雇主，心想这是好买卖，于是欢天喜地提起车柄，如飞地向前跑去。

转了一条马路，无量大人胡同到了。就在路西的一家红漆大门口停住，素璞给了车钱，便向前敲门；跟着出来了一个看门的男了，请素璞里面坐，素璞正往里走时，早已看见黎云和海文一对儿，满面笑容地迎了出来，同时说道："客人都到了，就候你一个呢！"

"真的吗？那真对不起了！"素璞含笑说。

"等会儿多喝两杯酒就行了。"黎云说。

他们一面说一面已进了客厅，果然已经来了不少客人，大家见素璞走了进来，都站起来招呼，素璞已看见纯士也在那里，她不知不觉高兴起来，这时纯士也笑盈盈地走过来道："素璞女士，昨天真受累了！"

"纯士先生太客气了，倒是那么夜深，还劳你送我回家，真使我不安呢！"素璞说。

"好了！好了！"黎云叫道："你们大家都不必客气了，归根到底都是为了我们，只有让我们向诸位道谢！"

他们正在互相谦谢时，仆人已来请吃饭，素璞随着大家来到饭厅里。看见那屋里，已整整齐齐摆着一桌席，在每一个座位前，放着一张小巧精致的画片，写着各人的名字，于是大家找到自己的名字坐下。素璞的右边恰好是纯士的位子，纯士连忙把椅子拖了出来请素璞坐，素璞含笑谢了坐下；仆人陆续地上着菜。黎云向纯士道："纯士，你招呼素璞多吃两杯酒！"纯士果然把酒壶擎起，替素璞满满斟了一杯，同时自己也斟了，说道："素璞女士，我敬一杯！"素璞连忙欠身道："对不起，我的酒量太小，这一杯受不了，还是让我慢慢吃吧！"

"那是女士太不赏脸了，"纯士说："我听黎云姑姑说女士的酒量极好。本来一个有天才的人，没有不善于喝酒的，只是我面子小，所以女士不肯喝！"

"纯士先生太言重了，好吧！我喝一杯！"素璞果然把一杯酒干了。纯士连忙又替她斟上一杯，一面又替她布菜；素璞空着肚子，喝下这杯酒去，只觉一股热潮冲上脸来，头有些晕，心脉急切地跳着。纯士才知道她果然酒量不大，连忙吩咐仆人打热手巾，又亲自剥了一个蜜橘送在她面前。素璞吃着橘子，她的心灵早已飞越到另一个世界去了。只觉得全身瘫软无力，勉强地吃了一些菜，直挨到席散，她连忙找到一张沙发椅靠着。纯士偷眼见她两颊绯红，倦眼微饧，更比昨天好看了；心里也禁不住一动，但是再一想她已经是罗敷有夫的人，自己不应尚存什么非分之想，他这样自己责备自己，但他仍不能避免热情的袭击……不禁心里暗诵着古人的诗道："还君明珠双泪垂，恨不相逢未嫁时。"他感叹着，陡然又想起一件事来：

前半年，黎云姑姑住在学校里，忽然患了胃病，父亲曾到学校的疗养室去看她，只见一个女子，正替她煎药；态度十分温柔、诚挚，父亲看见心里非常赏识那个女子；回家他对妈妈说："黎云妹妹的那个女朋友，样子长得还不错，而且性情温柔，对黎云妹妹真是体贴入微，这样的女子，现在真不容易找到，不知道她已经定婚没有；如果能替纯士找这样一个妻子就好了。"后来父亲果然对黎云姑姑说起，黎云姑姑叹了一口气道："没缘份，人家已经是一个孩子的母亲了。"父亲听了这话，也就放下不提，不过弟弟们常拿这件事和他取笑，他呢，也只当是一件笑谈，在他心里从来没有把这件事当真过，谁知昨天在来今雨轩一见，这一颗毫无挂碍的心，竟不期然地受了纠缠……

纯士默默地沉思着，忽见黎云走过来道："纯士你来，我和你商量一件事。"

"什么事情呢？"纯士说。

"你现在功课忙不忙？"黎云问。

"不算忙……"纯士说。

"那就好，前几天素璞请我替她找一个人补习英文，我当时就想和你商量。因为事情忙，简直就忘了，适才她又和我提起，我想你要是不很忙，就不必另找别人，干脆请你帮帮忙吧！"

"就是她一个人补习吗？"

"是的，你的意思觉得怎么样？"

"当然没有什么不可以的，只是每个星期只能补习两次，因为学校离城太远，除非星期六和星期日，再没有工夫进城的。"

"其实两天也尽够了，你想什么时候开始好呢？"

"那都随便，不过既已答应了，就早些开始吧！"

"好，等我找素璞来，你们当面接洽！"

黎云送了客人们回来，便约了素璞到客厅来，纯士连忙站起让坐。

"素璞，我已经替你请好了先生啦，只是什么时候好，你同纯士去商量吧。我叫他们泡碗浓茶给你们吃。"黎云说着便到里头去了。

"素璞女士真是好学。可佩！可佩！"纯士微笑地说。

"什么好学，实在感觉文字不够应用，只好格外巴结些了。"

"女士为什么总是这样客气？"纯士怅然地说。素璞听了这话不禁一笑道：

"学生对先生当然应该客气些！"

"言重！言重！这么一来我倒不敢答应替你补习了。"

"好了，我们不要尽开玩笑吧，倒是定个什么时候好？"

"我星期六下午一点钟进城，星期日下午六点钟回学校，如果是补习两次的话，我想星期六下午两点到四点，星期日上午八点到十点。"

素璞听了这话，沉思了一下道："很好，就这么定规了，只是用什么书呢？"

"那随女士的意思，喜欢补习什么都可以。"

"我想补习一本西洋近代史，其余再读一些文学作品。"

"好……今天是星期四，就从后天开始吧，我到女士家里去。"

他们商量定后，时候已将近黄昏，素璞便辞了黎云、海文回去。

素璞到家，吃过晚饭立刻把要补习的两本英文书找了出来，自己先预习了一遍，精神有些疲倦上来，便收拾睡下。这一夜她睡得很好，她的心似乎比较充实了。

转眼星期六到了，她一早起来，吩咐杨妈把屋子打扫干净，又预备了一些精致的糖果点心，把书房花瓶里的残花都换了新鲜的，真是收拾得窗明几净；午饭后她本想稍微睡一下，但是躺在床上，心绪如潮，她自己也莫名其妙，为什么这样不安；而且是有生以来，第一次感到心的眩惑，最后她躺不着了，重新洗了脸，淡淡地施些脂粉，便到书房里，对着书，支着颐，怔怔地出神。壁上的时钟当当地敲了两下，她的心更跳得厉害了；只得深深地呼了一口气，勉强地镇静着；不久院子里，听见橐橐的皮鞋声响，杨妈领着纯士进来了。她连忙站了起来迎接。纯士含笑地问道："女士一个人住在这里吗？"

"不，还有几个亲戚，他们到西山玩去了。"

他们寒暄后，素璞把书拿出来；纯士细心地讲解了一遍，又出了几个问句；素璞很敏捷地回答了，两点钟的时间早已过去。

素璞收起书，吩咐杨妈把预备好的茶点拿了出来，纯士吃着茶和素璞款款地谈着。早又满树斜阳，庭前老鸦呱呱地叫闹，纯士只得告辞出来。在归途上纯士的一颗心依然绕在素璞左右，他觉得素璞不但有女性的温柔，而且同时也有坚固的意志和奋斗的精神；在我的生命史上这是第一次与女性接近，想不到就碰到这样一个不容易使人去心的女人。他觉得欢喜，但又感伤，当然他自己觉得有点脸红，为什么那样自私，占有欲那样强？这已是一朵有主的名花了……除了做一个好朋友，不能再有别的希望呢！……这是纯士的心事，不过上帝安排的命运究竟怎样，不但我们不能揣测，就是素璞与纯士他们也何尝算得定呢！他俩只是一对瞎子，闭着眼向前走，走到哪里算到哪里。

　　光阴一天一天过去，素璞同纯士的认识也一天一天深起来，他们每星期有两次的聚会，虽然在这一年春天过完时，他俩还能勉强保持淡然的友谊，不过在他俩的心灵里已涌起苦闷的恶浪。那一夜纯士从素璞家里教书回来后，素璞躲开亲戚们，独自坐在竹丛前，悄悄地流泪；而纯士呢，独自在天安门的石路上，徘徊沉思，使得天上那位多情的月姊，也不禁黯然，她终于不忍看这一对苦闷的人儿，而躲到浓云背后去了。

第三章　低　　诉

　　纯士从素璞那里教完书出来，已经是日影横斜，晚鸦归巢的时候了。他捧着一颗紊乱的心，回到家里去，一走进门就听见黎云哈哈地笑声，便连忙上前去招呼，黎云向他笑嘻嘻地说道："神气哟！先生回来了。"

　　"姑妈专门说笑话……姑夫呢？"纯士问。

　　"他看朋友去了，回头会到这里吃晚饭的。"黎云说："喂，纯士，我问你，素璞的英文程度怎么样？"

　　"当然不算好，不过她极用功，而且细心！"

　　"你的观察不错，她平常就是一个细心而用功的人！"

　　纯士听了黎云在赞扬素璞，心头陡然又兴起一股奇异的情流，——那是一股非常不和谐的情流，一半儿欢喜，一半儿嫉恨，便在他想到素璞每次说起贺士，便表示一种不快的神情时，他的心不禁怦怦地跳动了。……这的确不见得完全绝望，纵使无缘和她发生什么形式上的关系，但是做个精神上的安慰者，又何尝不好呢！他沉思到这里，一天愁烦，都交付那阵晚风带走了。高高兴兴地跑到自己房里，找了一张淡绿色的雪笺，蘸了浅紫色的墨水，在上面写道：

　　　　我所崇敬的素璞女士：

　　　　　当然我们已不能算是初交，两个月以来，我们时时有见面谈话的机会，自然我应当满足……不过人类的心是异常神秘，而且是一个永远想着前进的东西，因此我对于女士也是希望我们间的友谊与流光俱进！女士请相信我，一只纯洁柔驯的小羊，还不曾离开母亲的怀抱，独自到社会做人的我，是极需要热情的培养与诚挚的指导，今后我希望女士时时策励我，鼓舞我……

纯士写到这里接不下去了，自然他第一次给一个爱慕的女友写信，连自己也把握不定说什么好，写得太亲昵了怕碰钉子；写得太轻松了，又不能尽意，他把这封信看了又看，觉得还过得去，因此把花笺折了起来，装在一只浅紫色的信封里，外面写着"素璞女士惠展"。他郑重地把信放在大衣的袋子里，预备明天去教书时，乘便递给素璞。

夜里黎云和海文告辞回去，纯士回到房里看了两页书，便沉沉睡去了。这一夜他是在温馨的心情中陶醉着，天大亮了，才被绿窗前的一阵鸟噪所惊醒，连忙收拾了就奔向素璞家去。走到书房里，只见素璞身上穿了一件黑色印度绸的单衫，素面红唇，更觉妩媚，斜倚在那张近窗的沙发上，默默含情地望着窗前的海棠花，一见纯士走近，连忙站起来含笑招呼。纯士一面看手表，一面抱歉地说道：

"今天晚了，素璞女士一定等了很久吧！"

"并不很晚，"素璞含笑安慰般地说："我也才到书房里来，这几天天气渐渐热了……"

素璞说了这句话，陡然停止，脸上绯红，连忙装作叫杨妈倒茶来；纯士见了这情形，虽然莫名其妙，不过眼里看了这酡颜粉面的少妇，也不知其然地红了脸，幸喜杨妈倒茶来，解了他们的围。

功课补习完了，杨妈又端出一杯汽水来，纯士接过来喝着，立刻觉得冷浸齿颊，气爽神清，便笑道："这汽水真好！又清香，又爽凉。"

"哦，那是我昨夜就冰上的。"

"这真多谢了。"

"又来了。"素璞微含怒意地斜睨着他。纯士只低着头暗诵："宜嗔宜喜春风面！"素璞看他一声不响，倒禁不住噗嗤一声笑了出来道："你怎么不说话了？"纯士也笑道："是呀，话太多不知从哪一句说起；我这里有一封信，请你看看吧？"

"信？"素璞怀疑地望着他道："是给我的吗？"

"是的，"他说："我随便写了几句，请你不要见笑！"

素璞脸上又涌起一股红潮来。拿着信躲在沙发角里悄悄地看着，最后她微微一笑，把信折起，夹在那本英文历史里，呆呆地望着窗外。这时她脸上的红潮渐渐退尽了，眼圈有些发红，后来她喟然长叹了一声道："天下的事情，为什么这样不凑巧！"

纯士听了这话，也正刺在他的心弦上，也不禁低头叹气，后来他忽然想起一件事来，就是贺士和素璞的感情究竟如何，他老早就想问，但今天却正是机会，因极力镇静道："贺士先生不久就要回来了吧……我想他回国后，你们的生活一定很美满了。"

"美满吗？我也是这么样希望，但是天下的事情，如人意的究竟太少！"

"女士为什么说这样的话，听说贺士先生学问人品都不可多得……"

"当然，这样一个男人，我们是指不出他有什么劣点，不过不见得是个个女人都喜欢他吧！"

"莫非说女士和贺士先生之间有过什么裂痕吗？"

素璞这时抬起眼皮来看了纯士一下，凄然一笑道："纯士！"她这样亲昵的称呼，使纯士倒不知所措了，连忙诺诺连声道："你能把你们之间的生活告诉我吗？……假使我能对你们有些益处，我一定帮忙！"

"你晓得我一向都沉在苦闷中吗？……说起贺士来，他有他的长处——一切男人没有他那么细腻；可能他也有他的短处，他的思想太固执了。他满脑子都是封建余毒，他不了解女人的心，而且他不承认女子的人格，他要他的妻子绝对地服从他，服侍他……这是我们根本不能合作的原因，……"素璞说到这里停了一停，又继续地说道："而且他也是一个极端自私的人，我们结婚后一年多，他便到欧洲去，听说他在那里的生活很舒服，而他从来没有顾念过我和他女儿的生活，现在我到北平来读书，我的小女儿放在我娘家母亲那里，就是我每年的用度也都是我母亲供给……"

"当然无论什么人都有些短处的，只要你能谅解他，便什么都不成问题了。"

"这也是无可奈何的想法罢了！"素璞懒懒地答应着。

"好在一个人的生活方面很多，就是家庭生活若略有欠缺，只要别的方面满意，也未尝不可得到安慰的。"纯士安慰她。

"这倒是实话，所以贺士走后，我才决心到北平来读书。"素璞说。

"其实事业的安慰，比其他更要紧，试想我们到世界上来了一趟，若果一无所得，未免太辜负此生了。我愿意将来我们能做个事业上的互助者，如果能蒙你不弃，把我当一个恭顺的弟弟看待，我真不知道怎样感激你呢！"

"也许你的年龄比我小,不过你的学识却在我之上,我怎敢做你的姊姊?"

"不,素璞姊!你实在还没有深切地了解我,我实在是一个不知世故的小孩,我到今天活了二十三岁还不曾离开学校的生活,而你呢,我相信比我强多了,你好好地教导我帮助我吧。我有人心,绝不会忘记你的好处!"

素璞听了纯士天真纯挚的话,不禁含笑道:"让我们做一个纯洁的好朋友吧!"

纯士喜欢得跳了起来。正当这时候,忽听得一声震天动地的午炮声,才提醒他,连忙告辞回家。当素璞送他到屏风门那里,他低声说:"明天给我写回信呀,千万别忘记了,我盼望着呢!"

"是了,我不忘记,再会吧!"素璞答应着,直看他转过屏风门才怏怏地回转来。到上屋时,她的婶母问她道:"怎么今天上了这许久的课?"

素璞被她这么一问,连忙镇静着答道:"因为我请他替我开了两个外国信封,又起了一封信稿,所以耽误些时候。"婶母有意无意点着头进去了。她也跟到堂屋里,只见桌上饭已摆好。她坐下陪着婶母们吃完了饭,独自躲到房里,斜卧在沙发上。这时天气真有点闷人,院子里金银藤的温香一阵阵袭人,她感到陶醉的疲软,昏昏沉沉地闭着眼,恍惚间看见纯士由外面走了进来,她正想坐起来时,谁知纯士已经挨着自己身边坐下了;同时自己的右手,也被纯士紧紧地握住,她怕婶婶走进来,碰见不好,所以急着想把手抽回来,但是全身就像被浸在酒坛里,软瘫瘫动弹不得,正在这时候,忽听她婶婶的声音在喊她,她真吓得魂飞魄散,用力一挣,醒了。睁开眼一看,一缕艳阳映在玻璃窗间,梨树上的鸟影,淡淡地照在白色的窗帘上,四境寂寂,哪里有人声,更哪里去找纯士的影子呢!

素璞怅然地坐了起来,闷闷地回想梦里的情景,正在如醉如痴的时候,忽见杨妈手里拿着一封信进来递给她道:"少奶奶,这是您的信!"

素璞接过来一看,正是贺士从外国寄来的,连忙拆开读道:

素妹惠览:五月十七号的信已收到了。你现在打算多读些外国文我很赞成,将来有机会,或者也到外国看看,西方的物质文明,民族精神,都足以使我们敬仰的。我在这里住惯了,对于将来回国真有点踌躇呢!前些日子我在柏林认识了一位米利安小姐;她是一个热心的女看护,前几个月我在医院养病时认识她的。她极细心地看护我,有时还唱歌给我听;后来我病好了离开医院,她仍常来看我；这次我离开柏林时，她亲自送我上车，当车子蠕蠕前进时，她那蓝色神秘的眼里，满蓄着清泪，那样子正像一朵含露的蝴蝶兰，颤巍巍地招展于晚风里，唉，这时我心里真感到凄凉，回想起从前黄浦江头离妻别子的情形，也没有这样难过，你就知道我近日的心情了。不过我身体还照样康健，你可以放心。我们的女儿现在还在她外祖母那里吗？你几时回去看她呢？我想象她一定长得很高，如果有照片寄我一张也好！再谈吧，祝你快乐！

你的贺士

素璞看完信，立刻觉得脑子里，深深地印上米利安小姐的影子，同时这影子又变成一支锋利的针，不住地在她心上刺；心头的血，变成一颗一颗的泪珠，陆陆续续地滚了下来，一件白色绸衫的大襟，沾湿了一大块。她哭了一顿，最后她突然毅然地站了起来，把这封信丢在屉子里，她觉得这是贺士先对不起她，——虽然认得纯士，事实上是在贺士这封信之前，不过自己一向是克制着情感，不敢有一些越礼的行为，现在贺士既然钟情于米利安小姐，那我就是有个把情人，也大家抵销得过呢。因此她决定给纯士写信，并约他到颐和园去清谈。她悄悄地来到书房里，把房门掩起，先对着一面镜子拢了拢头发，便拖过那张自由椅子来坐下，找了张仿宋制的宣纸信笺，提起毛笔，只管在墨池里蘸来蘸去，一双眼怔怔地望着窗外的树影，过了约有三分钟，才向那张宣纸上写道：

纯士：

　　我是一只笼里的云雀，在一种运命之下，我失掉了自由，从此我的生活是单调的，苦闷的，阳光不是没有，美丽的树林不是不多，悦耳的溪流不是不能陶醉人们的灵魂，只是恨我都没有份！

　　在我不曾认识你以前，我似乎已习惯了我束缚的生活，我不回忆什么，也不梦想什么，只是安静地让命运宰割，谁知见了你之后，你伟大的灵光，启迪了我的愚昧，你强有力地告诉我，命运是我们手中的泥，由我们自己创造什么便是什么，从此我对于我的生活，发觉了错误之点，我对于我的苦闷感到有解除的必要，我想在你面前低诉，呵，纯士，你希望我们的友谊与流光俱进，我更希望我们的友谊与天地同终，让我们永远是这世界上的好朋友吧！

近来天气热了，我想出城玩玩，这个星期上完课，我们同到颐和园去谈谈，好不好？再谈，祝你

康乐！

素　璞上

素璞封上信交给杨妈，精神上觉得爽快多了；到婶婶那里坐了坐，吃过晚饭，回到自己房里。月光正照在窗子上，她便不开电灯，换上睡衣倒在床上，静望着如水月华，不知何时竟入梦乡了。

第四章　月　下

素璞自从决心变换自己的生活，她心里是一半激愤，一半悲怨，同时又掺着些莫名所以的陶醉，这种杂乱的心情，简直是大大地困扰了她。匆匆星期六到了，纯士照例来上课，并且答应她第二天同到颐和园去。当纯士走后，她回身坐在书房的沙发上，默默沉思，虽是窗外美丽的黄昏，闪烁着耀眼的彩霞，她也毫不措意。

夜幕渐渐垂下来了，书房里的光线更加昏暗，素璞走到窗边，向天空一望，只见那半圆的皎月，已拨开东方灰色的云层，向人间照耀了，陡然一个美丽的幻影，跃动于她的意识界里：

"在一带馥郁的花林中，闪动着如霰的月光，在那光波下，飞舞着初夏的花魂，那里是充满了温馨的神秘的空气，在那散乱的花影上，放着一张二人椅，一对青年人正燃烧着热情，低低地谈着。他们遗忘了整个的世界，只有那身旁的一丛荼蘼，了解他们陶醉的心情，在月光下微微地点头赞叹！呵，这样一夜一夜地过去，直到他们脱离这世界的时候。"

素璞幻想到这里，一颗沉闷的心，禁不住怦怦地跳动起来了。她一面盼望这幻想立刻实现，同时她更预料到这幻想明晚就可实现，但是想到贺士时，她又觉得有点对他不起，后悔不应该约纯士了；明天还是托故辞了不去吧，她就想这样决定了，但是她立刻又感到内心的空虚，她斜在沙发上支着颐只管思量。这时屋子里已经暗得看不见人了。忽然见杨妈在窗外自言自语道："这可真怪，少奶奶到什么地方去了？书房里也是墨漆黑，难道在书房睡着了吗？"她一面说一面推门进来，摸着门边的电灯钮把灯开亮了。素璞怕被她看破自己的心事，因此真的装睡，闭了眼假打鼾。杨妈走到面前，轻轻叫了两

声道:"少奶奶,少奶奶!"素璞微微地睁开眼,看着杨妈道:"唷,我怎么躺躺竟睡着了,现在几点钟了?"

"少奶奶,八点都敲过了,饭已摆好,请你去吃呢!"

"好,我就来了,你先去吧!"素璞说。

杨妈应着果然先进去了。素璞站起身来,整整衣裳,向天空呼了一口长气,装着一张欢喜脸到婶婶房里去吃饭。在饭桌上婶婶说道:"明天张家办喜事,我要到天津去一趟,早车是几点钟?素璞你记得吗?"

"普通快车是六点三刻,特别快车是九点,婶婶打算坐哪一趟车去?"

"六点三刻太早了,且又不是特别快,我还是九点去吧!"

"也好,但不知在天津耽搁几天?"素璞问。

"至快也得两天才能回来。"

"叔叔去不去?"

"他不一定,……你明天在家不?"她婶婶说。

"也许要到城外去,因为黎云她们约着到颐和园去,不过我还不一定去不去。"

"你玩玩也好,反正家里有杨妈她们,你叔叔大约总不会去的。"

素璞见婶婶这样说,嘴里虽应着道"是",但心里两念又激战起来了。回到房里,不知不觉又把贺士的信拿出来看看,读到"回想当年黄浦江头离妻别子,还没有那样难过"的一句,又不禁突起满腔愤妒的火焰来。想到自己真不值,在贺士的心上,连一个西洋看护妇的地位都赶不上,做这样傀儡似的妻子,还有人生的趣味吗?我应当干脆地和他断绝关系,素璞想到这里,立刻勇气百倍,她打算写封信责备贺士,同时提出离婚。忽然间她那娇小可爱的女儿的影子,浮上她的心头,唉!她是一个纯洁的小女儿,我不应当给她造一个不幸的环境;她应享受父亲母亲的爱抚。这一转念素璞的心整个软了,她独自垂着泪,那时夜色已深,亮月清光,正照在她的脸上,她对着月儿轻轻地叹道:"聪明的月姊啊,请你告诉我,女人的心为什么应是这样多纠纷。你看贺士他只知寻自己的快乐,再不置念妻儿的,我为什么这样怯弱,唉,从今以后,我也应为自己打算了,明天我还是同纯士去玩,我应当做个有独立人格的女人,我并不属于任何人,除非对方也一样地属于我。"素璞想到这里,心胸觉得舒泰了。这时月影已移到窗前的梳妆台上;她转过身子,渐渐地睡去。

第二天七点多钟时,她一切都筹备好了,当她婶婶坐车到天津去时,她也同纯士坐汽车到城外去。在路上她是异常沉默,只望着沿途的田畴出神。忽然觉得纯士的手臂,轻轻地放在自己的肩上,她不禁回头向纯士一望,恰好纯士的目光也正注视自己呢,这刹那的接触,使他们彼此的颊上,都染上了一层薄红,一丝含羞的笑纹,漾于他们的嘴角。纯士柔和地说道:"素璞,你觉得高兴吗?"

"你说呢!"素璞低着头含笑说。

"我觉得高兴,你也高兴不是吗?"纯士快活地说。

"也许是吧!"素璞故作犹疑的口吻说。

"你真顽皮,为什么说话总是这样不痛快!"纯士说时捏着素璞的手,素璞一声不响地低着头。

"你又在想什么?"纯士扳起她的头来问。

"纯士,我们两人的遇合多神秘呵!"素璞怅然地说。

"对了,"纯士说:"天下有许多事,是出人意料之外的。在三个月以前,我也想不到世界上有你这么个人,就是知道有你,也再想不到我们一见就那么倾心!"

"唉!"素璞叹息道:"只可惜不早几年遇见你!"

纯士听了素璞的话,抬头又看见素璞泪光盈盈,他也不禁黯然了,他们不能再继续谈下去,只让这沉默包围了他俩。

忽然车子停了,抬头看见已到了颐和园门口,他们下了车,给清车钱,纯士便去买了门票。他俩并肩进去,才走进门,就有一股浓郁的花香扑到脸上来,他们沿着那曲折回廊往里去,穿过一个石洞门,就看见滟滟波光的昆明湖了。这时太阳正将到中天,照着整个清澈的湖面,闪起万朵银花,千条金蛇,使人睁不开眼来,他们沿湖找到一座干净的石级,便坐下来。纯士伸手去摸那湖水,已被日光蒸得有些微温,但是水极清碧,可以一直看到底,里面的石子呵、水草呵、游鱼呵,都看得清清楚楚,同时把他俩的身影儿也清楚地照了出来。素璞在身旁的草地上,摸了一块小石子,向纯士道:"你看我来搅动这一湖静水。"她说着,便将石子抛到湖中去,果然激起一个漩涡来。纯士见了笑道:"你的力量太小了,看我!"纯士捡起一块瓦片,平面地向湖心撇去,一连撇起五六个浪花来,纯士得意地笑道:"你看如何?"

"你的力果然比我大,你不但能激起这静湖的浪花,你还能鼓起心海的巨涛呢!"素璞说时,望着纯士一笑,纯士立刻明白她双关的意思,并且也知道素璞有爱自己的意思,于是勇气立刻壮了许多,伸手搂住素璞的腰说道:"我们吃饭去吧，吃完饭再到各处逛逛。"

素璞点头应允。他俩站起来，并肩前行，走到那饭馆子时，里面已坐着不少吃饭的人。他们选了一张比较僻静的座位，叫了两份大菜，茶房来问："喝酒不？"纯士不等素璞回答，便抢着说道："拿两杯葡萄酒来。"

"怎么你想喝酒吗？"素璞问他。

纯士微微地笑道："喝一点酒没有什么害处，是不是？"

"当然，"素璞慨然地说："人生难得是陶醉。"

"对了，对了！"纯士欢喜地说："更难得是和知己一同陶醉，素璞，我但愿能在你面前醉一辈子。"

"我可没有那么大的魔力！"素璞说着惨然一笑。

"你何必那样说，只怕你不容许我陶醉罢了！"

"唉，不必说了吧，这些问题，说起来徒乱人心！"

正在这时候，茶房已将葡萄酒送来。纯士先端起来向素璞道："喝酒吧！"

"慢些，等吃点东西再说，不然又要像上次那样容易醉了。"

"好，好。"纯士连忙放下酒。茶房送上西红柿牛尾汤来，他们吃过，跟着就是一盘生菜虾，纯士最喜欢吃生菜，用叉子叉起来就要吃，素璞连忙叫道："喂，别吃，别吃，生菜里面，最容易寄生病菌，如果要吃，也要叫他们拿开水烫过才能吃呢！"

纯士听了这话，果然放下生菜不吃了，他望着素璞说道："到底你是细心人，我若能有一个像你这样的姊姊，常常地照应照应我就好了。"

"世界上细心的女人多着呢！这又有什么希奇！"素璞说。

"只是细心能算什么，最要紧的是她能对我细心，像你刚才对我一样。"纯士说。

"这样人当然也有，等我替你介绍一个好了。"

"罢，罢，你不用费心！"纯士有些不高兴似的说。

"你这人就真怪！"

素璞说着微微一笑，便不响了。纯士只望着酒杯出神，这时菜已吃完了，素璞说："你不是要喝酒吗？好，我来陪你喝完，我们到别处去吧！"

纯士果然端起酒杯来，高举着对素璞说："我祝福你的命运如此酒的鲜艳。"

"多谢，"素璞说，"我也祝福你前途像这酒一样甜美！"

他们含笑地撞着杯子，跟着把酒一气喝了下去。

他们出了饭馆，日色正毒，便躲在一架藤萝树荫下面，旁边有一座玲珑透剔的假山，山下有一座石洞，非常阴凉，他们在石洞里的石头上坐下；素璞有些酒意，无力地走进石洞，眼睛疲倦得睁不开，身体软瘫瘫地似乎要睡去，纯士连忙靠近她坐下，把她的头放在自己的膝上，说道："你静静地歇一歇吧！"

　　素璞闭着眼，把头点点，果真像已睡着，纯士低头望着她醉意沉醉的脸颊和那润如玫瑰花瓣的唇，他想偷着吻一下，但是他不敢，如果素璞翻起脸来怎么办？……纯士想到这里，连忙把这念头压下去，连正眼也不敢向素璞望了。

　　不久素璞醒来，说道："我真睡着了，压酸了你的腿吧？"

　　"没有，你睡得舒服吗？"纯士说。

　　"当然，"素璞说了这句，自己觉得太忘情了，不禁红着脸跑到石洞外面去停了一会儿，她才招手叫纯士道："太阳已经斜西了，我们去到处看看吧！"

　　纯士同她慢步地绕着回廊走了一圈，又到石船上看了些时湖上的夕照，五色的彩晕，映得湖水紫一块，红一块，绿一块，就是画家，也很难捉住那刹那间变化的复杂的色调呢！

　　西天的落照，已现到山背后去了。他们出了颐和园，素璞说："我们赶进城去吧！"

　　纯士低头沉吟了一下说道："素璞，郊外的月色，比城里好看得多，何妨就在城外住一夜，让我们欣赏大自然的美丽！"

　　纯士无形中的一句话，但却困惑了素璞的心，昨夜书房里的幻想，立刻又涌上心头，"不错，"她高兴地说："郊外的月夜，一定很美，让我们在月下好好地谈谈，也算是人生的乐事呢！不过我们住在哪里去呢？"

　　"离这不远我有一个兄弟，他租了一所房子，在那里养静，我们去搅他吧！"

　　他们踏着初上的月影，慢慢向乐家村去，不久已到了。那是一座小巧的茅屋，一共三间，纯士的兄弟住在靠左那间房里，外面是两间打成一间的作为书房。纯士走到门口叫道："明士在家吗？"

　　明士连忙从房里跑了出来问道："哪个？"素璞远远地打量明士的样子，和纯士虽然有些相像，但纯士的眼睛，是锋利如剑芒；明士呢，却含蓄如一潭春水，温和多变化。

　　明士走进门来，看见纯士带着一个女郎，便向纯士微笑道："这位就是素璞女士吧!"素璞走近前含笑地招呼了,他们便到书房里坐下。

纯士叫过明士悄悄地说道:"我们今夜要在你这里住。"

"当然可以,"明士说:"只是床没有,这样吧,我们睡在书桌上,叫素璞女士睡在我的床上。"

"其实我们今夜谁都没有睡的心情,你只管先睡,我们就在前面树林里谈一夜,实在疲倦时,再来睡。"

明士听了这话笑了笑道:"好吗?我还做我的事去,你们几时来都可以。"

素璞同纯士挽着手,来到前面的一片柏树林里,月光从树隙中透到地上,交柯的叶影,洒满地上,加着深馨的夜气,阵阵中人欲醉,使这一对热情的男女忘了一切,深深地陶醉了。

素璞紧倚在纯士的肩上,同纯士穿过树林慢步地走着。忽然听见树梢头婉转的鸟语,一递一和地低唱着,纯士低声说道:"素璞,你看这鸟儿多知趣!它知道我们快活,所以唱起歌来。"

素璞不响,只是仰起头来,望着纯士微笑。

纯士低声地叫道:"素璞,我爱你呢!"

素璞依然不响,不过把头更挨近纯士的胸前。纯士伸出右手,紧紧地接着她温柔的腰肢,又轻轻地道:"素璞,你爱我吗?"素璞仰起头来,两眼充满了爱情,笑望着他,纯士大胆地吻着她的额,素璞竟把眼睛闭上了。纯士便把唇从她的额部,移到唇部,立刻一股电流穿过他俩的全身,他俩的灵魂,跟着花魂,一同飞舞。皎洁的月光,正从一枝树桠中照在他俩的身上,这寂静的森林中,霎时间洋溢着活泼的生气。

月儿慢慢地西斜了,他俩无语地走向归途,不久已到了明士的住所。纯士低声地向素璞道:"素璞!我感谢你的赐予!"

"纯士!"素璞应道:"我也一样地感谢你,在今夜的月下你给了我毕生不能忘的印象!"

第五章　苦　恋

当晚他们回到明士家里,胡乱睡了一歇,庭外的雄鸡已喔喔地唱晓了。明士起身,照例到前面树林里去散步,等到他回来时,素璞也已收拾停当,纯士还躺在藤椅上打鼾呢!

明士的房东唐老太,这时提着一壶开水进来说道:"先生好早啊,要吃什么点心？叫阿三去买。"

明士连忙谢道："难为你老人家！我这里还有挂面青菜，就煮了吃些也罢，回头要买时，再通知阿三好了。"

唐老太应着去了。明士把锅子里倒了些水，放在火炉上。素璞看见，连忙走过来笑道："让我来吧！"明士对于烹调的事，本来是外行，因此也不推辞，把青菜、挂面、香菇、虾米一类的东西，都拿来放在素璞面前。素璞先把青菜洗净，把作料放在一起烧熟，重新又拿出一个锅子，把水烧开，放进挂面去滚一滚，然后倒掉面汤，加上青菜汤，烧好了，便盛起来，叫醒纯士。大家吃饱了，纯士便到学校去，素璞也雇了车子进城。

素璞到城里已经十点了。她要赶到学校去上文学史的课，所以便不回家，走到学校时，已经打过上课铃了。她悄悄地走进课堂，只是无数的目光，都向她身上投射。她连忙低下头，找个位子坐下，心里兀自怦怦地跳，她觉得这些人的神气，似乎有点不对，难道她们在怀疑自己吗？或者竟有人已探知她的秘密了吗？她的脸不禁涌起红潮来，简直再不敢抬头向她们看了，她怕她们的眼光，更证实了她的猜想。

那讲坛上站着的先生，是个年近五十岁的瘦老头儿，他低声细气在讲文艺复兴时代的文学，但是同学们有的在看小说，有的在写情书，还有几个怔怔地望着窗外垂柳出神，这情形同平日没有分别，也没有人再回头来看自己，素璞这才慢慢放了心，想听听先生的讲演，但是先生的声音太细弱了，好像一只苍蝇在嘤嘤地叫，唉，太没劲了，这还是当今第一流的名教授呢！素璞有些不相信地向那位先生，抛了一条鄙视的目光，而先生一无所觉，仍然嘤嘤地继续着。

素璞把脸转过来，也向窗子外凝眸，一片蔚蓝的青天，微飘着两片凉云，冉冉地向西去，素璞的一颗心也跟着它飞到西郊，昨夜月下的一吻，到如今还余留着的陶醉，使她的内心发出紧张的微叹，她从屉子里，拿出一个小本子在上面写道：

"人间怎么会有这样神秘的东西；那热烈的唇，有玫瑰瓣的温柔，也有泼辣的生命力。"

"纯士——他是那样精明，但同时又那样深情，昨夜我无力拒绝他对我的表白，因为他是用圣洁的爱降伏了我。从今以后，我同他之间的樊篱，已经被热情摧毁。"

"当当"下课铃响了，素璞的灵魂重新回到现实的人间，她看见那位瘦老头子，驼着背迈出了课堂门，她也站起来伸了个懒腰。

"喂，老素，你昨天去看电影了吗？"一个女同学名叫梅生的向素璞问。

"没有。"素璞迟疑地应着。

"那么你怎样消遣呢？——喂，老素，昨天我本想约你到城外骑骡去的，后来因为家里来了亲戚，走不开。"

"哦，我昨天正闷着呢！假使你要来找我，那简直好极了！"

"是呀，"她说："我真讨厌那个亲戚，好好的又跑来做什么？不然，我们昨天骑骡到西山去，晚上就住在那里看月，够多么有趣！"梅生有些懊恼似的说。

素璞听了她这些话，又由不得心里发毛，禁不住偷眼看她的神气，只见她若有意，若无意地微笑着，只得强压住搏动的心说道："看月就是公园也很好，何必一定要上西山去呢？你不用懊恼，今晚我陪你到公园去吧！"

"真的吗？好姊姊，你真好。"她跑过来搂着素璞说。

素璞见她不再提到西山的话，这才放了心，陪着她一齐去吃过午饭，又上了两堂课，已经三点半钟了。素璞找着梅生告诉她说，要先回家一趟，等七点钟来找她上公园，梅生答应了。她便忙忙回家来，一问杨妈婶婶还没有从天津回来，叔叔也不在家，看朋友去了。

素璞走到自己屋里，想给纯士写信，不知纯士现在的心情怎样？谁知纯士这时候，也正坐在图书馆的一个角落里，手中握住一管自来水笔，遥望着那明亮的电灯出神，——他正想到早晨和素璞分别后，匆匆跑到学校，刚刚赶上第一堂课，他照旧安然坐在自己的位子上，但是他的心无论如何收束不来，素璞的影子，总在眼前跃动。一股温馨的情流，紧紧地拴住他的心，他深信自己已经陷入了情网，他也明白这是冒险，但是素璞已占据了他整个的灵宫，如果一天缺少了她，便要被空虚所危害，纯士默然沉思着，到底无法自释。放下笔，叹了一口气，站起来，绕着藏书柜慢慢地走着，像是在寻找什么书似的。不久看书的人来得多了，纯士便又回到那角落里，他觉得心头梗塞，神情仿佛生了病。因此信也不写了，抱起书来，懒懒地离开图书馆。走过那块草坪，便到了一个小小的月洞门，月洞门的那边是学校园，纯士信步走了进去，只见园里的花木溪流，都溶在静默的月光里，他顺着石子路，走到小池塘旁边，捡了一块平滑的石头坐下，一低头看见自己的影子，孤孤零零地从水里映了出来；他黯然地吁了一口气，自言自语道："素璞！来吧！莫要辜负了良夜美景。"正在他情思缠绵的时候，忽听见背后有轻轻的脚步声。他吓得连忙回头看，原来是同学张霖，他附着纯士的背说道："纯士，你独自在这里说什么？"

"没有说什么。"纯士忸怩地掩饰着。

"不要骗人，我听见什么良夜美景，大概是在作诗吧！"张霖微笑轻说。

"也不算什么诗，不过看见如此美景，心里快活，因而随便哼两句，不巧便被你偷听了去。"纯士故意板起面孔说。张霖听了这话，不再言语，只望着那石山脚的潺潺水流发怔，纯士抬头看见他，满脸揄悒的颜色，心里觉得稀奇，因说道："老张，何事这么沉思？"

"嗄！"老张叫了一声道，"纯士！我近来沉在苦闷的海里了，你看我近来的神气，有点变化吧？纯士，不瞒你说，恋爱根本就是苦恼！"

纯士陡然站了起来，目不转睛地看着张霖，啜嚅着道："老哥！你莫非恋爱了吗？我怎么不知道呢？"

张霖冷笑了一声道："难道只许你们恋爱，我就不能恋爱吗？"

"不是这么说，因为你一向不曾对我说，我又怎么会晓得？你到底爱了哪一个，告诉我吧！"

"这个人你也认得！"张霖淡然地说。

"哦，是了！前天我听见别人告诉我，你给李美雯写信，她把你的信公布出来了，莫非你所爱的就是她吗？"

"谁说不是呢？"张霖怅然地说："偏偏是冤家路窄！"

纯士拉着张霖，同坐在河畔的石头上道："老哥，你这又算什么，她不爱你，你再找别人，又何至苦恼！我以为两个人彼此相爱，而环境偏不许他们相爱，这才真是苦呢！"

"对了，纯士，我正想问你，你们已到了什么程度？"

纯士的手有些发颤，他低声说道："我们已经明白地表示相爱了。"

"那你们已互相得到慰藉，还有什么苦恼？"

"老哥，"纯士说："你只知其一，不知其二。我们越相爱，我们越想不分离；换句话说就是思亲近，但是在法律上，在道德上，我们都不应该亲近呢！"

"你也是想不透，你们既然相爱，为什么不叫素璞同她丈夫离婚呢？离了婚，道德上、法律上便都不成问题了。"

"不过我不敢开这个口，也不愿因为我而拆散他们的家庭。"纯士诚恳地说。

"那么，你只有低头受爱情的宰割了。"

"是的，我只有这样做，我愿意为圣洁的爱而牺牲个人的幸福。我仅希望培养一朵生命的花，长存于枯寂的人间，我自己倒不一定要享受它。"

张霖听了这话，不禁点头，发出赞美的叹息！纯士心里也似乎充满了光明，适才的阴霾，都化归为乌有了。他心境顿觉得洒然了，站起身来，辞了张霖，仍旧到图书馆去看书。

却说素璞提着笔，心头绞着乱麻般的思想，她不知道她今后究竟应持何种态度，可是她不能抗拒那一股热烈的情潮，像一股决了堤的猛流，向她全身冲激，最后理智的明灯，渐渐地黯淡下来，现在她只愿深深地沉在情海里。她含着甜美的微笑，在一张花笺上写道：

敬爱的纯士！

我的心充满着快乐，在这个世界上，我认识了你——一个纯真的青年，我是多么骄傲呢！

虽然我同时是负着母亲和妻子的责任的，不知道我哪一天才能打破这个镣铐。——那夜你屡次地为了这一点叹息，当时我虽默然无言，但是我的心正滴着血呢。呵，纯士！在这种纷杂的社会里，我们不幸要作过渡的牺牲者，但是纯士，请你谅解我；我虽然有着江南人的血统，柔韧的性情，而同时我也是一匹不受羁勒的天马，我有热情，我有梦想，我要做时代的先锋，纯士！这就是我的态度了。请相信我！在这个世界上……只有你能充实我内心的生活！
……

素璞写完信，自己拿起来读了一遍，似乎还不能尽意，那字里行间，都露着矛盾的痕迹，她一手捺住这信，一面悄悄地叹了一口气。正在这时候，杨妈又来叫她吃饭，她一看手表，六点半已过了，连忙去吃了饭。回到房里，把那信胡乱地揣在皮包里，匆匆去找梅生。到她家门口时，早已看见梅生在那里等她呢；她见了素璞急急地迎上前去，叫道："唉，你怎么这时候才来！我们就去吧，时候已经不早，你看月亮已出来了。"素璞应道："好，快走，快走！"她俩跳上车子奔向中央公园去。到园子的门口，只见一盏煤气灯点得亮如白昼，倒把月光夺了，因此梅生提议到水榭那边去。她们折向右边，过了一座石桥，果然这里没有电灯，那月儿的娟娟清光，笼罩着画栋雕梁的水榭,还有那近旁的花畦和果树,也都浴着如银的月光;至于御河水呢,微波涟漪,银鳞起伏,映着河畔垂柳的影子,另有一种幽静的美丽。

素璞伴着梅生走到水榭前的假山下,找了一块石头坐了,一阵阵温和的风,吹来一股浓郁的香气,梅生不住声地叫道:"好香,好香!"便站起身来东张西看,把素璞一个人丢在那里,绕着假山走了一阵,回来时,只见素璞两眉紧蹙,望着月儿,只管叹气。梅生以为素璞心里在想远别的贺士和她的女儿呢,因拊着她的肩叫道:"素璞,我原是叫你出来散心,你倒像要哭的样子,唉,你们这些结了婚的人,心眼就特别窄,我知道你又在那里想贺士了。"

"瞎说,谁又想他呢?"素璞说了这话,自己又觉得不应当,心里又急又痛,脸上禁不住一红,眼泪便扑簌簌流了下来。梅生便拖她起来,说道:"走吧,走吧,我们到那边看看花去,别在这里只管伤心,这都是我的不是了,好好要你看什么月,唉……"

素璞看了梅生憨头憨脑地发着牢骚,由不得噗嗤地笑了。"你真是个孩子!"素璞说着便同她向上林春色那边走。这时园里游人很多,都坐在长美轩一带吃茶,她们兜了两个圈子便回去了。

两个星期过去了,素璞同纯士的感情,也一天一天地热烈起来,每星期六星期日,他们总是厮守着,他们很快乐地消遣他们的假期。

这最近的星期日,他们早晨在先农坛里,听松涛的悲歌,将近黄昏时一同回到一家酒馆里吃饭。吃过饭,纯士要回西郊的学校去,素璞同他坐着车,走到西直门时才分手。素璞在车上,低声地问纯士说:"纯士,下礼拜早点来,只是我们是永远喝着爱情的苦酒!"

"苦酒,不错,"纯士说:"惟其是苦酒才越有力量呢!"

渐渐这一对年轻的恋人,被一层灰尘所隔绝了,纯士的车子已去得远了,素璞才折回城里来。在路上,素璞望着天河边的牵牛织女星,轻轻地说道:"让我们深切地体验着苦恋的滋味吧!"

第六章 谣 言

纯士与素璞过着苦恋的生活,每天忙煞了邮差,幸喜时光知趣,如飞地已跑到暑假了。纯士毕业考试结束后,就开始筹备到美国去求学位;素璞本来要回江南的,但为了纯士就要出国的缘故,所以决定不回去了。

那一天纯士行过毕业典礼后，他在房里把书架上的书籍，一本本搬了放在两只大藤箱里，跟着又去收拾书桌，那上面摆着一张素璞四寸的小照，背景异常清幽，辽阔的云天，丛密的竹林，一湾流泉，素璞坐在泉旁听丛篁的高歌，仪态闲逸。纯士对照片呆望半晌，脸上映着喜悦的光辉，一面哼着"梦里情人"的曲子，一面把照片拿起，放在唇边轻轻地吻了一下，含笑唱道："没有人在监视我们，吾爱！"于是敏捷地把照片放在那只小提箱里，轻轻掩上箱盖，往椅子上一坐，喘了一口气，点清了行李的件数，然后他跑到外面喊工人，雇了一部汽车把东西搬出去，安置好了，他跳上车去，坐在司机的旁边，得意地说道："开进城去！"

"城里什么地方？"车夫说。

"西观音寺！"纯士说得非常爽脆，这使得那世故颇深的车夫，不禁含笑地道："学堂放暑假了呀？先生！"

"对了。"纯士高兴地说。

那车夫便开足马力，风驰电掣般地前去。经过西郊那条不平的马路时，纯士看见路旁的田地，正涌着一叠叠的麦浪，好像碧海上的轻波，麦穗沉沉下垂，一个年老的农夫，一手扶着锄犁，一手摸着那半白的胡须，微微含笑，纯士由不得生了艳羡之情，同时心里想着，假使我能同素璞到一个无人认识的乡村去，过幽闲的田园生活，厮守一辈子，那真是太理想、太自由的生活了。他正神思飞越的时候，车子忽然停了，抬头一看，原来已到西直门了。那城楼旁边站着几个荷枪的兵士，要查看进城人们所带的东西。纯士连忙把一张学校的片子递给一个兵士道："老总，这箱子里都是书，不看了吧！"那几个兵听了这话，接过片子看了又看，又把纯士上下打量一番，沉吟一下说道："去吧！"

纯士重新跳上车子，汽车夫拨动机关，转眼间已进了城，又转了两个弯，便到观音寺。纯士在家门口下了车，开发了车钱，敲开门，叫人提进书箱行李去。纯士便连跑带跳地到了上房，见母亲正坐在一张大桌子旁做针线呢，纯士叫道："妈妈！我回来了！"母亲连忙放下针线，脱下那副老花眼的镜子来，含笑说道："学校放假了吗？"

"是的，放假了，妈妈！"纯士一面摇着芭蕉扇，一面答应。

这位精明而慈祥的老太太，连忙吩咐佣人打洗脸水，她又自己跑到厨房里去弄小菜。纯士看见母亲满脸慈爱的样子，心里说不出的快乐和感激，连忙打开藤箱，把他的毕业文凭捧着，跑到厨房告道："妈妈！你看我的文凭！"

老太太听见，连忙走了出来，觑着眼望那张花花绿绿的毕业文凭，并且说道："这上面都写些什么，怪好看的，我想配个玻璃框子挂起来倒不错。"

"呀，妈妈！"纯士叫道："这个收起来吧，这个文凭有什么挂头，等到我得了美国的博士文凭再挂吧！"

老太太听了这话笑了笑："也好！"说完她仍回到厨房去，纯士把文凭依然放在箱子里。

不久母亲把菜烧好，纯士陪着吃了饭，便托故去看朋友，悄悄到素璞那里去。走进书房，只见素璞正低着头写信呢，杨妈叫了一声："少奶奶！纯少爷来了。"

素璞抬头一看，果见纯士含笑地站在门口，她连忙把信塞到屉子里，笑道："请进来坐吧，你怎么今天就进城了？"

"怎么？你不欢迎吗？"

"讨厌！"素璞娇嗔般把头一扭说："你昨天的信再没有提起今天进城的话，当然我要问问你了！"

"是的，是的，"纯士用告饶般的口吻说："随便开开玩笑，小姐千万别生气，……我昨天原想写信告诉你的，后来我想还是来个出其不意，你不是更欢喜吗？"

素璞这时一言不发，只是望着纯士，含情微笑，使得纯士不知所措了。正在这时候，杨妈端茶进来，素璞连忙正色说道："杨妈！你去打个电话，叫'宾来香'送一桶冰淇淋来吧！"杨妈答应着去了。

纯士看看杨妈已去远了，便挨近素璞身边坐下，柔声问道："你是不是给我写信，刚才？"

素璞点点头。

"那么拿出来给我看吧！"

"不，没有写好，有什么可看呢？"

"那么你告诉我你要写什么吧！"

"那怎么能告诉你呢。"

"为什么不能？"

"你这人真好笑，有许多话只能在信上写，哪可以当面鼓，对面锣地说呢？"素璞说时，向纯士回眸一笑，纯士就势勾过她的颈子，接了一个深深的吻，并低声叫道："My darling①！"

素璞只是含笑不答，纯士因又说道："你叫我一声吧！"

"叫你什么？"

"随你的便。"

"纯士先生！"

"不是这样叫，你在信上怎么叫我的？"

素璞这时羞得满脸气红地说："你专门会使促狭，我偏不那样叫你！"

"好了，好了，你不叫就罢，并且我知道你不叫我，比叫我好多着呢！"

"你既是早已明白，何苦又逼人呢？"素璞娇媚地说。

这时杨妈提着一桶冰淇淋进来了。纯士和素璞吃过，天色已近黄昏了，纯士要求素璞陪他到北海去划船。

走到北海时，只见一缕如血的残阳，映在碧波涟漪的河水上，闪出五色灿烂的光芒。他们走到船坞，租定了一只小划子，素璞和纯士跳了上去，各人用一把蓝桨，分开碧玉般的河水，悠然前进；那时河里正长满了荷叶，那菡萏正如五月仙桃，点缀于万顷绿玉中，真是彩色分明。他俩穿过荷田，迎面驰来两只淡绿色的小划子，上面坐着两对青年男女，他们的脸上是洋溢着幸福的色调，他们的眼睛都射出爱情的光辉。那两只船联翩东去，只听得船身摩擦荷叶，发出沙沙的声音，素璞微微地叹息了一声，低着头怔看着河里的水出神。

"喂！"纯士低声地叫道："素璞！你又在想什么了？"

素璞被纯士问了这一句，脸上的神色更黯淡了，最后她的两颊闪烁着晶莹的泪光。

"素璞！你有什么心事，告诉我好不？"纯士很柔和地说，同时把船撑到荷叶丛中，握住素璞的手，轻轻吻了一吻道："我们现在很幸福，风景这样美丽；我俩的感情又好，就是刚才那两对情侣，也不见得比我们快乐呀！"

素璞用力握着纯士的手道："纯士！你不要把我当小孩子骗，你难道不知道我们的境遇吗？还妄想比人家快乐，恐怕这一辈子，也只能做这么一段美丽的梦罢了；再过几时你走你的路，我呢，当然也只能走我的路了。这一些美丽的幻想，仅仅是使人伤心的材料，还有什么可说呢？"

纯士被素璞浇了这么一瓢冷水，心里再也鼓不起劲来，那头也不禁慢慢

---

① My darling，我亲爱的。

垂了下来。

今天没有月光，也没有星光，天幕深垂时，只有借几盏电灯的光，认明河里的方向，况且他们又正躲在荷叶丛中，光线更觉黑暗。他俩悄悄地垂着泪，不知经过多少时候，只见河上游人渐稀，纯士才懒懒地把船划到五龙亭去。上了岸把船交还了，便去吃些点心，离开北海时，已经十点钟了。

素璞回到家里，只见桌上放着一张纸条子，是梅生留下的，那上面写道：

今天来访，有一些要紧的消息报告你，不遇，甚怅。明早九点左右当再来，请稍候我为感，此上
素璞姐

梅　生留字

素璞看过这条子，心里由不得紧张起来，不知梅生来报告什么消息，莫非有关系于纯士吗？……她想到这里，心中更焦愁起来，恨不得立刻去找梅生问个明白，但时候实在不早，无可奈何，只得勉强脱衣睡下。她到了床上更是翻来覆去，睡不着，看看已打过三点了，她才朦胧睡去。在梦中，她看见贺士回来了，见了她便怒狠狠地骂道："不要脸的东西，亏你还受过高等教育呢，竟瞒着我爱上别人了。"她这时又羞又愧，但是她忽然想起一句话来，便冷然说道："你为什么在外国爱上米利安小姐了呢，并且你说你离开她，比离开我还要难受，许你这样无情，就不许我无义吗？"只见贺士听了这话，冷笑道："你不要犟嘴吧，我不曾认得米利安小姐的时候，你早已有了情人了，你不要以为我在外国不知道，其实早有人报告我了。"她被贺士说出心病，急得无法可施，正在为难的时候，只见贺士从腰里掏出一把手枪来，对着素璞就放，素璞惊得大叫"救命"，忽然醒了，睁开眼定了半天神，方知原来是一个梦！抬头向窗外看看，天色已大亮了，便不再睡，爬起来洗了脸，一看钟才六点三刻，知道梅生一时还不得来，只好拿一本小说，勉强捺住跳动的心，看下去。

好容易盼到九点钟，梅生才来了。她见了梅生等不得请她坐下，便急急地问道："什么消息？"

梅生听了这话，先怔怔地望了望素璞的脸，才慢慢地道："当然，素璞！这些话，我是不能相信的，不过她们都这么议论着，也不大好呢，所以我来告诉你，叫你要小心点，这个年头烂嚼舌根的人多，说好话的人少！"

梅生只这样绕圈子说，更使素璞的心不安，这颗心几乎要从嘴里跳出来了，她的喉发哽，急促地说道："到底是什么事呵？"

"昨天我在学校里，看见几个人，集在一堆，像是在议论什么事似的，我不免觉得奇怪，便也挤上去听，她们见了我就说道：'你听见素璞的新闻吗？'

"'什么新闻，我倒不知道。'

"'你不知道，真有点怪，现在差不多全学校的人都知道了，而你平常同素璞很好，倒反不知道？'

"我听她们有疑猜我的意思，因连忙正色道：'我真的不知道。'

"她们才又含着鄙夷的神气说道：'素璞！她现在和一个某学校的学生姘起来了，听说他们在外面开旅馆……哼，亏她还受过高等教育，竟做出这样伤风败俗的事情来！'

"'呀！'我不禁惊奇地叫起来道：'这话当真吗？'

"'怎么不真，我们中间有人亲眼看见他俩在公园里呢！'

"'在公园里，就和开旅馆大不同了，现在男女社交公开，男女朋友玩玩公园，也很平常！'我这样说。

"她们听我这样说，觉得我是袒护你，因此不肯再多说下去，只冷笑着走开了，当时我心里非常为你不平，我相信你这个人绝不会做这种事的，即使要同人恋爱，也应当把贺士那方面手续弄清楚，这种偷偷摸摸的勾当，岂是你我这种人做得出的？"

梅生说这一段话，只见素璞的脸色，由红而惨白，最后她竟伏在梅生的肩上呜咽起来。梅生一面握住她的手，一面劝道："你这人就这样想不开，她们那些当然是瞎说的，你只当做狗叫罢了，何必伤心！不过我倒有一句诚恳的话要劝你，以后在男女交际上放小心点，不然她们这些人，专门会捕风捉影地造谣言，如果传到贺士的耳朵里，对于你们的生活，恐不免要发生障碍了。"

素璞听了这话，更哭得伤心，她想自己现在的行为，本来也有些说不过去，虽不是像她们说得那样糟，——不过她一面欺瞒贺士，去爱纯士，就是没有实际上的关系，而在道德上她已经是背叛了贺士；再说纯士又是一个初恋的青年男子，我用了这种残缺的爱，换了他整个的心，我更是他的罪人了。唉，多纠纷的人生问题呵！素璞越想越不得主意，除了掉眼泪，更没有好方法来可以发泄心头的困扰了。

梅生又坐了些时，便辞别素璞走了。这时已到吃中饭的时候，素璞懒懒地睡在床上，杨妈见了以为她生病，便去告诉了她姊姊。姊姊过来看了，便说："你若觉得真不好，就请医生看看吧！"

"没有什么要紧！"素璞说："只有些头疼，我想睡睡就好了。"

姊姊点头去了。素璞独自睡在床上，想到适才梅生所告诉她的谣言，心里又一阵一阵紧上来，在床上她整整思索了一个下午，她不知道自己应当怎样处置，她自己也知道最好呢是立即回到家乡去，纯士不久就出国了，他们这一段情谊就此告个结束，这样大家都得安静。她一面想，一面走到书桌前，预备写封告别信给纯士。她从屉子里拿出纸来，才提起笔时，她的眼泪竟不由自主地滚落下来，她一面幽泣，一面觉得自己这样做，只是表现江南女儿的懦弱无用；她现在心里既不爱贺士，为什么要敷衍下去呢？青春是不长久的，人生是有限的，在活着的时候不能捉住生活的核心，不能毅然决然切实地生活，人生还有什么意义呢？

素璞想到这里，眉宇间有一种异样的光辉，她是胜利了，她是战胜了谣言的势力，好预备铲破一切人的成见，她要打毁一切不合真理的樊篱。于是在这一天被谣言困扰的心，又渐渐恢复了安静。她依然沉醉在纯士爱的热流里了。

第七章　出　　国

纯士那夜从北海公园出来，招呼着素璞雇了车，他独自背着手，慢慢地踱过这金鳌玉𬟽的石桥。那时天上的阴云已经散尽，下弦的残月也冉冉迈上东山，繁星点点从云层里探出头来，天容越来越澄明，正像那静默的湖面，万里蔚蓝，煞是可爱；但是纯士这时心头纠缠着悲愁，他如失了知觉般的，在那条宽阔而寂寞的马路上，踽踽凉凉地走着；几辆黄包车向他兜揽，他只摇摇头，仍然继续着前进；在他迈着那沉重的脚步时，他是在思量素璞——两个月后，他就要出国，这本是乘风破浪的壮举，也是家里的人和他自己盼望的一件事，现在就要实现了，这还不是一生最扬眉的一件事吗？但是奇怪，今夜他只要想到这个问题，便心头一阵阵紧张起来，他走到一株正盛开着花的槐树下，被那一股浓烈的香气所袭击，不知不觉放慢了脚步。他绕着树身，兜了一会儿圈子，心里只是凄凄梗梗的，忽然头顶上一阵温风拂过，那槐树的密叶，便喳喳沙沙地响起来，好像一个愁人的叹息。纯士也不知不觉，对着青天，长叹了一口气，低声吟道："多情自古伤离别！"

纯士细细咀嚼这句词儿的意味，更觉不胜凄楚的情流，穿过他的全身；他似乎要决定放弃出洋的权利，但能同素璞一天不离，便是一天得到了幸福，可是这种的计划，不但要被父母所反对，恐怕同学们，朋友们，甚而至于全社会的人，都要不谅解吧！纯士一面前进，不料一抬头已看见自己的家门口到了。他无精打采叫开门，走到院子里，虽然是夏夜的月影，他都感到万般的寂寥和冷落。看看各房里的电灯都已熄了，院子里除了那株庞大的枣树，兀自迎着月光，轻轻摇摆外，便什么都是死静的了。纯士推开自己的房门，懒懒地和衣向床上一倒，更觉愁绪萦心，回忆到今夜北海舟中，素璞的含泪的眼，惨淡的面容，更坚决了他抛弃出国的权利，昏迷中他进了神秘的梦乡。

纯士醒来时，太阳的轮子，又已转动了，那艳丽的光芒笼罩着全宇宙，但不能消除他心里的阴翳，他还是想去找素璞，大家再从长计议吧。于是他忙忙吃了早饭，拿了帽子才要出去，只见黎云从门外进来，看到纯士便抢上前来道："喂，你要出去吗？"

"是的，姑姑这么早来，有什么要紧事？"纯士问她。

"也没什么了不得的事，不过今天要请你代我出一趟城，有一封要紧的信给你们校长的。"

纯士听了这话，低头沉吟了半响，才勉强应道："好吧，信在哪里？我就去好了！"

黎云果然从皮包里拿出一封信来，递在纯士的手里，并且嘱咐道："你无论如何要当面交给他。"

"我知道，"纯士说："但是要回信不呢？"

"只要有收条就行了。"黎云说。

"好吧！"纯士拿着信，陪黎云到母亲房里，向母亲说道：

"妈妈，我今天要出城一趟替黎云姑姑送封信，恐怕要下午四五点钟才能回来，不要等我吃午饭了，就是晚饭也许不回来吃！"

母亲听了，便点头道："好，去吧，只是能早还是早些回来，城外僻静，看太晚了，恐怕有危险。"纯士应诺着出去了。这里黎云陪着他母亲谈了一回闲话，忽然想起什么，只注视地板出神，仿佛有什么疑难的问题似的。纯士的母亲觉得奇怪，因笑问道："你怎么了？黎妹，就像有什么心事似的。"

"嫂嫂！"黎云叫了一声道："你听见纯士和素璞近来怎么样吗？"

"我没有听见呀！"她诧异地说："纯士由学校回来，才两三天，不断地出去看朋友，夜深方得回来，就不曾听见他提过素璞的话。"

"真是的，嫂嫂，"黎云微微一笑道，"你老人家真好笑，这些事他们就肯告诉你了？"

"哟！黎妹！"她一面说一面挨近黎云身旁问道："你听见他们究竟干了些什么事吗？……这可是想不到的事，素璞她是有丈夫有孩子的人，不应当有什么花样呀！"

"不过天下的事情，应当不应当也说不到许多，你以为不应当有的事，他偏偏就有，那也说不定，不过你也不要焦急，我也是听见别人说的，并不曾亲眼看见什么！"

"莫非他俩究竟有什么私情吗？你快些告诉我，究竟是怎么一回事吧！"纯士的母亲满面焦愁地望着黎云说。

"说起来，都是我太不小心，介绍他们认识，不过我也再想不到会发生这种意外，……昨天我听见一个朋友说，纯士最近一个多月以来，每礼拜托故进城两三次，和素璞在外面开旅馆，这些话传出来不但不好听，而且素璞是有丈夫的，恐怕弄得不好，还要被人控告，那才是糟呢，所以我今天特来关照你一声，不管是真是假，最好你警诫纯士以后少和她亲近吧！"

"这真是天外飞来的奇事，黎妹，你是晓得，纯士在我眼前长到二十三岁，他从来不曾做过一件荒唐的事，现在竟为了这样一个女人，坏了名誉！"纯士的母亲一面说一面叹气。

"其实呢！"黎云说："在这个时代，男女恋爱本来是应有自由权的，这原算不得一件什么大事，所讨厌的就是她已有了丈夫……"

"就是这话了，社会上的人谁听见了能不好笑！一个年轻没有结过婚的男人，什么地方找不到一个女人，偏偏地去抢别人的老婆，这些娃娃们，现在不知道，都是闹些什么名堂！"老太太不胜慨叹地说着。

黎云沉默着，似乎在想解决这纠纷的办法，但是这又有什么办法，除了叫纯士提前到外国去！她想这是惟一的出路，便说道："你叫纯士一两个礼拜以内离开这里，这样他们隔绝了，也许就淡了，不就好了吗？"

"对了，"她极端赞成地说："今晚我就和纯士说。"

黎云看看时候已经不早，便告辞回去了。

纯士这夜十二点钟才回家，老太太一直在等着他，见他匆匆地走进房，便满面秋霜问道："纯士，你怎么这样夜深回来，是不是又同素璞到什么地方去了？"

纯士听了母亲的责问，又看了看母亲的辞色，禁不住暗暗心惊，想她怎么问出这种话来，因连忙解释道：

"不，不是去看素璞，因为今夜有几个同学替我饯行，吃过晚饭，已经十点多了；又到中央公园散了一会儿步，所以回来晚了。"

"唉！"老太太叹了一口气说道："你也这么大了，本来应当成家，只是前次大舅来替你作媒，我还把人家挖苦了一顿，同时呢，我想着你就要出洋，爽性等你回国再说，免得分了你读书的心，哪晓得你竟同素璞玩起这些把戏来，你想你值得吗？叫人家提起你来，牙都要笑掉了，而且素璞好好的家庭也被你破坏了，这些事情都是你做的，我真想不到你竟糊涂到这种地步？纯士，我给你说，从今天起你要同她断绝关系，不然的话我就不要这样的儿子了！"

纯士受了这番教训，不敢回答，但是觉得母亲辞意之中，是在怀疑他同素璞有苟且的行为，这对于自己倒没有什么大关系，但怎么对得起素璞呢，因此不免含泪跪在母亲的面前说道：

"妈妈！请你先别着急生气！我同素璞虽然彼此都有感情，但我们绝不敢有什么不名誉举动，请妈妈相信我！"

"唉，你不说名誉还罢了，提到名誉我不禁要为你寒心，这些日子，满北京城认识你们的人，谁不拿这件事情做说笑的材料呢？现在我看你还是立刻到美国去吧！"

纯士听见母亲这些话，只有低头承受。直等母亲睡了，他才慢慢踱回房去，坐在椅上，觉得这个局面，只好同素璞悄悄到外国去了，而且今天同素璞谈话的结果，也是想极力设法筹一笔钱，作为出国的川资，到了外国以后呢，他自己的一份官费，勉强也够两个人生活的。纯士纠纷的心事，这时算有了相当的解决，便安稳地睡了。

次日纯士一起来，便雇车到先农坛去。才到门口，远远已见素璞也坐着车子来了，他俩买好门票进去。早晨新鲜的空气，夹着一些青草香，吹拂着这一对情人，他俩心头充满了绝大的欢喜。穿过一片松林，找到一块石头坐下，素璞望着纯士微微地笑道：

"以后我们到了美国，也许天天都可以过这种美满的生活了。"

"好了，……你昨天所说的款子有办法吗？"

"现款只弄到两百块，其余加上我的首饰，我想五六百块钱总有的。"

"五六百虽然勉强坐三等也够了，不过我们都是头等票，你当然不便坐三等；并且还有一层，美国人势利极了，如果你坐的是头等船，也就不大检查上岸，如果是坐了三等呢，他们的为难就多了，我想至少还得设法弄五六百块钱。"纯士说。

"这可有点难了。"素璞含愁地说。

"不要紧，这一笔款子让我来设法吧！"纯士奋勇地说。他俩又在园子里兜了两个圈子，纯士说道："素璞，我们既然这样决定，你就赶紧预备衣服一类的东西，我呢，赶紧去弄钱，最好在下星期二就走！"

"何必那么急呢？"素璞说。

"早走了好！"纯士含糊地说。

"也好，并且我到上海后，还要回去看看母亲同那个孩子。"

"那么这就分手，各自去进行吧！"纯士说。素璞点头答应着，他俩已来到门口，各自叫好车子去了。

素璞回到家里，把所有的衣箱都检点了一遍。她正在收拾的时候，婶母走进来了问道："你收拾箱子吗？"

"是的，我打算回南去看妈妈和孩子！"

"你怎么又想回去呢，本来不是说今年不回去了吗？"

"是的，不过昨天接到妈妈的信，说是近来身体不大好，所以我不放心，想回去看看。"

"那么你什么时候再来？"

"总差不多开学前后吧！"

她婶婶坐了坐就回自己房里去了。素璞心里忽然觉得有些难过，好像自己现在是在演戏，无论什么时候都带着假面具，不但对于婶婶不能说真话，就是将来见了妈妈同孩子，同样地要捏造一些事实来搪塞，这种不忠实的人生，使她羞惭，有时被良心压迫得几乎发了狂，但是爱情更比什么都有力量，只要想到爱情，一切的隐忧都消尽了。素璞发了一会怔，仍旧回复了她安定的心情，梦想着去后的美满而且神秘的生活。

日子又过去一个礼拜了，距纯士他俩出国只有两天，纯士已经设法弄了五百块钱来，所以他俩整天只忙着办出国的手续。在第三天的上午，他俩含着欣喜的情绪，上了火车。在车身蠕蠕地离开前门的城垛时，纯士吁了一口气道："这一下可好了。"素璞也不禁跟着恬然一笑。

到上海后，纯士和素璞住在一家旅馆里。这是使纯士又快乐又惭愧的一件事，有时觉得自己太幸福了，居然能战胜一切的困难，把爱人搂在怀里；但是在这个甜美的心境中，时时发现一种可怕的暗影，这暗影像是一块重铅，有时压得他喘不过气来,好像这里弥漫了危险,也许有一天一切都被它所毁灭!纯士这时的心情正在这种的困恼中,他两手捧住头坐在沙发上。素璞从外面进来,看见他苦恼的脸色,连忙跑过来,向他温柔地抚慰着,并问道:"你是不是有什么不舒服呀?"

"不,不要紧,我只有点头疼心烦!"纯士勉强地笑着说。

素璞用手摸了摸纯士的额角,不像是有病。她又凝视了他一响。一股烦愁塞上她的灵宫,她叹了一口气,向沙发上一倒,她似乎听见有一种冷残的声音,在嘲笑她,在责备她:"你是一个妻子,一个母亲,你为什么同这个青年逃亡……"她的心如受了刀刺,陡觉心头凄紧,眼前一黑,她便昏迷过去了。纯士被她这一吓,倒把一切的思虑都打断了,连忙抱着她呼唤。好久好久,素璞才醒了过来,睁开眼看见纯士,他低声地说道:"我对不起你们!"就这一句话,又触动她自己的心事,那眼泪便扑簌簌滴了下来。纯士只默默无言地望着她,好久才想出一句安慰的话道:"璞!你为什么伤心,难道我们的爱情,不比一切的东西可贵吗?你总是心里想不开,这个世界只要我们俩真心相爱,便被一切所抛弃,不是也值得吗?"

素璞含泪点头道:"纯,你的话不错,我只要想到你对我的纯真的爱,我的心就安然了。你放心!我不过乐极生悲罢了,不要发痴吧,好好睡一夜明天就要回去呢!"

素璞回到家里和母亲、孩子住了一个星期。她捏造了一些事实,母亲和孩子安顿了便又匆匆回到上海来。这时纯士已把一切都预备停当,他俩在上海又住了两天,便乘船到美国去了。

第八章 冲 突

一个多月的海上生活,终于在一天早晨结束了。那是一个美丽的初秋天气,素璞同纯士跟着那一批留学生,到中国公使馆登记后,他俩在一条满是树林的街道上,慢慢地散着步。于是纯士向素璞说道:"我想过两天,我们到乡下去找房子住,这里的旅馆太贵,而且也太繁嚣,不适宜于读书,如果我们能找到一家好房东,即使住一间房子也可以了,你说是不是,素璞!"

"嗯。"素璞心不在焉地应了一声,便低着头,暗暗沉思:"住一间房子,这事不太妥当,因为我们还不曾正式结婚,但是住两间呢,又怕纯士的官费不够开销……"这一个小小的问题,这时候却深深地困恼了素璞。

纯士见她无精打采地不开口，以为她是过于疲倦了，因说道："我们回旅馆去休息吧！"素璞点点头跟着纯士，走回旅馆来。素璞倚在一张圈椅上，两眼盯着那壁上所挂的耶稣牧羊的一张油画，纯士轻轻走到她背后，两手温柔地放在她的肩上说道："璞！什么事情使你这样忧思呢？我们已是一双自由的鸟儿，这新世界真真海阔天空，任我们飞翔，你还顾忌什么吗？"

"唉，纯士！你只知道身体的自由，而不曾顾虑到灵魂的不自由！"

"灵魂的不自由吗？"纯士诧异地说："你的灵魂有什么不自由？"

"当然，在贺士的面前，在我女儿的面前，甚至在我母亲的面前，我都不免是个待罪的囚犯呢！"素璞怅然地说。

"唉，我觉得你这个人，这种地方整个地表现你无勇决、无开阔的思想，当初你既决心到外国来读书，所以甘冒种种不韪，现在就应当坚持下去，不问你将来要怎样呢，目前的一件事，除了用心读书，何必还想东想西呢！"

素璞被纯士的一番话，说得也无言可答，只得勉强一笑道："我也没想什么，倒招了你那么些话！"纯士搂住她的腰道：

"Darling①，我们出去吃饭吧！"

在次日清晨，素璞和纯士雇了一部汽车到乡下去看房子。车子从人烟稠密的旅馆门口向南驰行，不久出了闹市，渐渐看见整齐的麦田和葡萄园，金晃晃的太阳映着那紫黑色的葡萄发光，前面矮矮的豆篱上，已满结了长条的豆荚，菜花黄澄澄的，正和早晨的阳光争富丽。车子慢慢地沿着马路走，不久停在一家小洋房的门口，那门上有一块白木牌，上面写着"To Let（招租）"字样。纯士叫车夫在路旁停了车，走到那洋房的门口，揿了一下电铃，里面出来了一位年近五十岁的肥太太，她的面孔像一只南瓜，又圆又红，但是那双碧澄澄的蓝眼，却闪着诚挚温和的光彩。纯士上前告诉她要租房子的意思，她笑了笑道："好极了，先生，我这房子阳光足，空气也好，从前也有一个中国学生在这里住过，他是一个非常可爱的青年，……你可以请进来看一看吗？"那胖太太一面说一面又望着素璞道："那是你的女朋友吗？也请进来吧！"

纯士与素璞跟着那位胖老太太走进那所洋房。楼下是一间布置清洁的会客厅，那老太太指着房厅里的钢琴道："那是为了我女儿买的，她在音乐专门学校，弹得非常好的钢琴。"

---

① Darling，心爱的人，宠儿。

纯士微笑答道："我真替你骄傲，太太，你有这样的好女儿！"胖老太听了这话，一双眼笑得没了缝。

出了客厅，便是扶梯，他们上了楼，便看见那间出租的客房了，的确布置得非常艺术化，阳光空气都很好，但仅仅只一间，租金十五元。

纯士问素璞道："璞，你觉得怎么样？"

"好倒是很好，可惜只有一间，最好比这间再小些。我们租两间才好。"

"你的意思，我们还是分开住？"

"当然要分开的，不然叫人知道，我们究竟是什么关系呢？"

"也好，那我就照你的意思告诉她！"纯士因向那胖太太说："这房子一切都能使我们满意，不过可惜，只有一间，我同我的女朋友不够分配。"

"哦，这位果然是先生的女朋友，那自然最少也需得两间房子……"她说着停了道："如果我的邻居家有一间房子，你的女朋友可以住到那里去吗？"

素璞听了这话，连忙插言道："太太，这就更好了，不知你能替我们介绍不？"

"哦，那当然可以，请你们先坐一坐，我去看看再来回话。"胖老太把墙上的电铃撳了一下，一个十七八岁的小姑娘走来了，她替纯士、素璞介绍道："这是我第二个女儿，她在纽约女子中学读书，现在还在暑假期中，她可以陪你们坐坐。"胖太太把身上的衣服理了理，披上大衣，便向门外去了。

那位小姑娘，长得很伶俐，纯士和她谈了几句乡村的天气呀、交通呀一类的话。她非常活泼地对答着，后来又说到弹钢琴的话，她说，她不很喜欢钢琴，而对于提琴却特别有兴趣。

正在这时候，胖太太回来了，她满面含笑地道："好，我已经替你们问过，那里房间比我家里小些，所以只要十二元就可以了，你们去看好吧。"

素璞和纯士连忙答应道："好。"便一同到邻家去。那房子离这里只有二百步左右的远近，至于房子的构造也和这里差不多，房东是个干瘦的中年妇人，身材很高，两只灰蓝色的眼睛，露出一种清利的光芒，一望而知是个精明的人。她领着他们看了房子，彼此都觉得合适，纯士便付了定钱，预备后日搬进来住。

他俩又坐着原车子进城了。

他们自从搬到乡下住后，一切都很方便，就是吃，有点问题，因为房东不大愿意包饭，所以他俩只得自己弄饭，天天到吃饭的时候，素璞就烧好，等着纯士来了一同吃，幸喜他们所用的是煤气炉子，所以还没有什么十分麻烦。

  一个星期过了，纯士已正式进了大学；素璞呢，因为英文程度太差，所以暂时不能进学校，每日由纯士替她补习。在这种表面安适的生活中，素璞整个的心却被煎熬着，她对于人生虽没有坚强的什么信念，但她却有一种热烈的梦想，这次她能毅然决然跟着纯士出国，也正是她那种梦想的作用，她不满意现在的环境，因而她不得不创造另一个环境，现在这个梦想已渐渐实现了，她每日伴着她的爱人，在这自由之邦的空气中生活着；她自己觉得骄傲，时时从她的脸上漾起胜利的微笑。

  这一天素璞送纯士上了进城的电车后，她独自沿着麦田的石子路走回家去。天上浮着几朵浓云，时而像一个伏虎，向人群怒目张爪；时而像一条金龙，飞腾而前，"多奇异的云呵！"素璞一面仰头看，一面不禁自言自语地说。不觉来到那一泓秋水的池塘畔，她坐在每日和纯士并坐读书的白石上，悄悄地望着那澄碧的水出神，她的灵宫深锁的门，不期被一阵秋风冲开，"呵！这简直是梦境！"她心里想："我怎么能从那囚牢般的家庭里逃出来，又怎能跑到这里来！我是离开了一切亲友，像是一个冒险的旅行人。"一股异国生疏的情调，这刹那间充满了她的心里，她莫名其妙地怀念着家乡，尤其使她伤心的，是那个才满四岁的小女儿，可怜她还梦想着妈妈回来，替她做新衣，买美丽的糖人吃，而哪里晓得，她的妈妈现在是试着忘掉她，就是她所记忆不清的爸爸，不久恐怕也会把她整个忘掉，她有了一个美丽的继母，这小东西又算什么呢？

  "唉，残忍，自私！"素璞似乎听见一个小小的声音，在这样责备她，脸上一阵火烧，心头觉得凄楚，两眼便滴下愧悔的眼泪来，"我应当怎么办呢？"她自己问自己，为了我的女儿，一个纯洁无罪恶的孩子，我应当牺牲我个人的幸福，来完成伟大的母爱，哎，她是怎样一个可爱的孩子，红润如晨露中的苹果的脸，充满了爱娇的唇，一双比这秋水更清朗的无疵的眼，活泼而亲切的举动，……她真是太可爱了，我为什么还不知足，而想离开这个小天使，走到冷酷的人间找幸福？素璞想到这里，她决定为了女儿的缘故，不向丈夫提出离婚的话，而且为了女儿的缘故，她要试着冷淡纯士。

  素璞的心情又似爽快，又似失掉一点什么东西，好像油和水般地不谐调。她无精打采地回家去，她觉得应当写信给贺士，自从她在出国的前一天，接到北平转来贺士的一封信，现在整整三个多月，她不曾给他写信，在她最初的意思，将用不回信的方法，促成贺士同米利安小姐的恋爱，那时候贺士必先向她提出离婚的话，那么她就可以慨然地允许他，这当然是一个很巧妙的计策，不过这刹那间她感觉得这个办法不大对，所以中途又改变了。

她平心静气地写了一封信给贺士，信里面告诉她已得到朋友的帮忙到美国来读书，希望到了暑假能到欧洲去看他——除此之外，又告诉他孩子是怎样聪明可爱，并且把孩子一张最近的照片寄给他，——当然这是一封毫无裂痕的信，而且还是辞旨非常温婉的一封信，她写好不等纯士回来便寄出去了。

四点钟敲过，纯士已从城里回来了，他走到素璞门口不看见她那倚门含笑的倩影，心里有点着急，莫非她有些不适意吗？他忙忙地跑上楼梯，轻轻地敲着素璞的房门，只听得素璞低声地应道："请进来！"纯士推开门，一眼便看见素璞一双满含愁思的眼睛，向自己望着，纯士伸出手去热烈地叫道："Darling！"

"哦，纯士！以后你还是叫我素璞吧！"

纯士不禁惊奇地张大了眼睛说道："这是什么意思呢？"

"没有什么，纯士！你坐下听我告诉你，我实在觉得惭愧，没有资格被你所爱，每次我听见你叫我'Darling'我又快乐、又刺心，唉，纯士！我的心绪，像一堆乱丝，我的脑子里，有两种互相冲突的思想，总而言之，我是非常的苦闷呢！"

"素璞！"纯士低声地说："你千万不要这样，我原想牺牲我的全生命来爱你，当然我也能因成全你的意志离开你，素璞，如果你是想着他和你的女儿，你尽可以到他们那里去，至于我呢，永远保持着那圣洁的爱，因为在我的生命史上，你是占了最要紧的一页，我以后就努力于事业……"

"哦！纯士！"素璞含着泪说："我对不起你！你的伟大使我更加惭愧，你能为我这样牺牲，而我呢，唉！纯士！纯士！应当骂我咒我，我是这世界上最自私的女人，我的心是非常贪狠，我不愿弃你，但我也不愿意弃掉他和我的女儿！纯士！你咒我！"素璞神经十分亢奋，她抽搐着哭，肩头一起一伏地发着颤，头发纷披在肩上，满脸是泪，真像是一枝带雨的梨花。纯士握紧拳头，愤恨地望着地板，"为什么地球不就毁灭呢？人生，人生，除了不谐调，纠纷，矛盾，冲突，还有什么呢？"纯士头上涨着紫青色的筋如一只怒了的猫般虎吼着。素璞看了这个样子，叹了一口气，走过来，拉住纯士的手，道："唉，纯士，你不要过于兴奋了，世界果然是缺陷太多，我们慢慢地填起来，总有一天这个缺陷是要填平的呵！而且你不要误会，我对于你并不想忘掉，不过我现在是不应当不忘掉你！"

"那么要到哪一天我们才能过幸福的日子呢?"

"那也容易,只要我们把这些纠纷理清了,便可以自由了。"素璞勉作笑脸向着纯士说。

"这些纠纷理清了,不错,"纯士说:"假使你同贺士离了婚,这些纠纷不就清了吗?"

"当然,这是很简单的一件事,只可惜心的纠纷没有事实那么容易理罢了!"素璞仍是怅然地说。

"心的纠纷?唉,那可就难了,我能帮助你什么呢?"纯士为难地说。

"不要着急,纯士!我总极力解脱自己,我想暑假的时候,我到欧洲去找贺士,如果那时他已同米利安小姐结婚了,那我们就省了很多的麻烦,不然的话,我再同他住几个月,那时间你可以想方法交女朋友,我呢,也想极力地同他融洽,如果彼此都能相安呢,那我们这几个月的情谊,就永远只是个珍贵的纪念;如果我同他仍不能和融,你也找不到爱人,那时候,我决然和他离异,然后我们再结婚,这样一来,不是一切的纠纷都没有了吗?"

纯士听了这话,嘴虽不说什么,心里却不禁有些不舒服,他想爱情原来是要这样称斤辨两地比较呵,而且又觉得自己显然是个弱者,让人家选择,唉,他想到这里有点愤恨自己的怯弱;正当他要喷那怒火时,心底又涌起一道纯洁的寒泉来把那怒火浇息了,"好吧!我始终应当相信爱情的神圣与伟大!我为了爱要牺牲一切!"

晚饭后,纯士仍旧照常陪着素璞到树林里去散步,他俩心底的纠纷,也像宇宙间的一切,被遮在深深的夜幕下,这时空气是平静的,看不到一切的冲突!

第九章 离　　婚

素璞在美国匆匆已过了半年多了,他们来时院里正开着西红莲,现在呢,是那窗边一丛玫瑰盛开的时节了。蜜蜂哼着嗡嗡的调子,在那热烘烘的阳光之下,忙着采收花汁。学校已经放了暑假,这一天早晨,纯士照例来约她到离此半里地的树林里去散步,当他俩经过那清澄的小溪时,闪耀的光波,使他们睁不开眼,同时一阵阵热风吹拂过来,纯士挽着素璞的手臂说道:

"素璞,这是一个我们值得纪念的夏天,你看风景这样优美,我们的生活多么丰满,不过去年的夏天也不错,对于我们是一样甜蜜是不是?"

素璞含笑地望着纯士,他俩的脚步是异常和谐地向前迈着。几个乡间的孩子,跑到他俩跟前,一面唱着,一面跳着,把这一对青年人围在中间。

"可爱的孩子们,快乐之神拥抱着你们呢!"纯士柔和地对孩子们说。

孩子们笑了,齐声高叫道:"上帝祝福你们!"正在这时远远听见有人叫白蒂的声音,一个十三四岁的女孩说道:"走吧,妈妈在叫我们呢!"孩子们如蜂群般向前散去,纯士高兴地望着那孩子们的背影说道:"多可爱的一群孩子,他们把我们的环境变成画的世界,诗的优美,素璞!我们多幸福呵!"

"幸福!"素璞轻轻地叹息了一声,"但我觉得幸福离我们,——唉,至少是我吧,还差些路程呢!"

"你以为……"纯士的脸色有些苍白了,"你想还有什么隔膜在我们中间吗?"

"不是你我间的隔膜,而是一些别的东西隔膜了我们。"素璞沉思地说。

"那么什么时候是晴朗的日子呢?"纯士的声音有些发抖。

"照我想来,假使我到欧洲去后,再回到你的身边来时,便是晴朗的日子了。真的,纯士!我觉得非到那个时候,我的心是永不会有平静的一天呢!"

"既然这样,你就早一点到欧洲去,爽性把这个问题解决了吧!"

"不过,纯士!"素璞睁着一双湿润的眼说:"我去了,假使我同贺士间相处得很好,那么我们这一生的情谊就算结束了……所以我希望你不要记着我们间的晴朗日子,我只求你在我走后,把我整个忘掉,同时你要另外去认识一些女人,如果我真不回来了,你便可以很快乐地同别人结婚!"

"这算是什么意思!"纯士有点愤怒的样子,"我真不懂你们女人的心!"

"哦!Darling,你不要生气,上帝生了女人,多给她们感情,所以她们变成了这样优柔,同时呢,社会的制度又特别压迫女人,所以她们也不能不变成这么多顾忌!"

"唉,"纯士头上的汗珠,一颗颗滴了下来,说:"素璞!你莫非疯了,不然,就是我在做梦。"

"不,我也不疯,你也不在做梦,这实实在在是这世界里的真相。"

沉默包围了他俩。这丛林中只有一两只翠鸟,在一递一声地唱着,素璞听见纯士的失望的低叹,她一双眼怔怔望着树隙间蔚蓝色的云天,过了许久,她握住纯士的手说:"唉,纯士,我使你受苦,也许有一天你要变成怨我吧!"

"怨你?是的,怨你,……不过我不能为了残忍的运命而怨你呵!唉,素璞,Darling!放心吧,纵使你不回来了,我也不会怨你的!"

"你真好,纯士!你真伟大!……不过最后我多半还是要回到你身边的。"

"但愿命运之神,不太难为我们!"纯士的声音有些颤抖。

他俩默默地出了树林,含着纠纷凄楚的心情奔向归途。

……

一个月以后,素璞果然到欧洲去了,当她动身时曾拍了电报给贺士。

车子到柏林时,正下着雨,马路上水光灯影,互相激射,素璞伏在车窗向外望,人群如浪潮般地涌到车旁,一个个高低不同的头在攒动着,但是她找不到贺士在哪里。人群渐渐散去,素璞的心正急迫着:"莫非他没有接到电报吗?也许那个米利安小姐不许他来吗?"她正在神思慌急的时候,陡觉身后有人说话,急回头一看,一个西装整齐的青年,直挺地站在那里,"呀!"素璞不禁惊叫了一声,原来那人正是别来四年的贺士,——他还是很年轻,而且态度更欧化了,头发整理得那样光洁。素璞伸出手来,和他握了一下。

"怎么样?这几年好吧,你似乎瘦了些呢!"贺士含笑说。素璞这时心里塞着极复杂的情绪,像是高兴,又像是怀惭,同时一股凄梗的东西,塞住了喉咙,她低下头来,看着被雨泥玷污的地上。贺士替她提着箱子,出了站台,一辆汽车停在那里,贺士向那车夫招了一下手,一个年约三十岁的高鼻子的男人,走了过来,恭敬地向贺士行礼问道:"到哪里去?先生!"

贺士把地名告诉了他,他连忙把箱子安放好,他俩也上了车,车子就风驰电掣般地开去。车窗的玻璃被雨打湿了,模糊得看不清外面的景象,但见灯光明亮,人群依然稠密,而且车子络绎如长蛇般,蜿蜒不断;转了几个弯,车子忽然停住了,贺士说道:"到了!"素璞跟着他走进那座高楼去。一个红鼻子的高大男子,站在门口,见了贺士,含笑上来招呼,贺士把箱子交给另外一个年轻的男人,便同素璞坐电梯上去,到了第五层楼才下来,又向右走了几十步,有两间小小的屋子,那便是贺士所住的地方了。素璞进了屋子,细细观察这屋子的布置。只见这间屋子只有一丈多长,八九尺宽,左面放了两张书架,上面叠着满满的西洋书籍;靠窗子斜放一张书桌,桌上满是杂志和文具;再看右边,放着一套沙发,沙发旁有两张小矮茶几;墙壁上挂着人体解剖图,还有贺士在实验室的像片;沙发旁另有一扇门,是通到卧室去的,素璞便走进去看。那是一间极简单的寝室,除了一张铺着洁白床单的床外,还有一只放衣服的架子和两个铁箱子;但是光线很好,屋里共有两扇窗子,一扇是朝街的,伏在那里可以看见街上的种种东西;一扇呢是靠着一座小花园的,里面有许多青葱的树木和鲜丽的花草,一阵浓烈的花香,从风里吹过来,素璞怔怔地靠着窗子出神。

吃过晚饭后,雨已停了。凉云渐渐散尽,天空拥出一轮月儿,照得那花园叶清如洗,那娇艳的玫瑰含露欲滴。素璞只顾伏在窗栏上眺望,贺士悄悄走过来,抚着她的肩说道:"我真想不到会在这里和你相聚,我走后你过得很好吗?听说你的朋友很不少呢!"

素璞听了这话,觉得贺士分明有怀疑她的意思,但是她陡然想起米利安小姐来,便冷笑道:"你出国这几年当然也过得很好,……你那位女朋友呢?"

"哪个?"贺士似乎莫名其妙地问着。

"那个!你倒问得我好,哼!一个温柔的女看护,难道你竟会忘掉吗?"

"你说的是米利安小姐吗?"贺士微笑着说:"她老早不在柏林了。"

"怎么,她到哪里去了?你怎么舍得让她走?"素璞讥笑似的望着贺士哼了一声,贺士脸上陡然罩了一阵阴霾,他在屋子里踱着步儿,双眉时时皱紧了,最后他站在素璞面前说道:"我们现在大家都应当公开些,现在我老实老实地告诉你,米利安小姐已经同别人结婚了,我同她只不过是朋友的关系,请你剖白你自己吧!"

素璞苍白的脸色,在月光下更像一个大理石的石像了,恐怖羞愧的情绪,充满了她此刻的心,同时她觉得贺士冷森森的态度,使她憎恶,愤恨,这时她有些后悔不该离开纯士到他这里来了;再回想到同纯士分别时,他那种温柔悲哀的双眼,简直深深地印进她的灵宫里,好像一只将被抛弃的绵羊,他除了忍受命运的宰割外,没有一些反抗和怨恨的表示,于是哭泣从她心头发出声音来,她的睫毛被泪水沾湿了。她始终不曾剖白自己。

她同贺士住了两个月,他们表面的生活还没有什么大的裂痕,不过为了各人心里都有着阴霾,因此小吵嘴差不多每天都有两三次。

不久秋天又到了,虽然都市里很难看出气节的变化,但是第一声秋的悲吼,是从那小花园里发出来的,玫瑰早已谢得只剩了空枝,夜莺再不在窗前唱歌了,葡萄已经成熟了,早晨看见几个孩子,手里提着篮儿,在那玫瑰丛前的葡萄架下,用剪刀采下那一串串又红又紫的葡萄来。素璞站在窗前,看他们工作,忽听得一阵秋风吹过,那玫瑰树的叶子,便落了几瓣在地下,"唉!"她深深地叹了一口气,把手抚着心,她觉得心海里是起了异样的波浪,忽然又听见天边一阵雁子振翼的声音,她不禁低声吟道:"看征鸿过尽,万千心事难寄",一股怅惘的情绪,从那一字一句中涌了出来。

她呆呆地独坐在一张圈椅上,贺士到医院里去看朋友,屋里寂静得像坟墓，她忽看见窗旁的小柜子，有几张纸角露在外面，便走过去，抽开屉子打算整理整理。当她开第二个抽屉时，忽发现一个绿色的纸包，上面拴着一根妃红色的缎带，"这是什么东西呢？"素璞自言自语地沉吟着，那只手不由自主地已把缎带扯开了，打开纸包一看，原来是一束信，全是德文的，素璞看了半天，只认得几个字，但这已经很够了，就由这几个字里，她看出这是一个女人写给贺士的情书。她拿着这一束情书，心里怦怦地跳着，她觉得自己是被欺骗了，一股愤怒，搅着妒嫉的凄酸，那眼泪禁不住滴在衣襟上了。可是同时她又觉得有点高兴，觉得这不啻是一道赦令，对于她和纯士间的秘密，因有了这一道赦令，他们可以变得坦然了。

素璞正拿着那一束情书沉思时，贺士已推开门进来了。素璞连忙把情书放在身后，但是贺士已看见了，讪讪地说道："你从什么地方找到的？"

"你自己放在那里的，难道还不晓得吗？"素璞冷然地说。

"其实那又算什么呢？一些很平常的通信罢了。"贺士巧辩地说。

"当然，我认不得德文，随便你怎么说都可以，不过假使你肯答应我，把这一束信暂且保存起来，等我把德文读好了，我看过之后，你再毁灭它，方算你对我是真心的。"

贺士听了素璞的提议，想了想答道："好吧！那么你就先收着，等你读好了德文，细细看看，就知道我并不曾说谎。"

素璞听见贺士这样说，自己心里倒有些愧悔，不禁脸一红，含笑说道："我倒错怪你了！"

他俩之间的爆烈，暂时地被欺骗压熄了。

三个星期过去了，素璞拼命地读着德文，她几乎连寝食都忘了，她的心是倾注在那一束情书里，这个情形贺士似乎也觉察出来了。他每次看见素璞在苦苦地记忆文法的规则，他的眼里便不免漾出诡计的光波来，而他嘴里却勉励着素璞道："再有几个月你一定能看懂那些信了，那时我也可以表白我的心迹呢！"

素璞因此毫不猜疑地把信仍旧放在那屉子里。在一天下午，素璞到街上去买一些东西，走回来的时候，看见屋里有火光，她吓了一跳，莫非失火了吗？她连忙跑进屋里一看，只见贺士坐在壁炉边，不知在烧一些什么东西呢！素璞站在门旁怔了半天，忽然心里一动，连忙抽开那放情书的抽屉一看，原来那一束情书早已失踪了，素璞一切都明白了，狠狠地瞪着贺士道："欺骗人的魔鬼！"她说了这一句便转身到寝室里，伏在床上痛哭。贺士慢慢地走了进来，推着她说："这是一些不相干的信，留着究竟没有意思，所以我把它烧了，你何必这样伤心呢！"

"当然要伤心了，我做了人家的傀儡妻子，自己还不觉得！……"

"哼！"贺士冷笑了一声，说："我又何尝不是做的傀儡丈夫！"

"你怎么是傀儡丈夫？你倒得还出我个凭据来！"素璞勉强镇静着说。

"算了吧，我们都是受过教育的人，大家留点体面好了。"

"素璞觉得贺士的话太刺心了，这样下去终没有好处，倒不如趁这个机会，离了婚吧！她因此毅然决然地说道："既然大家都是傀儡，我们还是分手，各干各的去吧！"

"离婚吗？我不愿意这样做，为了我们的女儿，我希望你不要再提这话吧！"

素璞听他提到女儿，她的心又被激动了，"是的，为了那可爱的女儿，我应当忍受一切。"她心里这样想了，那一股勇气又不知躲到什么地方去了。

他俩的谈话便这样沉默而结束了。

素璞的心，一直在苦恼着，她有些支不住而病倒了。当她病后的第三天，她接到纯士一封信，说他现在认得了一位金女士，她是中国某大学三年级的学生，和他通过几个月的信，而且照片也寄来了，意思之中，希望素璞早给他一个答复，他才好决定他的前途。

素璞接了这封信，心里一股酸浪，直冲上来，她躲在被里呜咽，这时贺士从外面进来，问道："你好些吗？"

她只摇摇头道："我恐怕一辈子也好不了的。"

"这是什么意思？"

"唉，什么意思吗？我觉得我现在过的不是人的生活，这病又怎么会得好？"

"照你的意思要怎样呢？"

"我想你还是放我去吧，你再找个好的……"

贺士不响地绕着屋子走来走去。

过了一个星期素璞便同贺士在一个律师那里正式地离了婚。出律师公所时，素璞是含着希望的微笑；而贺士呢，却沉在哀愁中，他低低地叹息着回到家里。

第十章 胜　利

素璞出了律师公所，仍同着贺士回到家里。贺士独自坐在书房里，两手抱着头，看着地板出神。素璞忙忙地拟了一个电报稿子，告诉纯士她在这星期五乘船到美国去，一切的事都等她到了再决定。

素璞打好电报回来时，看见贺士坐在书案旁，不知在写什么东西呢！见了素璞，他黯然地苦笑道："现在我们是朋友了！……"

素璞看了他的神色，心里也由不得一软，无论贺士平日怎样欺骗了自己，但做了一场夫妇，现在撒手走开，回想旧梦，也不禁有些凄恋。想到这里，那眼里已满蓄了泪水，哽咽着道："这一切事情，都是命运，假使你当初能带我出来，你也不至于认得什么米利安小姐，我呢，自然也更没有什么问题了，现在事情已经到这地步！除了大家撒手，以后的结果更不堪设想了。"

贺士慢慢抬起头来望着素璞，深深地叹了一口气道："不错，什么事也都只好归咎于命运……不然，这些纠纷怎样解释呢？……但是我有一件事，到如今不得不请求你剖白，虽然我现在已经没有资格干涉你，不过在友谊上请你告诉我，你究竟怎样到美国去的？"

"你要知道这个吗？不错，这是人情，我当然可以告诉你：在你走后我就到北平去读书，无意中认识了一个青年，他对我非常的好，不过我们只是友谊罢了；后来我听见人家传说你在这里同一个德国女人恋爱，我当然很伤心，不过我还不肯轻信，直到你写信亲自告诉我，米利安小姐的事情，你在字里行间流露了真情，我才灰心！唉，贺士，我那时只有二十二岁，我还有我的青春，我不愿就这样毁灭了自己，像一切懦弱没有反抗的女人一样，所以我就不得不另创新环境了；不过我为了女儿的幸福计，我始终克制着自己，后来虽然同我的朋友到了美国，也不过是想读些书，……并且想借此可以到欧洲来和你相聚，谁知道我们相聚几个月的结果，我的努力却完全失败了，你行动间没有一点真诚，最近你烧了那秘密的情书，便是宣告了我们共同生活的死刑……现在一切都完了，你很可以做你所愿意的事，我呢，自然也有我的办法……"素璞说完，沉默地看着贺士，她眼里有一种要求，那是很显然的，她想知道贺士的秘密，但是贺士只叹了一口气道："不错，在我们之间什么都完了！"说了这句，又沉默着，素璞有些忍不住了，因问道："你同米利安小姐什么时候结婚呢？"

"呀！素璞你真错怪了米利安，她委实已经和别人结婚了，不过现在另外还有一个女人，她对我很好，也许将来我们会结婚吧，只是这时还说不到……"

"这话当真吗？"素璞怀疑地看着他问。

"我骗你做什么，正是所谓现在我们已经是朋友了，我们谁都用不着欺骗，是不是？"

"那么我们现在来讨论那个女孩子吧。"素璞说："我觉得你将来既是要同德国人结婚，这个孩子在你们之间，是太不合适了，还是我来负责教养她，而且从她生下来，实际上都是我一个人在教养她，你如果愿意负担一些教育费更好，如不愿意呢，也没有什么关系，我总尽力量栽培她！"

"暂且就这么办吧！以后回国后我们再从长计议！总而言之，我们的破裂，这个无辜的孩子多少是要受些损失的，但是，这也是命运……"

一些薄薄的阴云，现在是包围了这两个青年人。

素璞在星期五的上午，搭船到美国去了。在旅途中素璞的心情是很平静了，数年来的心病，这时已完全好了，她觉得自己到底不是平凡的女人，从重重的压迫下，她是挣扎起来了，现在她头上戴了胜利的王冠，她伏在船栏上，看那海里起伏的波涛，像恶魔般地张牙舞爪，她不禁含着睥睨的微笑，低声地说道："凶恶的势力呵，你纵能吞没整个的世界，你却不能损坏一个活跃坚定的心。"

时光过去了，行程也跟着时光匆匆过去，不知不觉船已驶到美国的海岸了。素璞换了漂亮的衣服，收拾得十分美丽地倚在船栏上微笑。不久船便泊了岸，许多接客的人们，像骤雨般地挤了上来。在人群中，一个身材不十分高的中国青年，已看见他的爱人了，连忙叫了一声："素璞，"便飞步走上扶梯，亲昵地叫了一声"Darling。"素璞也忙迎上来。这时在他俩的心头，充满了欢喜，急急地提了箱子，下了扶梯，叫车子开到一家旅馆，他俩在那里休息了一夜，第二天才搭火车到纽约去。纯士这时仍住在那位胖太太家里，但是素璞的房子，早已退了，只得同那位胖太太又通融了一间房子，暂且住几天，他俩预备结婚后搬到别处去住。

一天晚上，月色正十分皎洁，素璞和纯士并肩在那树林里散步，隐隐听见有人在弹"吉他"，声音非常幽婉，纯士紧紧搂着素璞的腰，低声道："素璞! Darling! 你现在完全是我的了，唉，你多么痴呀，叫我不要希望晴朗的日子，现在怎么样呢！"

"但是我要来晚一步,也许这晴朗的日子就永远不会有了吧!"

"怎么呢!"纯士柔声地说。

"当然了,我若不来,你那位金女士就要来了,她一来,这晴朗的日子,就属于你们了!"素璞含醋意地说。

"哪里的话,你难道真以为我有什么意思吗?我不过怕你不决定,所以故意说来吓你的!"纯士脸上充满了胜利的微笑。

"你到底是学政治的,才会使这些外交手腕,假使我真不来了,你又怎么样呢?"素璞娇媚地说。

"你就不来,我也要等你一生的。"

"真的吗?纯士,如果这样,我无论如何是要来的!"素璞非常柔婉地笑着。纯士勾住她的颈子,热烈地吻着她,同时低声叫道:"Darling! Sweet Heart!① 你真是我生命的源泉,这一来可好了,我守着你一辈子,我的灵魂将充满了美丽和快乐!……我想我们赶快结婚吧!"

素璞低声应道:"好!"但陡然地她想起一件事情来了,脸上立刻罩上一些忧疑的云雾,嗫嚅地问道:"你父母赞成吗?"

纯士被她这句话一问,不禁"呀"地一声道:"不错,这也是一个很重要的问题,我应当先写信去征求他们的同意。"

"那么你想没有什么意外的事情发生吗?"素璞忧疑地说。

"当然!"纯士说:"他们自有他们的意见,不过这是我俩个人的事情,只要我们心志坚定,我想我的父母也不至于怎样的。"

"但能这样,我们就感谢天地了,不过我听见黎云说过,你母亲很不赞成你同我来往呢!"素璞仍然不快乐地说。

"当然我母亲的时代,和我们不同,她们对于女人的贞操呀,离婚呀,这一切的事情,一定有一种和我们不同的见解,不过她对于你的印象却是很好,从前我才认得你的时候,她也常常夸奖你会做人……所以我若极力央求,她们或不至于会反对吧!"

"既然如此,你就赶紧写封快信,征求他们的同意,这虽然是我们自己的事,不过能够大家都满意,不是更好吗?"

纯士点头道:"对了,你的意思很好!……你晓得我的父母非常爱我,而且我又是个长子,所以他们希望我的心,比希望一切兄弟都切!能不叫他们

---

① Sweet Heart,英文,甜心的意思。

失望才好！"纯士说。

他俩走着谈着，不知经过多少时间，只觉得腿有些酸了，再看月影已有些斜了，已经过了十二点，就慢慢踱回家里，轻轻地开了房门睡了。

这一个月以来，纯士和素璞一面计划着他们的婚礼，一面等待家里的回信；虽然他俩都有点怀惧的心情，但是终掩不住那胜利的光芒，因为纵使家里有异言，这不过是枝节问题，对于他俩根本的计划是没有影响的，而且纯士预料着他们聪明而慈祥的父母，也绝不会拒绝他们的请求，因为这样一来，会使爱子永远不想回到他们身边去。

在他们盼望悬揣的心情中，回信最终递到纯士的手里。纯士拿了这封信，他仍然禁不住手的抖颤，心的狂跳，信看完了。——这是父亲的亲笔，唉，写得多么恳切，想得多么周密，虽然说了不少的话，但是结果他们是赞成了，父亲说："这是你们自己终身的事情，你们既以为是幸福，我们还有什么反对的？不过我总希望你们，多用理智，少用感情，好好地努力做人，总求无负于国于家……"

纯士看完信，含笑地搂住素璞道："你看我们的父母多好。"素璞只拿着那信发怔，最后竟滚出眼泪来了，心里充满了欢喜和伤感的情绪，在人生的路程上，悲剧结束，跟着喜剧开场，这喜剧又怎样演进开展呢？她那易感的心于是不得不流着那悲喜交集的眼泪了。纯士虽不了解她这时的心情，但看着她流出泪来，也有一种莫名其妙的怅惘，他俩沉默了些时，才慢慢恢复了平静。

他们决定在这个星期日结婚。纯士连日在忙着预备一切，素璞呢，似乎没有纯士那么起劲，本来生命在她已染上了灰色，那种不自觉的忧郁，在她灵魂里像是生了根蒂，美丽的阳光，滋润的春雨，也难在她心里培养出一朵灿烂而纯挚的花来。何况悲剧和喜剧的衔接，是这样地急骤，正像旧渍未清，就是加上新的颜色，那旧渍仍然隐约可见呢！幸喜纯士毫无这种感觉，他的起劲热烈，无形中也影响了素璞。近来可以常看见他俩，联步并肩于早晨的树林中或黄昏的溪流旁。

婚期到了，纯士请了一位美国的文学家替他们证婚，——一个头发半白的老人，和蔼而沉着的面容，强壮的身体，显露着对于生命充溢了无限的趣味，——他这是第一次替中国人证婚。那天他俩到礼拜堂时，这位文学家，偕着夫人，含笑地迎接他们。

婚礼是很简单的，他们不是教徒，但是也按照礼拜堂的结婚仪式做了。

两夫妇站在牧师的面前，牧师替他们祝福，换了结婚戒指，然后那位文学家，说了几句祝福的话，婚礼就这样闭幕了。出礼拜堂后这一对夫妇同那两位证婚人摄了一张照片，当晚就在一家酒店里，请了几个熟朋友吃了晚饭，他俩便回到他们的新屋子里去。这新屋子也是在纽约的乡间，比从前所住的那地方更远些，但是景致也更幽静些，也有丛林、有小溪，还有一道小桥。这夜他们坐着汽车回去时，正时新月初上林梢的时候，汽车如飞地经过了小溪，短桥和涌着碧浪的麦田，听着附近人家弹奏着月光曲的神秘调子，这一对青年人，仿佛腾驾着云雾，翱翔于天堂中一般。

车子到了他们的住所，他们的房东是一个比较矮小的青年妇人，知道他们才从婚宴回来，站在院子里向他们致祝辞，并送了一束鲜艳的玫瑰花，他俩高兴地接着致了谢，便回到房里去，——这房子布置得很雅致，台子上这时点了几枝红蜡，光影绰约，更显出一种神秘幽深的趣味来，他俩就把预备好的喜糕，同茶点摆上，请了房东的一家人来吃茶，直到深夜才散了。

在他们结婚的第三天，纯士便同着素璞到海边去旅行。那时候正是初夏的天气，海滩旁游泳的男男女女结队成群，有的在唱歌，有的吹口琴，也有的拉提琴，有的拿着一本小说睡在沙滩上看；天空是蓝得像透明的蓝宝石，海水如翡翠般的碧绿，海的那岸隐隐有青山矗立，这里的景致比图画更美，他俩也随着这一群幸福的人们，沿着沙滩慢步低语。黄昏时纯士曾下海去游泳，素璞坐在沙滩上望着他，只见他在水里一浮一沉，直游到满头是汗才上来，换了衣服，精神活泼地向素璞道："Darling，放了暑假我们搬到这里来住，你也学习游泳好不？"

素璞听了这话，便悒然一笑道："好，可是我从没有练习过，你要帮忙才行。"

"当然，当然，"纯士爽脆地说："我可以带你在水里玩，多么幸福，是不是，Darling？"

他们一面说着，一面到旅馆去，在那里住了一夜，第二天才回去。

在这个时期，他们是演着人间最平凡的剧，他们是一对新夫妇，他们快乐，他们看轻一切的人，只有他们是天之骄子。纯士大学已经读完了，下半年打算得硕士的学位，以后就预备作博士论文，这个青年人，是被幸福所包围着，他安静地生活，安静地用功，在他心里是风平浪静的；素璞呢，也进了大学，不过她不想得硕士和博士的学位，她只想读些自己欢喜的东西，以外的时间，就帮着纯士打字呀，整理家务呀。他们在不同的生活形式中，送走了再不回来的时光。这些时他俩的世界是比什么都平静,因此他们再不觉得风的歌唱,雨的低吟和草木的叹息,就是那娟娟的月光,也不易激起他俩的感兴了。

纯士终于很顺利地得到博士的头衔,于是他俩没有再羁留外国的理由了,而且官费也要完结,所以在五月底,他们就预备回国。

正在他们动身的前一天,接到贺士的一封信,说他八月间要回国,希望她那时也能回去,把女儿的问题解决了;并且又说,他们这次的离婚,还不曾报告家里,因为老年人必不赞成这种举动,以后怎样说,也要大家商议才好。

素璞接到这封信,她生活的暗影,就像将雨的阴云般,一层层的厚起来,那平静的心情,又不知逃到哪里去了,心想这一回去,自己也有着贺士一样的困难,母亲那里还一点不晓得自己离婚,更何况又结婚呢……至于那些亲戚都是和母亲一样古旧,她们绝对不会谅解我……

素璞越想越没有主意了,但是又不能终久不回去,唉,事情已到了这里,也只好走一步算一步吧!她悄悄地想着。

这些情节素璞不愿告诉纯士,所以只有自己隐忍,每每强作笑脸掩饰着。纯士因为忙着办归国的手续,所以也没有觉察出来,他依然充满着胜利的微笑,奔他的归程。

第十一章 回　　国

他们在太平洋的归舟中,已经过了两个星期。旅行的单调生活,他们都有些感到厌倦和疲乏,每天照例坐在各人租定的帆布椅上,看那起伏变化的浪涛,听那澎湃的水声激打在船身上,他们的心是充满了渴望和欢喜。

一个如削壁的浪花,在海心中涌了起来,浮空的云朵冉冉西去,太阳照在深绿色的海上,闪着金光。素璞仰头望着云影,微微地吁了一口气道:"五年的旅客生涯,就这样匆匆地过去了……也可以说我们的黄金时代的落没,这一回去就不能安静地读书,你看吧,仅仅为了吃饭问题,便要整天地奔波着。"

"不错,吃饭是第一个问题,然后才到事业!"纯士怅然地说。

"你打算做什么事情呢?"素璞两眼充满了不安定的光波。

"我想还是教书吧,……我们出国已经五年了,国内的情形都已生疏,而且现在的党派又多，究竟哪一派是靠得住，简直一点把握都没有，若贸然地卷入政治漩涡，未免太危险了；在我的理想中，最好能在北平大学谋一个教授的位置，一面教书，一面细细观察国内的情形，两三年后看机会！"纯士说。

"国内的出路太少了，不问到外国学的是哪一门，回去只能教教书，究竟留学也多余。"素璞叹了一口气说。

"不必灰心，慢慢地总会有一天清朗的。"纯士颇自信地说。

"你的人生观，真是信念的，但愿能像你所揣测的就好了。"素璞仍然很忧郁地说。

"这是全中国的问题，我们两人着急也没用，不过假使人人都存着这希望，便自然会好起来。最怕是人人灰心，所以我总是往好处着想……喂！Darling，现在且说说我们的计划吧。"

"好！"素璞听了纯士的话，这样淡淡地应着，她的心是纠缠着复杂的问题，第一件就是她和纯士的结婚，究竟公布与否的问题，最近她得到一个消息：贺士自从和她离婚后，他很悲观，虽然他已同那位德国女子订了婚，但他对于自己仍未全忘情，在朋友们面前，时时露出悲哀的情绪，他觉得人生太无意义，在残刻的人群中，找不到寄托，因此他开始皈依宗教……这一些阴影，如坚韧的绳索，紧紧地绞着她的心，以至于出血了。

在这一个困难以外，便是怎样对付她衰老的母亲，当初她要到北平去读书时，贺士家里的人原不赞成，经她母亲再三要求，才勉强地答应了；现在竟因为外出读书，认识了纯士，演出这一套离婚的悲剧来，母亲听了怎能不伤心，不愤怒，又叫她母亲对贺士的家人怎样说话？她想到这里，就想对纯士说："我们暂且不要公开我们的关系。"但是这话究竟太难出口，这种不彻底的生活，又算什么呢？而且纯士还有他的父母、亲戚、朋友，对于这种秘密将怎样解释呢？

素璞沉沉地思索着。纯士对于她的沉默，终又忍不住了说："Darling，你怎么不说话？"

素璞转过头去，只管看着海浪发呆。纯士从帆布椅上站了起来，坐在素璞的椅子边上说道："素璞，你究竟在织些什么奇怪的幻想，告诉我，无论什么困难，我愿替你解决！"

"唉！"素璞声音发着颤抖道："纯士，你不晓得我心里多么苦恼，我简直是天地间最不幸的人，细想起来，我对不起父母，对不起孩子，对不起贺士，也对不起你！……"

"唉，你简直太感伤派了，人家说钻牛犄角，越钻越窄，你就是这样的。世界上就没有各方面都完全的人，并不是别的缘故，因为各有各的时代，因之也各有各的成见，你打算使每个人都满意，结果怎样呢？一定弄到谁也不满意你，而且你又不愿做平凡的人，你要保存个性，既是这样，人心不同，正如人的脸，你的个性越强，你越不能获得世俗的赞赏，这真是何苦呢？"

"够了，够了，你的哲学也发挥得差不多了，只可惜我是块顽石，不知道哪一天才会点头！"素璞发出无可奈何的淡笑。

夜的翅翼，已从东方的海上，渐渐张开来，风神含着愤怒，从东南方虎吼而来，激起了浪涛的反抗，船身有些支不住的颠摆着，素璞连忙把大衣裹紧了身体，同纯士回到舱里去。已是晚饭的时候，他们换了整齐的夜礼服，到食堂里安静地坐下，那些服饰整洁的Boy轮流地上着菜。饭后，音乐悠悠扬扬地奏起来，那些裸肩露背的西洋女人，便如蛱蝶穿花般，在舞厅里旋转着。

素璞同纯士也舞了一回，走到船栏旁时，忽见海里捧出一轮明月来，清光万里，照得海水，森寒刺心；这一对旅思缠绵的人儿，在月影下，紧紧地偎倚着。纯士望着无际的海天说："Darling！但愿我们此后的生活，像这莹洁的海，宽阔自由。"

"纯士呵！"素璞低声叫道："在这个世界，你是第一个好良心的人，可是命运对你太不客气了，它时时在玫瑰酒汁中加了些苦味。"

"素璞！Darling，"纯士有些愀然地说："你近来真的变了，自从我们离开美国的海岸以来，我不曾看见你快乐的笑靥，你究竟为了什么？"

"我有一件隐藏心底的要求，直到现在我都没有勇气向你剖白，唉，纯士，你太好了，因此越显得我的要求对你太残忍了。"素璞声音和将断的音弦般，那样急迫地颤着。

"但是，素璞！你相信，我是用全生命爱你吗？"纯士真诚地说。

"哦，相信的，正是为了相信你爱我，所以不忍再使你受苦！"

"但是，素璞！你要晓得，你这样的苦着自己，我仍然是不会快乐的，所以你还是明白地说了吧！"

"纯士！你允许我，无论怎样，你要好好地安慰自己，要以你的事业为重！"

"唉，素璞！在我俩间莫非又有什么变故吗？……但是我愿意允许你的要求，我总应着不使你伤心！"

"纯士！亲爱的，你听我说，你不必问什么原因，我们到了中国，暂且分住一年，或者不到一年；若是命运不太难为我们，那么必有复合的一天。"

"是的，素璞！我尊重你的意见，我也不追问什么原因，更希望这只是梦一般的事实，在我清醒时，你仍然好好地在我的身边。"

素璞感激得流着眼泪，轻轻地吻着纯士的手，他俩沉默地回到舱里睡了。

庞大的船身，在一天早晨，安然地进了黄浦江，十点左右泊了岸。许多接客的人群中，没有他俩的亲人和朋友，所以他们毫无耽搁地上了岸，把行李交给一家旅馆的接水茶房，雇了一辆汽车奔西藏路去。

他们在旅馆里吃了午饭，休息了一会儿，素璞将自己的东西整理好了，雇车到县城去投奔她的女朋友。纯士呢，去看了几个住在上海的亲戚和朋友，便匆匆搭车到北平去。

到了家里见过父亲和母亲，这两位慈和的老人，见他独自回来，很诧异地问道："素璞呢，她怎么不和你一路回来？"

"哦，她到苏州去看她的母亲，听说她母亲近来身体多病，她想陪她住些时候，并且也要去看看她的女儿。"

母亲沉吟了一下，显着迟疑样子，问道："她的女儿跟哪个呢？"

"素璞的意思要她在自己身边，因为她觉得让这孩子跟了父亲，是太残忍了！"

"可是带在你们身边，你愿意吗？"

纯士听见母亲这样问，心头禁不住有些跳，低面想了想道："我想多一个小孩子，也没有什么关系吧！"

"嗯！"母亲有些不高兴的样子说："你们年轻人，到底什么都不懂，你想，你才结婚，家里就有这样大的一个孩子，亲戚们问起来，你怎么说？……所以我从前警诫你，不要和她亲近，也就为了这些缘故，不然她也很好，我为什么不赞成呢？现在你们既然已经结了婚，我也不愿多说，不过那个孩子无论如何，带在你们身边总不方便呢！"

纯士觉得母亲的话，不是完全没有道理，不过素璞若舍弃她的女儿，她必永远不会快乐，而且我既爱她，当然也应爱她所爱的人，所谓"爱屋及乌"的意思，不过我又怎么应付母亲呢？纯士踌躇着，竟没有办法，只好说道："等素璞回来了，再细细商量吧！"

"也好。"母亲淡淡地说着，这段谈话就算收束，但是在纯士的心里，却增加了一层纠纷。

纯士初意本想在北平做事,但是沉闷的故都,简直出路更少,奔走了几天,毫无结果,只得仍到上海来设法,所以他在家只住了十天,便又匆匆南来了。

这次他到上海,知道兄弟明士和他的妻子也在上海,所以他便搬到他们的家里暂住。

明士看见纯士独自来了,不免也是诧异地问道:"听见你已和素璞结了婚,她现在到什么地方去了?"

"回她自己家里看母亲去了!"纯士这样回答,这本是很近人情的事,所以明士夫妇也毫不疑惑了。

但是经过几天的相处,纯士忧郁的神情,使得他们怀疑起来。在一天下午,大家都坐在书房吃西瓜时,纯士只懒懒地靠在沙发上叹气,明士忍不住地问道:"纯哥,你到底隐藏些什么秘密?这神情简直太可疑了!"

"没有,什么都没有,只是心里有点懒懒的罢了。"纯士仍然掩饰着。

"老兄何必掩饰呢,你的神色比你说话更清楚地告诉我们,你心里藏着一些不高兴的事情呢!"明士的妻说。

"你们的眼睛真太厉害了!其实呢,在你们面前本来不用隐瞒,不过就是我自己也不了解,她到底为了什么这样做作?"

"你是不是指的素璞姊?"明士的妻微笑地说。"如果是的,那么你赶紧把事实告诉我,我是最了解女人的心的,也许能替你分析出个结果来!"

明士听了妻的话,也笑道:"这话倒不错,你快告诉我们,究竟是怎样一回事?"

"事实很简单,她不让我问理由,在这一年内,她暂时不和我同居,你看多奇怪呀!"

明士的妻听了这话,低头想了想道:"我想她一定有些难以告诉你的隐痛,一定是她的母亲不赞成她和贺士离婚!"

"恐怕还不只如此,"明士接着说:"一定更反对她离婚再嫁,在我们礼教森严的中国,女人是不能再嫁的,男人当然可以再娶,——尤其是在乡下,那些自命维持名教的老乡绅,要拼命地反对了,你不是说素璞的父亲,原来也是一个乡绅吗?"

纯士点头道:"我相信你的推测是对的,不过以后究竟怎样下场呢?……而且素璞是受过新文化的洗礼的,她既想打破礼教的樊篱,就应当做个彻底,为什么走两步又退一步呢?"

"唉,这就是女人的心了!"明士的妻说:"你们翻开历史看,从古到今,有几个女人不怕社会的讥讽呢?本来也难怪女人,这个社会对于女人是特别的责备得严,我想素璞姊现在的心也够苦了,她要做这个社会里的女人先锋,但是她的勇气还不够,所以她的行动,更弄得令人不可捉摸了,这是时代病,纯哥!只看你能帮她多少忙,如果她能打出这一关,你们的前途仍然是灿烂而光明的。"

"你叫我怎样帮忙?我不能掩住每个人的嘴,叫他们不讥讽,是不是?"

"不过你能使素璞不怕讥讽,不就好了吗?"明士说。

"是的,这的确是素璞的思想还不够彻底,如果能够使她的思想更进一步,这一些枝节便可剪除了。"纯士说。

纯士经过这一番的谈话,他的心似乎安静得多了,他预备立刻写信给素璞。

在他们吃过西瓜后,他便拿了信笺信套,独自躲到楼上去写信。

暑假将完时,纯士受了湖北某大学的聘,不得不离开上海。当他上船时,他的心情仍然是忧郁的,他握住明士的手说:"我好像是被充军到西伯利亚的心情!"

"我希望你再到上海时,素璞已经改变了她的思想。"明士安慰他。

"不过她最近的信,还是那样弄不清。

"忍耐吧,纯哥!……这一切的纠纷除了忍耐是没有办法的。"明士很有经验似的说。

船上的人挤得如市集般,明士看着纯士把行李安放好,便告辞回去了。在路上他心里竟充满了莫名其妙的怅惘,大马路上的灯光,争奇斗胜地闪烁着,人群如潮水般流动,"这种种色色的人,也有着种种色色的心,于是人生便形成了永久的纠纷。"明士感慨地吁了一口气。

第十二章 忏　　悔

素璞自从和纯士分别后,在她朋友家里住了两天,便到苏州乡下去看母亲和孩子。

到家里,竹篱边正卧着一只黄狗,听见生人的脚步声连忙蹿起来,汪汪地吠着,跟着竹篱门开了,出来了一个八九岁的女孩子,睁着一双亮晶晶的眼向她望着；素璞也向她仔细看了半天，才认出正是自己的孩子，上前一把搂住她道："阿囡，你不认得妈妈了？"那孩子只惊奇地看着她，一面挣脱了身子，跑到里面叫道："外婆，快来！"

跟着走出一位五十多岁的老太太来，见素璞连忙叫道："啊！阿素你从外国回来了，我前几天接到你到上海的信，想你总还有两天耽搁，不想这时候就到家了。"老太太一面说一面喊娘姨，替素璞把行李搬进去，一面又指着那女孩了道："你看阿囡都长得这么高了！"

"妈妈，她现在没进学堂吗？"

"原先她在这里小学读书，这些日子因为出疹子，所以这半年就不曾让她上学，这一下好了，你回来好好地照应照应她吧！说起来这孩子也就可怜，这么一点年纪就离开爹娘，跟着我虽然也不至受委屈，但我年纪也大了，家里事情又烦，到底不如在你身边好，听说她爹也要回来了，你们好好地过起来，我这就放心了。"

素璞听了妈妈的一番话，再偷眼看看妈妈老迈的情景，心里早禁不住一酸，同时站在妈妈身边那个孩子，一双无邪的眼睛，亲切地望着自己，似乎在恳求自己，不要再抛弃她似的，那眼泪便再也咽不下去了。孩子看见她哭，也用小手揩着眼睛，老太太更是老泪纵横，这一股难以分析是悲是喜的情绪，包围了她们。后来还是娘姨来叫素璞去洗脸，老太太才止住眼泪，叫家里雇的长工小王带阿囡出去玩，她自己忙着张罗收拾房间，安顿素璞。

晚上母亲和孩子都睡了，素璞回到她自己房里，坐在灯前，呆呆望着映在窗上的孤影沉思，许多纠纷的问题，如潮水般都涌到心里来，她深深地叹息着："这是一个多么纠纷的人生呀！"

她把日记本摊开，在那上面写道：

某月某日　今天是我到家的第一日，也就是我被审判的一天。妈妈还在梦想着我同贺士以后团聚美满的生活；阿囡呢，在她那纯洁的小心灵中，正响着欢喜的歌声，今天她睡的时候，她曾对母亲说："外婆，等妈妈休息过来时，我便跟妈妈去睡，以后我永远不离妈妈了，爸爸回来时，我跟着妈妈到上海去。"唉！阿囡，我对不住你呢，妈妈犯了自私的罪恶，在你这小小的生命史上，我已亲手给你划了一道亘古不能消灭的伤痕。你的妈妈和爸爸永远不能共同地爱护你，你有了妈妈便失掉了爸爸，不然就要失掉妈妈。唉！我太自私了，为什么不能为着孩子忍受一切呢？唉！忏悔呀，我不该，真不该弃掉贺士，不然这孩子在我们两人之间，不正是一个永无愁怨的小天使吗？现在，她简直被毁坏了。

其实呢，贺士也不是一个坏人，他纵然有一些对不住我的行为，不过我又何尝对得住他，唉！我不应当和纯士结婚，当他认识那位金女士时，我就应当趁机拒绝他，为什么我那样自私？为了不愿纯士抱在另一个女人的怀里，我便不顾一切地毁灭，只顾抓住那个纯洁的青年人呢！唉！天呀，我现在要怎样办？……唉！为了孩子，我还应当回到贺士那里去，是的，只有回到他那里去，母亲衰老残年我何忍再在她心上划一道伤痕呢？……而且纯士也可以免去困难，他的妈妈不喜阿因带在他的身边，那也是人情；我回到贺士那里去，纯士虽然也要难过，但是纯士也当原谅我——而且我相信他一定能原谅我的吧！不久他另外结了婚，慢慢地就好了，……不，不能，我除非没有知觉，不然我忍受得住吗？……

素璞放下笔，如狂般地跑到床上，将一床夹被蒙在头上，拼命地流泪、呜咽，直到天快发亮了，她才朦胧睡去。

素璞在家里住了两个月，表面上她是强装笑脸，而在深夜大家都睡着了时，她便让眼泪流湿了枕衣。

在一天下午，她接到贺士从上海寄来的快信，叫她立刻到上海来。素璞对母亲说了。母亲欢喜得流出眼泪道："好，你快去吧。你们已经几年不见面了，年轻轻的人正该快乐的生活，阿因也带去见见爸爸，可怜她爸爸走时，她还不会认人呢！"

素璞被母亲一席话，说得几乎忍不住放声痛哭，连忙托故走开了。

第二天素璞果真带了阿因到上海。那时贺士住在旅馆里，素璞找到了贺士，两个人见了面，态度都有些不自然，素璞坐在椅上沉默着，阿因只躲在素璞身边；贺士冷眼看看她，便伸手拉过来道："阿因！你不认得我了吧！"阿因摇摇头，挣脱了手，仍旧站在素璞身边去。

"你前天到的吗？"素璞向贺士问。

"对了，你们是坐早车来的……"贺士说："只怕肚子饿了，我们先出去吃饭吧，这旅馆的饭菜不能吃。"

他们一同到了附近一家大餐馆里，叫了三份大菜。在吃饭的时候，他们没有多谈什么，吃完饭他们仍旧回到旅馆去。贺士燃了一支香烟，在屋子里绕着圈子说道："纯士现在上海吗？"

"你问他做什么？"素璞冷冷地回答。

"没有什么，随便问问罢了！"贺士也是冷冷地回答。

"我们的问题究竟怎么解决呢？"素璞说。

"还有什么问题吗？……孩子你愿意带呢，就带着，不然交给我就是了。"贺士说完，叹了一口气；阿囡不知他们说些什么，只睁着亮晶晶的眼呆望着。

"不是那么简单的事！"素璞说："我想我们有深谈的必要。"

"谈谈也好，不过这地方不方便，我打算一两天到杭州去一趟，你能同去吗？……你应当仔细想想，因为我们现在仅仅是朋友了！"贺士苦笑着说。

素璞转过头去，悄悄地拭干了溢出来的泪液答道：

"我想纯士一定相信我的，我便同你去，也没有什么关系吧！"

"你自己斟酌吧！"贺士说："纯士现在哪里？"

"他到湖北教书去了。"

"哦，原来如此，那么你怎么不同去呢？"

素璞的脸红了，低下头半晌不作声，那眼泪像珠子般滚到衣襟上。

"唉！你又何必伤感！你把孩子的问题解决了，就可以去的。"

素璞听了这话，抬起头，望了贺士一望，本想告诉自己最近的决定，但是这种反复无常的举动，自己想想真难开口，并且还不知道贺士和那德国女子，究竟怎样，如果他们已决定结婚了，又怎么办呢，因此便忍住了。

过了一些时候，贺士才说道：

"你既然愿意同我到杭州去，那么我们就赶今晚六点钟的特别快车去吧！"

"也好，现在已经四点钟，收拾收拾，差不多该动身了。"

贺士点头答应，一面又叫茶房来算清账目，然后叫了一辆汽车直奔火车站去。

到了杭州已经深夜了。

第二天素璞同贺士，带着孩子，雇了车，到灵隐去。他们在北高峰的一座亭子里歇了歇，又到白云洞去。

这时天气非常炎热，湖水被日光蒸晒到变成一股热气，压得人几乎窒了呼吸。素璞和贺士满身满脸都是汗，这时走进这阴凉的山洞，心神才觉爽快了，贺士说：

"这个地方很好，我们就在这里好好地谈谈吧！"

阿囡在洞口采花玩耍，贺士和素璞各拣了一块山石，对面坐下，素璞先说道：

"贺士，你近来生活怎样？我觉得你似乎瘦了些！"

贺士听了这话，叹了一口气道："我的生活吗？就是这样，说不上好，也说不上坏。总之，世界上的事情，我只感到嚼蜡般的乏味！"

"那又何必呢？听说你已有结婚的日期了，那个德国女子，听说也是受过大学教育，将来你们一定有一个美满的家庭了！"素璞试探地说。

"美满的家庭吗？我倒也是这么希望着，不过靠得住否，谁也不知道，的，我近来心性简直变了，你知道我已经做了天主教的教徒吗？"贺士说。

"这可是怪事，你从来不相信宗教的呀，怎么忽然变了呢？"素璞说。

"宗教这个东西，虽然没有什么真理的根据，不过对于失意人却大有用处呢！"

"唉！"素璞叹息道："你近来为什么总是这样悲观，难道你不满意那个德国女子吗？或者还有别的缘故呢？"

"缘故很简单，许多事实是逼着我悲观，因之我的思想也不能不悲观了。"

"贺士，我也许是使你悲观的原因吧！"素璞的声音有些发抖了。

"不用提那些吧，那只是……"

"只是什么？"

"一个使人惊惧的恶梦罢了！"

素璞禁不住地呜咽道："贺士！我想不到今天的悔恨！我使你受苦，使孩子受苦，也使纯士受苦！"

"命运如此呵，素璞！"

"但是我们不能再造命运吗？贺士！我假使仍旧回到你这里来，你能免掉痛苦吗？"

"哦，素璞！你倒会开玩笑，须知人生不是这样的儿戏般的东西，你回到我这里来，试问你怎样对纯士！再说我已同那个德国女子订了婚，我们未来的幸福如何，虽不敢决定，但我却没有理由提出和她解除婚约呢！此外还有一层……"贺士说到这里忽然停住，叹了一口气沉默了。

"还有一层什么？怎么又不说了？"

"还有一层呵！素璞！你知道我对于人生是很严肃的；你试想，我有一天想到我的妻子，曾和另外一个男人住了两年，我心里能无伤痕吗？……我还能快活吗？……"

这是一句真话，但是它太使素璞伤心了，她哭得晕倒在地下；阿囡连忙跑来，瞪着眼莫名其妙地望着他们，看见妈妈直挺挺地睡在地下，也放声哭起来。贺士慌忙地抱起素璞来，灌了她一些泉水，才慢慢地醒过来，兀自呜咽不止道："贺士！……我忏悔，我一生都要忏悔……"

"过去的已是过去了，你难得遇到纯士这样对于爱情又伟大又真诚的男人，你应当同他好好地过你的生活，孩子呢，你愿意你就带在身边好了，至于我也何尝没有快乐的前途。我们此后做一个永不相忘的朋友罢了！"

从杭州回来后，贺士便到香港去；阿囡仍旧跟着素璞回到苏州。刚到家，就看见母亲递了三封信给她，素璞接过来一看，认得都是纯士的字，她的眼泪跟着又滚了下来，连忙走到屋里，把信拆开看。第一封信有几句是对于她到杭州去的话，她细细地读了又读，她觉得纯士太好了，连忙拿出日记，把那几句抄在上面：

素璞！我相信你如相信自己一样，你去会贺士很应当，你还应当感谢他对我们的成全。我们所有的快乐，都是他给我们的！

素璞放下日记，手边拿过一张纸写给纯士道：

唉，纯士！纯士！这世界上只有你是能了解我的，你是认清我的人格的，妈妈面前所不能开口的，只有向你说；但是纯士呀，在这世界上，我也最对不住你，你知道，我曾自动地想离开你，抛弃你，并不是我不爱你，唉，纯士！我敢对天发誓，我爱你比爱自己还甚，但是我为什么忍心叫你受苦，唉，纯士！不得已呀！我是一个过渡时代的女人，我脑子里还有封建时代的余毒，我不能忍受那些冷讽热骂，我不能贯彻我自己的梦想，我是弱者，是一个没有勇气的弱女子。这么一个时代下的牺牲者，结果，竟连累了你，连累了那无罪的孩子！

纯士啊！在这种情形下，我只有忏悔，只有自罚，纯士！多谢你的好意！我现在不能到你身边来，最好你忘了我吧。

　　素璞把这封信寄给了纯士，她仍住在家里，每天除了教阿图读书外，她便只有沉默。后来母亲看她的神色不对，极力地追问她，她才含着泪告诉了母亲道："贺士已同我离了婚。"

　　"离了婚，简直是梦话吧！"母亲颤抖地说。

　　"真的，因为他在德国认得了一个女人，所以我们便只好离婚了。"

　　"你怎么早不告诉我？……唉！难道你就这么轻易地答应了他吗？"

　　"是的，妈妈！他的心既然变了，强扭住又有什么用？"

　　母亲听了这话，也只有伤心落泪，素璞忍住悲痛劝慰道："妈妈也不必伤心，这都是命运！"

　　"唉！我早耽心，所以逼着他结了婚再走，现在到底是这么个下场！"

　　"妈妈！"素璞勉强地笑道："从此我不离开妈妈了，这还不该喜欢吗？"

　　"唉！"妈妈仍然垂着泪，素璞的心，流着血，她听见自己心弦的颤抖。

　　匆匆的岁月早又到深秋了，素璞的心情也更黯淡，忽然一天纯士寄了一封快信来，说他现在病了，客中没有一个问慰的人，况且又正是秋风秋雨的天气，他希望素璞能去看他；另外又寄了一首勃朗宁的诗："神未必这样想"。她看见那首诗，对于人生的忠实勇敢，已经够流泪了，再看见纯士在那"神未必这样想"的一句话上，加以密密的圈，并在下面注了一行小字道：

　　素璞！这诗人已指示了我们：那两个青年男女，因为顾忌世人的讥讽，因为不能勇敢决定，把生命变成补钉，而世上的人方在那里赞叹他们，但是聪明正直的神，他未必这样想。素璞：你不能更勇敢地跳出人间的牢狱吗？你不能为自己而做人吗？你为保存礼教的假面具，把自己的生活弄成这样黯淡，你给了世人一些什么呢？素璞！这只是罪过罢了！你已经为求忠实光明的人生流过血，你也已经替世人开出一条血路，但是现在你又把这些血迹掩埋了，又把这条血路塞住了，使后来的人，看了你的努力的失败，更加胆怯，永远辗转在那虚伪补钉的生活里，素璞！无论怎样，你的这种措施，太使人悲伤了。

素璞把这封信放在枕头旁,一天看到晚,想到晚,她不知应当怎么办。只让眼泪滴在这张纸上,湿了又干,干了又湿!但"神未必这样想"的一句话,深深地打动了她,也许这就是第一道光明的闪电,跟着就有雷雨或风电的变化吧!但愿上帝祝福他们。

沦 落

医生左手插着腰，右手轻轻敲着右边的胯骨，对病人表示一种悲悯的同情，微蹙着眉峰，看护妇递过寒暑表，放在病人的舌下，约四五分钟才又从嘴里拿出来，对着窗子望了一望道："热度仍和昨晚一样。"医生点了点头，安慰病人道："多睡觉，不要用心思就好了！"病人懒懒地点了一点头，医生便发出慈母般微笑，轻轻摸了摸病人的头，说了一声再会，跟着病房的门开了，医生就出去了。

这时候夜景幽寂，从窗子里射进灰白色的月光来，照得这病房，仿佛囚牢的惨厉可怕。看护妇在一张篷布椅子上，已沉沉入梦了。病人怕灯光，电灯早就熄了。这房里竟露出可怕的幽冷，街上的更夫已打三更了。病人的心脏极剧烈的跳着，睡魔永不敢近她，她只睁着眼，努力向那没有月光的暗陬凝望，那眼神的锐利，好像可穿鬼物的肝胆似的，如此半点钟以后，她实在不支了。无力的闭上两眼，迷蒙中忽见一个魁伟的少年，站在她的床前，仿佛很伤心她病到这般地步，摇着头，深郁的嘘了一口气，那阴森只像荒丘上的鬼风，病人很惊吓的对他望着。呀！他头上带着白布蓝缘的水手帽子，身上也是白布蓝缘的水手衣服，她禁不住抖战着垂泪了。那少年水手两腿渐渐软了，战栗着跪在她的床前，伏在她的胸上呜咽着。她觉得如火般热的眼泪，都浸入她心窝里去了。她无力地嘘了一口气，用手抚着那水手，她想起认识这水手的事情来了。

在一年夏天的早晨。天上一片云彩也没有，只在天水连接的地方有一道灰色而带蓝的带子，横在那里，海边上只有一只海舰停着。住在海边上的孩子，赤着脚爬下沙滩去，什么尖的螺，圆的贝壳，捧满了两手。她那时正在捉一个活的小螃蟹，不提防滑了脚滚到海里去，那浪花发怒般涌起来，她只觉鼻管辛辣，水往嘴里直灌，便迷昏不省人事了。

过了不知多少时候，她睁开眼一看，只是一个青年的水手，站在她的面前，见她恢复了知觉，微笑着递过一杯糖水，慢慢扶着她的头灌下去，她觉得更清醒些，又睁开眼往四面望望，只见自己卧的地方是一间洋式小房屋。很使她注意的，便是这小洋屋挂着五六个白色的救命圈，她怀疑着想，不知究竟是什么地方。那水手仿佛已明白她的意思，因微笑道："小姑娘好险呵！不是我正扶着栏杆看风景，你一定要被浪头卷去了。……你愿意知道这是什么地方吗？……这就是停在海边的军舰，你家住在那里，我可以送你回去。"她这时已坐了起来，对着那水手，很亲昵的微笑着，投在他温暖的怀里说："我要回去。"水手点点头，领着她下了舰，沿着沙滩走了一里多路，她已看见家门，只见母亲正擦着眼泪，仿佛等什么消息呢，她便撇了那水手急急飞奔她母亲去了。水手远远站着，等那母子都进去了，他才唱着凯歌回舰去。

在这件事发生两天以后，她的父亲到那军舰谢那水手，那军舰已开得无影无踪了，那老人只望着海，如默祝海神保佑这可爱的青年。

后来这一只海舰虽然又开到这地方两次，但那个水手却没有同来，她一家的人都觉得很失望，这样可爱的青年，竟不能再看见第二次，并且不能对他表示一家人感激他的意思。

过了八九年她已经二十岁了，那时她中学校已经毕业，她的故乡教育很不发达，因和母亲商议，到都会的地方求学去。临离家的头一天下午，她和几个同学仍到幼年的乐园——海边作最后的亲昵。这时正是黄昏，海雾受太阳的渲染，幻成紫的、红的、青的种种色彩——不很明显的混合色，仿佛闪光的轻纱罩子，罩在碧澄澄的海面上，西方的红霞又把海水染成紫的、淡红的各种颜色，在天水交接的地道，横着一道五色的绒毡。她正在留意看海景时，忽见沙滩的东边，有一个三十多岁的男子，穿着一身海军的军服，两手插着裤袋，口唇嘘嘘作响，两目望着天空，仿佛在回忆从前的往事般，有时在那沉静里，微露着笑容，好像阴云幕里的轻淡的阳光。她觉得这军人有些眼熟，不住用眼神打量他，但是记不起来了。这究竟是在什么地方看见过的呢？

她的同伴，同她谈海上冒险的故事，渔船遇着巨大的鳄鱼倾覆了，渔人捉住一只木排，漂泊到一个没人迹的岛上，虎豹怎样凶恶，毒蛇怎样伤人，她的同伴述说着，仿佛像曾亲眼见过似的。她从这些有趣的故事里，忽然想起她遇险的一段故事，于是她告诉她们说："我告诉你们落水的故事吧！亏了那少年水手！"她的同伴都围拢说："大一点声音。"她高声述说了。大家听了都现出惊怕的神情说："呵！好危险呵！"

她这时忽然低下头，仿佛受了意外的刺激似的，不时偷眼向沙滩东边看，大家也不知不觉都回过头，只见那中年的军人，向这边看着微笑，这些女孩子便如触了电般，狐疑着，不知这微笑里头，定伏着什么不测的事，有一个小的便说:"我们快走吧!那一定是个坏人。"大家被她一提醒,都觉得真正可怕,便忙忙往回走,只见那军人仍旧望着她们微笑。她们更觉得心虚,仿佛后面那军人拿着利刃追来了。便忙忙往家里飞奔。

第二天她正在拥挤的票房门口等买车票,只见人丛里走出那个中年的军人来,她止不住心头狂跳,紧依着她父亲的肘下,不敢动弹,面上的红色都淡了,后来她父亲因为替她拿行李票走开了。她独自站在票房门口,战栗着,低头不敢往四面看,忽觉背后有人说话的声音道:"姑娘!记得前九年救你命的人吗?"她听了这句话,这才明白原来就是那个水手呵!因放下了心,望着那水手说:"先生为什么早不说,我们一家人都极望见先生一面呢……好!我父亲来了,他老人家更是时时不忘先生的一个人。"她父亲见她和一个男人说话,很惊怪的看着她,她只微笑说:"爹爹!这位先生便是救儿命的那个水手。"这老人才明白欢呼道:"呵!真是有幸,先生救了小女之后,老夫曾到海边去访先生,可惜军舰已开走了。但老夫没一天不在记念先生,等送小女上车后,请先生同老夫吃杯茶去。"

这时火车已到了,客人纷纷赶上车去,那军人和她的父亲一齐送她上了火车,不久开车的铃响了。火车头便蠕蠕动起来,越动越快,霎时间便离开故乡的城市了。

她到了北京以后,不久便进了学堂,她的脸上时时含着愉快的微笑,同学们都和她很亲厚,都觉得她是个幸运儿,忘忧草,她常喜欢带着娇憨的滑稽,惹同学发笑,学堂里的同学,无论谁提到她,都立刻感觉着自然的美。

有一天正是星期六,同学们多一半都回家去了,她因为北京没有亲戚,所以只住在学校里。这时天气已有四点钟了,她从浴室里,抱着一包换下来的衣服,一壁唱着,一壁往洗衣服的地方去。顶头遇见那个有麻子的校役,拿着一张名片道:"小姐!有人找。"她觉得很奇怪,不禁"哟"了一声道:"谁来找我呵?"因伸手接过片子来,只见上头写着"海军部副官赵海能"。她更怀疑了,心想我向来不认识这个人呵!因向那校役道:"到底是怎样一个人呵?"校役说:"很高大的身材,四方脸,有两撇八字胡子。"她听了自言自语道:"高大身材,四方脸,八字胡子,莫非是那个救我命的水手吗?"想到这里,便回头对那校役说:"好吧!你先去,我就来。"她忙把衣服放在寝室里,对着镜把头发拢了拢,匆匆走到会客室,已经有许多人在那里会同学们。她慌忙向四面望了望,只见靠门坐着那个赵海能迎了出来,很恭敬鞠了一个躬。她这时仿佛作梦似的,也不知和他说什么,稍谈几句,赵海能便走了,她只记得一句是:"有机会还要来谈。"

她会过赵海能以后,仍旧照常活泼作她的事去。

她们学校的旁边,有一所花园,她每逢放假时,常常独自到那园里,坐在花荫下看书。倦了便放下书,倒在假山石背后,静静嗅着草际的幽香,听草虫奏着细妙的音乐,有时仰头看着天上变幻的行云,有时像鱼鳞般闪烁着,有时像轻纱般飘拂着。她仿佛作梦似的,想象天宫的白玉雕栏和低眉浅笑的天使。有时忽觉天上的云异样的深碧,儿时久游的海景,一一涌现出来,那少年的水手——中年的海军部副官很明显印在她的脑里,游泳在她似梦非梦的眼前。

她不知上帝何时设下陷阱了!她感激救命的赵海能,常常流下热情的泪来,她看过从前的小说,对于有恩的男子,应该牺牲身心报答他。但她似乎知道赵海能已经不是独身的男人,她想要报赵海能救命的机会很少了。时时怅惘着,发出无可奈何的长叹。

有一次上心理学,她很留心地听讲。教员说:"女子富于情感,对于待她有恩情的人,时时不忘,根据这种心理,青年向少女求欢爱时,只有一个方法,表示对于少女极热诚,仿佛一切都可为她牺牲,纵使失败一百次,也不要灰心,终久必成功。"同班的同学听了都彼此互视着微笑,只有她脸上渐渐失了红润,头俯下去,倘若没有书桌挡着,恐怕直要低到膝上了,而且眼泪如泉水般的涌了出来,同学们很诧异,课堂里立刻静止,彼此面面相觑。便是那教员也皱着眉,默然无言,仿佛其中伏着极不测的动机,觉得再讲下去很不方便,因提早下堂了。

教员才走出讲堂的门口,同学们都一拥而前,将她围住。诘问和劝慰的声音,杂乱成一片。

她只伏在书案上,两肩不停的耸动,喉里不住的硬咽,始终探不出个究竟。同学们都怀疑着,渐渐走开了。有两三个聚在回廊底下,低声猜想着,其中有一个同学说:"她必是上了谁的当吧?"……"谁知道呢?"另一个同学插嘴说:"我觉得她近来的情形很不对,总是锁着眉峰,仿佛内心蕴藏无限的秘密似的。……唉!现在的社会,真好像荆棘的荒园了,只要一分不留心,便要被锐利的棘针刺破了……尤其是我们女子倒霉,心又软,情又热,只要男子在她面前落过一颗眼泪,无论什么便都被蒙蔽过去了。……"

种种的议论,接二连三的鼓荡在空气中,有时候一两句传到她的耳朵里,便变成有毒质的针,使她身心都感到痛楚和麻醉。

直到她病倒床上,当夜月幽淡的时候,她回想着,兀自心痛。她用手紧紧握着那水手的手,极用力的"唉"的一声。忽然打了一个寒战,睁眼一看,她全身如焚般烧起来,削瘦而灰败的两颊上,渐渐转成胭脂般的红润,失神的眼球,略略转了一转,那眼皮又慢慢垂下来了。

这时冷静的夜已过,那绿色的窗幔,闪着微紫色的朝旭。看护妇推门进来手里端着一碗鲜而且白的牛乳,那热气如烟雾似的一缕缕都从杯里涌了出来。

看护妇右手端着茶盘,左手伸在背后,扭那门上的机关,一壁对着床前站着的少年点头说:"先生早呵!"

这声浪把她从半梦里惊醒,细看那少年,原来并不是水手,他穿着灰色布的长袍,覆额的头发很自然的松散着,仿佛很美丽的遮阳般。极活泼的眼神,表示他青年之美,他这时含愁站在病人的面前,很怜惜的替病人整着散乱枕旁的柔发,看见病人已睁开倦眼,用极柔和的低声问道:"今天觉得好些吗?"病人这时只微微摇了一摇头,依旧把眼闭上,他很伤心的嘘了一口气,目不转睛对病人望着,觉得上帝太不仁了,为什么使这脆弱的玫瑰花,受病魔的作践呢?不然这种好天气,和她并肩坐在公园的松林里,听早晨的云雀,娇婉的唱歌,看莲苞的露珠,向朝旭争闪,有时她含羞向着自己微笑,呵!这多么使人醺醉!

"哎哟!"病人又发出苦痛的呻吟了,他便立刻被驱出于幸福的花园,深锁着愁闷的海,将他全个盖没了。他坐在她的身旁,握着她久病枯瘦的手,含着泪的微笑,安慰她说:"不想病的苦痛吧?只想你没病之先,我们许多幸福的光阴,……你记得有一次我们喂猿子花生,你笑得弯了腰,这些要多有趣呵!你病好我们还要寻更美妙的乐趣去,你不是最爱听海里的风,吹在松枝上,发出悲壮的松涛的声音吗?……只要你能出了医院,我们便有快乐日子过了。"这少年极力安慰着她,想尽了种种方法,甚至祈祷上帝,再给他些智慧,使他把他的爱人从愁苦的海里救出来,便使牺牲了一切,他也绝不埋怨的。

看护妇将牛奶端到床前说:"小姐!吃吧!已经不很热了!"那少年连忙从看护妇手里接过来。顾不得看护妇很冷淡的微笑,他用羹匙一瓢瓢往病人的嘴里送着,只要病人咽下一匙,他心头便开一朵美丽的欣悦的花,但病人只咽了三口,便摇头不肯吃了。他这时想二十几岁的少女,只吃得三匙牛奶便够了吗?他忘了那病人已经摇头拒绝这牛奶。他依旧用匙,很小心地舀着,送到她淡红而带浅灰的唇边，病人不耐烦的唉了一声，把头侧到里边去了。少年很失望的放下匙子，独坐着凝想，心头几次发酸，幸没有落下泪来。这不能不感谢事故很深的看护妇了。

太阳骄傲着走他的路，对于人间的欢迎与憎厌，他都不理会。他不注意那些怕分离的青年男女，而为他们稍停留，而且那些青年男女，觉得他们需要太阳照临的时候，太阳跑得更要快些。

病人床前坐着的少年，看见病人似乎睡着了，他轻轻走开，到门外换一换空气，当他抬头，看见西方一带柳树梢上，满都染着金黄色时，他不觉得吃了一惊，什么时候跑马的太阳已走到这里了。照规矩医院六点钟便不许外人停留了。他看一看手上的表只差五分，便需离开这地方了。他又走进病房里，病人已醒，望了望他道："你没走吗？……"他说："还早还早。"但他那不自然的微笑，已令病人不能坚信他的话。

门外头一阵脚步声，医生来看病人了。看护妇拿着寒暑表，推门进来说："先生，到关门的时候了。"他仿佛罪人听了最后的判决，只得绝望走了。看护妇送他出了门，依旧淡然微笑着。

三个星期以后，这病房里已另换了一个病人了。她搬到学校的休养室住下，同学们听见了这消息，都抱着欣悦的同情，到她那里看望她。这休养室在操场后面，另外一个小花园里，窗前有几株美人蕉，正开着金红色的花，在朝露未干时，从那花下过，可以嗅到一种清微的幽香，蕉叶像孔雀美丽的尾，翠碧上有许多金星，那正是露珠儿在朝阳下闪烁的时候了。

满屋子的光线都异常轻柔，淡绿像湖心的水色。窗上都幔着葡萄叶色的轻纱，杨柳的柔条，美妙的飘射在上面。她披着玫瑰色的大衣，静默的坐在靠窗的大沙发上，在左手这一边放着一封信，眼前游泳着可怕的恶梦。

不能忘的水手——中年的副官，魁伟的身干，直立着仿佛一根石柱。他只要轻轻一动，就可使无数的人头破血流。记得他曾述说他攻打敌人时的猛鸷，一个枪子打进对面敌人的左眼，那眼珠网着血丝——赤红像火般，滚了出来，他绝不动心，接续第二枪第三枪一直开下去，仿佛小孩子看放花一样有趣，红光——血和火焰都混合成为一片，他只觉活跃好看——唉！勇敢的军人！多么可怕的活剧，他只要一样把这不情的活剧，从新演一遍，不消两个枪子，什么都完了。

她惊惧仰起头来，只见绿纱窗上，染上几道淡紫的波纹，在那波纹底下仿佛有一个人影，于是她开始问道：

"门外是谁？"

"松文姊姊！你起来了吧！"

"起来了！你是彬彩吗？……进来坐坐。"她说着，开了房门，只见彬彩笑嘻嘻走了进来，对她脸上望了望说："怎么今天脸色又不好啦！昨晚好睡吗？"

她惊惧而羞涩地应道："怎么？……不至于吧，"因拿起桌上的小镜子，细细照了一照，又用手在两颊上搓了一搓道："想是天气比较凉了，我病后禁不住，脸色所以更苍白了。"

"这也不要紧，你不要忧惧吧！只要畅放胸襟，复原自然就容易了。"彬彩抚摩着松文的肩，很诚挚地安慰她。她只摇摇头叹了一口气说："像我这种不幸！……死了倒也干净！"

"为什么总要往这一条路上走，死也没这么容易呢？"彬彩很感慨的说着。

她把沙发上的围巾拿起来，那封信掉在地下了。"呀！他又来信了吗？你也太不干脆了！像这样藤蔓似的，将牵到什么时候才了呵！"她面色渐渐红了，好像火般的燃烧着，头俯下来，紧紧靠着胸口，泪和露珠般，滚过两颊又流到衣襟上了！

"唉！"彬彩的颜色苍白了，但她除了这一声"唉！"没有更多的话了。这美丽的晨光，被弱者的泪浸得暗淡了。窗纱上的红色波纹，变成素湍的清流了。满屋里沉寂着，像死神将要来临的森阴可怕。一只青白色的面孔，四只凝着泪光的眼睛，仿佛在神的莲座前，待最后的判决般不安和忧郁。

后来彬彩慢慢恢复了她为忧伤而错乱的神经，用绢帕拭干了眼角的泪痕，从地下捡起那封信来说："我能看一看吗？"松文只点了一点头，仍不住的流泪。

彬彩用发抖的手——仿佛已听见强者的枪在封套里跳跃了——轻轻从那封口里抽出信来，眼前顿觉一亮，一个火热的十字在那信尾，明明白白的画着。仿佛经过知县老爷批行的文书，只要一公布出去，罪人便没有希望了。彬彩极力镇定着，把那信笺展开，但连信笺都一同的发着抖。她对着空气深深的吸了一口，似乎胸口的压迫松了些。于是才看见信上所写的东西：

> 松文：我是军人，我是不知道明天的生命的人，我的感情是像海里的波涛一样的，当我听见指挥官的号令："前进！"我全身便燃烧在火热的情感里，这时不打得敌人的眼球滚了出来，我手上的枪绝不向下松一松。但事情过去了，我睡在野外的帐幕里，偶尔看见

头顶上的青天，和淡白色的月光，我也曾想起我白天的动作很可笑，而且危险，这时我感情的潮落下去了。但是没有用处，这已经是过去的事了。

这一段故事，仿佛是题外旁枝，但你若懂得，就可以免了许多的麻烦！

我热烈的感情，能像温柔的绸带缠着你，使你如醉般的睡在我的臂上，但你若背过脸去，和另一个少年送你的眼波，我也能使这温柔的绸带，变成猛鸷的毒蛇，将你如困羊般送了命。

你或者要祈祷上帝，使可怕的战事——无论为什么而战，只要将我因此送了命，你便可以很自由了，这一层我不能禁止你，而且真到这时候，我看不见，听不见了，我也不愿再管了。只是我活的时候，我绝不能使曾经和我接近的人，更和别人演一样的剧。

我救你的命，我并不曾想你报答，但你既很慷慨的愿意以身报我，那就不能再由你的意了。

赵海能十

彬彩看完这字字含刺的信，哀悯的同情，染着愤激的色彩，责备松文说："你为什么不想一想！"松文又羞又伤心，将头埋在手里。猛烈的热情，逼着她放声痛哭了。

彬彩看着这可怜的弱者，也禁不住落了许多同情的泪。

在她们哭得伤心的时候，日色越变越阴沉，一阵阵凉风吹得芭蕉叶刷刷作响，立刻便有暴雨要来似的。

彬彩看看手上的表，已到正午了。因说道："你一早还不曾吃东西，我们一同到食堂吃碗面吧！"她摇头道："你自己去吃吧！我一些不饿。"说着那雨点已渐渐滴了下来，彬彩说："我不能再耽搁了。你现在不去吃也好，等雨晴了我叫人给你送来吧！"说着开开门急急的走了。

彬彩走到食堂里，同学们都早已在那里坐好了。她拣了靠窗子的那位子坐下。大家糟糟杂杂谈话，彬彩并不注意她们，只顾低着头吃，忽听靠她左边坐着的那个同学说："彬彩！你的好朋友松文的病好了吗？"彬彩说："还没十分好！"另有两个同学，正看着，露出很鄙薄的冷笑，含着讽刺的语调说："松文病得真奇怪？""哼！什么怪事没有啊？这才给妇女解放露脸呢？"彬彩听她们的话头，简直是骂松文，自己也不好插嘴，只装没听见，忙忙吃了，放下筷子就走。她们看了她这不安的神气，等她才转过脸去，便发出使她难堪的冷笑，仿佛素日和松文过不去的宿仇，这一笑便都报复了。

彬彩装着一肚子牢骚，来到洗脸房里洗脸，当她拿着脸布在脸上擦的时候，愤怒和不平的情感，使得她的眼泪和脸盆里的水相合了。她想："人们最残忍，对于人家的错总不肯放过一分一厘，松文当日待她们也不薄，何至于这样的糟践她呢？人们只是自利的虫呵！这世界究竟有什么可宝贵的东西？"彬彩越想越伤心，终至于把眼睛都擦红了。

同学们走过她的面前，只是冷然的，似乎有些惊异的微笑着。

松文的病，为听见同学们的闲言，又加重了。这时除了彬彩对她仍和从前一样的诚挚，其余的都极隔膜，有时因为到操场去，从她的门口过，也只对着她的门窗，露着鄙薄的冷笑，她们给她起了一个绰号叫"害群之马"。从此她们说到她，只以"害群之马"为影射之辞。

有一天正是学校纪念日，同学们演新剧，彬彩约着松文到演剧场，打算使她开开心，病也可以好得快。她们到那里只剩东边犄角有两个空位子，彬彩坐在外边，松文坐在里边。这时趣剧已开幕了，演醉汉的笑史。只见那醉汉跄跄跻跻在台上乱撞，把一个卖豆腐的担子撞倒了，弄了满脸满身的豆腐，好像雪地里钻出来的一只笨猪。看客都哄堂大笑，松文也觉得这是病后头一次开心了。

趣剧演过，接着演正剧——《心狱》。是一个青年从外国回来，留在他姑母家里，她姑妈没有子女，抱了一个养女，这时已经十八岁了，出脱得和含露的蔷薇般，十分艳丽。这少年因色动情，引诱这少女和他发生关系。那少年不久就回家去了。这少女不幸有了孕，被家人发现，把她赶了出去，沦落得将成乞丐了，而那少年早把这件事忘了。当这少女正抱着小孩跪在戏台上，凄声的哀求上帝的怜悯的时候，看的人有的发出同情的悲叹来。而在东边犄角上，忽砰的一声，仿佛什么沉重的东西倒了，会场的秩序立刻乱起来。

"谁摔倒了？"

"松文！松文！"

"快请学监去！"

闹嚷中那个高身材的学监先生，慌张着来了，叫女仆将她连扶带抬弄到休养室去，一直过了半点钟，会场的秩序才渐恢复了。

松文两眼紧闭，脸色和纸般的惨白，嘴唇发紫，一声不响的睡在床上，彬彩用急迫的声调，抖战着呼唤；有经验的女仆，用力掐她的人中。过了半天，松文才回过气来，"呀"的一声哭了！彬彩含着泪说："这是何苦呢？"

女仆忙着灌糖水，揉心口，直到松文嘴唇有了红色，大家才慢慢散了。彬彩在对面床上陪伴她，夜里偶然醒了，还听见松文深郁的悲叹，仿佛荒原里，沦落的小羊。

从那天晚上起，学校里的人们对松文的议论，又如潮水般澎涨起来。彬彩把休养室的门关得紧紧的，惟恐不情的嘲笑传到她的耳朵里，增加她的病。

人们无情的嘲笑，渐渐好些了，因为她们的嘴已经为这议论疲倦了，她们的耳朵也为听这议论疲倦了。松文的病也渐渐好起来。

在松文病里，那个活泼的少年，担了不少的心，背着人流了许多的泪。但学校里他不方便来，并且松文又屡次阻止他来。他每次走到学校里的门口徘徊了许多时候，但依旧照样回去了。

现在听说松文已经能出来，他才从愁苦的海里逃了出来。这一天气候很温暖，梨花静默的睡在太阳的怀里，怯弱的兰蕙，也亭亭直立在白石的栏杆边，透着醉人的清香，松文无力的倚着雕栏坐着。那少年站在旁边，握着她瘦弱的手，低声道："比从前又瘦许多，怎么好？"很诚挚的情感的表示，松文惊得缩回手来，少年似乎不解的对她望着，紧咬着嘴唇，虽然没说出一句话来，而他心弦的紧张更比说什么表现得清楚。

夜来香的密叶下，飞出一只小麻雀来，仿佛嘲笑似的，从他们头顶上飞过去。梨花的瓣如蝴蝶般，随着微风飘落在她的衣襟上，她含泪拾起梨花，用手抚摩着，似乎说："你的零落憔悴正和坐在你底下可怜的女子一样呵！……但你还有我怜你……"她的泪滴在梨花碎瓣上，染成淡红色的斑痕。那少年说："这是人间最不值得理会的东西，不过一片零落的花瓣，何必用你宝贵的泪去染她呢？"她抖战着，重复那少年的话说："不过一片零落的花瓣！"

少年觉得，他们这一次的聚会，没有多少吉兆。怏怏地送她到了学校的门口，便独自回家了。

他到了家里，回忆着日间事，他觉女子们的心情，真是过分的易受感动。不值什么的一片落花，也会使得她们流泪。

这一天夜里，松文等彬彩睡着了，她又坐起来，拥着温暖的棉被，细细的思量，她觉得那少年对她十分的真挚，或者能原谅她一时的错，而终身包涵她……但她一转念间，又觉得自己的测度靠不住，倘若他放下脸说："我纯挚的爱情，只能赠给那洁白如玉的女子，不能给你……"或者他勉强容忍了，当时不使我太难堪，但渐渐和我疏远了，甚至于在街上遇见我的时候，竟仿佛不认识，这都足使我失却生活的勇气呵！

我不告诉他吧，人生朝露，像我这种身体更不知什么时候就结束了，何苦不尽力在生前享乐呢？……享乐！唉！不能！绝不能！良心之不安，比凌迟处死的罪还难受呢。并且没有同情的人类，专好攻人家的过处的人类，我纵不说，他也未必终久不知道，那时候岂不更多了一层欺骗的罪吗？

他仿佛很真诚，或者他能看爱的面上饶恕我一切。可怜我易受骗的小羔羊，用他丈夫的大度，来包容我。……

但是他向来很胆小，为了那强凶的赵海能他或者要遮着耳朵，急急躲开了，那我岂不是一样的沦落。

真的，我没认识他以前，我没到爱的花园里边去过，没理会过紫罗兰的香气，是很精妙的。

赵海能三十九岁的副官，我为感他救命的热情，不幸一时走错了一步，但绝不会因此开很精美的爱的花。而且这又不能和太阳一样的冠冕堂皇，只像躲在墙缝里的水牛，如何的龌龊和束缚呵！

几千根没有头绪乱麻般的思想，将她萦绕得头目发晕。

夜已深沉了，星光很暗淡，仿佛醉人朦胧的眼。细小的风，从玻璃缝里悄悄钻了进来，吹在她的散发上，根根便如青色的飘带般舞动犬儿遥遥的吠着，打断她的思路，她实在疲倦得不支了，放好了枕头，将身上披着的衣服拿了下来，慢慢钻进被筒里去。数着壁上的钟摆一二三四五六……不知数了多少她才走到短期的安息国去。

当松文披衣深思的时候，同时离她十里路左右，有一所公寓。最后进的一所房子，兀闪烁着灯光，在灯光底下，坐着一个少年，正用金色的笔头，蘸着紫罗兰的墨水，往一张很美丽的信笺上写道：

"松文！我为你的荏弱，几次心都裂了！我看见兰花，支着纤细的干儿在夜风里摇摆着，我便心慌地张开我的两臂，遮着那无情的风说：'风呵！你留一些情吧！她禁不起你的摧残哟！'"

"松文！我或者有些过虑。但我看见你削瘦淡白的两颊，我无论什么时候都在抖战着……"

他写到这里，似乎有些停顿了，他放下笔，拿起桌上的香烟，不住的吸着，满屋子都漫了烟雾。过了不知多少时候，烟雾散净了。他举起两手，伸了伸腰，打了一个呵欠，回头看了壁上的钟，已经两点了。于是将这不曾写完的情书，郑重收起来，安然的睡下。

两星期以后，他打算到南边去省亲，便约松文在公园里话别。这一天天气比较得热，并且一点风都没有，在那河边的柳条静静的动也不动，那路旁的蝴蝶兰，也默默无语，对着那炎热的骄阳，仿佛乞怜似的低垂着弱茎。河池里的水平如镜，映着两岸的倒影。水亭子的红柱，一根根逼真的印在水里，有时波底的游鱼，征逐着捉那赤色的小虫时，水上便起了漩纹。

那少年坐在水边的悬崖上，两只脚踏在一根老松根上。在悬崖旁边，长着许多碧绿的爬山虎，和赤红的马樱花，那马樱树的叶子，正像一把伞般，遮着那炙人的阳光。这时松文还不曾来，他不很焦急，因为他正思量着，用什么安慰她，使她觉得这暂时的小别不算什么。他第一层想到了，他今天对她不说一句惜别的话，他更要极力作出这是一件很平常的事，或者还是一件很快壮的事。但他不知怎么，想到留下她很孤零的在北京，心弦便禁不住要紧张了，他向无云的碧蓝天空，深深吸了一口气，仿佛觉得松快些。他无意的回过头去，神经像受了电流，不觉"呀"了一声，因为在他的背后，正是他的爱神，含笑的站在那里。

"你想什么？竟如此入神？"松文含笑的对他诘问。

"我只打算你从这一条路来，正在盼望你，不想你到那边绕过来，躲在我的背后，使我不期的吓了一跳。"

松文不再说什么，只拣了一块平的山石，用手巾垫着坐下了。他也不知要说什么才适当，也踌躇着一语不发。他们默对了半天，只是他们的眼神，都一时不曾缄默，惜别和怅惘的情绪，都尽量的传达了。

"哦！你要走吗？"松文突然问着那少年。

"打算明后天走，你觉得怎么样？"他用犹豫的目光望着松文，仿佛只有她一句话才可以决定他的行止。

"你既决定走，还有什么好不好呢？"她含着深微的幽怨，和失望的情绪，使他坚定就走的心摇动了。

"倘若可以不走，我……"

"走也好，在北京也很无聊，"她不等他的话完便插入这么一句，打断他的下文了。

他似乎有些不高兴了，脸色微露苍白，两目失了灵转的力，只凝注在没有一点好看的白墙上。

"你怎么不说话了？"她又故意的问他。他觉得更伤心了，眼圈仿佛红着，她这才不忍再戏弄他了，用极温挚的态度问他道："你能不去，我当然希望你不去，因为我现在也很孤零。想到你路上的凄寂，更不舒服……可是你的家里有要紧事，你又不能不去，只望早点回来……"她说到这里，觉得不能再这么一直说下去，恐怕自己先制不住自己的眼泪，因换了方面说："你到南边把好的风景片给我寄几张来。"他听了这话，立刻活泼起来，因问她要那一样的，要多少，说个不休。两人都把惜别的情绪宕开了，好像一阵的大风，吹散天空的浮云。

这时候暮色很深了，游人依旧很多。他们便离了这水涯，在松林下并肩慢步着。

新月如眉般的，印在蔚蓝的天上。疏星似棋般排列着，从高茂的树林中，露出几道的白光，照在马路上，叶影如画。他们踏着这美丽的影子，互视着传他们密致的心波。他们无言，但他们彼此听得见彼此的心声，深深沉醉在清淡悄默的月光和星辉之下了。

第二天早晨，松文叫人送了一封信给那少年。这信共有两层封套，里边的那封信，用红漆锁着信口，在信封的背后注道："这封信请你在车到天津时，再拆看。千万！千万！"

那少年似乎不可耐，他焦急着皱紧眉头。"到天津再看，为什么呢？"他自己问着自己，但他终久只在云雾里罩着。几次要待不遵她的嘱咐，但当他用手动那封口的红漆时，总要不安的顿住了。

在车上三点多钟的时间，在他急迫的心看起来，至少三年了。车到天津的时候已经七点了，但日色还很明亮，他靠着窗子，把信拆看了。不知不觉他的心弦又紧张起来。他看那封信上说，他的爱神已不是含苞未放的花了，他怀疑着想，这大约是梦吧！世界上那有这种可惊异的事呢？她娇羞默默，谁说她不是处女的美呢……竟有这种的事吗？……赵海能可鄙的武夫，他也配亲近她吗？那真是含露的百合，遭了毒蜂的劫了！他如回文般，织着不断的思网，有时觉得心火着了，烈炎烧了全身，使他焦灼。有时仿佛失足到封锁着的冰窟里去，心身都冷得战栗了……他想割弃了吧！但是她的印象太深了，总有些不可能。不割弃呢？我夺了别人的所爱，良心的酷责，不能轻恕，或者敌人用他那身上的刺刀对付我。这未免太冤枉了！

冲突的两念，亘在他的胸中，直到他回家那一天，他父亲含着泪对他说："我的身体一天差似一天，不知道还有几个月的命了。你年纪也大了，我若能看见你在我咽气之先，办了你的喜事，我死也瞑目了……我这次叫你回家就为这事，因为怕你受了外头那些新思潮，不肯回来，所以我只告你我病重了……现在你的意思怎么样？"

他这时渐把对松文的念头，慢慢打断了。他说："父亲的意思我明白了。但那张家女儿听说今年也回来了……"

"哦！是的，她在女师范毕业了……正是今年才回来的。"他父亲含笑的回答他，他这时心里打算要求他父亲要和张家女儿见面。但终有些不好意思出口，低着头，等了半天才嗫嚅着说："我打算见她一面。"他父亲微笑着，露出很慈爱的样子说："这个慢慢商量吧！现在你先去休息。"他这才退了出来。

走到自己的屋子里，看见所有的家具都新漆过了，知道这都是为婚事的预备。他正在四围赏览着，只见书案上，放着一个白银刻花的像架，里面有一个极美丽的女子，手里拈着一朵玫瑰花，倚在太湖石上，眼望云天微笑。他心里吃惊，他想这女子比松文更秀丽了，这到是谁呢？怎么放在他的屋子里来呢？他把这像片从案上拿了下来，只见这像的背后，有一行字是，"张静兰年十九岁三月五日酉时生"，他这时心花都放了。他晓得这就是他未来的妻子，美丽而年青的安琪儿，这时把松文更忘怀了。并且他渐渐生了鄙薄松文的念头，他想自己纯洁的爱情，只能给那青春而美丽的贞女。松文已不是含露未放的花苞了。把从前松文的印影，用新的幔子罩起来了。

松文自从那少年走后，情绪只觉得无聊，常常一人独坐，回溯水涯畔的美丽图境，那少年的笑容，怎样使她忘了愁苦。这时她瘦白的两颊上，渐渐涌起两朵红云，仿佛晨光朦胧里的彩霞。但一想到她现在的孤零和凄寂，那美丽的梦，便幻成可怕的毒蛇，驱逐她到失望的国里去，她的眼泪又缘着两颊流下来了。

这一天清早，她正独自在廊下徘徊着，忽见邮差送来一封信。那熟谙的笔迹，使她的心头立刻开了花。她忙忙拆开封口，一张美丽粉红色的片子，落在地下，她想这一定是新出的风景片，忙忙拾了起来，"呀！"她突喊出这惊奇悲惨的调子来。她的手抖着，只见那张结婚的请帖，个个字都像魔鬼向她伸爪似的，她无力的倒在地下了。彬彩正在房里看书，听见这声音，急出来看，只见松文面色苍白，牙关紧闭，昏倒地下。忙忙叫老妈子，帮着把她扶起，放在床上，叫喊了半天，她才慢慢醒了过来，但她的神经已经乱了，忽笑忽哭，有时用手在空中乱抓。彬彩慌了，忙忙通知学监，请了医生来看，医生只是摇头说："这病很有疯狂的可能。必须赶紧使她热度减少，才保得性命。"当晚使用汽车把她送到医院去了。

这消息一传布开,彬彩又受了许多的苦痛,人们真怪,某一个人有了一点不是,连朋友都要被凌辱。彬彩本想搬到医院去看护她,因怕同学们的冷嘲热骂,把她的心吓冷了。虽然心里怜她,面子上也不愿亲近她。

　　松文在医院里,过了两个星期,危险的时期已经过了,但当她迷糊的时候,还不觉苦。只要她略一清醒,睁眼一看,自己身傍一个人都没有,便是窗前的树叶,也仿佛对她很冷淡的,也好像已经走到天尽头的孤岛里了,这时只有哀求万能的慈悲上帝,来接引她了,但上帝也似乎没有听见她的哀求,只有黄昏的灰幔,犹恋恋地覆着她,使她看不见人类冷刻的眼波的流盼罢了!

前 尘

　　春天的早晨，酴醾含笑，悄对着醉意十分的朝旭。伊正推窗凝立，回味夜来的梦境：山崖叠嶂耸翠的回影，分明在碧波里轻漾，激壮的松涛，正与澎湃的海浪，遥相应和。依稀是夕阳晚照中的千佛山景，还有一声两声磬钹的余响，又像是灵隐深处的佛音。

　　三间披茅附藤的低屋，几湾潺湲蜿蜒的溪流，拥护着伊和他，不解恋海的涯际，是人间，还是天上，只憬憧在半醉半痴的生活里，不觉已销磨了如许景光。

　　无限怅惘，压上眉梢，旧怨新愁，伊似不胜情，放下窗幔，怯生生的斜倚雕栏，忽见案头倩影成双；书架上的花篮，满栽着素嫩翠绿的文竹，叶梢时时迎风招展，水仙的清香，潜闯进伊的鼻观，蓦省悟，这一切都现着新鲜的欣悦，原来正是新婚的第二天早晨呵！

　　唉！绝不是梦境，也不是幻相，人间的事实，完全表现了，多么可以骄傲。伊的朋友，寄来《凯歌新咏》，伊含笑细读，真是味长意深；但瞬息百变的心潮，禁不得深念，凝神处，不提防万感奔集，往事层层，都接二连三的，涌上心来。

　　无聊的来到书橱边，把两捆旧笺，郑重的从新细看。读到软语缠绵的地方，赢得伊低眉浅笑，若羞似喜。不幸遇到苦调哀音的过节，不忍终篇，悄悄地痛泪偷弹，这已是前尘影事，而耐味榆柑，正禁不起回想啊！

　　人间多少失意事，更有多少失意人。当他们楚囚对泣的时候，不绝口的咒诅人生，仿佛万种凄酸，都从有生而来；如果麻木无知，又悲喜何从，——伊也曾失望，也曾咒诅人生，但如今怎样？

　　　　收拾起旧恨新愁，
　　　　拈毫管；
　　　　谱心声，
　　　　低低弹出水般清调，
　　　　云般思流；

人间兴废莫问起,
且消受眼底温柔。

无奈新奇的异感,依然可以使伊怅惘,可以使伊彷徨。当伊将要结婚之前,伊的朋友曾给伊一封信道:

想到你披轻绡,衣云罗,捧着红艳的玫瑰花,含情傍他而立;是何等的美妙,何等的称意;毕竟是有情人终成了眷属,可是二十余年美丽的含蓄而神秘的少女生活,都为爱情的斧儿破坏了。不解人事的朋友——你——我们的交情收束了,更从头和某夫人订新交了。这个名称你觉得刺耳不?我不敢断定;但我如此的称呼你时,的确觉得十分不惯;而且又平添了多少不舒服的感想!噫!我真怪僻!但情不自禁,似乎不如此写,总不能尽我之意,好朋友!你原谅我吧!……

这是何等知心之谈;伊何能不回想从前的生活;甚至于留恋着从前的幽趣,竟放声痛哭了。

伊初次见阿翁,——当未结婚之前,只觉羞人答答地;除此外尚不曾感到别种异味,现在呢?……记得阿翁对伊叮嘱道:"善持家政,好和夫婿……"顿觉肩上平添多少重量。伊原是海角孤云,伊原是天边野鹤;从来顽憨,那解得问寒嘘暖,那惯到厨下调羹弄汤?闲时只爱读《离骚》,吟诗词,到现在,拈笔在手,写不成三行两语,陡想起锅里的鸡子,熟了没有?便忙忙放下笔,收拾起斯文的模样,到灶下作厨娘,这种新鲜滋味,伊每次尝到,只有自笑人事草草,谁也免不了哟!

不傍涯际的孤舟,终至老死于不得着落的苦趣中,彷徨的哀音,可以赊不少人同情的眼泪,但紧系垂杨荫里的小羊,也不胜束缚之悲,只是人世间,无处不密张网罗,任你孙悟空跳脱的手段如何高,也难出如来佛的掌握。况伊只是人间的弱者,也曾为满窗的秋雨生悲,也曾因温和的春光含笑,久困于自然的调度下,纵使心游天闾,这多余的躯壳,又安得化成轻烟,蒸成大气,游于无极之混元中呢!

记得朔风凛冽的燕京市中,不曾歇止的飞沙,不住的打在一间矮屋角上。伊和她含愁围坐炉旁,不是天气恼人,只怪心海浪多,波涌几次,觉得日光暗淡，生趣萧索。

伊手抚着温水袋，似憾似凄的叹道："你的病体总不见好；都由心境郁悒太过，人生行乐，何苦自戕若是？"她勉强苦笑道："我比不得你，……现在你是一帆风顺了，似我飘零，恐怕不是你得意人所能同日而语的；不过人生数十年的光阴，总有了结的一天，我只祝福你前途之花，如荼如火，无限的事业，从此发轫；至于我呵，等到你重来京华的时候，或者已经乘鹤回真！剩些余影残痕，供你凭吊罢了。……"伊听了这话，只怔怔的一言不发，仿佛她的话都变作尖利的细针将伊嫩弱的心花，戳成无数的创伤。不禁含泪，似哀求般说："你对于我的态度，为什么忽然变了？你这些话分明是生疏我，我不解你从前待我好，现在冷淡我是为什么？虽然我晓得，我今后的环境，要和你不同了，但我心依旧的不曾忘你，唉！我自觉一向冷淡，谁晓得到头来却自陷唯深！……"

唉！一番伤心的留别话，不时涌现于伊的心海之上，使她感到新的孤寂，尝受到异样的凄凉，伊相信事到结果，都只是煞风景的味道。伊向来是景慕着希望的隽永，而今不能了，在伊的努力上是得了胜利，可以傲视人间的失意者，但偶听到失意者的哀愤悲音，反觉得自己的胜利，是极可轻鄙的。

自从伊决定结婚的信息传出后，本来极相得忘形的朋友，忽然同伊生疏了。虽有不少虚意的庆祝话，只增加伊感到人间事情的伪诈。

她来信说："……唯望你最乐时期中，不要忘了孤零的我，便是朋友一场……"

她来信说："……独一念到侃侃登台，豪气四溢的良友，而今竟然盈盈花车中，未免耐人寻思，终不禁怅然了。往事何堪回首？"多感善思的伊，怎禁得起如许挑拨？在这香温情热的蜜月中，伊不时紧皱眉峰，当他外出的时候，伊冷清清地独坐案前，不可思议的怅恨，将伊紧紧捆住，如笼愁雾，如罩阴霾；虽处美满的环境里，心情终不能完全变换，沉迷的欣悦，只是刹那的异感，深镂骨髓的人生咒诅，不时现露苍凉的色彩。

这种出乎常情的心情，伊只想强忍，无奈悲绪如蒲苇般柔韧而绵长，怯弱的伊，终至于抗拒无力。伊近来极不愿给朋友们写信，当伊提起笔，心里便觉得无限辛酸，写起信来，便是满纸哀音，谁相信伊正在新婚陶醉的时期中？伊这种现象，无形中击碎了他的心。

在一天的夜里，天空中，倒悬着明镜般的圆月，疏星欲敛还亮的，隐约于云幕的背后，伊悄然坐在沙发上，看他伏案作稿，满蓄爱意的快感使伊不禁微笑了。但当伊笑意才透到眉梢头,忽然又想到往事了。伊回忆到和他恋爱的经过——

最初若有若无的恋感,仿佛阴云里的阴阳电,忽接忽离,虽也发出闪目的奇光,但终是不可捉摸的,那时伊和他的心,都极易满足,总不想会面,也不想晤谈,只要每日接到一封信,这心里的郁结,便立刻洗荡干净。老实说,信的内容,以至于称呼,都没有什么特著的色彩,但这绝不妨碍伊和他相感相慰的效力。

而且他们都有怪僻,总不愿意分明的写出他们的命意,只隐隐约约写到六七分就止了。彼此以猜谜的态度,求心神上的慰安,在他们固然是知己知彼,失败的时候很少,但也免不了,有的时候猜错了,他们的心流便要因此滞住了,但既经疏通之后,交感又深一层。

在他们第一期的恋感中,彼此都仿佛是探险家,当摸不着边际的时候,彷徨于茫茫大海的里头,也曾生绝望的思想,但不可制止的恋流,总驱逐着他们,低低的叫道:"往前去!往前去!"这时他们只得再鼓勇气,擦干失望的泪痕,继续着努力了。

他们来往的书信,所说的多半是学问上的讨论,起初并不见得两方的见解绝对相同,但只要他以为对的,伊总不忍完全反对,他对伊也是一样的心理,他们学问的见解,日趋于同,心情上的了解也就日深一日了。这种摸索着探险的生活,希望固可安慰他们的热情,而险阻种种,不住的指示他们人生的愁苦,当他们出发的时候,各据一端,而他们的目的地,全在那最高的红灯塔边。一个从东走,一个从西来,本来相离很远,经过多少奇兀的险浪、汹波,还有猛鲸硕鼍,他们便一天接近一天了。

天下绝没有如直线般的道路,他们走到山穷水尽的时候,往往被困在悬涯的边上,下面海流荡荡,大有稍一反侧,便要深陷的危险,这时候伊几次想悬崖勒马,生出许多空中楼阁,聊慰凄苦的方法来,伊曾写信给他说:

……我不敢想人间的幸福,因为我是不幸者,但我不信上帝苛酷如是,便连我梦魂中的慰安,也剥夺了吗?

我记得悬泉飞瀑的底下,我曾经驻留过。那时正是夕阳满山,野花载道,莺燕互语的美景中你站在短桥上,慢吟新诗,我倒骑牛背,吹笛遥应,正是高山流水感音知心。及至暮色苍茫,含笑而别,恬然各归,郑重叮咛,明日此时此地,莫或愆期,唉!这是何等超卓的美趣啊！我希望——唯一的希望，不知结果如何，你也有意成就我吗？

超越世间的美趣，如幽兰般，时时发出迷人的醉香，诱引他们不住的前进，不觉得疲弊。有时伊倦了，发出绝望的悲叹，他和泪濡墨恳切的写道："唉！我已经灰冷的心为谁热了，啊！"这确实是使伊从颓唐中兴奋。

沉迷在恋海里面的众生，正似嗜酒的醉汉，当他浮白称快的时候，什么思想都被摈斥了。只有唯一的酒，是他的生命。不过等到清醒的时候，听见朋友们告诉他醉里的狂态，自己也不觉哑然失然。至于因酒而病的人，醒后未尝不生悔心，不过无效得很，不闻酒香，尚可暂时支持，一闻酒香，便立刻陶醉了。伊和他正是情海里的迷魂，正如醉汉的狂态。他们的眼泪只为他们迷狂而流，他们的笑口也只为他们的迷狂而开。

伊想到未认识他以前，从不曾发过悲郁的叹声，纵有时和同学们，争吵气愤至于哭了，这只是一阵的暴雨，立刻又分拨阴霾，闪烁着活泼的阳光了。自从认识他以后，伊才了解人间不可言说的悲苦。伊记得有一次，正是初秋的明月夜，他和伊在公园里闲散，他忽然因美感的强激，而生出苍凉的哀思，微微叹了一声。伊悄悄地问道："你怎么了？……"他只摇头道："没有什么？"这种的答话，在伊觉得他对自己太生疏了，情好到这种地步，还不能推心置腹。伊想到这里，觉得自己真是天地间的孤零者了，往日所认为唯一可靠的他，结果终至于斯，作人有什么意义，镇日家奔波劳碌，莫非只为生活而生活吗？这种赘疣般的人生，收束了到干净呢？伊越思量越凄楚。这时他们正来到石狮蹲伏着的水池边，伊悲抑的倚在石狮的背上，含泪的双眸，凄对着当空的皎月。银光似的月影正笼罩着一畦云般的蓼花，水池里的游鱼，依稀听得见唼喋的微响，园里的游人，都群聚在茶肆酒馆前。这满含秋意的境地里，只有他们的双影，在他们好和无间的时候，到了这种萧瑟苍凉的地方，已不免有身世之感。况今夜他们各有各的心事：伊憾他不了解自己的衷怀，他伤伊误解自己的悲凄。他本想对伊剖白，无奈酸楚如梗，欲言还休。伊也未尝不思穷诘究竟，细思又觉无味。因此悄默相对，伊终久落下泪来，伤感既深，求解脱的心。忽然如电光一闪，照见人生究竟，大有放下屠刀，立地成佛之思，把痴恋之柔丝，用锋利的智慧刀，一齐割断，立刻离开那蹲伏的石狮子，很斩决的对他道："我已倦了，先回去吧！"他这时的伤感绝不在伊之下，看了伊这种绝决的神气，更觉难堪，也一言不发的走了。伊孤孤零零出了园门，万种幽怨，和满心屈曲，缠搅得伊如腾云雾。昏沉中跳上人力车，两泪如断线珠子般，不住滚落襟前。那时街上的行人，已经稀少了，鱼鳞般的丝云，透出暗淡的月色，繁伙的众星，都似无力的微睁倦眼，向伊表示可怜的闪烁。

伊回到家里，家人已经都睡了。静悄悄地四境，更增加不少的凄凉，伊悄对银灯，拈起秃笔，在一张纸上，一壁乱涂，一壁垂泪，一张纸弄得墨泪模糊。直到壁上的钟敲了三点，伊才觉倦惰难支，到床上睡了，梦里兀自伤心不止。辗转终夜，第二天头晕目胀，起床不得，——伊本约今天早晨找他去，现在病了去不得，一半也因昨夜的芥蒂不愿去。在平日一定要叫人去通知，叫他不用等，或者叫他来，而现在伊总觉得自己的心事，他一点不知道，十分怨怒，明知道伊若不去，他一定要盼望，或者他也正伏枕饮泣；只是想要体谅他，又不胜怨他，结果这一天伊不曾去访他，也不派人通知他，放不下的心，和愤气的念头，缠搅着，唯有蒙起被来痛快的流泪。

到第二天的早晨，伊的病已稍好些，勉强起来，但寸心忐忑，去访他呢？又觉得自己太没气了，不去访他呢？又实在放心不下。伊草草收拾完，无聊闷坐在书案前，又怕家人看出破绽，只得拿了一本《红楼梦》，低头寻思，遮人耳目。

门前来了一阵脚步声，听差的拿进一封信来，正是他的笔迹，不由得心乱脉跳，急急拆开看道：

> 今天你不来，料是怒我，我没有权力取得世界一切人的同情的谅解，并也没有权力取得你的同情与谅解了！我在世界真是一个无告的人了！随他难过去吧！随他伤心去吧！随他痛哭去吧！随他……去吧！人家满不在乎这多一个不加多，少一个不见少的人，我又何苦必在乎这个。生也没有快乐，死也不见可惜，糟粕似的人生！我只怨自己的看不破，于人乎何尤！——明日能来也好，不来也好！

伊看了这封信，怨怒全消，只不胜可怜他委屈的悲伤，伊哭着咒骂自己，为什么前夜绝决如此，使他受苦；现在不晓得悲郁到什么地步，憔悴到怎般田地了，伊思着五衷若焚，急急将信收起，雇上车子去访他。在路上心浪起伏，几次泪液承睫，但白天比不得夜里，终不好意思当真哭起来，只得将眼泪强往肚里咽。及至来到他的屋子门口，那眼泪又拚命的涌出来，悄悄走进他的房间，唉！果然他正在伏枕呜咽。伊真觉得羞愧和不忍，慢慢掀开他的被角，泪痕如线，披挂满脸，两目紧闭，暗淡欲绝，伊禁不住伏在他的怀里，呜咽痛哭。他见了伊，仿佛受委曲的小孩见了亲人更哭得伤心了。

人生有限的精神，经得起几许消磨？伊和他如醉如痴的生活，不只耽搁了好景光，而且颓唐了雄心壮志，在这种探索彼岸的历程中，已经是饱受艰辛，受苦恼，那更禁得起外界的刺激呵！

他们的朋友，有的很能了解他们的，但也有只以皮毛论人的，以为他们如此的沉迷，是不当的，于是造出许多谣言，毁谤他们，这种没有同情的刺激，也足使伊受深刻的创伤，记得有一次，伊在书案上，看见伊的朋友寄伊表妹的一封信，里头有几句话道："你表姊近状到底怎样？她的谣言，已传到我们这里来了。人们固然是无情的，但她自己也要检点些才是。她的详状，望你告我何如？"

伊读了这一段隐约的话，神经上如受了重鼎的打击，纵然自己问心，没有愧对人天的事，但社会的舆论也足以使人或生或死呢！同学的彬如不是最好的例吗？她本来很被同学的优礼，只因前天报上登了一段毁谤她的文字，便立刻受同学们的冷眼，内情的真伪，谁也不晓得，但毁谤人的恶劣本能，无论谁都比较发达呢！彬如诚然是不幸了，安知自己不也依然不幸呢？伊越想越怕，终至于忏悔了。伊想伊所受的苦已经够了，真是惊弓之鸟，怎禁得起更听弹弓的响声呢！

唉！天地大得很呵！但伊此刻只觉得无处可以容身了。伊此时只想抛却他，自己躲避到一个没有人烟的孤岛上，每天吃些含咸味的海水和鱼虾，毁誉都不来搅乱伊；到了夜里，垫着银光闪灼的细纱的褥子，枕着海水洗净的白石，盖着满缀星光的云被；那时节任伊引吭狂唱恋歌，也没人背后鄙夷了！便紧紧搂着他，以天为证，以海为媒，甜蜜的接吻，也没有人背后议论了！况且还有依依海面的沙鸥，时来存问，咳，那一件不是撇开人间的桎梏呵！……但不知道他是否一样心肠？唉！可怜！真愚钝呵！不是想抛弃他，怎么又牵扯上他呢？

纷乱的矛盾思流，不住在伊心海里循荡着，不知道经过多少时光，伊才渐渐淡忘了。呵！最后伊给伊表妹的朋友写封信道：

读你致舍表妹信，知道你不忘故人，且弥深关怀，感激之心真难言喻。不过你所说的谣言，不知究竟何指？至于我和他的交往，你早就洞悉详细，其间何尝有丝毫不坦白处？即使由友谊进而为恋爱，因恋爱而结婚，也是极平常的人事，世界上谁是太上，独能忘情？人间的我，自愧弗如。但世俗毁谤绝非深知如你的之所出，故敢披肝沥胆，一再陈辞，还望你代我洗涤，黑白倒置，庶得幸免。……

伊这信寄去后，心态渐次恢复原状，只留些余痕，滋伊回忆。情海风波，无时或息，叠浪兼涌，接连不止，这时他和伊中间的薄膜，已经挑破了，但不幸的阴云，不提防又从半天里涌出。当伊和他发生爱恋以后，对于其他的朋友，都只泛泛论交，便是通信，也极谨慎，不过伊生性极洒脱，小节上往往脱略，许多男子以为伊有意于己，常常自束唯深，伊有时还一些不觉得。有一次伊的朋友，告诉伊说：外面谣传，伊近来和某青年很有情感，不久当有订婚的消息。伊听了这话，仿佛梦话，不禁好笑，但伊绝不放在心上，依然是我行我素。

有一天早晨，伊尚在晓梦沉酣的时候，忽听见耳旁有人叫唤，睁眼细看，正是伊的表妹，对伊说快些起来，姓方的有电话。伊惺忪着两眼，披上衣服，到外面接电话，原来是姓方的约伊公园谈话。伊本待不去，无奈约者殷勤，辞却不得，忙忙收拾了到公园，方某已在门旁等待。伊无心无意的敷衍了几句，便来到荷花池边的山石上坐下，看一群雪毛的水鸭，张开黄金色的掌，在水面游泳。伊正当出神的时候，忽听方问伊道："你这两天都作些什么事？"伊用滑稽的腔调答道："吃了睡，睡了吃，人生的大事不过尔尔！"方道："我到求此而不得呢！"伊说："为什么？"方忽然叹道："可恼的失眠病现在又患了。这两天心绪之不宁，真算厉害了！唉！真是彷徨在茫漠的人间，孤寂得太苦了，……"伊似乎受了暗示，仿佛知道自己又作错了，心里由不得抖战，因努力镇定着，发出冷淡的声调道："草草人生，什么不是作戏的态度，何必苦思焦虑，自陷苦趣呢？我向来只抱游戏人间的目的，对于谁都是一样的玩视，所以我倒不感到没有同伴的寂寞，而且老实说起来，有许多人表面看起来，很逼真引为同伴的，内心各有各的怀抱，到头来还是水乳不相容，白费苦心罢了。……"

方对于伊的话，完全了解；但也绝不愿意再往下说了。只笑道："好！游戏人间吧！我们到前面去坐坐。"他们来到前面茶座上，无聊似的默坐些时，喝了一杯茶，就各自散了。

到家以后，他刚好来了，因问伊到什么地方去，伊因把到公园，和方的谈话全告诉了他。他似乎有些不高兴，停了好久，他才冷冷的道："我想这种无聊的聚会，还是少些为妙，何苦陷入自苦呢？"伊故意问道："你这话什么意思，我笨得很，实在不大明白。……放心吧！……"他禁不住笑了道："我有什么不放心？"

在伊只是逢场作戏，无形中，不知害了多少人，但老实说，伊绝不曾存心害人；伊也绝不想到这便是自苦之原。

在那一年的夏天，白色的茶花，正开得茂盛，伊和他的一个朋友，同坐在紫藤架下，泥畦里横爬出许多螃蟹来，沙沙作响。伊伏在绿草地上，有意捉一只最小的，但终至失败了，只弄得满手是泥，伊自笑自己的顽憨，伊的朋友也笑道："你仿佛只有六岁的小孩子，可是越显得天真可爱！"他说完含笑望着伊，伊不觉脸上浮起两朵红云，又羞又惊的低着头，那种仓惶无措的神情，仿佛被困狼群的小羊。但他绝不放松这难得的机会，又继续着道："我原是贪夜奔前程的孤舟，你就是那指示迷途的灯塔，只有你，我才能免去覆没之忧，我求你不要拒绝我。"伊急得几乎要哭了，颤声道："你不知道我已经爱了他吗？……我岂能更爱别人！"他迫切的说："你说能爱他，为什么不能爱我？我们的地位不是一样吗？"伊摇头道："地位我不知道，我只晓得我只爱他，……好了！天不早了，我应当回去了。"他说："天还早，等些时，我送你回去。""不！我自己晓得回去，请你不要送我！……"伊说着等不得更听他的答言，急急往门口走，他似含怒般冷笑望着伊道："走也好！但是我总是爱你呢？"

这种不同意的强爱，使伊感到粗暴的可鄙，无限的羞愤和委曲。当伊回到家里的时候，制不住落下泪来。但不解事的那朋友又派人送信来，伊当时恨极，不曾开封，便用火柴点着烧化了，独自沉想前途的可怕，真憾人类的无良，自己的不幸。但这事又不好告诉他，伊忧郁着无法可遣，每天只有浪饮图醉，但愁结更深，伊憔悴了，消瘦了！而他这时候，又远隔关山，告诉无人，那强求情爱的朋友，又每天来找伊，缠搅不休。这个消息渐渐被他知道了，便写信来问伊：究竟是什么意思？伊这时的委曲，更无以自解，想人间无处而不污浊，怯弱如伊，怎能抗拒。再一深念他若因此猜疑，岂不是更无生路了吗？伊深自恨，为什么要爱他，以至自陷苦海！

伊深知人类的嫉妒之可怕，若果那朋友因求爱不得，转而为恨，若只恨伊倒不要紧，不幸因伊恨他，甚至于不利于他，不但闹出事来，说起不好听，抑且无以对他，便死也无以卸责呵！唉！可怜伊寸肠百回，伊想保全他，只得忍心割弃他了。因写信给他道：

  唉！烧余的残灰，为什么使它重燃？那星星弱火——可怜的灼闪，——我固然不能不感激你，替我维持到现在，但是有什么意义？不祥如我，早已为造物所不容了，留着这一丝半丝的残喘，受酷苛的冷情宰割！感谢你不住的鼓励我，向那万一有幸的道路努力，现在恐怕强支不能，终须辜负你了！

  我没什么可说，只求你相信我是不祥的，早早割弃我，自奔你光辉灿烂的前程，发展你满腹的经纶，这不值回顾的儿女痴情，你割弃了吧！我求你割弃了吧！

  我日内已决计北行，家居实在无聊。况且环境又非常恶劣，我也不愿仔细的说，你所问的话，我只有一句很简单的答复：为各方面干净，还是弃了我吧！我绝不忍因爱你而害你，若真相知，必能谅解这深藏的衷曲。……

伊的信发了，正想预备行装，似悟似怨的心情，还在流未尽的余泪，忽然那朋友要自杀的消息传来了，其他的朋友，立刻都晓得这信息，逼着伊去敷衍那朋友，伊决绝道："我不能去，若果他要死了，我偿命是了，你们须知道，不可言说的欺辱来凌迟我，不如饮枪弹还死得痛快呵！"伊第二天便北上了。伊北上以后，那朋友恰又认识了别的女子，渐渐将伊淡忘，灰冷的心又闪灼着一线的残光。——正是他北去访伊的时候。

唉！波折的频来，真是不可思议，这既往的前尘，虽然与韶光一齐消失了，而明显的印影，到如今兀自深刻伊的脑海。

皎月正明，伊那里有心评赏，他的热爱正浓，伊的心何曾离去寒战。

这时伏案作稿的他，微有倦意，放下笔，打了一回呵欠，回视斜倚沙发的伊，面色愁惨，泪光莹莹，他不禁诧异道："好端端的为什么？"说着已走近伊的身旁，轻轻吻着伊的柔发道："现在作了大人了，还这样孩子气，喜欢哭。"说着含笑的望着伊；伊只不理，爽性伏在沙发背上痛哭了。他看了这种情形，知道伊的伤感，绝不是无因，不免要猜疑，他想道："伊从前的悲愁，自然是可以原谅，但现在一切都算完满解决了，为什么依旧不改故态，再想到自己为这事，也不知受了多少痛苦，只以为达到目的，便一切好了，现在结婚还不到三天，唉！……未免没有意思呵！"他思量到这里，也由不得伤起心来。

在轻烟淡雾的湖滨，为什么要对伊表白心曲？若那时不说，彼此都不至陷溺如此深，唉！那夜的山影，那夜的波光，你还记得我们背人的私语吗？伊说：伊飘泊二十余年的生命，只要有了心的慰安，——有一个真心爱伊的人，伊便一切满足了，永远不再流一滴半滴的伤心泪了。……那时我不曾对你们——山影波光发誓吗？我从那一夜以后，不是真心爱伊吗？为什么伊的眼泪兀自的流，伊的悲调兀自的弹，莫非伊不相信我爱伊吗？上帝呵！我视为唯一的生路，只是伊的满足呵！伊只不住的弹出这般凄调，露出这般愁容……唉！

伊这时已独自睡了，但沉幽的悲叹，兀自从被角微微透出，他更觉伤心，禁不住呜咽哭了。伊听见这种哭声，仿佛沙漠的旷野里，迷路者的悲呼，伊不觉心里不忍，因从床上下来，伏在他的怀里道："你不要为我伤心，我实在对不住你！但我绝不是不满意你；不过是乐极悲生罢了。夜已深，去睡吧！"他叹道："你若常常这样，我的命恐怕也不长了。"说着不禁又垂下泪来。

实在说伊为什么伤心，便是伊自己也说不来，或者是留恋旧的生趣，生出的嫩稚的悲感；或者是伊强烈的热望，永不息止奔疲的现状。伊觉得想望结婚的乐趣，实在要比结婚实现的高得多。伊最不惯的，便是学作大人，什么都要负相当的责任，煤油多少钱一桶？牛肉多少钱一斤？如许琐碎的事情，伊向来不曾经心的，现在都要顾到了。

当伊站在炉边煮菜的时候，有时觉得很可以骄傲，以为从来不曾作过的事情，居然也能作了。有时又觉得烦厌，记得从前在自己家的时候，一天到晚，把书房的门关起来，淘气的小侄女来敲门，伊总不许她进来。左边经，右边史，堆满桌上，看了这本，换那本，看到高兴的时候，提笔就大圈大点起来，心里什么都不关住，只有恣意作伊所爱作的事。作到倦时，坐着车子，访朋友去。有时独自到影戏场看电影，或到大餐馆吃大餐，只是孤意独行，丝毫不受人家的牵掣，也从来没有人来牵掣伊，现在呢？不知不觉背上许多重担，那得赤条条来去无牵挂呵！

昨夜有一个朋友，送给伊和他一个珍贵的赠品——美丽而活泼的小孩模型。他含笑对伊道："你爱他吗？……"伊起初含羞悄对，继又想起，从此担子一天重似一天了，什么服务社会？什么经济独立？不都要为了爱情的果而抛弃吗？记得伊的表兄——极刻薄的青年，对伊道："女孩子何必读书？只要学学煮饭、保育婴儿就够了。"他们蔑视女子的心，压迫得伊痛哭过，现在自己到了危险的地步，能否争一口气，做一个合宜家庭，也合宜社会的人？况且伊的朋友曾经勉励伊道：

"吾友！努力你前途的事业！许多人都为爱情征服的。都不免溺于安乐，日陷于堕落的境地。朋友呵！你是人间的奋斗者。万望不要使我失望，使你含苞未放的红花萎落！……"

伊方寸的心，日来只酣战着，只忧愁那含苞未放的红花要萎落，况且醉迷的人生，禁不起深思，而思想的轮辙，又每喜走到寂灭的地方去。伊的新家，只有伊和他，他每天又为职业束身，一早晨就出去了，这长日无聊，更使伊静处深思。笔架上的新笔，已被伊写秃了。而麻般的思绪，越理越乱。别是一般新的滋味，说不出是喜是愁，数着壁上的时计，和着心头的脉浪，只是不胜幽秘的细响，织成倦鸟还林的逸音，但又不无索居怀旧之感，真是喜共愁没商量！他每说去去就来，伊顿觉得左右无依旁。睡梦中也感到寂寞的怅惘。

豪放的性情，不知什么时候，悄悄地变了。独立苍茫的气概，不知何时悄悄地逃了。记得前年的春末夏初，伊和同学们东游的时候，那天正走到碧海之滨，滚滚的海浪，忽如青峰百尺，削壁千仞，直立海心。忽又像白莲朵朵，探萼荷叶之底，海啸狂吼，声如万马奔腾，那种雄壮的境地，而今都隐约于柔云软雾中了。伊何尝不是如此，伊的朋友也何尝不是如此？便是世界的人类，消磨的结果，也何尝不是如此？

伊少女的生活，现在收束了，新生命的稚蕊，正在茁长；如火如荼的红花，还不曾含苞；环境的陷人，又正如鱼投罗网，朋友呵！伊的红花几时可以开放？伊回味着朋友们的话，唉！真是笔尖上的墨浪，直管浓得欲滴，怎奈伊心头如梗，不能告诉你们，什么是伊前途的运命，只是不住留恋着前尘，思量着往事，伊不曾忘记已往的幽趣。伊不敢忘记今后的努力。

这不紧要几叶的残迹，便是伊给朋友们的赠品，便是伊安慰朋友们的心音了。

幽 弦

　　倩娟正在午梦沉酣的时候,忽被窗前树上的麻雀噪醒。她张开惺忪的睡眼,一壁理着覆额的卷发,一壁翻身坐起。这时窗外的柳叶儿,被暖风吹拂着,东飘西舞。桃花腥红的,正映着半斜的阳光。含苞的丁香,似乎已透着微微的芬芳。至于蔚蓝的云天,也似乎含着不可言喻的春的欢欣。但是倩娟对着如斯美景,只微微地叹了一声,便不踌躇的离开这目前的一切,走到外面的书房,坐在案前,拿着一枝秃笔,低头默想。不久,她心灵深处的幽弦竟发出凄楚的哀音,萦绕于笔端,只见她拿一张纸写道:

　　时序——可怕的时序呵!你悄悄的奔驰,从不为人们悄悄停驻。多少青年人白了双鬓,多少孩子们失却天真,更有多少壮年人消磨尽志气。你一时把大地妆点得冷落荒凉,一时又把世界打扮得繁华璀璨。只在你悄悄的奔驰中,不知酝酿成人间多少的悲哀。谁不是在你的奔驰里老了红颜,白了双鬓。——人们才走进白雪寒梅冷隽的世界里,不提防你早又悄悄的逃去,收拾起冰天雪地的万种寒姿,而携来饶舌的黄鹂,不住传布春的消息,催起潜伏的花魂,深隐的柳眼。唉,无情的时序,真是何心?那干枯的柳枝,虽满缀着青青柔丝,但何能绾系住飘泊者的心情!花红草绿,也何能慰落漠者的灵魂!只不过警告人们未来的岁月有限。唉!时序呵!多谢你:"红了樱桃,绿了芭蕉。"这眼底的繁华,莺燕将对你高声颂扬。人们呢?只有对你含泪微笑。不久,人们将为你唱挽歌了:

　　　春去了!春去了!
　　　万紫千红,转瞬成枯槁,
　　　只余得阶前芳草,
　　　和几点残英,
　　　飘零满地无人归!
　　　蝶懒蜂慵,
　　　这般烦恼;
　　　问东风:

何事太无情,
一年一度催人老!

倩娟写到这里，只觉心头怅惘若失。她想儿时的飘泊。她原是无父之孤儿，依依于寡母膝下。但是她最痛心的，她更想到她长时的沦落。她深切的记得，在她的一次旅行里，正在一年的春季的时候。这一天黄昏，她站在满了淡雾的海边，芊芊碧草，和五色的野花，时时送来清幽的香气，同伴们都疲倦倚在松柯上，或睡在草地上。她舍不得"夕阳无限好"的美景，只怔怔呆望，看那浅蓝而微带淡红色的云天，和海天交接处的一道五彩卧虹，感自然的超越。但是笼里的鹦鹉，任他海怎样阔，天怎样空，绝没有飞翔的余地。她正在悠然神往的时候，忽听背后有人叫道："密司文，你一个人在这里不嫌冷寂吗？"她回头一看，原来是他——体魄魁梧的张尚德。她连忙答道："这样清幽的美景，颇足安慰旅行者的冷寂，所以我竟久看不倦。"她说着话，已见她的同伴向她招手，她便同张尚德一齐向松林深处找她们去了。

过了几天，她们离开了这碧海之滨，来到一个名胜的所在。这时离她们开始旅行的时间差不多一个月了。大家都感到疲倦。这一天晚上，才由火车上下来，她便提议明晨去看最高的瀑布，而同伴们大家只是无力的答道："我们十分疲倦，无论如何总要休息一天再去。"她听同伴的话，很觉扫兴，只见张尚德道："密司文，你若高兴明天去看瀑布，我可以陪你去。听说密司杨和密司脱杨也要去，我们四个人先去，过一天若高兴，还可以同她们再走一趟。好在美景极不是一看能厌的。"她听了这话，果然高兴极了，便约定次日一早在密司杨那里同去。

这天只有些许黄白色的光，残月犹自斜挂在天上，她们的旅行队已经出发了。她背着一个小小的旅行袋，里头满蓄着水果及干点，此外还有一只热水壶。她们起初走在平坦大道上，觉得早晨的微风，犹带些寒意。后来路越走越崎岖，因为那瀑布是在三千多丈的高山上。她们从许多杂树蔓藤里攀缘而上，走了许多泥泞的山洼，经过许多蜿蜒的流水，差不多将来到高山上，已听见隆隆的响声，仿佛万马奔腾，又仿佛众机齐动。她们顺着声音走去，已远远望见那最高的瀑布了。那瀑布是从山上一个湖里倒下来的。那里山势极陡，所以那瀑布成为一道笔直白色云梯般的形状。在瀑布的四围都是高山，永远照不见太阳光。她们到了这里，不但火热的身体，立感清凉，便是久炙的灵焰，也都渐渐熄灭。她烦扰的心，被这清凉的四境，洗涤得纤尘不染。

她感觉到人生的有限，和人事的虚伪。她不禁忏悔她昨天和张尚德所说的话。她曾应许他，作他唯一的安慰者，但是她现在觉得自己太渺小了，怎能安慰他呢？同时觉得人类只如登场的傀儡，什么恋爱，什么结婚，都只是一幕戏，而且还要牺牲多少的代价，才能换来这一刹的迷恋。"唉，何苦呵！还是拒绝了他吧？况且我五十岁的老母，还要我侍奉她百年呢！等学校里功课结束后，我就伴着她老人家回到乡下去，种些桑麻和稻粱，吃穿不愁了。闲暇的时候，看看牧童放牛，听听蛙儿低唱，天然美趣，不强似……"她正想到这里，忽见张尚德由山后转过道："密司文来看，此地的风景才更有趣呢！"她果真随着他，转过山后去，只见一带青山隐隐，碧水荡漾，固然比那足以洗荡尘雾的瀑布不同。一个好像幽静的处女，一个却似盖世的英雄。在那里有一块很平整的山石，她和他便坐在那里休息。在这静默的里头，张尚德屡次对她含笑的望着，仿佛这绝美的境地，都是为她和他所特设。但这只是他的梦想，他所认为安慰者，已在前一点钟里被大自然的伟力所剥夺了。当他对她表示满意的时候，她正将一勺冷水回报他，她说："密司脱张，我希望你别打主意罢，实在的！我绝不能作你终身的伴侣。"唉！她当时实在不曾为失意者稍稍想象其苦痛呢！……

倩娟想到这里，由不得流下泪来，她举头看看这屋子，只觉得冷寞荒凉，思量到自己的前途，也是茫茫无际。那些过去的伤痕每每爆裂，她想到她的朋友曾写信道："朋友！你不要执迷吧！不自然的强制着自己的情感，是对自己不住的呵！"但是现在的她已经随时序并老，还说什么？

人间事，本如浮云飞越，无奈冷漠的心田，犹不时为残灰余烬所燃炙。倩娟虽一面看破世情，而一面仍束缚于环境，无论美丽的春光怎样含笑向人，也难免惹起她身世之感。这是她对着窗外的春色，想到自身的飘零，一曲幽弦，怎能不向她的朋友细弹呢？她收起所涂乱的残稿，重新蘸饱秃笔写信给她的朋友肖菊了。她写道：

> 肖菊吾友：沉沉心雾，久滞灵通，你的近状如何？想来江南春早，这时桃绽新红，柳抽嫩绿，大好春光，逸兴幽趣，定如所祝。都中气候，亦渐暖和，青草绵芊，春意欣欣。昨日伴老母到公园——园里松柏，依然苍翠似玉，池水碧波，依然因风轻漾。澹月疏星，一切不曾改观。但是肖菊！往事不堪回首，你的倩娟已随流光而憔悴了。唉！静悄悄的园中，一个飘泊者，独对皎月，怅望云天，

此时的心境，凄楚曷极！想到去年别你的时候正是一堂同业，从此星散的时候，是何等的凄凉？况且我又正卧病宿舍。当你说道："倩娟，我不能陪你了。"你是无限好意，但是枕痕泪渍至今可验。我不敢责你忍心，我也明知你自有你的苦衷。当时你两颊绯红，满蓄痛泪，勉强走了。我只紧闭双目，不忍看。那时我的心，只有绝望……唉！我只不忍回忆了呵！

肖菊！我现在明白了，人生在世，若失了热情的慰藉，无论海阔天空，也难使郁结之心消释；任他山清水秀，也只增对景怀人之感。我现在活着，全是为了这一点不可扑灭的热情，——使我恋恋于老母和亲友，使我不忍离开她们，不然我早随奔驰的时序俱逝了！又岂能支持到今日？但是不可捉摸的热情，究竟何所依凭？我的身世又是如何飘零，——老母一旦设有不讳，这飘零的我，又将何以自遣？吾友！试闭目凝想，在一个空旷的原野，有一只失了凭依的小羊，——只有一只孤零零的小羊，当黄昏来到世界上，四面罩下苍茫的幕子来，那小羊将如何的彷徨？她嘶声的哀鸣，如何的悲切。呵，肖菊！记得我们同游苏州，在张公祠的茅草亭上，那时你还在我的跟前，但当我们听了那虎丘坡上，小羊呜咽似的哀鸣，犹觉惨怛无限。现在你离我辽远，一切的人都离我辽远，我就是那哀鸣的小羊了。谁来安慰我呢？这黑暗的前途，又叫我如何迈步呢？

可笑，我有时想超脱现在，我想出世，我想到四无人迹的空山绝岩中过一种与世绝隔的生活——但是老母将如何？并且我也有时觉得我这思想是错的，而我又不能制住此想。唉！肖菊呵！我只是被造物主播弄的败将，我只是感情帜下的残卒，……近来心境更觉烦恼。窗前的玫瑰发了新芽，几上的腊梅残枝，犹自插在瓶里。流光不住的催人向老死的路上去，花开花谢，在在都足撩人愁恨！

我曾读古人的诗道："天若有情天亦老。"可怜的人类，原是感情的动物呵！

倩娟正写着，忽听一阵箫声，随着温和的春风，摇曳空中，仿佛空谷中的潺潺细流，经过沙碛般的幽咽而沉郁。她放下笔，一看天色已经黄昏，如眉的新月，放出淡淡的清光。新绿的柔柳，迎风袅娜，那箫声正从那柳梢所指的一角小楼里发出，她放下笔，斜倚在沙发上，领略箫声的美妙。忽听箫声以外，又夹着一种清幽的歌声，那歌声和箫韵正节节符和。后来箫声渐低，歌喉的清越，真如半空风响又凄切又哀婉，她细细地听，歌词隐约可辨，仿佛道：

> 春风！春风！
> 一到生机动，
> 河边冰解，山顶雪花融。
> 草争绿，花夺红，
> 大地春意浓。
> 只幽闺寂莫，
> 对景泪溶溶。
> 问流水飘残瓣，
> 何处驻芳踪！

呵！茫茫大地，何处是飘泊者的归宿？正是"问流水飘残瓣，何处驻芳踪"？倩娟反复细嚼歌辞越觉悲抑不胜。未完的信稿，竟无力再续。只怔怔的倚在沙发上，任那动人的歌声，将灵田片片的宰割罢，任那无情的岁月步步相逼吧！……

何处是归程

在纷歧的人生路上,沙侣也是一个怯生的旅行者。她现在虽然已是一个妻子和母亲了,但仍不时的徘徊歧路,悄问何处是归程。

这一天她预备请一个远方的归客,天色才朦胧,已经辗转不成梦了。她呆呆的望着淡紫色的帐顶,——仿佛在那上边展露着紫罗兰的花影。正是四年前的一个春夜吧,微风暗送茉莉的温馨,眉月斜挂松尖把光筛洒在寂静的河堤上。她曾同玲素挽臂并肩,踯躅于嫩绿丛中。不过为了玲素去国,黯然的话别,一切的美景都染上离人眼中的血痕。

第二天的清晨,沙侣拿了一束紫罗兰花,到车站上送玲素。沙侣握着玲素的手说道:"素姐,珍重吧!……四年后再见,但愿你我都如这含笑的春花,它是希望的象征呵!"那时玲素收了这花,火车已经慢慢的蠕动了,——现在整整已经四年。

沙侣正眷怀着往事,不觉环顾自己的四围。忽看见身旁睡着十个月的孩子——绯红的双颊,垂复着长而黑的睫毛,娇小而圆润的面孔,不由得轻轻在他额上吻了一下。又轻轻坐了起来,披上一件绒布的夹衣,拉开蚊帐,黄金色的日光已由玻璃窗外射了进来。听听楼下已有轻微的脚步声,心想大约是张妈起来了吧。于是走到扶梯口轻轻喊了一声"张妈",一个麻脸而微胖的妇人拿着一把铅壶上来了。沙侣扣着衣钮欠伸着道:"今天十点有客来,屋里和客厅的地板都要拖干净些……回头就去买小菜……阿福起来了吗?……叫他吃了早饭就到码头去接三小姐。另外还有一个客人,是和三小姐同轮船来的,……她们九点钟到上海。早点去,不要误了事!"张妈放下铅壶,答应着去了。

沙侣走到梳妆台旁,正打算梳头,忽然看见镜子里自己的容颜老了许多,和墙上所挂的小照,大不同了。她不免暗惊岁月催人,梳子插在头上,怔怔的出起神来。她不住的想道:"这是怎么一回事呢?结婚,生子,作母亲,……一切平淡的收束了,事业志趣都成了生命史上的陈迹……女人,……这原来就是女人的天职。但谁能死心塌地的相信女人是这么简单的动物呢?……整理家务,扶养孩子,哦!侍候丈夫,这些琐碎的事情真够消磨人了。

社会事业——由于个人的意志所发生的活动，只好不提吧。……唉，真惭愧对今天远道的归客！——一别四年的玲素呵！她现在学成归国，正好施展她平生的抱负。她仿佛是光芒闪烁的北辰，可以为黑暗沉沉的夜景放一线的光明，为一切迷路者指引前程。哦，这是怎样的伟大和有意义！唉，我真太怯弱，为什么要结婚？妹妹一向抱独身主义，她的见识要比我高超呢！现在只有看人家奋飞，我已是时代的落伍者。十余年来所求知识，现在只好分付波臣，把一切都深埋海底吧。希望的花，随流光而枯萎，永永成为我灵宫里的一个残影呵！……"沙侣无论如何排解不开这骚愁的秘结，禁不住悄悄的拭泪。忽听见前屋丈夫的咳嗽声，知道他已醒了，赶忙喊张妈端正面汤，预备点心，自己又跑过去替他拿替换的裤褂。一面又吩咐车夫吃早饭，把车子拉出去预备着。乱了一阵子，才想去洗脸，床上的小乖乖又醒了，连忙放下面巾，抱起小乖，喂奶，换尿布，壁上的钟已当当的敲了九下。客人就要来了，一切都还不曾预备好，沙侣顾不得了，如走马灯似的忙着。

沙侣走到院子里，采了几支紫色的丁香插在白瓷瓶里，放在客厅的圆桌上。怅然坐在靠窗的沙发上，静静的等候玲素和她的三妹妹。在这沉寂而温馨的空气里，沙侣复重温她的旧梦，眼睫上不知何时又沾濡上泪液，仿佛晨露浸秋草。

不久门上的电铃，琅琅的响了。张妈"呀"的一声开了大门。一个年轻漂亮的女子，手里提了一个小皮包，含笑走了进来。沙侣忙上前握住她的手，似喜似怅的说道："你们回来了。玲素呢……""来了！沙侣！你好吗？想不到在这里看见你，听说你已经作了母亲，快让我看看我们的外甥，……"沙侣默默的痴立着。玲素仿佛明白她的隐衷，因握着沙侣的手，恳切的说道："歧路百出的人生长途上，你总算找到归宿，不必想那些不如意的事吧！"沙侣蒸郁的热泪，不能勉强的咽下去了。她哽咽着叹道："玲姐，你何必拿这种不由衷的话安慰我，归宿——我真是不敢深想，譬如坑洼里的水，它永永不动，那也算是有了归宿，但是太无聊而浅薄了。如果我但求如此的归宿，——如此的归宿便是人生的真义，那么世界还有什么缺陷？"

"这是为什么？姐姐。你难道有什么不如意的事吗？"沙侣摇头叹道："妹妹，我那敢妄求如意，世界上也有如意的事吗？只求事实与思想不过分的冲突，已经是万分的幸运了！"沙侣凄楚而深痛的语调，使得大家惘然了。三妹妹似不耐此种死一般的冷寂，站了起来，凭着窗子看院子里的蜜蜂，钻进花心采蜜。玲素依然紧握沙侣的手，安慰她道："沙侣，不要太拘迹吧，有什么……的呢?世界上所谓的真理,原不是绝对的。什么伟大和不朽,究竟太片面了,何尝能解决整个的人生?——人生原来不是这样简单的,谁能够面面顾到?……如果天地是一个完整的,那么女娲氏倒不必炼石补天了,你也太想不开。"

"玲姐的话真不错,人生就仿佛是不知归程的旅行者,走到哪里算到哪里,只要是已经努力地走了,一切都可以卸责了。……姐姐总喜欢钻牛角尖,越钻越仄,……我不怕你笑话,我独身主义的主张,近来有些摇动了……。因为我已觉悟,固执是人生滋苦之因,不必拿别人说,只看我们的姑姑吧。"

"姑姑近来怎么样?前些日子听说她患失眠很厉害,最近不知好了没有?三妹妹,你从故乡来,也听到她的消息吗?"

"姐姐!你自然很仰慕姑姑的努力啰。……人们有的说像她这样才算伟大,但是不幸同时也有人冷笑说她无聊,出风头,姑姑恨起来常常咬着嘴唇道:'龃龉的人类,永远是残酷的呵!'但有谁理会她,隔膜仿佛铁壁铜墙般矗立在人与人的中间。"

玲素听见三妹妹慨然的说着,也不觉有些心烦意乱,但仍勉强保持她深沉的态度,淡淡的说道:"我想世上既没有兼全的事,那末随遇而安自多乐趣,又何必矫俗干名?"

沙侣摇头道:"玲姐!我相信你更比我明白一切,因此我知道你的话还是为安慰我而发的。……究竟你也是替我咽着眼泪,何妨大家痛快些哭一场呢!……我老实的告诉你吧,女孩子们的心,完全迷惑于理想的花园里。——玫瑰是爱的象征,月光的洁幕下,恋人并肩的坐在花丛里,一切都超越人间,把两个灵魂搅合成一个,世界尽管和死般的沉寂,而他和她是息息相通的,是谐和的。唉,这种的诱惑力之下,谁能相信骨子里的真象呢!……简直完全不是这么一回事。——结婚的结果是把他和她从天上摔到人间,他们是为了家务的管理,和欲性的发泄而娶妻。更痛快点说吧,许多女子也是为了吃饭享福而嫁丈夫。——但是作着理想的花园的梦的女子,跑到这种的环境之下,……玲姐,这难道不是悲剧吗?……前天芷芬来,她曾问我说:'你现在怎么样?看着杂乱如麻的国事,竟没有一些努力的意思吗?'玲姐,你知道芷芬这话,使我如何的受刺激!但是罪过,我当时竟说出些欺人自欺的话。——'我现在一切都不想了,抚养大了这个小孩子也就算了。高兴时写点东西,念点书,消遣消遣。我本是个小人物,且早已看淡了一切的虚荣。'……芷芬听罢,极不高兴,她用失望的眼光看着我道:'你能安于此也好,不过我也有我的思想，……将军上马，各自奔前程吧！'她大概看我是个不堪造就的废物，连坐也不坐便走了。当时我觉得很抱歉，并且再扪扪心，我何尝真是没有责任心？……呵，玲姐，怯弱的我只有悔恨我为什么要结婚呢？"沙侣说得十分伤心，不住地用罗巾拭泪。

但是三妹妹总不信，不结婚便可以成全一切，她回过头来看着沙侣和玲素说："让我们再谈谈不结婚的姑姑罢。"

"玲姐和姐姐，你们脑子里都应有姑姑的印象吧？美丽如春花般的面孔，玲珑而窈窕的身材，正仿佛这漂亮而馥郁的丁香花。可是只有这时候，是丁香的青春期，香色均臻浓艳；不过催人的岁月，和不肯为人驻足的春之女神，转眼走了，一切便都改观。如果到了鹃啼嫣红，莺恋残枝，已是春事阑珊，只落得眷念既往的青春，那又是如何的可悲，如何的冷落？……姑姑近来憔悴得多了，据我的观察，她或者正悔不曾及时的结婚呢！"

沙侣虽听了这话，但不敢深信，微笑道："三妹妹，你不要太把姑姑看弱了。"

三妹妹辩道："你听我讲她一段故事吧。"

"今年中秋月夜，我和她同在古山住着，这夜恰是满山的好月色，瀑布和涧流都闪烁着银色的光。晚饭后，我们沿着石路土阶，慢慢奔北山峰，那里如疏星般列着几块光滑的岩石，我们拣了一块三角形的，并肩坐下。忽从微风里悄送来阵阵的暗香，我们藉着月色的皎朗，看见岩石上攀着不少的藤蔓，也有如珊瑚色的圆球，认不出是什么东西。在我们的脚下，凹下去的地方有一道山涧，正潺潺湲湲的流动。我们彼此无言的对坐着，不久忽听见悠扬的歌声，正从对山的礼拜堂里发出来。姑姑很兴奋的站起来说：'美妙极了，此时此地，倘若说就在这时候死了，岂不……？真的到了那一天，或者有许多人要叹道：可惜，可惜她死得太早了，如果不死，前途成就正未可量呢！……'我听了这话仿佛得了一种暗示，窥见姑姑心头隆起红肿的伤痕。——我因问道：'姑姑，你为什么说这种短气的话，你的前途正远，大家都希望你把成功的消息报告他们呢。……'姑姑抚着我的肩叹道：'三妹，你知道正是为了希望我的人多，我要早死了。只有死才能得到最大的同情。……想起两年前在北京为妇女运动奔走，如果只增加我一些惭愧，有些人竟赠了我一个准政客的刻薄名词。后来因为运动宪法修改委员，给我们相当的援助，更不知受了多少嘲笑。末了到底被人造了许多谣言，什么和某人订婚了，最残忍的竟有人说我要给某人作姨太太，并且不止侮辱我一个。他们在酒酣耳热的时候，从他们喷唾沫的口角上，往往流露出轻薄的微笑，跟着，他们必定要求一个结论道："这些女子都是拿着妇女运动作招牌，借题出风头。"……你想我怎么受？……偏偏我们的同志又不争气，文兰和美真又闹起三角恋爱，一天到晚闹笑话，我不免愤恨终至于灰心。不久政局又发生了大变，国会解散，……我们妇女同盟会也就冰消瓦解。在北京住着真觉无聊，更加着不知趣的某次长整天和我夹缠，使我决心离开北京。……还以为回来以后，再想法团结同志以图再举，谁知道这里的环境更是不堪？唉！……我的前途茫茫，成败不可必，倘若事业终无希望，……到不如早些作个结束。……"

"姑姑黯然地站在月光之下，也许是悄悄的垂泪，但我不忍对她逼视。当我在回来的路上，姑姑又对我说：'真的，我现在感到各方面都太孤零了。'玲姐，姑姑言外之意便可知了。"沙侣静听着，最后微笑道："那末还是结婚好！"

玲素并不理会她的话，只悄悄的打算盘，怎么办？结婚也不好，不结婚也不好，歧路纷出，到底何处是归程呵？她不觉深深的叹道："好复杂的人生！"

沙侣和三妹妹沉默了，大家各自想着心事。四围如死般的寂静，只有树梢头的黄鹂，正宛转着，巧弄她的珠喉呢。

一个情妇的日记

九月三日

　　早晨我在那间公事房里碰见他——唉,当时我用着极甜蜜的心情低声唤着仲谦——他的名字,当然他是不曾听见,并且所有的人都不会听见,因为他们都若无其事地招呼我。

　　今天他身上穿了一件银灰色的夹衣,洁白而清秀的面庞发出奕奕的神采,静默地伏在案上写一些什么报告。他见我走了进去,抬头向我招呼了一下,那双深到世界上测数器也不能探到底的眼睛——那里面有神秘、有爱情、有生命——虽只轻轻地向我身上投来,但是我是被它所眩惑了。一股热烈的压迫的情绪从心底升上来,我几乎发昏,只好靠在一张椅背上,我才勉强支住我的身体。

　　我找到一份报纸,正想找些谈话的机会,但他们都像是忙得很,匆匆地写、忙忙地看。后来仲谦又被一个电话叫了去,我送他到了大门口,想同他谈两句,可是我的心,跳得太厉害,话竟不能即刻吐出,于是时间这残酷的东西,在它不停息的转动中那可爱的仲谦的身影已在电车上了。我只得叹口气,怨我的命运不济,闷闷回到寄宿舍去。

　　我是住在一所两楼两底的亭子间。这间屋子,前面对着一堵高楼,窗子朝北开,西风阵阵吹进来,由不得使我发生一种秋未到先飘零的叹息。——况且今天我心绪是这样颓唐,走进屋,我便倒在床上,我希望仲谦到我的梦里来,哪一天我能睡在他的怀抱里,就是死也觉得甜蜜的。

　　傍晚时,我从床上被一阵乌鸦的啼声所惊醒。起来,揉着眼看见桌上放着一封信,连忙拆开来看,原来是瑞玲寄给我的,她邀我今晚到她那里谈谈。

　　昨天才从箱里拿出来的夹大衣,这时正好穿,我换了一件淡绿色的夹袍,披上大衣,在黄昏的光影中出了家门。在路上我看见一个男人,他的后影活像仲谦,我连忙加紧脚步,赶到面前,仔细一看,原来是个陌生人,这真叫我脸红,我连忙跳上一部电车躲开了。

　　在瑞玲那里吃过夜饭,她很恳切地问我道:"你所爱的究竟是哪一个?"

　　我说:"你猜猜看。"

她猜了好几个……但都不是，因为这几个人里没有仲谦，瑞玲因为猜不着，她要想知道的心更切，她叫我暗示她一些，我的心正在跳，我恨不得就把那美丽的悦耳的仲谦两个字送到她耳壳里去，可是我终于怕羞只这样隐隐约约地说"……他是一个又漂亮又潇洒的男人，而且他的品格，好像苍翠的松柏、明朗的秋月。我爱他，深切地爱他。但是他已经结了婚，而且他同太太的感情又很好！"

"哦！我晓得了，"瑞玲这样叫着拍了我的肩膀一下，"美娟你的眼光果然不错，他可以算得是一个又蕴藉又有胆识的男子……"

"你别在故意地套我，究竟是哪一个？"我这样逼着瑞玲问。她只笑嘻嘻地不作声，我到底不相信她真猜得对，便又说道："我想你一定猜不着，不然你为什么不说出名字来。"

"你不要激我，就算我猜不着吧！"她假作生气地说。

我知道她的脾气是越激越僵，便连忙柔声下气地哀求道："玲姊姊，别生气吧！你告诉我是哪个，……我还有别的要紧话同你商量咧！"

"来，我告诉你吧，仲谦，是不是？"瑞玲含笑说。

唉，这是多么美丽的字眼呢，仲谦——我含着深醇的笑向她点头。

在灯影下我把我对仲谦热烈的爱慕，全向瑞玲表白了。瑞玲说："仲谦恐怕还不知道呢！"这当然是对的，不过知道不知道，并不影响我对他的爱，我是一个方在青春的少女，天赋给我热烈的情绪，而我向任何人身上倾注那是我的自由，他有没有反应那也是另外的问题……不过我同时也极希望他给我个热烈的反应。

九月七日

今天我下决心，要给仲谦写信，虽然我们天天都有见面的机会，不过却少谈话的机会。他太忙，件件事都须他的斟酌。唉，他是个多么多才多艺的人哟，——还不只他的样子可爱呢！

清晨起来，我就把昨夜买来的漂亮信纸，铺在桌上，——那是一张紫罗兰色的洋信笺。我拿了一杆自来水笔，斟酌了很久，我不知道怎样称呼他好，……我想写"先生"可是太客气了。写名字又太不客气了。我想我还是来个没头没脑吧。唉，一张纸一张纸地被我撕了团了，我还是不曾把信写好。想来我是太没有艺术天才了，所以我写不出我内心的热情。……可是天知道越写不出，我内心的燃烧越猛烈。我几次抛下笔要想去找仲谦，我不顾一切，将他紧紧地抱在怀里。我吻他无论什么地方,我要使密吻如雨点般地落在他的颈子上,脸上,口角上。唉,我发狂了。我放下纸笔,我跑到门外,我整个的心集注在这上面。

命运真会捉弄人,偏偏仲谦又出去了。我坐在他的办公处整整等了三个钟头,他始终没有来,我只好丧气地回家了。我打算写一首爱情的歌赞颂他,想了一个下半天只有两句:"为了爱,我的灵魂永远成为你的罪因;服帖地,幽静地跪在你的面前!"

我往屉子里抽出一小张浅红色的信笺,把这两句话写在上面,同时把一卷人家寄给仲谦的报纸,收在一起,预备明天早晨送给他去,一切布置妥帖了。我静静地倒在床上,这时天色已经暗下来了,小小的房间里已充满了黑暗,但我不愿拧亮电灯,只闭着眼,悄悄地在织起那美丽的幻梦:恍惚间仲谦已站在我的面前,我连忙起来,握紧他的手,"呀,仲谦!"我用力地扑了前去,忽然我的臂部感到痛疼,连忙定神,原来是一个梦!屋子里除了黑暗一无所有。难道仲谦是躲在这暗影里吗?有了这一念,我不能不跳起来开亮了电灯,一阵强烈的光,把所有的幻梦打破了。只见一间摆着一些简陋的家具的小屋子冷清、寒伧的环境,包围着一个怀人的少女。唉,真无聊呀!

九月八日

我已经把那张纸条送给了仲谦。不晓得他看了有什么感想?我希望他回我一封信。因此我一整天都不曾出去。我怕送信来时,没有人接收。但是一直等到傍晚,还是一无消息。这多么使我心焦!……我正披上大衣,预备到他住处去找他,忽然听见有人在敲我的房门。

"哪一个?请进来!"我高声应着。果然眼看门打开了,原来是友愚,一个中年的男子,是我们团体的同志。我不知道他来干什么,想来总是关于团体工作的交涉吧?我拖了一把椅子请他坐下,他从怀里掏出一个香烟盒来,一面拿香烟,一面说道:"你这两天精神似乎不很好吧!"

"没有什么呀!"我有些脸红了,因为他同仲谦是好朋友,莫非他已知道我的秘密吗?我向他脸上一望时,更使我不安,他满脸踌躇的神色弄得我的心禁不住怦怦地跳动。

"你有什么事情吗?"我到底忍不住向他问了。

"不错,是有一点事情,不过我要预先声明,我对于你的为人一切都很谅解,我今天要来和你谈谈,也正因为我是谅解你才敢来;所以,一切的话都是很真诚的，也希望你不要拿我当外人。大家从长计议！"

他的这一套话，更使我不知所措了，我觉得我的喉咙有些发哽，我的声音有些发颤。我仅仅低低地应了一声"是！"

友愚燃着烟，又沉吟了半晌才说道："今天我看见仲谦，他心里很感激你对他的情意。不过呢，他家里已经有太太，而且他们夫妇间的感情也很好。同时他又是我们团体的负责人，当然他不愿意如一般人一样实行那变形的一妻一妾制。这不但是对你不起，也对于他的夫人不起。所以他的意思希望你另外找一个志同道合的爱人。"

"当然，这些事情我早就知道，不过我在这世界始终只爱他一个人。我并不希望他和太太离婚，也不希望他和我结婚。命运老早是这样排定了，难道我还不明白吗？但是，友愚，你要谅解我，也许这是孽缘。我自从见了他以后，我就是热烈地敬他爱他，到现在我自己已经把自己织在情网里。除非我离开这个世界，我是无法摆脱的。"

我这样真诚地说出了我的心，友愚似乎是未曾料到，他张着惊奇的眼望着我，停了很久他才沉着地说道："自然人是有感情的动物，有时要被感情的权威所压服，也是很自然的。不过同时人也是有理智的动物，我总希望你能用冷静的理智，压下那热烈的感情，因为你也是很有见识的女子，自然很明白事理……"

友愚的话，难道我不晓得是极冠冕堂皇吗？我当时说不出什么来，当他走后我便伏在床上痛哭了。唉，从今天起，我要由感情的囚牢里解放我自己。

九月十五日

算了，我在这世界上真受够了蹂躏：几天以来，我似乎被人从高山巅推到深渊里去，那里没有同伴，没有希望，没有生命，我要这躯壳何用？

不知什么时候，我是被几个朋友，从街心把我扶了回来，难道我真受了伤吗？我抬起两只手看过，没有一点伤的痕迹。两只腿，前胸后背头脸我都细细检查过。总而言之，全身肉还是一样的好，那么我怎么会睡在街心呢？……我想了很久似乎有点记得了，当我从仲谦的办公室出来时，我心里忽然一阵发迷，大约就是那样躺下了吧？我想到这里，抬眼看见坐在我面前的瑞玲，她皱紧着眉头，露出非常不安的神色望着我："美娟，现在清醒了吧！唉，怎么会弄到这地步！"我握住瑞玲的手，眼里禁不住滴下泪来，我哽咽着说："玲姊，我刚才怎么会睡在街心的呵！我自己一点都不清楚，不知我究竟……"

"唉！美娟你真太痴了，不知你心里怎样地受熬煎呢！大家从仲谦那里走出来时，原是好好的，忽然砰的一声响，回头见你昏厥在地上，后来文天把你抬到车上时，你便大声地叫仲谦，这真把我吓坏了。"

瑞玲的话，使我又羞愧又悲伤，唉，我恨不得立刻死去，——我是这样一个热情的固执的女孩儿，我爱了他，我永远只爱他，在我这一生里，我只追求这一件事，一切的困苦羞辱！我愿服帖地爱，我只要能占有他，——心和身，我便粉身碎骨都情愿。

瑞玲陪着我，到夜晚她才回去，临走时她还劝我解脱。……但是天知道，在人间只有这一个至宝——热烈的甚至疯狂的爱，假使我能解脱它，就什么也都可解脱了，换句话说我的生命也可不要了。

九月二十日

我对于仲谦的苦恋，已成了公开的秘密了。许多人在讥笑我，在批评我，也有许多人巴巴地跑到我家里，苦苦地劝我——恶意好意我一概不能接受，除非仲谦死了，我不在这人间去追求他，不然什么话都是白说——一个孩子要想吃一块糖，他越得不到越希望得厉害，我正是一样的情形，人间所有伟大的事业，除了爱的培养永无成功的希望，——我将在仲谦爱的怀抱筑起人类幸福之塔，瑞玲骂我执迷不悟，我情愿忍受。上帝保佑我，并给我最大的勇气吧！

今晚我决定去找仲谦。

九月二十一日

昨夜我坐在仲谦的身旁，虽然他是那样矜持，但是当我将温软的身躯，投向他怀里时，我偷眼望他有一种不平常的眼波在漾溢着。他不会像别的男人一样鲁莽，然而他是静默地在忍受爱情的宰割……

夜色已经很深了，他镇静地对我说："美娟，我的生命是另有所寄托，爱情是无法维系我的。我们永远是个好朋友吧！……而且我不愿因一时的冲动，不负责任地破坏一个处女的贞操。"

"呀！这真是奇迹！"我不等他说完，便这样叫起来！

"什么奇迹？"他莫名其妙地望着我。

"我告诉你吧！仲谦！在这世界上，你竟能碰到一个以爱情为生命的女儿，她情愿牺牲一切应有的权利，不要你对她负什么责任，她此生做你一个忠心的情妇……这难道不是奇迹吗？"

"话虽是这样说，但我仍希望你稍微冷静些，不要为一时情感所眩惑！"

"不，绝不是一时的情感，你知道你在我心头，整整供养了三年了，起初我是极力地克制着，缄默着，但是有什么益处呢？只把我的生趣消沉了，一切的希望摧毁了，我想能救我的只有这一条路！"

唉，我多么骄傲呀！当我拥抱着仲谦时，我的心花怒放了，我的眼睛看见世界最美丽最调和的颜色；我的耳朵听出最神秘最和平的歌声。宇宙的一切，在这刹那间都变了颜色，正如春神来到人间时，那样的温和灿烂。

十月五日

我现在逃出苦闷的漩涡了，我快乐，我得意，我已占有了我所认为人间至宝的仲谦。虽然我是失却了处女的尊严和一个公开妻子的种种的权利，但这又算什么呢！只要我是追求到我深心所爱慕的东西，我便是人间最幸福的人了。

昨夜，我把一朵白玫瑰花放在枕边，因为那花是仲谦买给我的，同时它的颜色，它的清香，处处都可以象征我的情人的风度性格，所以我吻着温馨的花瓣，走进甜蜜的梦乡中了。

十月六日

我从醒来后，只是望着小玻璃窗外的天空出神——真的！我有时不相信多缺陷的人间，竟有这样使人如愿惬意的事情。因此我常怀疑这仅仅也是一个梦。于是我努力地揉着我惺忪的睡眼，再细看看我温柔的手腕，那上面确然还留有仲谦颈上的香泽。呵，这明切的事实，使我狂喜。我悄悄地轻吻着那臂上的香泽，我的心是急切地搏动着呢。

从床上爬起来，一缕艳丽的阳光正射到我的脸上。秋天的晴空真是又明净又爽快，我从衣架上，拿下新做的淡绿色的夹衣着好，薄薄地施了一些脂粉，站在那面菱花镜前，我有些微醉了。——尤其是我想到仲谦那一双明隽的眼波时，我是痴软了，呆呆地倚在床栏旁。忽然一声呜呜的汽笛响，到门口就停住了。这是谁呢？我连忙跑到窗前去望，呵！我的心更跳得厉害了，我顾不得换拖鞋，连忙下楼去迎接我的情人——仲谦——同时我觉得他特地坐了汽车来，有些忐忑不安的心情。他见我迎下楼来，似乎有些惊奇地"呵"

了一声,"你不曾出去吗?"他低声地问。

"不曾,但是你若不来,我就要去看你了。"

我们一面说着话已经上了楼。当他坐下时,他忽然低下头沉默起来。我挨近他,坐在他的椅靠上。我的嘴唇不知不觉落在他的头发上,他似乎已经觉得了,抬起头来向我一笑道:"你爱我吗?"

"你还不明白吗?我简直不知道怎样说才好,这世界上的几个字几句话无论如何不能表示我对于你热烈的心情的!"

"我是明白的,不过我觉得我没有资格接受你这样纯挚的爱……"

当然我知道仲谦他是深爱着他的妻的,现在仲谦不能以整个的身心属于我,那不是仲谦的错,也许在他的妻看来,我还是破坏他们美满家庭的罪人呢。但是这是理智告诉我的,我的感情呢,唉,我的心是感着酸哽,在这个世界上我是一个被上帝赋与感情的人,而我的感情又是专为仲谦而有的,什么道德法律,对于我又有什么关系!

仲谦见我痴呆地不说一句话,他伸手握住我说:"美娟!你想些什么?"

"不想什么。"

"不想什么,顶好,美娟,我接到家里信说母亲近来身体多病,要我回去看看,所以我今晚就乘船回去了!"

"哦!你就要回去吗?……什么时候来呢?"

"那就说不定了,不过至迟一年我仍要出来的,你知道我是把生命交付给国家的,只要我母亲略略健旺我就回来的。"

唉,相思债未清,别离味又尝,这刹那间我的心是被万把利箭所戳伤,但是我又不能阻止他不去,我除了一双泪眼望着他离开我,我还有什么办法。

……

十月七日

仲谦昨夜果然走了,我曾亲自送他上船。当我看见黄浦滩的大自鸣钟指到十二点钟时,仲谦又再三催我回去,我俯在船栏上看那滚滚江流,我渺小的眼泪是连续地滴在那上面。这虽是渺小的离人的一滴泪,然而我痴心想着,它能伴我的情郎回到他的家乡,不久它又把他送到我的怀抱里来。

"再会吧!美娟!望你为国家努力,自己多多保重。"仲谦送我下扶梯,这时电车已经停止开驰,这热闹的黄浦滩虽然还是灯火明耀,但是已经没有多少行人了。我踽踽凉凉地穿过马路,才雇了一辆黄包车回到家里来。这时我真如同做了一个梦，我不相信前夜睡在我怀抱里的仲谦今天已经在长江轮上，这时船大约已出了浦江吧！我的心一直是凄酸的，我不明白世界上怎么会有这样纠纷的局面，我为什么一定要爱他……我也想解脱，但这只是骗人的把戏，今天能解脱，当初就不至于作茧自缚了。爱情真是太神秘了。

十月八日

天公故意戏弄人，这两天阴雨连绵，一点点，一丝丝敲在心上，滴在心上，都仿佛是离人眼中的泪珠儿呢。我懒恹恹不想起床，也不想吃东西，早晨文天来找我去开会，我推病辞却了。唉，像我这种心情，什么事负担得起？一床薄罗被压在我身上，都有些禁不起呢。

中午勉强起来，吃了一块面包和一杯牛奶。我想给仲谦写信，摊开信笺更觉得心头乱如麻，但是我想除了写信给仲谦更无法消遣这苦闷的日子了。最后我的信是写好了，录如下：

亲爱的仲谦：

　　江头话别，回来时冷月照孤影，泪眼望江湖，这心情真是难写难描，但觉世界太荒凉，人生如浮鸥，这刹那间没有雄心壮志，只有病的身，负了伤的心，在人间苦挣扎罢了。

　　计程你现在已过了武汉，再有两天就可以到家了，遥想令尊堂倚门含笑欢迎你这远路归来的爱子，是如何的神圣而甜蜜呢！至于你的爱妻，……我想她一定是更热烈地欢迎你，为你整理甫卸的行装，问你客中的景况，唉，仲谦，这时节你也许要想到我，不过那只是如昙花的一现——一个情妇在你心头究竟是占有什么地位呢！……唉，仲谦，我很伤心，我太褊狭，你爱你的爱妻是应当的，我不应向你挑拨，而且她又是一个旧式女子，我更应当同情她。仲谦你诚心诚意地爱她吧，不要为了我在你俩之间稍有云翳。我祈祷上帝，给你们美满的生活，正如秋月照临的夜，又幽默，又清净！

你的美娟

我信是写完了，但是我心头依然是梗塞着，当然我是有不可告人的贪心！我不能想象我的爱人，是被抱在别一个女子的怀抱里，——那真是侮辱——不，简直是一种死刑——唉，最后我只有伏在枕上流泪了。

十月十五日

仲谦到家了，他今天有一封信来，他写着：

美娟：

　　一到家我就接到你的来信，我对于你只有惭愧，……但是我不愿骗你，我的妻的确太爱我，她那样真纯温柔地为我服侍着堂上两老，爱抚膝下子女，而对于我连年在外面东飘西泊，也毫无怨言憾意，美娟，你想这样的女子，我怎忍离弃她——可是我不离弃她又觉对你不住，你是一个受过高等教育的女子，你有纯真的热情，伟大的前途，只为了我这微小的人，你牺牲了名誉地位和法律上的权利，我又怎对得住你，所以美娟，我希望在我离开你的这一年中，你能为事业而解脱，另外找一个知心的伴侣，共同过幸福的生活，这是我朝夕所祈祷的，美娟，你接受了我的忠悃之言吧！

　　仲谦实在是个好人，他不是自私自利、虚伪的男人，他劝我何尝不是好话，但是他哪里晓得，他的忠诚坦白，更使我不能放下他，我爱他的风度，爱他的人格，爱他的忠实，总而言之除了世上还有一个仲谦，也许可以改变我的心，不然这一生，我无论受何苦难，也难从我的心坎中把仲谦赶掉。上帝啊！给我最大的勇气，在人间——浅薄的人间，辟一条光明的神奇的道路，人们只知在定见下讨日子过，我只尊重我的自我，完成我理想中的爱的伟大。

　　今天我的心情比较爽快，我把心坎中的纠纷，用一把至情的利剑斩断了，从此以后我只极力地为我理想的爱情做培养的功夫，人间毁誉于我何干？

十月二十日

　　唉，我自信不是一个俗人，我有浪漫诗人那种奔放的热情，我也有他们那种不合实际的幻想，我要冲破人间固执的藩篱，安置我的灵魂在另一个世界上。——这是我一向的自信，但是惭愧呵，……昨夜文天来，他坐在冷月的光影里，更显得他严肃面容的可怕，好像他是负了整个世界，整个人类的使命来向我劝告，他一双装满理智，带有残刻意味，深沉的眼，是那样不放松地盯着我，同时他的语调是那样沉重，他说："美娟！你现在应当觉悟，你同仲谦的关系，不能再延长下去，这不但对于你不利，尤其是对于仲谦不利。许多平日和他意见不对的人，正纷纷讥弹着他同你的恋爱……"

他的话，像是一座冰山——满是尖峻的冰山，从半天空坠压在我的头上、心上，我除了咬紧牙关，不使那颤抖发出声来，而我的两手抽搐着，这样矜持了许久，我到底让深伏心底的愤怒，由我的言语里发泄出来了。——当然我不能哭，我把泪滴咽到肚子里去，我急促地说："怎么，我连恋爱的自由都没有吗？……仲谦爱了我，便是不道德，卑贱吗？"

"美娟，不是这么说，并没有谁干涉你的恋爱，除了仲谦，你爱任何人都可以。"他还是那么固执地、冷刻地往下说。

"怎么，仲谦就不能爱吗？"我愤然地驳他。

"可是，美娟，你应当了解仲谦的地位，他是我们团体的负责人，他的一举一动，是被万人所注意的，这种浪漫的行为，只有文学家诗人做做，……在他就不能，不信，你只要打听打听那一些党员的论调，就知道并不是我凭空捏造黑白了。"文天的眼光慢慢投向暗陬里去。我自然了解他对我说并不完全是恶意，可是我仍然不明白，同是一个人，为了地位便会生出这许多的区别来，我只得问他道："照你的意思，我应当怎么办呢？"

"自然我也知道你很痛苦！不过你是有意志、有知识的女子，我望你能完成'爱'的最高形式，为国家牺牲些，把爱仲谦的热情去爱国爱团体……"

我实在不能反对文天的话，而且我相信他是个忠于团体忠于国家的好同志。不幸就是他有时不能稍替我想想。唉，人类之间的谅解，本来是有限的，我何能独责于他呢！当时我曾鼓起勇气，对他说道："好吧！让我试试看！"

他听了这话，连忙站起来，握着我的手说道："美娟！我愿尽我的全力帮助你！"他含着满意的微笑，闪出门外，我莫名其妙地跟着他的脚踪，直走到楼梯边，我才站住了。仰头看见澄澈的秋空，无云无雾，一道银河，横亘东西，如同一座白玉的桥梁，星点参差，围绕着那半弯新月，境清如水，益衬出我这如乱麻般的心情了。

我如鬼影般溜到屋里，向那张浴着月光的床上一倒，我忘了全世界！唉，在那刹那间我已失了知觉。

十月二十一日

夜深风劲，我被那作响的门窗惊醒了。举眼四望，但见青光照壁，万象苍凉，身上一阵阵寒战，连忙拖过棉被来盖上，极力闭上眼，但是有什么用呢？越想睡，睡魔越不光临。悄悄数着更筹，不久东方发白了。弄堂里已有倒便桶的呼声，卖油条的叫卖声，这些杂乱的声音，虽使我觉得不耐烦，但因此倒压下了我的愁思,竟有些昏然想睡了。

朦胧间,似乎有人在叫我,张开眼一看,原来是瑞玲来了,她坐在我的床边,怔怔地望着我,嗫嚅着说道:"你的脸色,怎么这样红?"她一下伸手摸我的额角,不禁失声叫道:"你发烧了!"

"发热有什么关系?假使就这样死了,倒免得活受罪呢!"我说着禁不住一股酸浪涌上心头,这一些咸涩的眼泪,再也咽不下去了。

瑞玲望着我只是叹气,她含了一包同情泪低声劝我:"看开些!"

我不能怪她不近人情,可是"看开些"这句话,在我实在觉得亦太不关痛痒了。一个人要是能看开些,还有生活的趣味吗?还有生活的力量吗?无论谁遇到难关时,都以"看开些"解之,那么这死沉沉的世界再不会有新局面发展了;就是革命家,也就是因为这一点"看不开"的心,才肯拼命,不惜以一切去奋斗呵。不过,我是明白瑞玲这时候的心情,她无力来解释我的愁结,除了劝我"看开些",她还能更说什么呢?所以我也只能向她点头,表示承受她的好意了。

下午瑞玲带了一个医生来看我,说是受了凉,吃了一些发散剂就好了。瑞玲替我买了些药来,看我吃过,她才怏怏地回去,我对于她的热情,只有流泪哟!

十月二十五日

我感冒已经好了,今天试着起来,两只腿觉得无力,仍然不能到外面去,只倚在那张藤椅上,看了几页小说,心潮又陡然涌起,尤其渴念远别的仲谦。我从屉子里找出他的照片,唉,这真是一个绝大的诱惑,这样一个精神隽朗的人儿,他给我生命的力,给我宇宙上的最美丽。但这仅仅是昙花一般的遇合,这是谁支配的命运?我对于这命运,应当低头,还是应当反抗到底?……人们给我的嘴脸太难看,我是否有勇气承受下去?难道是我的错吗?为了爱情,而爱一个有地位、有妻子的男人,是罪恶呢,还是灾殃?唉,这是一些我到死也难解的谜哟!

仲谦今天有信来,他是那样轻描淡写地劝慰我,当然,我也不能怪他太薄情!原是我爱他,他并不曾起意爱我,就是有些爱也是太可怜。他不愿背着这艰辛的爱的担子自是人情,但我呢,既具绝大的决心爱他,我就当爱他到底,纵然爱能使我死,我也不当皱眉呵!最可恨的"爱"这个东西是这样复杂,灵魂不够,还要肉体,不然我就爱他一辈子!谁又能批评我呢!

这几天在我心里起了大屠杀！结果胜负属谁，连我自己也不敢推测咧！

十一月三日

文天今日带了一个同志来看我，他是从东北归来的。在他风尘仆仆的面容上，使我感到一些新的刺激。后来听他述说东北同胞在枪林弹雨中的苦挣扎和敌人的残暴种种，愤怒悲慨的火焰差不多要烧毁我的灵宫。——同时我觉得有点惭愧，这一向我几乎忘记了国家，更忘记了东北。一天到晚集注全力在求个人心的解放。唉，这是多么自私呵！我禁不住滴下羞愧的泪来了。

文天他们走了，我独自思考了半晌，我决定转变我生活的形式了。我不但对于至上的爱要勇敢，我对于正义更应当勇敢。这时我觉得愁惨的灵魂已闪着微微的光芒了。听文天说，我们团体里要派一部分人到前线去工作，尤其需要一部分女同志做救护的事情。我应当去，这是我惟一的出路，也是仲谦所盼望的吧！

十一月五日

一切都已准备了，我已决定同他们一同去——到那冰天雪地里，和残暴的敌人相周旋。我要完成至上的爱，不只爱仲谦，更应当爱我的祖国！

今夜是我在上海的最后一夜了。也许便是此生最后的一夜呢！唉！我留恋吗？不，绝不，这里的街道固然这么整齐，建筑这么富丽，可是那里面含有绝大的耻辱！我不愿再看见它。——即使还有回来的日子，我也盼祷着，同胞们已用纯洁的热烈的鲜血，洗净了这耻辱。——我站在窗前，向着那半已凋残的秋树，祝它未来的新生！

街道上，车声人声渐渐寂静了。我坐下来，铺上一张雪白的云笺；拔出一管新开的羊毫，刺破了左手的无名指，使那鲜红、绮丽的血，全滴在一只白玉盏里，然后把预备好的纱布，包扎停当，于是濡毫伸纸写道：

仲谦！

我的信仰者。在冷漠阴沉的人间，你正如冬天的太阳，又如火海里的灯塔，你是深深诱惑了我！从那时起，我虔诚地做你的俘虏。这当然得不到一切人的谅解，可是我仍然什么都不顾忌，闯开了礼教的藩篱，打破人间的成见，来完成我所信仰的爱，这能不算是稀有的奇迹吗？

但是，仲谦，古人说得好，"好梦由来最易醒"，这一段美丽的幻想，已成了生命史上的一页了！现在我才晓得我还不够伟大，为了个人的幸福而出血，未免太自私太卑陋。所以我不能再隐忍下去，我要找光明的路走，当然你想得出我将往何处去的。——好，仲谦，我们彼此被释放了，好自为国家努力吧！一切详情我到东北后再报告你！

美　娟

这一页血迹淋滴的信写成时，我内心充满了伟大的喜悦。

一段春愁

梅丽揽着镜子仔细地扑着粉,又涂了胭脂和口红,一丝得意的微笑,从她的嘴角浮起,懒懒地扬起那一双充溢着热情的媚眼,向旁边站着的同伴问道:"你们看我美吗?年轻吗?"

"又年轻又美丽,来让我吻一下吧!"一个正在批改学生英文卷子的幼芬,放下红铅笔,一面说一面笑嘻嘻地跑了过来。

"不,不,幼芬真丑死了,当着这许多人,要做这样的坏事。"梅丽用手挡住幼芬扑过来的脸,但是正在幼芬低下头去的时候,梅丽竟冷不防地在她额上死劲地吻了一下,就在那一阵清脆的吻声中,全屋里的人都哈哈地笑起来了。

下课铃响了,梅丽已经打扮停当,她袅袅娜娜地走到挂衣服的架子旁,拿下那件新大衣,往身上一披,一手拉着门环,回过头来向同伴说了一声"bye bye"才姗姗地去了。

"喂!你们知道她到什么地方去吧?"爱玉在梅丽走出去时,冷冷地向同伴们问。

"不晓得,"美玲说,"你也不知道吗?"

"我怎么就该知道呢?"爱玉的脸上罩了一层红潮。

"不是你该知道,是我以为你必知道。"美玲冷冷地说。

"算了,算了,你们这个也不知道,那个也不知道,只有我一个人知道。"阿憨突然接着说。

"你知道什么,快些滚开!"爱玉趁机解自己的围。

"这有什么希奇,她到静安寺一百八十号去看情人罢了,你们都不好意思说出来,就让我这个大炮手把这闷住的一炮放了吧!"

"你这个小鬼倒痛快!"幼芬说:"可是你的炮还有半截没完。"

"唉,我是君子忠厚待人,不然当面戳穿未免煞风景。"

同伴们不约而同地都把视线集在爱玉的身上,哈哈地起着哄。

"奇怪,你们为什么都看着我笑?"爱玉红着脸说。

"哪里,我们的眼睛东溜西转是没有一定的,怎么是一定在看你,大约你是神经过敏吧!"阿憨若无其事地发挥着。

"小鬼你不要促狭,当心人家恨得咬掉你的肉。"幼芬笑着说。

"该死,该死,你们这些东西,真是狗嘴里吐不出象牙来!"爱玉一面拖住阿憨一面这样说。

"喂!爱玉我要问你一句话,你不许骗我。"阿憨笑嘻嘻地说。

"什么话?"

"很简单的一句话,就是你同梅丽是不是在搞一个甜心。"

"什么甜心,我不懂。"

"不懂吗?那么让我也权且摩登一下学说一句洋话,就是 Sweet heart。"①

"没有,……我从来不爱任何男人,更不至同人家抢了……你听谁说的?"

"谁也不曾说,不过是我的直觉。"

"不相信,一定是你听到什么话来的。"

"不相信由你,只是我问你的话,你凭良心来答复我……不然我又要替你去宣传了。"

"那种怪话有什么可宣传的,我老实告诉你吧,那个密司特王我在一年前就认得他,假使我真要同梅丽抢也不见得抢不过她,不过我觉得一个女孩子同男子交际,不一定就要结婚,……而且听说密司特王已经有一个女子了。……但是我知道梅丽一定疑心我在和她暗斗,这真太可笑了。"

"其实也没有什么关系,这年头什么东西都是实行抢的主义,那么两个女人抢一个情人又算什么?而且又是近代最时髦的三角恋爱呀!"

"小鬼,你真是个小鬼,专门把人家拿来开心!"

"死罪死罪,小鬼从不敢有此异心,不过是阿憨的脾气心直口快而已,小姐多多原谅吧!"

爱玉用劲地拧了阿憨一把,阿憨叫着逃到隔壁房里去了。

当阿憨同爱玉开心的时刻,梅丽已到了静安寺一百八十号了,她站在洋房的门口,重新地打开小粉盒,把脸上又扑了些香粉,然后把大衣往里一掩,这才举手撤动门上的电铃,在这个时候她努力装成电影明星的风骚姿势。

不久门开了,一个年轻而穿着得极漂亮的男人,含笑出现于门前的石阶上……这正合了梅丽的心愿,因此她不就走进去,故意地站在门口,慢慢转

---

① Sweet heart,甜心。情人间的昵称。

动着柔若柳枝的腰杆，使那种曲线分明妙曼的丰姿深深印入那男人的心目中。

那满面笑意的男人，敏捷地走了过来说道："欢迎，欢迎！"一面伸手接过梅丽的小提包。

"怎么样，好吗？密司特王！"梅丽含着深醇的微笑，柔声地说。

"谢谢，一切都照旧，你呢，小姐！"男人像一只鸟儿般的活泼地说。

"我吗？唉，不久就要到天国去了！"梅丽吃吃地笑着说。

"你真会说笑话，小姐青春正富，离到天国还远着呢！"男人说着把仆人送来的茶接过来，放在梅丽面前说："吃茶吧！"他依旧退到位子上去。

"青春！青春！"梅丽感触地叫道，"我哪里还有什么青春，你简直是故意地取笑我！"

"没有的话！"男人脸上装出十三分的真诚说道："现在正是小姐的青春时代，真的，在你的脸上浮着青春的笑；在你的举动上，也是充满了青春的活泼精神……"

梅丽看着他微笑——深心里都欢喜得几乎涌出感激的眼泪来。

"喂！王，你的话我也相信是真的，我们学校里的同事样子都比我老得多，前几天我遇见密司柳！他也称赞我年轻，并且还说我的眼睛和别人不同……王，你看出我的眼睛有什么不同吗？"

"对了，你的眼睛比无论什么人都美，而且含着一种深情……"王含笑说。

"真是的，你也这样说，……你欢喜我的眼睛吗？"梅丽含羞地望着他。

男人挨近她身旁，低声说道："你应许我吻你的眼睛吗？"

梅丽整个的颊上，罩了一阵红潮，半推半就地接受了那又温又香的一吻，于是沉默而迷醉的气氛把一双男女包围了。

"当啷啷"电话铃响了，男人连忙跑去取下电话机来。"喂……我是王新甫……怎么样……哦好，可以，但是要稍微迟些，……好，再会。"

"哪个的电话，不是爱玉的吗？"梅丽娇痴痴地说。

"不是，不是，"王有些惊惶地说道："是一个男朋友约我去谈谈，有一点事务上的交涉！"

"哦，那就真不巧了，我想今晚同你去吃饭，并且看《卡门》去。"

"真是讨厌，"男人皱着眉头说，"我要不是为了一些事务上必须接洽的事，我就辞掉他了……这样吧，我明天陪你去如何？"

"也好吧……那么我现在去了，省得耽搁你的正事！"

"何必那样说！"他说："这更使我抱歉了！"

"算了吧，这又有什么歉可抱呢，只要你不忘记你还有我这么一个朋友就行了。"梅丽站了起来，王把大衣替她披上，一直送她到了电车站，他才又回转来，重新洗了脸，头上抹了一些香油，兴匆匆地出去了。

梅丽上了电车回到家里时，心里像是被寂寞所戳伤，简直坐也不是站也不是，她想找爱玉去看电影——同时她心里有些疑决不下的秘密，也想借此探探虚实。她重新披上大衣，叫了一辆人力车，到了爱玉的家门口，只见她家的张妈站在门口，迎着笑道：

"小姐才出去了。"

"哦，也出去了，你知道她到什么地方去吗？"

"那我不大清楚，是王少爷来接她去的。"

"王少爷！哪一个王少爷？"

"就是住在静安寺的。"

"哦……回头小姐来时，你不必多说什么，只说我来看她就是了。"

"晓得了。"张妈说着，不住地向梅丽懊丧的面色打量，梅丽无精打采地仍坐了原车回家去了。

次日绝早，梅丽独自个坐在办公室里，呆呆地出神，不久美玲推门进来了。

"喂，梅丽，你今天怎么来得这么早！"

"昨晚睡不着，所以老早就起来了。"

"为什么睡不着？莫非有什么心事吗？……你昨天一定有点什么秘密，说真话，何时请我们吃喜酒。"

"你真是会说梦话，我这一生再不嫁人的，哪来的喜酒请你吃呢？我告诉你吧，这个世上的男人都坏透了，嘴里甜蜜蜜的，心里可辣得很呢！"

"这是什么意思，你发这些牢骚？"

"哪个又在发牢骚呀！"爱玉神采飞跃地跑了进来插言说道。

"你今天什么事这样高兴呀？"美玲回头向爱玉说。

"我天天都是这样，也没有高兴，也没有不高兴。"

"你到底是个深心人，喜怒哀乐不形于色！"阿憨又放起大炮来。

"哼，什么话到了你这小鬼嘴里就这样毫无遮拦！"梅丽笑着拧着阿憨的嘴巴子说，大家都不禁望着阿憨发笑。

第一课的钟声打过了，爱玉、梅丽都去上课，办公室里只剩下美玲、幼芬和阿憨。这时美玲望着她俩的影子去远了，便悄悄地笑道："这两个都是傻瓜，王简直就是拿她们耍着玩，在梅丽面前，就说梅丽好，在爱玉面前就说爱玉好，背了她们俩和老伍他们就说：'这些老处女，我可不敢领教，不过她们追得紧，不得不应付应付。'你说这种话叫梅丽和爱玉听见了要不要活活气死！"

"这些男人真不是好东西，我们叫梅丽她们不要睬他吧，免得他烂嚼舌根！"幼芬天真地说。

"那你简直比我老憨还憨，她俩可会相信你的话？没准惹她们两边都骂你！"阿憨很有经验似地说。

幼芬点头笑道："你的话不错，我们不管他们三七廿一，冷眼看热闹好了。"

……

中午吃饭的时候，梅丽拿着一封信，满脸怒气地骂道："什么该死的东西，他竟骗了我好几个月，现在他的情人找得来，他倒也撇得清，竟替我介绍起别人来，谁希罕他，难道我家里就没有男人们，他们就没有朋友可介绍，一定要他这死不了的东西多管闲事！"

"喂！这算什么，哪个又得罪了你呀！"阿憨找着碰钉子，梅丽睬都不睬她，便饭也不吃地走了。

爱玉却镇静得若无其事般地说道："美玲，密司特王要订婚了，你知道吗？他的爱人已经从美国回来了。"

"哦，这个我倒没有听说，……这就难怪梅丽刚才那么痛心了。"

"本来是自己傻瓜嘛，……所以我再也不上他的当。"爱玉装出得意的样子说。

阿憨向着幼芬微笑，她简直又要放大炮了，幸喜幼芬拦住她道："你不要又发神经病呀，"阿憨点点头，到底伏着她的耳朵说道："她是哑子吃黄连，有苦不能言罢了。"一阵格格的大笑后，阿憨便扬长而去。

梅丽这几天是意外的沉默，爱玉悄悄地议论道："你们看梅丽正害 Love

sick①，你们快替她想个法子吧。"

"夫子莫非自道吗?"阿憨又憨头憨脑地盯上这么一句，使爱玉笑不得哭不得，只听见不约而同几声"小鬼，小鬼"向着阿憨，阿憨依然笑嘻嘻地对付她们。

时间把一切的纠纷解决了，在王先生结婚后的两个月，梅丽和爱玉也都有了新前途，这一段春愁也就告了结束。

---

① Love sick，可译作"相思病"。

海滨故人

一

呵！多美丽的图画！斜阳红得像血般，照在碧绿的海波上，露出紫蔷薇般的颜色来，那白杨和苍松的阴影之下，她们的旅行队正停在那里，五个青年的女郎，要算是此地的熟客了，她们住在靠海的村子里；只要早晨披白绡的安琪儿，在天空微笑时，她们便各人拿着书跳舞般跑了来。黄昏红裳的哥儿回去时，她们也必定要到。

她们倒是什么来历呢？有一个名字叫露沙，她在她们五人里，是最活泼的一个。她总喜欢穿白纱的裙子，用云母石作枕头，仰面睡在草地上默默凝思。她在城里念书，现在正是暑假期中，约了她的好朋友——玲玉、莲裳、云青、宗莹住在海边避暑，每天两次来赏鉴海景。她们五个人的相貌和脾气都有极显著的区别。露沙是个很清瘦的面庞和体格，但却十分刚强，她们给她的赞语是"短小精悍"。她的脾气很爽快，但心思极深，对于世界的谜仿佛已经识破，对人们交接，总是诙谐的。玲玉是富于情感，而体格极瘦弱，她常常喜欢人们的赞美和温存。她认定世界的伟大和神秘，只是爱的作用；她喜欢笑，更喜欢哭，她和云青最要好。云青是个理智比感情更强的人。有时她不耐烦了，不能十分温慰玲玉，玲玉一定要背人偷拭泪，有时竟至放声痛哭了。莲裳为人最周到，无论和什么人都交际得来，而且到处都被人欢迎，她和云青很好。宗莹在她们里头，是最娇艳的一个，她极喜欢艳妆，也喜欢向人夸耀她的美和她的学识，她常常说过分的话。露沙和她很好，但露沙也极反对她思想的近俗，不过觉得她人很温和，待人很好，时时地牺牲了自己的偏见，来附和她。她们样样不同的朋友，而能比一切同学亲热，就在她们都是很有抱负的人，和那醉生梦死的不同。所以她们就在一切同学的中间，筑起高垒来隔绝了。

有一天朝霞罩在白云上的时候，她们五个人又来了。露沙睡在海岸上，宗莹蹲在她的身旁，莲裳、玲玉、云青站在海边听怒涛狂歌，看碧波闪映，宗莹和露沙低低地谈笑，远远忽见一缕白烟从海里腾起。玲玉说："船来了！"

大家因都站起来观看，渐渐看见烟筒了。看见船身了，不到五分钟整个的船都可以看得清楚。船上许多水手都对她们望着，直到走到极远才止。她们因又团团坐下，说海上的故事。

开始露沙述她幼年时，随她的父母到外省做官去，也是坐的这样的海船。有一天因为心里烦闷极了，不住声地啼哭，哥哥拿许多糖果哄她，也止不住哭声，妈妈用责罚来禁止她的哭声，也是无效。这时她父亲正在作公文，被她搅得急起来，因把她抱起来要往海里抛。她这时惧怕那油碧碧的海心，才止住哭声。

宗莹插言道："露沙小时的历史，多着呢，我都知道。因我妈妈和她家认识，露沙生的那天，我妈妈也在那里。"玲玉说："你既知道，讲给我们听听好不好？"宗莹看着露沙微笑，意思是探她许可与否，露沙说："小时的事情我一概不记得，你说说也好，叫我也知道知道。"

于是宗莹开始说了："露沙出世的时候，亲友们都庆贺她的命运，因为露沙的母亲已经生过四个哥儿了。当孕着露沙的时候，只盼望是个女儿。这时露沙正好出世。她母亲对这嫩弱的花蕊，十分爱护，但同时意外的事情发生了，不免妨碍露沙的幸运，就是生露沙的那一天，她的外祖母死了。并且曾经派人来接她的母亲，为了露沙的出世，终没去成，事后每每思量，当露沙闭目恬适睡在她臂膀上时，她便想到母亲的死，晶莹的泪点往往滴在露沙的颊上。后来她忽感到露沙的出世有些不祥，把思量母亲的热情，变成憎厌露沙的心了！"

"还有不幸的，是她母亲因悲抑的结果，使露沙没有乳汁吃，稚嫩的哀哭声，便从此不断了。有一天夜里，露沙哭得最凶，连她的小哥哥都吵醒了。她母亲又急又痛，止不住倚着床沿垂泪，她父亲也叹息道：'这孩子真讨厌！明天雇个奶妈，把她打发远点，免得你这么受罪！'她母亲点点头，但没说什么。

"过了几天，露沙已不在她母亲怀抱里了，那个新奶妈，是乡下来的，她梳着奇异像蝉翼般的头，两道细缝的小眼，上唇撅起来，露着牙龈。露沙初次见她，似乎很惊怕，只躲在娘怀里不肯仰起头来。后来那奶妈拿了许多糖果和玩物，才勉强把她哄去。但到了夜里，她依旧要找娘去，奶妈只把她搂在怀里，轻轻拍着，唱催眠歌儿，才把她哄睡了。

"露沙因为小时吃了母亲忧抑的乳汁，身体十分孱弱，况且那奶妈又非常的粗心，她有时哭了，奶妈竟不理她，这时她的小灵魂，感到世界的孤寂和冷刻了。她身体健康更一天不如一天。到三岁了她还不能走路和说话，并且头上还生了许多疮疥。这可怜的小生命，更没有人注意她了。

"在那一年的春天，鸟儿全都轻唱着，花儿全都含笑着，露沙的小哥哥都在绿草地上玩耍，那时露沙得极重的热病，关闭在一间厢房里。当她病势沉重的时候，她母亲绝望了，又恐怕传染，她走到露沙的小床前，看着她瘦弱的面庞说：'唉！怎变成这样了！……奶妈！我这里孩子多，不如把她抱到你家里去治吧！能好再抱回来，不好就算了！'奶妈也正想回去看看她的小黑，当时就收拾起来，到第二天早晨，奶妈抱着露沙走了。她母亲不免伤心流泪。露沙搬到奶妈家里的第二天，她母亲又生了个小妹妹，从此露沙不但不在她母亲的怀里，并且也不在她母亲的心里了。

"奶妈的家，离城有二十里路，是个环山绕水的村落，她的屋子，是用茅草和黄泥筑成的，一共四间，屋子前面有一座竹篱笆，篱笆外有一道小溪，溪的隔岸，是一片田地，碧绿的麦秀，被风吹着如波纹般涌漾。奶妈的丈夫是个农夫，天天都在田地里做工；家里有一个纺车，奶妈的大女儿银姊，天天用它纺线；奶妈的小女儿小黑和露沙同岁。露沙到了奶妈家里，病渐渐减轻，不到半个月已经完全好了，便是头上的疮也结了痂，从前那黄瘦的面孔，现在变成红黑了。

"露沙住在奶妈家里，整整过了半年，她忘了她的父母，以为奶妈便是她的亲娘，银姊和小黑是她的亲姊姊。朝霞幻成的画景，成了她灵魂的安慰者，斜阳影里唱歌的牧童，是她的良友，她这时精神身体都十分焕发。

"露沙回家的时候，已经四岁了。到六岁的时候，就随着她的父母做官去，以后的事情我就不知道了。"

宗莹说到这里止住了。露沙只是怔怔地回想，云青忽喊道："你看那海水都放金光了，太阳已经到了正午，我们回去吃饭吧！"她们随着松荫走了一程已经到家了。

在这一个暑假里，寂寞的松林和无言的海流，被这五个女孩子点染得十分热闹，她们对着白浪低吟，对着激潮高歌，对着朝露微笑，有时竟对着海月垂泪。不久暑假将尽了，那天夜里正是月望的时候，她们黄昏时拿着箫笛等来了。露沙说："明天我们就要进城去，这海上的风景，只有这一次的赏受了。今晚我们一定要看日落和月出……这海边上虽有几家人家，但和我们也混熟了，纵晚点回去也不要紧，今天总要尽兴才是。"大家都极同意。

西方红灼灼的光闪烁着，海水染成紫色，太阳足有一个脸盆大，起初盖着黄红色的云,有时露出两道红来,仿佛火神怒睁两眼,向人间狠视般,但没有几分钟那两道红线化成一道,那彩霞和彗星般散在西北角上,那火盆般的太阳已到了水平线上,一霎眼那太阳已如狮子滚绣球般,打个转身沉向海底去了。天上立刻露出淡灰色来,只在西方还有些五彩余辉闪烁着。

海风吹拂在宗莹的散发上,如柳丝轻舞,她倚着松柯低声唱道:

我欲登芙蓉之高峰兮;
白云阻其去路。
我欲攀绿萝之俊藤兮;
惧颓岩而跼躇。
伤烟波之荡荡兮;
伊人何处?
叩海神久不应兮;
惟漫歌以代哭!

接着歌声,又是一阵箫韵,其声嘤嘤似蜂鸣群芳丛里,其韵溶溶似落花轻逐流水,渐提渐高激起有如孤鸿哀唳碧空,但一折之后又渐转和缓恰似水渗滩底呜咽不绝,最后音响渐杳,歌声又起道:

临碧海对寒素兮,
何烦纡之萦心!
浪滔滔波荡荡兮,
伤孤舟之无依!
伤孤舟之无依兮,
愁绵绵而永系!

大家都被歌声催眠,沉思无言,便是那作歌的宗莹,也只有微叹的余音,还在空中荡漾罢了。

二

她们搬进学校了。暑假里浪漫的生活,只能在梦里梦见,在回想中想见。

这几天她们都是无精打采的。露沙每天只在图书馆，一张长方桌前坐着，拿着一枝笔，痴痴地出神，看见同学走过来时，她便将人家慢慢分析起来。同学中有一个叫松文的从她面前走过，手里正拿着信，含笑地看着，露沙等她走后，便把她从印象中提出，层层地分析。过了半点钟，便抽去笔套，在一册小本子上写道：

"一个很体面的女郎，她时时向人微笑，多美丽呵！只有含露的荼䕷能比拟她。但是最真诚和甜美的笑容，必定当她读到情人来信时才可以看见！这时不止像含露的荼䕷了，并且像斜阳熏醉的玫瑰，又柔媚又艳丽呢！"她写到这里又有一个同学从她面前走过。她放下她的小本子，换了宗旨不写那美丽含笑的松文了！她将那个后来的同学照样分析起来。这个同学姓郦，在她一级中年纪最大——大约将近四十岁了——她拿着一堆书，皱着眉走过去。露沙望着她的背影出神。不禁长叹一声，又拿起笔来写道：——"她是四十岁的母亲了，——她的儿已经十岁——当她拿着先生发的讲义——二百余页的讲义，细细地理解时，她不由得想起她的儿来了。她那时皱紧眉头，合上两眼，任那眼泪把讲义湿透，也仍不能止住她的伤心。

"先生们常说，'她是最可佩服的学生。'我也只得这么想，不然她那紧皱的眉峰，便不时惹起我的悲哀：我必定要想到：'人多么傻呵！因为不相干的什么知识——甚至于一张破纸文凭，把精神的快活完全牺牲了……'"当当一阵吃饭钟响，她才放下笔，从图书馆出来，她一天的生活大约如是，同学们都说她有神经病，有几个刻薄的同学给她起个绰号，叫"著作家"，她每逢听见人们嘲笑她的时候，只是微笑说："算了吧！著作家谈何容易？"说完这话，便头也不回地跑到图书馆去了。

宗莹最喜欢和同学谈情。她每天除上课之外，便坐在讲堂里，和同学们说："人生的乐趣，就是情。"她们同级里有两个人，一个叫做兰香，一个叫做孤云，她们两人最要好，然而也最爱打架。她们好的时候，手挽着手，头偎着头，低低地谈笑。或商量两个人做一样的衣服，用什么样花边，或者做一样的鞋，打一样的别针，使无论什么人一见她们，就知道她们是顶要好的朋友。有时预算星期六回家，谁到谁家去，她们说到快意的时候，竟手舞足蹈，合唱起来。这时宗莹必定要拉着玲玉说："你看她们多快乐呵！真是人若没有感情，就不能生活了。情是滋润草木的甘露，要想开美丽的花，必定要用情汁来灌溉。"玲玉也悄悄地谈论着，我们级里谁最有情，谁有真情，宗莹笑着答她道："我看你最多情，——最没情就是露沙了。她永远不相信人，我们对她说情,她便要笑我们。其实她的见地实在不对。"玲玉便怀疑着笑说道:"真的吗?……我不相信露沙无情,你看她多喜欢笑,多喜欢哭呀。没情的人,感情就不应当这么易动。"宗莹听了这话,沉思一回,又道:"露沙这人真奇怪呀!……有时候她闹起来,比谁都活泼,及至静起来,便谁也不理的躲起来了。"

她们一天到晚,只要有闲的时候,便如此地谈论,同学们给她们起了绰号,叫"情迷"。她们也笑纳不拒。

云青整天理讲义,记日记。云青的姊姊最多,她们家庭里因此组织了一个娱乐会。云青全部的精神都集中在这里,下课的时候,除理讲义,抄笔录和记日记外,就是作简章和写信。她性情极圆和,无论对于什么事,都不肯吃亏,而且是出名的拘谨。同级里每回开级友会,或是爱国运动,她虽热心帮忙,但叫她出头露面,她一定不答应。她惟一的推辞只说:"家里不肯。"同学们能原谅她的,就说她家庭太顽固,她太可怜;不能原谅她,就冷笑着说:"真正是个薛宝钗。"她有时听见这种的嘲笑,便呆呆坐在那里。露沙若问她出什么神?她便悲抑着说:"我只想求人了解真不容易!"露沙早听惯看惯她这种语调态度,也只冷冷地答道:"何必求人了解?老实说便是自己有时也不了解自己呢!"云青听了露沙的话,就立刻安适了,仍旧埋头做她的工作。

莲裳和她们四人不同级,她学的是音乐。她每日除了练琴室里弹琴,便是操场上唱歌。她无忧无虑,好像不解人间有烦恼事,她每逢听见云青、露沙谈人生无味一类的话,她必插嘴截住她们的话说:"哎呀!你们真讨厌。竟说这些没意思的话,有什么用处呢?来吧!来吧!操场玩去吧!"她跑到操场里,跳上秋千架,随风上下翻舞,必弄得一身汗她才下来,她的目的,只是快乐。她最憎厌学哲理的人,所以她和露沙她们不能常常在一处,只有假期中,她们偶然聚会几次罢了。

她们在学校里的生活很平淡,差不多没有什么意外的事情发生。到了第三个年头,学校里因为爱国运动,常常罢课。露沙打算到上海读书。开学的时候,同学们都来了,只短一个露沙,云青、玲玉、宗莹都感十分怅惘,云青更抑抑不能耐,当日就写了一封信给露沙道:

露沙:
  赐书及宗莹书,读悉,一是离愁别恨,思之痛,言之更痛,露沙！千丝万缕，从何诉说？知惜别之不免，悔欢聚之多事矣！悠悠不决之学潮，至兹告一结束，今日已始行补课，同堂相见，问及露沙，上海去也。局外人已不胜为吾四人憾，况身受者乎？吾不欲听其问，更不忍笔之于此以增露沙愁也！所幸吾侪之以志行相契，他日共事社会，不难旧雨重逢，再作昔日之游，话别情，倾积愫，且喜所期不负，则理想中乐趣，正今日离愁别恨有以成之；又何惜今日之一别，以致永久之乐乎？云素欲作积极语，以是自慰，亦勉以是为露沙慰，知露沙离群之痛，总难恝然于心。姑以是作无聊之极想，当耐味之榆柑可也。

今日校中之开学式，一种萧条气象，令人难受，露沙！所谓"别时容易见时难"。吾终不能如太上之忘情，奈何！得暇多来信，余言续详，顺颂康健

云　青

云青写完信，意绪兀自懒散，在这学潮后，杂乱无章的生活里，只有沉闷烦纡，那守时刻司打钟的仆人，一天照样打十二回钟，但课堂里零零落落，只有三四个人上堂。教员走上来，四面找人，但窗外一个人影都没有。院子里只有垂杨对那孤寂的学生教员，微微点头。玲玉、宗莹和云青三个人，只是在操场里闲谈。这时正是秋凉时候，天空如洗，黄花满地，西风爽竦。一群群雁子都往南飞，更觉生趣索然。她们起初不过谈些解决学潮的方法，已觉前途的可怕，后来她们又谈到露沙了，玲玉说："露沙走了，与她的前途未始不好。只是想到人生聚散，如此易易，太没意思了，现在我们都是作学生的时代，肩上没有重大的责任，尚且要受种种环境支配，将来投身社会，岂不更成了机械吗？……"云青说："人生有限的精力，消磨完了就结束了，看透了倒不值得愁前虑后呢！"宗莹这时正在葡萄架下，看累累酸子，忽接言道："人生都是苦恼，但能不想就可以不苦了！"云青说："也只有作如此想。"她们说着都觉倦了，因一齐回到讲堂去。宗莹的桌上忽放着一封信，是露沙寄来的，她忙忙撕开念道：

人寿究竟有几何？穷愁潦倒过一生；未免不值得！我已决定日内北上，以后的事情还讲不到，且把眼前的快乐享受了再说。

宗莹！云青！玲玉！从此不必求那永不开口的月姊——传我们

心弦之音了！呵！再见！

宗莹喜欢得跳起来，玲玉、云青也尽展愁眉，她们并且忙跑去通知莲裳，预备欢迎露沙。

露沙到的那天，她们都到火车站接她。把她的东西交给底下人拿回去。她们五个人一齐走到公园里。在公园里吃过晚饭，便在社稷坛散步，她们谈到暑假分别时曾叮嘱到月望时，两地看月传心曲，谁想不到三个月，依旧同地赏月了！在这种极乐的环境里，她们依旧恢复她们天真活泼的本性了。

她们谈到人生聚散的无定。露沙感触极深，因述说她小时的朋友的一段故事：

"我从九岁开始念书，启蒙的先生是我姑母，我的书房，就在她寝室的套间里。我的书桌是红漆的，上面只有一个墨盒，一管笔，一本书，桌上面前一张木头椅子。姑母每天早晨教我一课书，教完之后，她便把书房的门倒锁起来，在门后头放着一把水壶，念渴了就喝白开水，她走了以后，我把我的书打开。忽听见院子里妹妹唱歌，哥哥学猫叫，我就慢慢爬到桌上站在那里，从窗眼往外看。妹妹笑，我也由不得要笑；哥哥追猫，我心里也像帮忙一块追似的。我这样站着两点钟也不觉倦，但只听见姑母的脚步声，就赶紧爬下来，很规矩地坐在那里，姑母一进门，正颜厉色地向我道：'过来背书。'我哪里背得出，便认也不曾认得。姑母怒极，喝道：'过来！'我不禁哀哀地哭了。她拿着皮鞭抽了几鞭，然后狠狠地说：'十二点再背不出，不用想吃饭呵！'我这时恨极这本破书了。但为要吃午饭，也不能不拼命地念，侥幸背出来了，混了一顿午饭吃。但是念了一年，一本《三字经》还不曾念完。姑母恨极了，告诉了母亲，把我狠狠责罚了一顿，从此不教我念书了。我好像被赦的死囚，高兴极了。"

"有一天我正在同妹妹做小衣服玩，忽听见母亲叫我说：'露沙！你一天在家里不念书，竟顽皮，把妹妹都引坏了。我现在送你上学校去，你若不改，被人赶出来，我就不要你了。'我听了这话，又怕又伤心，不禁放声大哭。后来哥哥把我抱上车，送我到东城一个教会学堂里。我才迈进校长室，心里便狂跳起来。在我的小生命里，是第一次看见蓝眼睛、高鼻子的外国人，况且这校长满脸威严。我哥哥和她说：'这小孩是我的妹妹，她很顽皮，请你不用客气地管束她。那是我们全家所感激的。'那校长对我看了半天说：

'哦！小孩子！你应当听话，在我的学校里，要守规矩，不然我这里有皮鞭，它能责罚你。'她说着话，把手向墙上一捺。就听见'琅琅！'一阵铃响，不久就走进一个中国女人来，年纪二十八九，这个人比校长温和得多，她走进来给校长鞠了个躬，并不说话，只听见校长叫她道：'魏教习！这个女孩是到这里读书的，你把她带去安置了吧！'那个魏教习就拉着我的手说：'小孩子！跟我来！'我站着不动。两眼望着我的哥哥，好似求救似的。我哥哥也似了解我的意思，因安慰我说：'你好好在这里念书，我过几天来看你。'我知道无望了，只得勉勉强强跟着魏教习到里边去。

"这学校的学生，都是些乡下孩子，她们有的穿着打补钉的蓝布褂子，有的头上扎着红头绳，见了我都不住眼地打量，我心里又彷徨，又凄楚。在这满眼生疏的新环境里，觉得好似不系之舟，前途命运真不可定呵。迷糊中不知走了多少路，只见魏教习领我走到楼下东边一所房子前站住了。用手轻轻敲了几下门，那门便'呀'地一声开了。一个女郎戴着蔚蓝眼镜，两颊娇红，眉长入鬓，身上穿着一件月白色的长衫，微笑着对魏教习鞠了躬说：'这就是那新来的小学生吗？'魏教习点点头说：'我把她交给你，一切的事情都要你留心照应，'说完又回头对我说：'这里的规矩，小学生初到学校，应受大学生的保护和管束。她的名字叫秦美玉，你应当叫她姐姐，好好听她的话，不知道的事情都可以请教她。'说完站起身走了。那秦美玉拉着我的手说：'你多大了？你姓什么？叫什么？……这学校的规矩很厉害，外国人是不容情的，你应当事事小心。'她正说着，已有人将我的铺盖和衣物拿进来了。我这时忽觉得诧异，怎么这屋子里面没有床铺呵？后来又看她把墙壁上的木门推开了。里头放着许多被褥，另外还有一个墙橱，便是放衣服的地方。她告诉我这屋里住五个人，都在这木板上睡觉，此外，有一张长方桌子，也是五个人公用的地方。我从来没看见过这种简陋的生活，仿佛到了一个特别的所在，事事都觉得不惯。并且那些大学生，又都正颜厉色地指挥我打水扫地，我在家从来没做过，况且年龄又太幼弱，怎么能做得来。不过又不敢不做，到烦难的时候，只有痛哭，那些同学又都来看我，有的说：'这孩子真没出息！'有的说：'管管她就好了。'那些没有同情的刺心话，真使我又羞又急，后来还是秦美玉有些不过意，抚着我的头说：'好孩子！别想家，跟我玩去。'我擦干了眼泪，跟她走出来。院子里有秋千架，有荡木，许多学生在那里玩耍，其中有一个学生，和我差不多大，穿着藕荷色的洋纱长衫，对我含笑地望，我也觉得她和别的同学不同，很和气可近的，我不知不觉和她熟识了，我就别过秦美玉和她牵着手，走到后院来。那里有一棵白杨树，底下放着一块捣衣石，我们并肩坐在那里。这时正是黄昏的时候，柔媚的晚霞，缀成幔天红罩，金光闪射，正映在我们两人的头上，她忽然问我道：'你会唱圣诗吗？'我摇头说'不会'，她低头沉思半晌说：'我会唱好几首，我教你一首好不好？'我点头道：'好！'她便轻轻柔柔地唱了一首，歌词我已记不得了。只是那爽脆的声韵，恰似娇莺低吟，春燕轻歌，到如今还深刻脑海。我们正在玩得有味，忽听一阵铃响，她告诉我吃晚饭了。我们依着次序，走进膳堂，那膳堂在地窖里，很大的一间房子，两旁都开着窗户，从窗户外望，平地上所种的杜鹃花正开得灿烂娇艳，迎着残阳，真觉爽心悦目。屋子中间排着十几张长方桌，桌的两旁放着木头板凳，桌上当中放着一个绿盆，盛着白木头筷子和黑色粗碗，此外排着八碗茄子煮白水，每两人共吃一碗。在桌子东头，放着一筐棒子面的窝窝头，黄澄澄好似金子的颜色，这又是我从来没吃过的，秦美玉替我拿了两块放在面前。我拿起来咬了一口，有点甜味，但是嚼在嘴里，粗糙非常，至于那碗茄子，更不知道是什么味道，又涩又苦。想来既没有油，盐又放多了，我肚子其实很饿，但我拿起筷子勉强吃了两口，实在咽不下，心里一急，那眼泪点点滴滴都流在窝窝头上了。那些同学见我这种情形，有的诽笑我，有的谈论我，我仿佛听见她们说：'小姐的派头倒十足，但为什么不吃小厨房的饭呢？'我那时不知道这学校的饭是分等级的，有钱的吃小厨房饭，没钱就吃大厨房的饭，我只疑疑惑惑不知道她们说什么，只怔怔地看着饭菜垂泪。直等大家都吃完，才一齐散了出来。我自从这一顿饭后，心里更觉得难受了，这一夜翻来覆去，无论如何睡不着，看那清碧的月光，从树梢上移到我屋子的窗棂上，又移到我的枕上，直至月光充满了全屋，我还不曾入梦，只听见那四个同学呼声雷动，更感焦躁，那眼泪又不由自主地流下来了。直到天快亮，我才迷迷糊糊睡了一觉。

"第二天的饭菜，依旧是不能下箸。那个小朋友知道这消息，到吃饭的时候，特地把她家里送来的菜，拨了一半给我，我才吃了一顿饱饭，这种苦楚直挨了两个星期，才略觉习惯些。我因为这个小朋友待我极好，因此更加亲热。直到光复那一年，我家里搬到天津去，我才离开这学校，我的小朋友也回通州去了。到光复以后我已经十三岁了，我的小朋友十二岁，我们一齐都进公立某小学校，后来她因为想学医到别处去了。我们五六年不见，想不到前年她又到北京来，我们因又得欢聚，不过现在她又走了——听说她已和人结婚——很不得志，得了肺病，将来能否再见，就说不定了。"

"你们说人生聚散有一定吗？"露沙说完，兀自不住声地叹息。这时公园游人已渐渐散尽，大家都有倦意。便趁着月光慢慢散步出园来，一同雇车回学校去。

露沙自从上海回来后，宗莹和云青、玲玉就都觉格外高兴。这时候她们下课后，工作的时候很少，总是四个人拉着手，在芳草地上，轻歌快谈。说到快意时，便哈天扑地地狂笑，说到凄楚时便长吁短叹，其实都脱不了孩子气，什么是人生？什么是究竟？不过嘴里说说，真的苦趣还一点没尝到呢！

三

光阴快极了，不觉又过了半年，不解事的露沙、玲玉、云青、宗莹、莲裳，不幸接二连三都卷入愁海了。

第一个不幸的便是露沙，当她幼年时饱受冷刻环境的熏染，养成孤僻倔强的脾气，而她天性又极富于感情，所以她竟是个智情不调和的人。当她认识那青年梓青时，正在学潮激烈的当儿。天上飘着鹅毛片般的白雪，空中风声凛冽，她奔波道途，一心只顾怎么开会，怎么发宣言，和那些青年聚在一起，讨论这一项，解决那一层，她初不曾预料到这一点的，因而生出绝大的果来。

梓青是个沉默孤高的青年，他的议论最彻底，在会议的席上，他不大喜欢说话，但他的论文极多，露沙最喜欢读他的作品，在心流的沟里，她和他不知不觉已打通了，因此不断地通信，从泛泛的交谊，变为同道的深契。这时露沙的生趣勃勃，把从前的冷淡态度，融化许多，她每天除上课外，便是到图书馆看书，看到有心得，她或者作短文，和梓青议论；或者写信去探梓青的见解，在这个时期里，她的思想最有进步，并且她又开始研究哲学，把从前懵懵懂懂的态度都改了。

有一天正上哲学课，她拿着一支铅笔记先生口述的话。那时先生正讲人生观的问题，中间有一句说："人生到底做什么？"她听了这话，忽然思潮激涌，停了手里的笔，更听不见先生继续讲些什么，只怔怔地盘算，"人生到底做什么？……牵来牵去，忽想到恋爱的问题上去，——青年男女，好像是一朵含苞未放的玫瑰花，美丽的颜色足以安慰自己，诱惑别人，芬芳的气息，足以满足自己，迷恋别人。但是等到花残了，叶枯了，人家弃置，自己憎厌，花木不能躲时间空间的支配，人类也是如此，那么人生到底做什么？……其实又有什么可做？恋爱不也是一样吗？青春时互相爱恋，爱恋以后怎么样？……不是和演剧般，到结局无论悲喜，总是空的呵！并且爱恋的花，常常衬着苦恼的叶子,如何跳出这可怕的圈套,清净一辈子呢?……"她越想越玄,后来弄得不得主意,吃饭也不正经吃,有时只端着饭碗拿着筷子出神,睡觉也不正经睡,半夜三更坐了起来发怔,甚至于痛哭了。

这一天下午,露沙又正犯着这哲学病,忽然梓青来了一封信,里头有几句话说:"枯寂的人生真未免太单调了!……唉!什么时候才得甘露的润泽,在我空漠的心田,开朵灿烂的花呢?……恐怕只有膜拜'爱神',求她的怜悯了!"这话和她的思想,正犯了冲突。交战了一天,仍无结果。到了这一天夜里,她勉勉强强写了梓青的回信,那话处处露着彷徨矛盾的痕迹。到第二天早起重新看看,自己觉得不妥,因又撕了,结果只写几个字道:"来信收到了,人生不过尔尔,苦也罢,乐也罢,几十年全都完了,管他呢!且随遇而安吧!"

活泼泼的露沙,从此憔悴了!消沉了!对于人间时而信,时而疑,神经越加敏锐,闲步到中央公园,看见鸭子在铁栏里游泳,她便想到,人生和鸭子一样地不自由,一样地愚钝;人生到底做什么?听见鹦鹉叫,她便想到人们和鹦鹉一样,刻板地说那几句话,一样的不能跳出那笼子的束缚;看见花落叶残便想到人的末路——死——仿佛天地间只有愁云满布,悲雾迷漫,无一不足引起她对世界的悲观,弄得精神衰颓。

露沙的命运是如此,云青的悲剧同时开演了。云青向来对于世界是极乐观的,她目的想做一个完美的教育家,她愿意到乡村的地方——绿山碧水——的所在,召集些乡村的孩子,好好地培植他们,成为甜美的果树,对于露沙那种自寻苦恼的态度,每每表示反对。

这天下午她们都在校园葡萄架下闲谈,同级张君,拿了一封信来,递给露沙,她们都围拢来问:"这是谁的信,我们看得吗?"露沙说:"这是蔚然的信,有什么看不得的。"她说着因把信撕开,抽出来念道:

露沙君:

不见数月了!我近来很忙。没有写信给你,抱歉得很!你近状如何?念书有得吗?我最近心绪十分恶劣,事事都感到无聊的痛苦,一身一心都觉无所着落,好像黑夜中,独驾扁舟,漂泊于四无涯际,深不见底的大海汪洋里,彷徨到底点了呵!日前所云事,曾否进行,有效否,极盼望早得结果,慰我不定的心。别的再谈。

蔚 然

宗莹说，"这个人不就是我们上次在公园遇见的吗？……他真有趣，抱着一大捆讲义，睡在椅子上看，……他托你什么事？……露沙！"

露沙沉吟不语，宗莹又追问了一句，露沙说："不相干的事，我们说我们的吧！时候不早，我们也得看点书才对。"这时玲玉和云青正在那唧唧哝哝商量星期六照相的事，宗莹招呼了她们，一齐来到讲堂。玲玉到图书室找书预备作论文，她本要云青陪她去，被露沙拦住说："宗莹也要找书，你们俩何不同去。"玲玉才舍了云青和宗莹去了。

露沙叫云青道："你来！我有话和你讲。"云青答应着一同出来，她们就在柳荫下一张凳子上坐下了。露沙说："蔚然的信你看了觉得怎样？"云青怀疑着道："什么怎么样？我不懂你的意思！"露沙说："其实也没有什么！……我说了想你也不至于恼我吧？"云青说："什么事？你快说就是了。"露沙说："他信里说他十分苦闷，你猜为什么？……就是精神无处寄托，打算找个志同道合的女朋友，安慰他灵魂的枯寂！他对于你十分信任，从前和我说过好几次，要我先说，我怕碰钉子，直到如今不曾说过，今天他又来信，苦苦追问，我才说了，我想他的人格，你总信得过，作个朋友，当然不是大问题是不是？"云青听了这话，一时没说什么，沉思了半天说："朋友原来不成问题，……但是不知道我父亲的意思怎样？等我回去问问再说吧！"……露沙想了想答道："也好吧！但希望快点！"她们谈到这里，听见玲玉在讲堂叫她们，便不再往下说，就回到讲堂去。

露沙帮着玲玉找出《汉书·艺文志》来，混了些时，玲玉和宗莹都伏案作文章，云青拿着一本《唐诗》，怔怔凝思，露沙叉着手站在玻璃窗口，听柳树上的夏蝉不住声地嘶叫，心里只觉闷闷地，无精打采地坐在书案前，书也懒看，字也懒写。孤云正从外头进来，抚着露沙的肩说："怎么又犯了毛病啦，眼泪汪汪是什么意思呵！"露沙满腔烦闷悲凉，经她一语道破，更禁不住，爽性伏在桌上呜咽起来，玲玉、宗莹和云青都急忙围拢来，安慰她，玲玉再三问她为什么难受，她只是摇头，她实在说不出具体的事情来。这一下午她们四个人都沉闷无言，各人叹息各人的，这种情形，绝不是头一次了。

冬天到了，操场里和校园中没有她们四人的影子了，这时她们的生活只在图书馆或讲堂里，但是图书馆是看书的地方，她们不能谈心，讲堂人又太多，到不得已时，她们就躲在栉沐室里，那里有顶大的洋炉子，她们围炉而谈，毫无妨碍。

最近两个星期，露沙对于宗莹的态度，很觉怀疑。宗莹向来是笑容满面，喜欢谈说的；现在却不然了，整日坐在讲堂，手里拿着笔在一张破纸上，画来画去，有时忽向玲玉说："做人真苦呵！"露沙觉得她这种形态，绝对不是无因。这一天的第二课正好教员请假，露沙因约了宗莹到栉沐室谈心，露沙说："你有什么为难的事吗？"她沉吟了半天说："你怎么知道？"露沙说："自然知道，……你自己不觉得，其实诚于中形于外，无论谁都瞒不了呢！"宗莹低头无言，过了些时，她才对露沙说："我告诉你，但请你守秘密。"露沙说："那自然啦，你说吧！"

"我前几个星期回家，我母亲对我说有个青年，要向我求婚，据父亲和母亲的意思，都很欢喜他，他的相貌很漂亮，学问也很好，但只一件他是个官僚。我的志趣你是知道的，和官僚结婚多讨厌呵！而且他的交际极广，难保没有不规矩的行动，所以我始终不能决定。我父亲似乎很生气，他说：'现在的女孩子，眼里哪有父母呵，好吧！我也不能强迫你，不过我觉得这是个好机会，我做父亲的有对你留意的责任，你若自己错过了，那就不能怨人，……据我看那个青年，实在是不可多得的人才，将来至少也有科长的希望……'我被他这一番话说得直觉难堪，我当时一夜不曾合眼，我心里只恨为什么这么倒霉。若果始终要为父母牺牲，我何必念书进学校。只过我六七年前小姐式的生活，早晨睡到十一二点起来，看看不相干的闲书，作两首谰调的诗，满肚皮佳人才子的思想，三从四德的观念，那末父母之命，媒妁之言，我自然遵守，也没有什么苦恼了！现在既然进了学校，有了智识，叫我屈服在这种顽固不化的威势下，怎么办得到！我牺牲一个人不要紧，其奈良心上过不去，你说难不难？……"宗莹说到伤心时，泪珠儿便不断地滴下来。露沙倒弄得没有主意了，只得想法安慰她说："你不用着急，天下没有不爱子女的父母，她绝不忍十分难为你……"

宗莹垂泪说："为难的事还多呢！岂止这一件。你知道师旭常常写信给我吗？"露沙诧异道："师旭！是不是那个很胖的青年？"宗莹道："是的。"……"他头一封信怎么写的？"露沙如此地问。宗莹道："他提出一个问题和我讨论，叫我一定须答复，而且还寄来一篇论文叫我看完交回，这是使我不能不回信的原因。"露沙听完，点头叹道："现在的社交，第一步就是以讨论学问为名，那招牌实在是堂皇得很，等你真真和他讨论学问时，他便再进一层，和你讨论人生问题，从人生问题里便渲染上许多愤慨悲抑的感情话，打动了你，然后恋爱问题就可以应运而生了。……简直是作戏，所幸当局的人总是一往情深，不然岂不味同嚼蜡！"宗莹说："什么事不是如此？……做人只得模糊些罢了。"

她们正谈着，玲玉来了，她对她们做出娇痴的样子来，似笑似恼地说："啊哟！两个人像煞有介事，……也不理人家。"说着歪着头看她们笑。宗莹说："来！来！……我顶爱你！"一边说，一边走，过来拉着她的手。她就坐在宗莹的旁边，将头靠在她的胸前说："你真爱我吗？……真的吗？"……"怎么不真！"宗莹应着便轻轻在她手上吻了一吻。露沙冷冷地笑道："果然名不虚传，情迷碰到一起就有这么些做作！"玲玉插嘴道："咦！世界上你顶没有爱，一点都不爱人家。"露沙现出很悲凉的形状道："自爱还来不及，说得爱人家吗？"玲玉有些恼了，两颊绯红说："露沙顶忍心，我要哭了！我要哭了！"说着当真眼圈红了，露沙说："得啦！得啦！和你闹着玩呵！……我纵无情，但对于你总是爱的，好不好？"玲玉虽是哈哈地笑，眼泪却随着笑声滚了下来。正好云青找到她们处来，玲玉不容她开口，拉着她就走，说："走吧！去吧！露沙一点不爱人家，还是你好，你永远爱我！"云青只迟疑地说："走吗？……真是的！"又回头对她们笑道："这是怎么回事？……你们不走吗……"宗莹说："你先走好了，我们等等就来。"玲玉走后，宗莹说："玲玉真多情，……我那亲戚若果能娶她，真是福气！"露沙道："真的！你那亲戚现在怎么样？你这话已对玲玉说过吗？"宗莹说："我那亲戚不久就从美国回来了，玲玉方面我约略说过，大约很有希望吧！""哦！听说你那亲戚从前曾和另外一个女子订婚，有这事吗？"露沙又接着问。宗莹叹道："可不是吗？现在正在离婚，那边执意不肯，将来麻烦的日子有呢！"露沙说："这恐怕还不成大问题！……只是玲玉和你的亲戚有否发生感情的可能，倒是个大问题呢！……听说现在玲玉家里正在介绍一个姓胡的，到底也不知什么结果。"宗莹道："慢慢地再说吧！现在已经下堂了。底下一课文学史，我们去听听吧！"她们就向讲堂走去。

她们四个人先后走到成人的世界去了。从前的无忧无愁的环境，一天一天消失。感情的花，已如荼如火地开着，灿烂温馨的色香，使她们迷恋，使她们尝到甜蜜的爱的滋味，同时使她们了解苦恼的意义。

这一年暑假，露沙回到上海去，玲玉回到苏州去，云青和宗莹仍留在北京。她们临别的末一天晚上，约齐了住在学校里，把两张木床合并起来，预备四个人联床谈心。在傍晚的时候，她们在残阳的余辉下，唱着离别的歌儿道：

潭水桃花，故人千里，
离歧默默情深悬，
两地思量共此心！
何时重与联襟？
愿化春波送君来去，
天涯海角相寻。

　　歌调苍凉，她们的声音越来越低，直至无声，露沙叹道："十年读书，得来只是烦恼与悲愁，究竟知识误我，我误知识？"云青道："真是无聊！记得我小的时候，看见别人读书，十分羡慕，心想我若能有了知识，不知怎样的快乐，若果知道越有知识，越与世界不相容，我就不当读书自苦了。"宗莹说："谁说不是呢？就拿我个人的生活说吧！我幼年的时候，没有兄弟姊妹，父母十分溺爱，也不许进学校，只请了一位老学究，教我读《毛诗》、《左传》，闲时学作几首诗。一天也不出门，什么是世界我也不知道，觉得除依赖父母过我无忧无虑的生活外，没有一点别的思想，那时在别人或者看我很可惜，甚至于觉得我很可怜，其实我自己倒一点不觉得。后来我有一个亲戚，时常讲些学校的生活，及各种常识给我听，不知不觉中把我引到烦恼的路上去，从此觉得自己的生活，样样不对不舒服，千方百计和父母要求进学校。进了学校，人生观完全变了。不容于亲戚，不容于父母，一天一天觉得自己孤独，什么悲愁，什么无聊，逐件发明了。……岂不是知识误我吗？"她们三人的谈话，使玲玉受了极深的刺激，呆呆地站在秋千架旁，一语不发。云青无意中望见，因撇了露沙、宗莹走过来，拊在她的肩上说："你怎样了？……有什么不舒服吗？"玲玉仍是默默无言，摇摇头回过脸去，那眼泪便扑簌簌滚了下来。她们三人打断了话头，拉着她到栉沐室里，替她拭干了泪痕，谈些诙谐的话，才渐渐恢复了原状。

　　到了晚上，她们四人睡在床上，不住地讲这样说那样，弄到四点多钟才睡着了。第二天下午露沙和玲玉乘京浦的晚车离开北京，宗莹和云青送到车站。当火车轮子转动时，玲玉已忍不住呜咽起来。露沙生性古怪，她遇到伤心的时候，总是先笑，笑够了，事情过了，她又慢慢回想着独自垂泪。宗莹虽喜言情，但她却不好哭。云青对于什么事，好像都不足动心的样子，这时对着渐去渐远的露沙、玲玉，只是怔怔呆望，直到火车出了正阳门，连影子都不见了，她才微微叹着气回去了。

在这分别的期中,云青有一天接到露沙的一封信说:

云青:

  人间譬如一个荷花缸,人类譬如缸里的小虫,无论怎样聪明,也逃不出人间的束缚。回想临别的那天晚上,我们所说的理想生活——海边修一座精致的房子,我和宗莹开了对海的窗户,写伟大的作品;你和玲玉到临海的村里,教那天真的孩子念书,晚上回来,便在海边的草地上吃饭,谈故事,多少快乐——但是我恐怕这话,永久是理想的呵!你知道宗莹已深陷于爱情的漩涡里,玲玉也有爱剑卿的趋势。虽然这都是她们俩的事,至于我们呢?蔚然对于你陷溺极深,我到上海后,见过他几次,觉得他比从前沉闷多了。每每仰天长叹,好像有无限隐忧似的。我屡次问他,虽不曾明说什么,但对于你的渴慕仍不时流露出来。云青!你究竟怎么对付他呢?你向来是理智胜于感情的,其实这也是她们不到的观察,对于蔚然的诚挚,能始终不为所动吗?况且你对于蔚然的人格曾表示相信,那么你所以拒绝他的,岂另有苦衷吗?……

  按说我的为人,在学校里,同学都批评我极冷淡寡情,其实人间的虫子,要想作太上的忘情,只是矫情罢了!不过有的人喜欢用情——即世上所谓的多情——有的不喜欢用情,一旦若是用了,更要比多情的深挚得多呢!我相信你不是无情,只是深情,你说是不是?

  你前封信曾问我梓青的事,在事实上我没有和他发生爱情的可能,但爱情是没有条件的。外来的桎梏,正未必能防范得住呢。以后的结果,实不可预料,只看上帝的意旨如何罢了。

露　沙

云青接到这封信,受了极大的刺激,用了两天两夜的思维,仍不能决定,她只得打电话叫宗莹来商量。宗莹问她对于蔚然本身有无问题,云青答道:"我向来没有和男子们交接,我觉得男子可以相信的很少,至于蔚然的人格,我始终信仰,不过我向来理智强于感情,这事的结果,若是很顺当的,那么倒也没什么,若果我父母以为不应当……或者亲戚们有闲话,那我宁可自苦一辈子,报答他的情义,叫我勉强屈就是做不到的。"

宗莹听完这话，沉想些时说："我想你本身若是没有问题，那么就可以示意蔚然，叫他托人对你父母提出，岂不妥当吗？"云青懒懒道："大约也只有这么办了，……唉！真无聊……"她们商量妥当，宗莹也就回去了。

傍晚的时候，兰馨来找云青，谈话之间，便提到露沙。兰馨说："我前几天听见人说，露沙和梓青已发生恋爱了，但梓青已经结婚了，这事将来怎么办呢？"

云青怔怔地看着墙上的风景画出神，歇了半天说："这或者是人们的谣传吧！……我看露沙不至于这么糊涂！"

"咦！你也不要说这话，……固然露沙是极明白，不至于上当，但梓青的婚姻是父母强迫的，本没有爱情可言，他纵对于露沙要求情爱，按真理说并不算大不道；不过社会上一般上，未免要说闲话罢了。……露沙最近有信吗？"

"有信，对于这事，她也曾说过，但她的主张，怕不至于就会随随便便和梓青结婚吧？她向来主张精神生活的，就是将来发生结婚的事情，也总得有相当的机会。"

"其实她近年来，在社会上已很有发展的机会，还是不结婚好，不然埋没了未免可惜……你写信还是劝她努力吧！"

她们正谈着，一阵电话铃响，原来是孤云找兰馨说话，因打断了她们的话头，兰馨接了电话。孤云要约她公园玩去，她于是辞了云青到公园去。

云青等她走后，便独自坐在廊子底下，默默沉思，觉得："人生真是有限，像露沙那种看得破的人，也不能自拔！宗莹更不用说了……便是自己也不免宛转因物！"云青正在遐想的时候，只见听差走进来说有客来找老爷，云青因急急回避了，到屋里看了几页书，倦上来就收拾睡下。

第二天早晨。云青才起来，她的父亲就叫她去说话，她走进父亲的书房，只见她父亲皱着眉道："你认得赵蔚然吗？"云青听了这话，顿时心跳血涨，嗫嚅半天说："听见过这人的名字。"她父亲点头道："昨天伊秋先生来，还提起他，我觉得这个人太懦弱了，而且相貌也不魁梧，"一边说着，一边看着云青，云青只是低头无言。后来她父亲又道："我对于你的希望很大，你应当努力预备些英文，将来有机会，到外国走走才是。"说到这里，才慢慢站起来走了。

云青怔怔望着窗外柳丝出神，觉得无限怅惘的情绪，萦绕心田，因到书案前，伸纸染毫写信给露沙道：

露沙：

　　前信甫发，接书一慰，因连日心绪无聊，未能即复，抱歉之至！来书以处世多磨，苦海无涯为言，知露沙感喟之深，子固生性豪爽者，读到"雄心壮志早随流水去"之句，令人不忍为设地深思也。"不享物质之幸福，亦不愿受物质之支配。"诚然！但求精神之愉快，闭门读书，固亦云惟一之希望，然岂易言乎！

　　宗莹与师旭定婚有期矣，闻宗莹因此事，与家庭冲突，曾陪却不少眼泪。究竟何苦来？所谓"有情人都成眷属"亦不过霎时之幻影耳。百年容易，眼见白杨萧萧，荒冢累累，谁能逃此大限？此诚"天下本无事庸人自扰之也。"渠结婚佳期闻在中秋，未知确否，果确，则一时之兴尚望露沙能北来，共与其盛，未知如愿否？

　　玲玉事仍未能解决，而两方爱情则与日俱增，可怜！有限之精神，怎经如许消磨，玲玉为此事殊苦，不知冥冥之运命将何以处之也！嗟！嗟！造化弄人！

　　最后一段，欲不言而不得不言，此即蔚然之事，云自幼即受礼教之熏染。及长已成习惯，纵新文化之狂浪，汩没吾顶，亦难洗前此之遗毒，况父母对云又非恶意，云又安忍与抗乎！乃近闻外来传言，又多误会，以为家庭强制，实则云之自身愿为家庭牺牲，何能委责家庭。愿露沙有以正之！至于蔚然处，亦望露沙随时开导，云诚不愿陷人滋深，且愿终始以友谊相重，其他问题都非所愿闻，否则只得从此休矣！

　　思绪不宁，言失其序，不幸！不幸！不知无常之天道，伊于胡底也，此祝

健康！

云　青

云青写完信后，就到姑妈家找表姊妹们谈话去了。

四

　　露沙由京回到上海以后，和玲玉虽隔得不远，仍是相见苦稀，每天除陪了母亲兄嫂姊妹谈话，就是独坐书斋，看书念诗。这一天十时左右，邮差送

信来，一共有五六封，有一封是梓青的信，内中道：

露沙吾友：

　　又一星期不接你的信了！我到家以来，只觉无聊。回想前些日子在京时，我到学校去找你，虽没有一次不是相对无言，但精神上已觉有无限的安慰，现在并此而不能，怅惘何极！

　　上次你的信说，有时想到将来离开了学校生活，而踏进恶浊的社会生活，不禁万事灰心，我现虽未出校，已无事不灰心了！平时有说有笑，只是把灰心的事搁起，什么读书，什么事业，只是于无可奈何中聊以自遣，何尝有真乐趣！——我心的苦，知者无人——然亦未始并不幸中之幸，免得他们更和我格格不入。

　　我于无意中得交着你，又无意于短时间中交情深刻这步田地！这是我最满意的事，唉！露沙！这的确是我们一线的生机！有无上的价值！

　　说到"人生不幸"，我是以为然而不敢深思的，我们所想往的生活，并不是乌托邦，不可能的生活，都是人生应得的生活；若使我们能够得到应得的生活，虽不能使我们完全满意，聊且满意，于不幸的人生中，我们也就勉强自足了！露沙！我连这一层都不敢想到，更何敢提及根本的"人生不幸"！

　　你近来身体怎样，务望自重，有工夫多来信吧！此祝快乐！

梓　青书

　　露沙接到信后，只感到万种凄伤，把那信翻来覆去，看了无数遍，直到能背诵了，她还是不忍收起——这实在是她的常态，她生平喜思量，每逢接到朋友们的来信，总是这种情形——她闷闷不语，最后竟滴下泪来。本想即刻写回信，恰巧蔚然来找，露沙才勉强拭干眼泪，出来相见。

　　这时已是黄昏了，西方的艳阳余辉，正射在玻璃窗上，由玻璃窗反折过来，正照在蔚然的脸上，微红而黑的两颊边，似有泪痕。露沙很奇异地问道："现在怎么样？"蔚然凄然说："不知道为什么，这几天心绪恶劣，想到西湖或苏州跑一趟，又苦于走不开，人生真是干燥极了！"露沙只叹了一声，彼此缄默约有五分钟，蔚然才问露沙道："云青有信吗？……我写了三封信去，她都没有回我，不知道怎样，你若写信时，替我问问吧！"露沙说："云青前几天有信来，她曾叫我劝你另外打主意，她恐怕终究叫你失望……她那个人做事十分慎重，很可佩服，不过太把自己牺牲了！……你对她到底怎样呢？"蔚然道："我对于她当然是始终如一，不过这事也并不是勉强得来的，她若不肯，当然作罢，但请她不要以此介介，始终保持从前的友谊好了。"露沙说："是呀！这话我也和她谈过，但是她说为避嫌疑起见，她只得暂时和你疏远，便是书信也拟暂时隔绝，等到你婚事已定后，再和你继续前此友谊……我想云青的心也算苦了。她对于你绝非无情，不过她为了父母的意见，宁可牺牲她的一生幸福……说到这里，我又想起今年春假，云青、玲玉、宗莹、莲裳，我们五个人，在天津住着。有一天夜里，正是月色花影互相厮并，红浪碧波，掩映斗媚。那时候我们坐在日本的神坛的草地上，密谈衷心，也曾提起这话，云青曾说对于你无论如何，终觉抱歉，因为她固执的缘故，不知使你精神上受多少创痕，……但是她也绝非木石，所以如此的原因，不愿受人訾议罢了。后来玲玉就说：这也没有什么訾议，现在比不得从前，婚姻自由本是正理，有什么忌讳呢？云青当时似乎很受了感动，就道：'好吧！我现在也不多管了。叫他去进行，能成也罢，不成也罢！我只能顺事之自然，至于最后的奋斗，我没有如此大魄力——而且闹起来，与家庭及个人都觉得说来不好听……'当日我们的谈话虽仅此而止，但她的态度可算得很明了。我想你如果有决心非她不可，你便可稍缓以待时机。"蔚然点头道："暂且不提好了。"

蔚然走后，玲玉恰好从苏州来，邀露沙明天陪她到吴淞去接剑卿去。露沙就留她住在家里，晚饭后闲谈些时，便睡下了。第二天早晨才五点多钟玲玉就从睡中惊醒，悄悄下了床梳好了头。这时露沙也起来了，她们都收拾好了，已经到六点半。因乘车到火车站，距开车才有十分钟，忙忙买了车票，幸喜车上还有座位。玲玉脸向车窗坐着，早晨艳阳射在她那淡紫色的衣裙上，娇美无比，衬着她那似笑非笑的双靥好像浓绿丛中的紫罗兰。露沙对她怔怔望着，好像在那里猜谜似的。玲玉回头问道："你想什么？你这种神情，衬着一身雪般的罗衣，直像那宝塔上的女石像呢！"露沙笑道："算了吧！知道你今天兴头十足，何必打趣我呢？"玲玉被露沙说得不好意思了。仍回过头去，佯为不理。

半点钟过去了，火车已停在吴淞车站。她们下了车，到泊船码头打听，那只美国来的船，还有两三个钟头才进港。她们便在海边的长堤上坐下，那堤上长满了碧绿的青草。海涛怒啸，绿浪潮湃，但四面寂寥。除了草底的鸣蛩，抑抑悲歌外，再没有其他的音响和怒浪骇涛相应和了。

两点多钟以后，她们又回到码头上。只见许多接客的人，已挤满了，再往海面一看，远远的一只海船，开着慢车冉冉而来。玲玉叫道："船到了！船到了！"她们往前挤了半天，才站了一个地位，又等半天，那船才拢了岸。鼓掌的欢声和呼唤的笑声，立刻充溢空际。玲玉只怔怔向船上望着，望来望去终不见剑卿的影子，十分彷徨。只等到许多人都下了船，才见剑卿提着小皮包，急急下船来。玲玉走向前去，轻轻叫道："陈先生！"剑卿忙放下提包，握着玲玉的手道："哦！玲玉！我真快活极了！你几时来的？那一位是你的朋友吗？……"玲玉说："是的！让我给你介绍介绍，"就回过头对露沙道："这位是陈剑卿先生。"又向陈先生道："这位是露沙女士。"彼此相见过，便到火车站上等车。玲玉问道："陈先生的行李都安置了吗？"剑卿道："已都托付一个朋友了，我们便可一直到上海畅谈竟日呢！"玲玉默默无言，低头含笑，把一块绢帕叠来叠去。露沙只听剑卿缕述欧美的风俗人情。不久到了上海，露沙托故走了，玲玉和剑卿到半淞园去。到了晚上，玲玉仍回到露沙家里住了一夜，第二天早上就回苏州。

过了几天，玲玉寄来一封信，邀露沙北上。这时候已经是八月的天气，风凉露冷，黄花遍地，她们乘八月初三早车北上。在路上玲玉告诉露沙，这次剑卿向她求婚，已经不能再坚执了。现在已请求双方家庭的通过，露沙便问她剑卿离婚的手续已办没有。玲玉说："据剑卿说，已不成问题，因为那个女子已经有信应允他。不过她的家人故意为难，但婚姻本是两方同意的结合，岂容第三者出来勉强，并且那个女子已经到英国留学去了。……不过我总觉得有些对不住那个女子罢了！"露沙沉吟道："你倒没什么对不住她。不过剑卿据什么条件一定要和这女子离婚呢？"玲玉道："因为他们定婚的时候，并不是直接的，其间曾经第三者的介绍，而那个介绍人又不忠实，后来被剑卿知道了，当时气得要死，立刻写信回家，要求家里替他离婚，而他的家庭很顽固，去信责备了他一顿，他想来想去没有办法，只有自己出马，当时写了一封信给那个女子，陈说利害。那个女子倒也明白，很爽快就答应了他，并且写了一封信给她的家人，意思是说，婚姻大事，本应由两个男女自己作主，父母所不能强逼，现在剑卿既觉得和她不对，当然由他离异等语。不过她的家人，十分不快，一定不肯把订婚的凭证退还，所以前此剑卿向我求婚，我都不肯答应。……但是这次他再三地哀求，我真无法了，只得答应了他。好在我们都有事业的安慰，对于这些事都可随便。"露沙点头道："人世的祸福正不可定，能游嬉人间也未尝不是上策呢？"

玲玉同露沙到北京之后，就在中学里担任些钟点，这时她们已经都毕业了。云青、宗莹、露沙、玲玉都在北京，只有莲裳到天津女学校教书去了。莲裳在天津认识了一个姓张的青年，不久他们便发生了恋爱，在今年十月十号结婚，她们因约齐一同到天津去参与盛典。

莲裳随遇而安的天性，所以无论处什么环境，她都觉得很快活。结婚这一天，她穿着天边彩霞织就的裙衫，披着秋天白云网成的软绡，手里捧着满蓄着爱情的玫瑰花，低眉凝容，站在礼堂的中间。男女来宾有的啧啧赞好，有的批评她的衣饰。只有玲玉、宗莹、云青、露沙四个人，站在莲裳的身旁，默默无言。仿佛莲裳是胜利者的所有品，现在已被胜利者从她们手里夺去一般，从此以后，往事便都不堪回忆！海滨的联袂倩影，现在已少了一个。月夜的花魂不能再听见她们五个人一齐的歌声。她们越思量越伤心，露沙更觉不能自持，不到婚礼完她便悄悄地走了，回到旅馆里伤感了半天，直至玲玉她们回来了，她兀自泪痕不干，到第二天清早便都回到北京了。

从天津回来以后，露沙的态度，更见消沉了。终日闷闷不语，玲玉和云青常常劝她到公园散心去，露沙只是摇头拒绝。人们每提到宗莹，她便泪盈眼帘，凄楚万状！有一天晚上，月色如水，幽景绝胜，云青打电话邀她家里谈话，她勉强打起精神，坐了车子，不到一刻钟就到了。这时云青正在她家土山上一块云母石上坐着，露沙因也上了山，并肩坐在那块长方石上。云青说："今夜月色真好，本打算约玲玉、宗莹我们四个人，清谈竟夜，可恨剑卿和师旭把她们俩绊住了，不能来——想想朋友真没交头，起初情感浓挚，真是相依为命，到了结果，一个一个都风流云散了，回想往事，只恨多余！怪不得我妹妹常笑我傻。我真是太相信人了！"露沙说："世界上的事情，本来不过尔尔，相信人，结果固然不免孤零之苦，就是不相信人，何尝不是依然感到世界的孤寂呢？总而言之，求安慰于善变化的人类，终是不可靠的，我们还是早些觉悟，求慰于自己吧！"露沙说完不禁心酸，对月怔望，云青也觉得十分凄楚，歇了半天，才叹道："从前玲玉老对我说：同性的爱和异性的爱是没有分别的，那时我曾驳她这话不对，她还气得哭了，现在怎么样呢？"露沙说："何止玲玉如此？便是宗莹最近还有信对我说：'十年以后同退隐于西子湖畔'呢！哪一句是可能的话，若果都相信她们的话，我们的后路只有失望而自杀罢了！"

她们直谈到夜深更静，仍不想睡。后来云青的母亲出来招呼她们去睡，她们才勉强进去睡了。

露沙从失望的经验里,得到更孤僻的念头,便是对于最信仰的梓青,也觉淡漠多了。这一天正是星期六,七点多钟的时候,梓青打电话来邀她看电影,她竟拒绝不去,梓青觉得她的态度变得很奇怪。当时没说什么,第二天来了一封信道:

露沙!
 我在世界上永远是孤零的呵!人类真正太惨刻了!任我流涸了泪泉,任我粉碎了心肝,也没有一个人肯为我叫一声可怜!更没有人为我洒一滴半滴的同情之泪!便是我向日视为一线的光明,眼见得也是暗淡无光了!唉!露沙!若果你肯明明白白告诉我说:"前头没有路了!"那么我决不再向前多走一步,任这一钱不值的躯壳,随万丈飞瀑而去也好;并颓岩而同堕于千仞之深渊也好;到那时我一切顾不得了。就是残苛的人类,打着得胜鼓宣布凯旋,我也只得任他了……唉!心乱不能更续,顺祝
康健!

梓　青

露沙看完这封信,心里就像万弩齐发,痛不可忍,伏在枕上呜咽悲哭,一面自恨自己太怯弱了!人世的谜始终打不破,一面又觉得对不住梓青,使他伤感到这步田地,智情交战,苦苦不休,但她天性本富于感情,至于平日故为旷达的主张,只不过一种无可奈何的呻吟。到了这种关头,自然仍要为情所胜了,况她生平主张精神的生活。她有一次给莲裳一封信,里头有一段说:

"许多聪明人,都劝我说:'以你的地位和能力,在社会上很有发展的机会,为什么作茧自缚呢?'这话出于好意者的口里,我当然是感激他,但是一方我却不能不怪他,太不谅人了!……若果人类生活在世界上,只有吃饭穿衣服两件事,那么我早就葬身狂浪怒涛里了,岂有今日?……我觉得宛转因物,为世所称倒不如行我所适,永垂骂名呢?干枯的世界,除了精神上,不可制止情的慰安外,还有别的可滋生趣吗?……"

露沙的志趣,既然是如此,那么对于梓青十二分恳挚的态度,能不动心吗?当时拭干了泪痕,忙写了一封信,安慰梓青道:

梓青！

　　你的信来，使我不忍卒读！我自己已是世界上最不幸的人了！何忍再拉你同入漩涡？所以我几次三番，想使你觉悟，舍了这九死一生的前途，另找生路，谁知你竟误会我的意思，说出那些痛心话来！唉！我真无以对你呵！

　　我也知道世界最可宝贵，就是能彼此谅解的知己，我在世上混了二十余年，不遇见你，固然是遗憾千古，既遇见你，也未尝不是凤孽呢？……其实我生平是讲精神生活的，形迹的关系有无，都不成问题，不过世人太苛毒了！对于我们这种的行径，排斥不遗余力，以为这便是大逆不道，含沙射影，使人难堪，而我们又都是好强的人，谁能忍此？因而我的态度常常若离若即，并非对你信不过，谁知竟使你增无限苦楚。唉！我除向你诚恳地求恕外，还有什么话可说！愿你自己保重吧！何苦自戕过甚呢？祝你

　　精神愉快！

　　　　　　　　　　　　　　　　　　　露　沙

　　梓青接到信后，又到学校去会露沙，见面时，露沙忽触起前情，不禁心酸，泪水几滴了下来，但怕梓青看见，故意转过脸去，忍了半天，才慢慢抬起头来。梓青见了这种神情，也觉十分凄楚，因此相对默默，一刻钟里一句话也没有。后来还是露沙问道："你才从家里来吗？这几天蔚然有信没有？"梓青答道："我今天一早就出门找人去了，此刻从于农那里来，蔚然有信给于农，我这里有两三个礼拜没接到他的信了。"露沙又问道："蔚然的信说些什么？"梓青道："听于农说，蔚然前两个星期，接到云青的信，拒绝他的要求后，苦闷到极点了，每天只是拼命地喝酒。醉后必痛哭，事情更是不能做，而他的家里，因为只有他一个独子，很希望早些结婚，因催促他向这方面进行，究竟怎么样还说不定呢！不过他精神的创伤也就够了。……云青那方面，你不能再想法疏通吗？"

　　"这事真有些难办，云青又何尝不苦痛？但她宁愿眼泪向里流，也绝不肯和父母说一句硬话。至于她的父母又不会十分了解她，以为她既不提起，自然并不是非蔚然不嫁。那么拿一般的眼光，来衡量蔚然这种没有权术的人，自难入他们的眼，又怎么知道云青对他的人格十分信仰呢？我见这事，蔚然能放下，仍是放下吧！人寿几何？容得多少磨折？"

梓青听见露沙的一席话，点头道："其实云青也太懦弱了！她若肯稍微奋斗一点，这事自可成功……若果她是坚持不肯，我想还是劝蔚然另外想法子吧！不然怎么了呢？"说到这里，便停顿住了，后来梓青又向露沙说："……你的信我还没复你，……都是我对不住你，请你不要再想吧！"说到这里眼圈又红了。露沙说："不必再提了，总之不是冤家不对头！……你明天若有工夫，打电话给我，我们或者出去玩，免得闷着难受。"梓青道："好！我明天打电话给你，现在不早了，我就走吧。"说着站起来走了。露沙送他到门口，又回学校看书去了。

宗莹本来打算在中秋节结婚，因为预备来不及，现在改在年底了。而师旭仿佛是急不可待，每日下午都在宗莹家里直谈到晚上十点，才肯回去。有时和宗莹携手于公园的苍松阴下，有时联舞于北京饭店跳舞场里，早把露沙和云青诸人丢在脑后了。有时遇到，宗莹必缕缕述说某某夫人请宴会，某某先生请看电影，简直忙极了，把昔日所谈的求学著书的话，一概收起。露沙见了她这种情形，更觉格格不入。有时觉得实在忍不住了，因苦笑对宗莹说："我希望你在快乐的时候，不要忘了你的前途吧！"宗莹听了这话，似乎很能感动她。但她确不肯认她自己的行动是改了前态，她必定说："我每天下午还要念两点钟英文呢！"露沙不愿多说，不过对于宗莹的情感，一天淡似一天，从前一刻不离的态度，现在竟弄到两三个星期不见面，纵见了面也是相对默默，甚至于更引起露沙的伤感。

宗莹结婚的上一天晚上，露沙在她家里住下，宗莹自己绣了一对枕头，还差一点不曾完工，露沙本不喜欢做这种琐碎的事，但因为宗莹的缘故，努力替她绣了两个玫瑰花瓣。这一夜她们家里的人忙极了，并且还来了许多亲戚，来看她试妆的。露沙嫌烦，一个人坐在她父亲的书房，替她做枕头。后来她父亲走了进来，和她谈话之间，曾叹道："宗莹真没福气呵！我替她找一个很好的丈夫她不要，唉！若果你们学校的人，有和那个姓祝的结婚，真是幸福！不但学问好，而且手腕极灵敏，将来一定可以大阔的。……他待宗莹也不算薄了，谁知宗莹竟看不上他！"露沙不好回答什么，只是含笑唯诺而已。等了些时她父亲出去了，宗莹打发老妈子来请露沙吃饭。露沙放下针线，随老妈子到了堂房，许多艳装丽服的女客，早都坐在那里，露沙对大家微微点头招呼了，便和宗莹坐在一处。这时宗莹收拾得额覆鬈发，凸凹如水上波纹，耳垂明珰，灿烂与灯光争耀，身上穿着玫瑰紫的缎袍，手上戴着订婚的钻石戒指，锐光四射。露沙对她不住地端详，觉得宗莹变了一个人。从前在学校时，仿佛是水上沙鸥，活泼清爽。今天却像笼里鹦鹉，毫无生气，板板地坐在那里，任人凝视，任人取笑，她只低眉默默，陪着那些钗光鬓影的女客们吃完饭。她母亲来替她把结婚时要穿的礼服，一齐换上。祖宗神位前面点起香烛，铺上一块大红毡子。叫人扶着宗莹向上叩了三个头。后来她的姑母们，又把她父母请出来，宗莹也照样叩了三个头。其余别的亲戚们也都依次拜过。又把她扶到屋里坐着。露沙看了这种情形，好像宗莹明天就是另外一个人了，从前的宗莹已经告一结束，又见她的父母都凄凄悲伤，更禁不住心酸，但人前不好落泪，仍旧独自跑到书房去，痛痛快快流了半天眼泪。后来客人都散了，宗莹来找她去睡觉。她走进屋子，一言不发，忙忙脱了外头衣服，上床脸向里睡下。宗莹此时也觉得有些凄惶，也是一言不发地睡下，其实各有各的心事，这一夜何曾睡得着。第二天天才朦胧，露沙回过脸来，看见宗莹已醒。她似醉非醉，似哭非哭地道："宗莹！从此大事定了！"说着涕泪交流。宗莹也觉得从此大事定了的一句话，十分伤心，不免伏枕呜咽。后来还是露沙怕宗莹的母亲忌讳，忙忙劝住宗莹。到七点钟大家全都起来了，忙忙地收拾这个，寻找那个，乱个不休。到十二点钟，迎亲的军乐已经来了，那种悲壮的声调，更觉得人肝肠裂碎。露沙等宗莹都装饰好了，握着她的手说："宗莹！愿你前途如意！我现在回去了，礼堂上没什么意思，我打算不去，等过两天我再来看你吧！"宗莹只低低应了一声，眼圈已经红润了，露沙不敢回头，一直走了。

　　露沙回到家里，怏怏似病，饮食不进，闷闷睡了两天。有一天早起家里忽来一纸电报，说她母亲病重，叫她即刻回去。露沙拿着电报，又急又怕，全身的血脉，差不多都凝住了，只觉寒战难禁。打算立刻就走，但火车已开过了，只得等第二天的早车。但这一下半天的光阴，真比一年还难挨。盼来盼去，太阳总不离树梢头，再一想这两天一夜的旅程，不独凄寂难当，更怕赶不上与慈母一面，疑怕到这里，心头阵阵酸楚，早知如此，今年就不当北来！

　　好容易到了黄昏。宗莹和云青都闻信来安慰她，不过人到真正忧伤的时候，安慰绝不生效果，并且相形之下，更触起自己的伤心来。

　　夜深了，她们都回去，露沙独自睡在床上，思前想后，记得她这次离家时，母亲十分不愿意，临走的那天早起，还亲自替她收拾东西，叮嘱她早些回来，——如果有意外之变，将怎样？她越思量越凄楚！整整哭了一夜，第二天早起，匆匆上了火车。莲裳这时也在北京，她到车站送她，莲裳悄然的神情，使露沙陡怀起，距此两年前，那天正是夜月如水的时候，她到莲裳家里，问候她母亲的病，谁知那时她母亲正断了气。莲裳投在她怀里，哀哀地哭道："我从今以后没有母亲了！"呵！那时的凄苦，已足使她泪落声咽。今若不幸，也遭此境遇，将怎么办？觉得自己的身世真是可怜，七岁时死了父亲，全靠阿母保育教养。有缺憾的生命树，才能长成到如今，现在不幸的消息，又临到头上。……若果再没有母亲，伶仃的身世，还有什么勇气和生命的阻碍争斗呢？她越想越可怕，禁不住握着莲裳的手，呜咽痛哭。莲裳见景伤情，也不免怀母陪泪，但她还极诚挚地安慰她说："你不要伤心，伯母的病或者等你到家已经好了，也说不定……并且这一路上，你独自一个，更须自己保重，倘若急出病来，岂不更使伯母悬心吗？"露沙这时却不过莲裳的情，遂极力忍住悲声。

后来云青和永诚表妹都来了。露沙见了她们，更由不得伤心，想每回南旋的时候，虽说和她们总不免有惜别的意思，但因抱着极大的希望——依依于阿母肘下，同兄嫂妹妹等围绕于阿母膝前如何的快活，自然便把离愁淡忘了，旅程也不觉凄苦了。但这一次回去，她总觉得前途极可怕，恨不得立时飞到阿母面前。而那可恨的火车，偏偏迟迟不开，等了好久，才听铃响，送客的人纷纷下车，宗莹、莲裳她们也都和她握手言别，她更觉自己伶仃得可怜，不免又流下泪来。

在车上只是昏昏恹恹，好容易盼到天黑，又盼天亮，念到阿母病重，就如堕身深渊，浑身起栗，泪落不止。

不久车子到了江边，她独自下了车，只觉浑身疲软，飘飘忽忽上了渡船。在江里时，江风尖利，她的神志略觉清爽，但望着那奔腾的江浪，只觉得自己前途的孤零和惊怕，唉！上帝！若果这时明白指示她母亲已经不在人间了，她一定要借着这海浪缀成的天梯，去寻她母亲去……

过了江，上了沪宁车，再有六七个钟头到家了，心里似乎有些希望，但是惊惧的程度，更加甚了，她想她到家时，或者阿母已经不能说话了，她心里要怎样的难受？……但她又想上帝或不至如此绝人——病是很平常的事，何至于一病不起呢？

那天的车偏偏又误点了，到上海已经十二点半钟，她急急坐上车奔回家去。离家门不远了，而急迫和忧疑的程度，也逐层加增，只有极力嘘气，使她的呼吸不至壅塞。车子将转弯了，家门可以遥遥望见，母亲所住的屋子，楼窗紧闭，灯火全熄，再一看那两扇黑门上，糊着雪白的丧纸。她这时一惊，只见眼前一黑,便昏晕在车上了,过了五分钟才清醒过来。等不得开门,她已失声痛哭了。等到哥哥出来开门时,麻衣如雪,涕泪交下,她无力地扑在灵前,哀哀唤母,但是桐棺三寸,已隔人天。露沙在灵前。哭了一夜,第二天更不支,竟寒热交作卧病一星期,才渐渐好了。

露沙在母亲的灵前守了一个月,每天对着阿母的遗照痛哭,朋友们来函劝慰,更提起她的伤心。她想她自己现在更没牵挂了,把从前朋友们写的信,都从书箱里拿出来,一封封看过,然后点起一把火烧了。觉得眼前空明,心底干净。并且决心任造物的拨弄,对于身体毫不保重,生死的关头,已经打破。有一天夜里她梦见她的母亲来了,仿佛记起她母亲已死,痛哭起来,自己从梦中惊醒。掀开帐子一看,星月依稀,四境凄寂,悄悄下了床,把电灯燃着,对着母亲的照像又痛哭了一场。然后含泪写了一封信给梓青道:

梓青!
　　可怜无父之儿复抱丧母之恨,苍天何极,绝人至此——清夜挑灯,血泪沾襟矣!
　　人生朝露,而忧患偏多,自念身世,怆怀无限;阿母死后,益少生趣。沙非敢与造物者抗,特雨后梨花,不禁摧残,后此作何结局,殊不可知耳!
　　目下丧事已楚,友辈频速北上,沙亦不愿久居此地,盖触景伤情,悲愁益不胜也!梓青来函,责以大义,高谊可感。惟沙经此折磨,灰冷之心,有无复燃之望,实不敢必。此后惟飘泊天涯,消沉以终身,谁复有心与利禄征逐,随世俗浮沉哉,望梓青勿复念我,好自努力可也。
　　沙已决明旦行矣。申江云树,不堪回首,嗟乎?冥冥天道,安可论哉?……

露沙写完信后,天已发亮。就把行李略略检楚,她的哥哥妹妹都到车站送她。临行凄凉,较昔更甚,大家洒泪而别。露沙到京时,云青曾到车站接她,并且告诉她,宗莹结婚后不到一个月,便患重病,现在住在医院里。露沙觉得人生真太无聊了!黄金时代已过,现在好像秋后草木,只有飘零罢了!

玲玉这时在上海,来信说半年以内就要结婚,露沙接信后,不像前此对于宗莹、莲裳那种动心了,只是淡淡写了一封贺她成功的信。这时露沙昔日的朋友，一个个都星散了。北京只剩了一个云青和久病的宗莹，至于孤云和兰馨，虽也在北京，但露沙轻易不和她们见面，所以她最近的生活，除了每天到学校里上课外，回来只有昏睡。她这时住在舅舅家里，表妹们看见她这样，都觉得很可忧的。想尽种种方法，来安慰她，不但不能止她的愁，而且每一提起，她更要痛哭。她的表妹知道她和梓青极好，恐怕能安慰她的只有他了，因给梓青写了一封信道：

梓青先生：

我很冒昧给你写信，你一定很奇怪吧？你知道我表姊近来的状况怎样吗？她自从我姑母死后，更比从前沉默了！每天的枕头上的泪痕，总是不干的，我们再三地劝慰，终无益于事，而她的身体本来不好，哪经得起此种的殷忧呢？你是她很好的朋友，能不能想个法子安慰她？我盼望你早些北来，或者可稍煞她的悲怀！

我们一家人，都为她担忧，因为她向来对于人世，多抱悲观，今更经此大故，难保没有意外的事情发生。……要说起她，也实在可怜，她自幼所遇见的事，已经很使她感觉世界的冷苛，现在母亲又弃她而去，一个人四海飘泊，再有勇气的人，也不禁要志馁心灰呵！你有方法转移她的人生观吗？盼望得很，再谈吧！此祝
康乐！

露沙的表妹上

露沙这一天早起，觉得头脑十分沉闷，因走到院子里站了半晌，才要到屋里去梳头，听差的忽进来告诉她说，有一个姓朱的来访。她想了半天，不知道是谁，走到客厅，看见一个女子，面上微麻，但神情眼熟得很，好像见过似的，凝视了半天，才骇然问道："你是心悟吗？我们三年多不见了！……你从哪里来？前些日子竹荪有信来，说你去年出天花，很危险，现在都康全了？"心悟憯然道："人事真不可料，我想不到活到二十几岁，还免不了出这场天灾，我早想写信给你，但我自病后心情灰冷，每逢提笔写信，就要触动我的伤感。人们都以为我病好了，来称贺我！其实能在那里死了，比这样活着强得多呢！"露沙说："灾病是人生难免的，好了自然值得称贺，你为什么说出这种短气的话来？"心悟被露沙这么一问，仿佛受了极大的刺激般，低头哽咽，歇了半天，她才说："我这病已经断送了我梦想的前途，还有什么生

趣?"露沙不明白她的意思,只为不过她一时的感触,不愿多说,因用别的话叉开,谈了些江浙的风俗,心悟也就走了。

过了几天,兰馨来谈,忽问露沙说:"你知道你那朋友朱心悟已经解除婚约了吗?"露沙惊道:"这是怎么一回事,怪道那天她那样情形呢!"兰馨因问什么情形,露沙把当日的谈话告诉她。兰馨叹道:"做人真是苦多乐少,像心悟那样好的人,竟落到这步田地?真算可怜!心悟前年和一个青年叫王文义的订婚,两个人感情极好,已经结婚有期,不幸心悟忽然出起天花来,病势十分沉重,直病了四个多月才好。好了之后脸上便落了许多麻点,其实这也算不得什么,偏偏心悟古怪心肠,她说:男子娶妻,没一个不讲究容貌的,王文义当日再三向她求婚,也不过因爱她的貌,现在貌既残缺,还有什么可说,王文义纵不好意思,提出退婚的话,而他的家人已经有闲话了。与其结婚后使王文义不满意,倒不如先自己退婚呢!心悟这种的主张发表后,她的哥哥曾劝止她,无奈她执意不肯,无法只得照她的话办了。王文义起初也不肯答应,后来经不起家人的劝告,也就答应了。离婚之后心悟虽然达到目的,但从此她便存心逃世,现在她哥哥姊妹们都极力劝她。将来怎么样,还说不定呢!"兰馨说完了,露沙道:"怎么年来竟是这些使人伤心的消息啊!心悟从前和我在中学同校时,是个极活泼勇进的人,现在只落得这种结果,唉!前途茫茫,怎能不使人望而生畏!"不久兰馨走了。露沙正要去看心悟,邮差忽送来一封信,是梓青寄的。她拆开看道:

露沙!露沙!

你真忍决心自戕吗?固然世界上的人都是残忍的,但是你要想到被造物所拨弄的,不止你一个人呵,你纵不爱惜自己,也当为那同病的人,稍留余地!你若绝决而去,那同病者岂不更感孤零吗?

露沙!我惟有自恨自伤,没有能力使你减少悲怀,但是你曾应许我作你惟一的知己,那么你到极悲痛的时候,也当为我设想,若果你竟自绝其生路,我的良心当受何种酷责?唉!露沙!在形式上,我固没有资格来把你孤寂的生活,变热闹了。而在精神上,我极诚恳地求你容纳我,把我火热的心魂,伴着你萧条空漠的心田,使她开出灿烂生趣的花,我纵因此而受任何苦楚,都不觉悔的。露沙!你应允我吧!

我到京已两日,但事忙不能立时来会你,明天下午我一定到你家里来,请你不要出去。别的面谈,祝你快活!

梓　青

露沙看过信后,不免又伤感了一番,但觉得梓青待她十分诚恳,心里安慰许多。第二天梓青来看她,又劝她好些话,并拉她到公园散步,露沙十分感激他,因对梓青道:"我此后的几月,只是为你而生!"梓青极受感动,一方面觉得露沙引自己为知己,是极荣幸的,但一方面想到那不如意的婚姻,又万感丛集,明知若无这层阻碍,向露沙求婚,一定可操左券,现在竟不能。有一次他曾向露沙微露要和他妻子离婚的意思,露沙凄然劝道:"身为女子,已经不幸!若再被人离弃,还有生路吗?况且因为我的缘故,我更何心?所谓我虽不杀伯仁,伯仁由我而死,不但我自己的良心无以自容,就是你也有些过不去,……不过我们相知相谅,到这步田地,申言绝交,自然是矫情。好在我生平主张精神生活,我们虽无形式的结合,而两心相印,已可得到不少安慰。况且我是劫后余灰,绝无心情,因结婚而委身他人,若果天不绝我们,我们能因相爱之故,在人类海里,翻起一堆巨浪,也就足以自豪了!"梓青听了这话,虽极相信露沙是出于真诚,但总觉得是美中不足,仍不免时时怅惘。

过了几个月,蔚然从上海寄来一张红帖,说他已与某女士订婚了,这帖子一共是两张,一张是请她转寄给云青的,云青接到帖子以后,曾作了一首诗贺蔚然道:

燕语莺歌,
不是赞美春光娇好,
是贺你们好事成功了!
祝你们前途如花之灿烂!
谢你们释了我的重担!

云青自得到蔚然订婚消息后,转比从前觉得安适了,每天努力读书,闲的时候,就陪着母亲谈话,或教弟妹识字,一切的交游都谢绝了,便是露沙也不常见。有时到医院看看宗莹的病,宗莹病后,不但身体屡弱,精神更加萎靡,她曾对露沙说:"我病若好了,一定极力行乐,人寿几何?并且像我这场大病,不死也是侥幸!还有什么心和世奋斗呢?"露沙见她这种消沉,只有凄楚，也没什么话可说。

　　过了半年宗莹病虽好了，但已生了一个小孩子，更不能出来服务了。这时云青全家要回南。云青在北京教书，本可不回去，但因她的弟妹都在外国求学，母亲在家无人侍奉，所以她决计回去。当临走的前一天，露沙约她在公园话别。她们到公园时才七点钟，露沙拣了海棠荫下的一个茶座，邀云青坐下。这时园里游人稀少，晨气清新，一个小女娃，披着满肩柔发，穿着一件洋式水红色的衣服，露出两个雪白的膝盖，沿着荷池，跑来跑去，后来蹲在草地上，采了一大堆狗尾巴草，随身坐在碧绿的草上，低头凝神编玩意。露沙对着她怔怔出神，云青也仰头向天上之行云望着，如此静默了好久，云青才说："今天兰馨原也说来的，怎么还不见到？"露沙说："时候还早，再等些时大概就来了。……我们先谈我们的吧！"云青道："我这次回去以后，不知我们什么时候再见呢？"露沙说："我总希望你暑假后再来！不然你一个人回到孤僻的家乡，固然可以远世虑，但生气未免太消沉了！"云青凄然道："反正做人是消磨岁月，北京的政局如此，学校的生活也是不安定，而且世途多难，我们又不惯与人征逐，倒不如回到乡下，还可以享一点清闲之福。闭门读书也未尝不是人生乐事！"她说到这里，忽然顿住，想了一想又问露沙道："你此后的计划怎样？"露沙道："我想这一年以内，大约还是不离北京，一方面仍理我教员的生涯，一方面还想念点书，一年以后若有机会，打算到瑞士走走；总而言之，我现在是赤条条无牵挂了。做得好呢，无妨继续下去，不好呢，到无路可走的时候，碧玉宫中，就是我的归局了。"云青听了这话，露出很悲凉的神气叹道："真想不到人事变幻到如此地步，两年前我们都是活泼极的小孩子，现在嫁的嫁，走的走，再想一同在海边上游乐，真是做梦。现在莲裳、玲玉、宗莹都已有结果，我们前途茫茫，还不知如何呢？……我大约总是为家庭牺牲了。"露沙插言道："还不至如是吧！你纵有这心，你家人也未必容你如此。"云青道："那倒不成问题，只要我不点头，他们也不能把我怎样。"露沙道："人生行乐罢了，也何必过于自苦！"云青道："我并不是自苦……不过我既已经过一番磨折，对于情爱的路途，已觉可怕，还有什么兴趣再另外做起！……昨天我到叔叔家里，他曾劝我研究佛经，我觉得很好，将来回家乡后，一切交游都把它谢绝，只一心一意读书自娱，至于外面的事，一概不愿闻问。若果你们到南方的时候，有兴来找我，我们便可在堤边垂钓，月下吹箫，享受清雅的乐趣，若有兴致，作些诗歌，不求人知，只图自娱。至于对社会的贡献，也只看机会许我否，一时尚且不能决定。"

她们正谈到这里，兰馨来了，大家又重新入座，兰馨说："我今天早起有些头昏，所以来迟！你们谈些什么？"云青说："反正不过说些牢骚悲抑的话。"兰馨道："本来世界上就没有不牢骚的人，何怪人们爱说牢骚话！……但是我比你们更牢骚呢！你知道吗？我昨天又和孤云生了一大场气。孤云的脾气真可算古怪透了。幸亏是我的性子，能处处俯就她，才能维持这三年半的交谊，若是遇见露沙，恐怕早就和她绝交了！"云青道："你们昨天到底为什么事生气呢？"兰馨叹道："提起来又可笑又可气，昨天我有一个亲戚，从南边来，我请他到馆子吃饭。我就打电话邀孤云来，因为我这亲戚和孤云家里也有来往，并且孤云上次回南时也曾会过他，所以我就邀她来。谁知她在电话里冷冷地道：'我一个人不高兴跑那么远去。'其实她家住在东城，到西城来也并不远，不过半点钟就到了！——我就说：'那么我来找你一同去吧！'她也就答应了。后来我巴巴从西城跑到东城，陪她一齐去，我待她也就没什么对不住她了。谁知我到了她家，她仍是做出十分不耐烦的样子说：'这怪热的天我真懒得出去。'我说：'今天还不大热，好在路并不十分远，一刻就到了。'她听了这话才和我一同走了。到了饭馆，她只低头看她的小说，问她吃什么菜，她皱着眉头道：'随便你们挑吧。'那么我就挑了。吃完饭后，我们约好一齐到公园去。到了公园我们正在谈笑，她忽然板起脸来说：'我不耐烦在这里老坐着，我要回去，你们在这里畅谈吧！'说完就立刻嚷着'洋车！洋车！'我那亲戚看见她这副神气，很不好过，就说：'时候也不早了，我们一齐回去吧。'孤云说：'不必！你们谈得这么高兴，何必也回去呢？'我当时心里十分难过，觉得很对不住我那亲戚，使人家如此地难堪！……一面又觉得我真不值！我自和她交往以来，不知赔却多少小心！在我不过觉得朋友要好，就当全始全终……并且我的脾气，和人好了，就不愿和人坏，她一点不肯原谅我，我想想真是痛心！当时我不好发作，只得忍气吞声，把她招呼上车，别了我那亲戚，回学校去。这一夜我简直不曾睡觉，想起来就觉伤心，"她说到这里，又对露沙说："我真信你说的话，求人谅解是不容易的事！我为她不知精神受多少痛楚呢！"

云青道："想不到孤云竟怪僻到这步田地。"露沙道："其实这种朋友绝交了也罢！……一个人最难堪的是强不合而为合，你们这种的勉强维持，两方都感苦痛，究竟何苦来？"

兰馨沉思半天道："我从此也要学露沙了！……不管人们怎么样，我只求心之所适,再不轻易交朋友了。云青走后可谈的人,除了你(向露沙说)也没有别人,我倒要关起门来,求慰安于文字中。与人们交接,真是苦多乐少呢!"云青说:"世事本来是如此,无论什么事,想到究竟都是没意思的。"

她们说到这里,看看时候已不早,因一齐到来今雨轩吃饭。饭后云青回家,收拾行装,露沙、兰馨和她约好了,第二天下午三点钟车站见面,也就回去了。

云青走后,露沙更觉得无聊,幸喜这时梓青尚在北京。到苦闷时,或者打电话约他来谈,或者一同出去看电影。这时学校已放了暑假,露沙更闲了,和梓青见面的机会很多,外面好造谣言的人,就说她和梓青不久要结婚,并且说露沙的前途很危险,这话传到露沙耳里,十分不快,因写一封信给梓青说:

梓青!

吾辈夙以坦白自勉,结果竟为人所疑,黑白倒置,能无怅怅!其实此未始非我辈自苦,何必过尊重不负责任之人言,使彼喜含毒喷人者,得逞其伎俩,弄其狡狯哉?

沙履世未久,而怀惧已深!觉人心险恶,甚于蛇蝎!地球虽大,竟无我辈容身之地,欲求自全,只有去此浊世,同归于极乐世界耳!唉!伤哉!

沙连日心绪恶劣,益人言啧啧,受之难堪!不知梓青亦有所闻否?世途多艰,吾辈将奈何?沙怯懦胜人,何况刺激频仍,脆弱之心房,有不堪更受惊震之忧矣!梓青其何以慰我?临楮凄惶,不尽欲言,顺祝

康健!

露 沙上

梓青接到信后,除了极力安慰露沙外,亦无法制止人言。过了几个月,梓青因友人之约,将要离开北京,但是他不愿抛下露沙一个人,所以当未曾应招之前,和露沙商量了好几次。露沙最初听见他要走,不免觉得怅怅,当时和梓青默对至半点钟之久,也不曾说出一句话来。后来回到家里,独自沉沉想了一夜,觉得若不叫梓青去,与他将来发展的机会,未免有碍,而且也

对不起社会，想到这里，一种激壮之情潮涌于心。第二天梓青来，露沙对他说："你到南边去的事情，你就决定了吧！我觉得这个机会，很可以施展你生平的抱负，……至于我们暂时的分别，很算不了什么，况我们的爱情也当有所寄托，若徒徒相守，不但日久生厌，而且也不是我们的凤心。"梓青听了这话，仍是犹疑不决道："再说吧！能不去我还是不去。"露沙道："你若不去，你就未免太不谅解我了！"说着凄然欲泣，梓青这才说："我去就是了！你不要难受吧！"露沙这才转悲为喜，和他谈些别后怎样消遣，并约年假时梓青到北京来。他们直谈到日暮才别。

云青回家以后曾来信告诉露沙，她近来生活十分清静，并且已开始研究佛经了，出世之想较前更甚，将来当买田造庐于山清水秀的地方，侍奉老母，教导弟妹，十分快乐。露沙听见这个消息，也很觉得喜慰，不过想到云青所以能达到这种的目的，因为她有母亲，得把全副的心情，都寄托在母亲的爱里，若果也像自己这样漂零的身世，……便怎么样？她想到这里不禁又伤感起来。

有一天露沙正在书房，看《茶花女遗事》，忽接到云青的来信，里头附着一篇小说。露沙打开一看，见题目是《消沉的夜》其内容是：

"只见惨绿色的光华，充满着寂寞的小园，西北角的榕树上，宿着啼血的杜鹃，凄凄哀鸣，树阴下坐着个年约二十三四的女郎，凝神仰首。那时正是暮春时节，落花乱瓣，在清光下飞舞，微风吹皱了一池的碧水。那女郎沉默了半晌，忽轻轻叹了一口气，把身上的花瓣轻轻拂拭了，走到池旁，照见自己削瘦的容颜，不觉吃了一惊，暗暗叹道：'原来已憔悴到这步田地！'她如悲如怨，倚着池旁的树干出神，迷忽间，仿佛看见一个似曾相识的青年，对她苦笑，似乎说：'我赤裸裸的心，已经被你拿去了，现在你竟耍弄了我！唉！'那女郎这时心里一痛，睁眼一看，原来不是什么青年，只是那两竿翠竹，临风摇摆罢了。

这时月色已到中天，春寒兀自威凌逼人，她便慢慢踱进屋里去了，屋里的月光，一样的清凉如水，她便拥衣睡下。朦胧之间，只见一个女子，身披白绢，含笑对她招手，她便跟了去。走到一所楼房前，楼下屋窗内，灯光亮极，她细看屋里，有一个青年的女子，背灯而坐，手里正拿着一本书，侧首凝神，好像听她旁边坐着的男子讲什么似的，她看那男子面容极熟，就是那个瘦削身材的青年，她不免将耳朵靠在窗上细听。只听那男子说：'……我早应当告诉你，我和那个女子交情的始末。她行止很端庄，性情很温和，若果不是因为她家庭的固执，我们一定可以结婚了。……不过现在已是过去的事，我述说爱她的事实，你当不至怨我吧！'那青年说到这里，回头望着那女子，只见那女子含笑无言……歇了半晌那女子才说：'我倒不怨你向我述说爱她的事实，我只怨你为什么不始终爱她呢？'那青年似露着悲凉的神情说：'事实上我固然不能永远爱她，但在我的心里，却始终没有忘了她呢！……'她听到这里，忽然想起那人，便是从前向她求婚的人，他所说女子，就是自己，不觉想起往事，心里不免凄楚，因掩面悲泣。忽见刚才引她来的白衣女郎，又来叫她道：'以往的事，悲伤无益，但你要知道许多青年男女的幸福，都被这戴紫金冠的魔鬼剥夺了！你看那不是他又来了！'她忙忙向那白衣女郎手指的地方看去，果见有一个青面獠牙的恶鬼，戴着金碧辉煌的紫金冠。那金冠上有四个大字是'礼教胜利'。她看到这里，心里一惊就醒了，原来是个梦，而自己正睡在床上，那消沉的夜已经将要完结了，东方已经发出清白色了。"

露沙看完云青这篇小说，知道她对蔚然仍未能忘情，不禁为她伤感，闷闷枯坐无心读书。后来兰馨来了，才把这事忘怀。兰馨告诉她年假要回南，问露沙去不去，露沙本和梓青约好，叫梓青年假北来，最近梓青有一封信说他事情太忙，一时放不下，希望露沙南来，因此露沙就答应兰馨，和她一同南去。

到南方后，露沙回家，到父母的坟上祭扫一番，和兄妹盘桓几天，就到苏州看玲玉。玲玉的小家庭收拾得很好，露沙在她家里住了一星期。后来梓青来找她，因又回到上海。

有一天下午，露沙和梓青在静安寺路一带散步，梓青对露沙说："我有一件事要和你商量，不知肯答应我不？"露沙说："你先说来再商量好了。"梓青说："我们的事业，正在发轫之始，必要每个同志集全力去做，才有成熟的希望，而我这半年试验的结果，觉得能实心踏地做事的时候很少，这最大的原因，就是因为悬怀于你……所以我想，我们总得想一个解决我们根本问题的方法，然后才能谈到前途的事业。"露沙听了这话，呻吟无言，……最后只说了一句："我们从长计议吧！"梓青也不往下说去，不久他们回去了。

过了几个月，云青忽接到露沙一封信道：

云青！

　　别后音书苦稀，只缘心绪无聊，握管益增怅惘耳。前接来函，借悉云青乡居清适，欣慰无状！沙自客腊南旋，依旧愁怨日多，欢乐时少，盖飘萍无根，正未知来日作何结局也！时晤梓青，亦郁悒不胜；惟沙生性爽宕，明知世路险峻，前途多难，而不甘踯躅歧路，抑郁瘦死。前与梓青计划竟日，幸已得解决之策，今为云青陈之。

　　曩在京华沙不曾与云青言乎？梓青与沙之情爱，成熟已久，若环境顺适，早赋于飞矣，乃终因世俗之梗，凤愿莫遂！沙与梓青非不能铲除礼教之束缚，树神圣情爱之旗帜，特人类残苛已极，其毒焰足逼人至死！是可惧耳！

　　日前曾与梓青，同至吾辈昔游之地，碧浪滔滔，风响凄凄，景色犹是，而人事已非，怅望旧游，都作雨后梨花之飘零，不禁酸泪沾襟矣！

　　吾辈于海滨徘徊竟日，终相得一佳地，左绕白玉之洞，右临清溪之流，中构小屋数间，足为吾辈退休之所，目下已备价购妥，只待鸠工造庐，建成之日，即吾辈努力事业之始。以年来国事蜩螗，固为有心人所同悲。但吾辈则志不在斯，惟欲于此中国一爱情之纪念品，以慰此干枯之人生，如果克成，当携手言旋，同逍遥于海滨精庐；如终失败，则于月光临照之夜，同赴碧流，随三闾大夫游耳。今行有期矣，悠悠之命运，诚难预期，设吾辈卒不归，则当留此庐以飨故人中之失意者。

　　宗莹、玲玉、莲裳诸友，不另作书，幸云青为我达之。此牍或即沙之绝笔，盖事若不成，沙亦无心更劳楮墨以伤子之心也！临书凄楚，不知所云，诸维珍重不宣！

露　沙书

云青接到信后,不知是悲是愁,但觉世界上事情的结局,都极惨淡,那眼泪便不禁夺眶而出。当时就把露沙的信,抄了三份,寄给玲玉、宗莹、莲裳。过了一年,玲玉邀云青到西湖避暑。秋天的时候,她们便绕道到从前旧游的海滨,果然看见有一所很精致的房子,门额上写道"海滨故人"四个字,不禁触景伤情,想起露沙已一年不通音信了,到底也不知道是成是败,屋迩人远,徒深驰想,若果竟不归来,留下这所房子,任人凭吊,也就太觉多事了!

　　她们在屋前屋后徘徊了半天,直到海上云雾罩满,天空星光闪烁,才洒泪而归。临去的一霎,云青兀自叹道:"海滨故人!也不知何时才赋归来呵!"